仓央嘉措

高平 ◎ 著

凡尘有菩提 明月映禅心

讲述六世达赖凄婉美丽的一生，命运要求他心无挂碍，寂寞清净，他却遭遇了红尘情爱，炽烈执着。在印证佛法的路上，他诗情婉转，踽踽独行。

国际文化出版公司
·北京·

图书在版编目（CIP）数据

仓央嘉措／高平著. —北京：国际文化出版公司，2016.4
ISBN 978-7-5125-0842-2

I. ①仓… II. ①高… III. ①传记小说—中国—当代 IV. ① I247.5

中国版本图书馆 CIP 数据核字（2016）第 037563 号

仓央嘉措

作　者	高　平
责任编辑	戴　婕
统筹监制	葛宏峰
策划编辑	兰　青
美术编辑	秦　宇
出版发行	国际文化出版公司
经　销	国文润华文化传媒（北京）有限责任公司
印　刷	三河市华晨印务有限公司
开　本	710毫米×1000毫米　　16开 21 印张　　　　　　　　386 千字
版　次	2016 年 4 月第 1 版 2019 年 1 月第 2 次印刷
书　号	ISBN 978-7-5125-0842-2
定　价	42.00 元

国际文化出版公司
北京朝阳区东土城路乙 9 号　　　邮编：100013
总编室：（010）64271551　　　　传真：（010）64271578
销售热线：（010）64271187
传真：（010）64271187-800
E-mail：icpc@95777.sina.net
http://www.sinoread.com

目 录

一　被驱逐的情侣 / 001

二　五世达赖圆寂 / 007

三　仓央嘉措诞生 / 014

四　绝密的决定 / 021

五　童年的悲欢 / 029

六　逃不走的冒充者 / 038

七　初恋 / 045

八　处女作 / 055

九　政治赌注在加大 / 066

十　康熙皇帝怒斥桑结 / 074

十一　达赖六世突击坐床 / 081

十二　金顶的"牢房" / 095

十三　风从家乡吹来 / 103

十四　被杀的和嫁人的 / 113

十五　贵族小姐 / 123

十六　布达拉宫下的酒店 / 137

十七　三箭与三誓 / 145

十八　默思与退戒 / 153

十九　雪地上的脚印 / 165

二十　第巴的"吃土精神" / 177

二十一　大昭寺前的恩仇 / 190

二十二　桑结之死 / 203

二十三　诏执京师 / 215

目 录

二十四　离开哲蚌寺 / 225

二十五　唱歌的牧羊女 / 229

二十六　洗温泉 / 234

二十七　龙夏向于琼卓嘎谢罪 / 237

二十八　拉萨的黄房子 / 241

二十九　追赶与求救 / 245

三十　病倒在当雄草原 / 249

三十一　默想皇帝接见 / 253

三十二　赛马大会的惊人一幕 / 255

三十三　跪拜仓央嘉措 / 258

三十四　在嘎洛寺讲经 / 264

三十五　面对神山圣湖 / 268

三十六　"我不是女妖" / 270

三十七　纳赤台上三炷香 / 275

三十八　康熙的御批 / 277

三十九　月照青海湖 / 280

四十　魂归仙女湾 / 284

四十一　余波在荡漾 / 286

参考书目 / 290

附录一　第五、第六世达赖喇嘛大事年表 / 293

附录二　作者对仓央嘉措的评述 / 296

附录三　作者答记者问 / 318

后　记 / 328

增订本后记 / 331

一
被驱逐的情侣

在西藏南部门隅地区的夏日错，有一个名叫派嘎的小村落。正像西藏的许多小居民点一样，偏僻和贫苦是它最明显不过的特征。

雪山上吹下来的风里夹带着刺骨的冰针。人们只有在走进那些低矮黝黑的石板房，盘坐在燃烧着木柴或者牛粪的炉火旁的时候，才会感到些许的温暖。

但是在扎西丹增的家里，真正的春天已经降临了，他的心比炉火更热。连日来，他一直处于高度兴奋的状态，没日没夜地忙碌着。细糌粑、青稞酒、茯茶、酥油、风干牛肉都已经准备好了，但他总觉得还应当干些什么，他经常在屋里转来转去，半举着两只手，头脑中除了紧张的喜悦外则是一片空白。

扎西丹增是个见善则柔、遇恶则刚的人。他在寺院里学过经典，通晓白玛林巴密教，甚至有密宗大师之称；他还会唱很多的酒歌，在这一带受人喜爱。但这喜爱中所包含的，多半是感叹和同情。十多年来，他使出了全身的力气，费尽了最大的心机，始终如一地赡养和医治着年老病重的父母。像松柏四季不凋地守护着山岭，风雪再猛，从不落叶；生活再苦，决不求人。直到三年前父母双双去世的时候，他才向姐姐借了一点钱办理丧事。之后，家里就剩下他一个人了。只有十里外的早已嫁出去的姐姐算是他的亲属。但他越来越不愿和她来往。他曾经感到非常孤独，屋子虽小，却空荡得可怕。同时他也有一种解脱感，好像多年来被无形捆绑着的双手忽然松开了。这时候他才意识到要创造自己的生活。他到处给人帮工，不嫌脏累，不分远近，有时几个月不回来。很快，他就连本带利地偿还了所欠姐姐的债务，修缮了自己的房屋，还有了一点积蓄。现在，他居然要办喜事了。已经四十岁了，青春方才开始，但他并不怨天尤人。有时迟开的花，倒格外芬芳呐。

正当扎西丹增陷入莫名的遐想时，"啪啦"一声，门被踢开了。扎西丹增一惊，

抬头看，满脸横肉的姐姐正站在他的面前。不知道从什么时候起，他每次见到姐姐，就立刻想起那句谚语：鸡爪上刮油，羊角上剔肉。扎西丹增使劲眨了一下眼睛，像要关闭回忆的窗子，竭力使自己不再去想那句谚语。

"阿佳拉①，贵体安康！"

姐姐从嗓子眼里哼了一声，一屁股坐在卡垫上，与其说是大模大样，不如说是显示威严。她向房中扫了一眼说：

"听说你要成婚了？"

"是的。"

"什么时候？"

"快了，正月。"

"倒是吉祥的开端。"

"是的。"

"你眼里还有没有我这个姐姐？"

"我准备请你来喝喜酒。"

"都准备齐全了？"

"还凑合。"

"钱是哪里来的？"

扎西丹增一听这话，被激起了一腔怒火，满腹心酸，他再也忍不住了："这些年，我过的是什么样的穷日子你是知道的。我一没有土地可以出租，二没有银钱可以放债。抓头上，乱发一把；抓身上，氆氇一片。瘦牛只有一头，支差的驮子却有九十九。我只有靠两只手拼命干活。我比鸡起得早，比羊睡得迟，一天忙得屁股不沾土。我为什么不能成家立业？"他举起了颤抖着的双手，接着说，"有钱人的炒锅是铁的，穷人的炒锅也不是泥捏的！"

"住口！"姐姐忽地站了起来，"这几年你究竟干了什么。别人不知道，我可是心里明白。大蒜是偷着吃的，蒜味儿却当面跑出来了。我看你一定是偷……"

扎西丹增说什么也没料到，他的姐姐竟然毫无根据地怀疑他，而且当面说出个"偷"字来。是的，即便用的是金子做的佛像，打在头上也是很疼的；即便是自己亲属的侮辱，也是很难忍受的。凭着他对姐姐的了解，他断定她此来有着不善的图谋。

---

① 阿佳拉：藏语"姐姐"。"拉"是尊称。

他冷静地问道:"干脆说吧,你想要什么?"

姐姐脸上透出了一丝得意的暗笑,斩钉截铁地命令道:"滚!马上滚!远远地滚!永远不要回来!"

"次旺拉姆怎么办?"扎西丹增问。

"那我可管不着,你去问她好了。"

"不用去问了,我来了。"次旺拉姆从容地走进门来,抓住扎西丹增的手说,"庄稼不收灾一年,夫妻不和灾一生。我永远听你的。只要能和你在一起,就是喝苦水也比牛奶甜。"

对于扎西丹增的一颗苦透了的心,次旺拉姆的这番话真比纯奶还甜,比甘露还清凉。

次旺拉姆是一个娇小的、西藏南方姑娘。由于她品德高尚,信仰虔诚,施舍大方,文雅蕴藉,后人认为她出身于名门。传说中说:藏王松赞干布有一支失散了的后裔,有的脸上生着狗嘴,有的头上长了角,是不吉祥的征兆,于是被放逐到门隅地方。过去了若干代以后,其中一个名叫嘎玛多吉的男子,娶了一个名叫阿布迪的妃子,在藏历土狗年生了个女儿,她就是次旺拉姆。

"次旺拉姆!次旺拉姆!"一个年轻人气喘吁吁地奔来。

"朗宗巴大哥,您请坐。"扎西丹增恭敬地迎接着,又急忙从木柜里抽出一条哈达举过额头,朝朗宗巴献了上去。

"谁是你的大哥?你比我还大十岁呢。"朗宗巴伸出一只手将哈达拨在一边。但他随即发现扎西丹增的姐姐坐在窗前望天,又一把将哈达抓过来托到她的面前,深深地躬下身去说:"阿佳拉,你倒先来了。"

这位"阿佳拉"接过哈达,反手朝上一扬,搭在朗宗巴的脖子上,算是回敬,又继续昂头望天。

"扎西丹增,你是决心要娶我的妹妹?"朗宗巴问。

"大哥,您是答应了的。"

"那时候,我考虑不周。现在,我们来谈谈条件。"

"哥哥!你怎么又……"次旺拉姆急了。

"请讲。"扎西丹增冷静地说。

"你也算是一个有点学问的人,你不会不知道,"朗宗巴显出一副更有学问的样子继续说,"三十三年以前,第五世达赖喇嘛就曾经下令,让所有教派的教徒都改信黄教。达赖佛还派了自己的门生——亲密的朋友梅惹喇嘛来宏扬黄教。遵照佛

的旨意,我已经改信黄教了,你们家可是世代信奉红教①的。你要想娶我妹妹,必须也改信黄教。"

"你知道,我虽然学的是密宗一派,但信奉的不也是释迦牟尼吗?"扎西丹增反问。

朗宗巴张口结舌了片刻之后,掏出用羊角做的鼻烟壶,在大拇指的指甲盖上敲了敲,吸了三下鼻烟,打了一个喷嚏,这才说:"第一条你办不到。第二条嘛,请婚酒你送过了。聘礼呢?交得起吗?"

"多少?"扎西丹增认真地问。

朗宗巴轮换地伸屈着指头:"一匹马,两头牦牛,三只羊。"

次旺拉姆真想哭出来。她上前拽住哥哥的袍袖,狠命地摇着:"哥哥,你为什么说了话不算数?你为什么不讲道理?就连乞丐的打狗棒还有个倒顺呢,你这样做算什么堂堂的男子汉?"

朗宗巴将妹妹一把推开,说:"反正我不允许你嫁他!除非他答应条件。你跳?鸡再跳还能跳断了梯子!"

"水和奶搅在一起,就是用金勺子也分不开!"次旺拉姆毫不示弱。

面对这样的哥哥姐姐,扎西丹增伤透了心。他替次旺拉姆理了理散乱的头发,轻轻地说:"我们走。"

次旺拉姆点了点头,弯下腰准备去拾掇东西。她觉得自己已经是这个家庭的主妇了——虽然这个家在她还没有正式得到的时候就将失去。她把一只准备结婚时款待客人的羊腿插进糌粑口袋里,又去搬烧茶的铜锅。扎西丹增跨出房门,到院中去牵他的牛。一对情侣默默地忙碌着。他们知道,山上滚下来的石头滚不回去,哥哥和姐姐的贪心收不回去。俗话说:吃肉的老虎再饿,也不会吃自己的肉。他们的哥哥姐姐却吃到了弟弟妹妹的身上。走吧,远远地走吧,快快地走吧。让他们去得意好了,树根既然烂了,叶子必然干枯;心肠既然坏了,不会有什么幸福。

不料,朗宗巴突然说:"除了你们身上穿的衣服和能够背动的食物,其他东西一律不准带走!"姐姐补充说:"若是能抬动,你们可以把房屋当轿子抬上。"

扎西丹增把已经牵在手里的牦牛缰绳甩在地上,握起次旺拉姆的手,跨出了篱笆大门。

冬天的风在旷野上使劲地刮着,低矮的枯草在瑟瑟地抖动。沙砾上,四只脚并

---

① 红教:也称宁玛教派,因其僧侣衣冠皆红,又称红帽派,修密宗。

排着，沉重而缓慢地向前移动。冷漠的阳光在灰白的乱云中时暗时明。旷野上那一高一低的身影也忽隐忽现。行人是那样稀少，牛羊更是罕见，整个世界都像是空荡荡的。偶尔有三两个看不清的物体在前面一起一伏地朝他们靠近，那是磕着长头到拉萨去朝圣的男女。

　　一对得到了自由却失去了家园的情侣，无言地走着，走着，既觉得甜蜜，又感到茫然。昨天发生的事情，依旧像插在心上还未拔出的刀子。但是，乡亲们送别他们的情景，那些宽慰的话语，鼓励的言辞，关切的嘱咐，又大大减轻了他们的痛苦。有的人愿意腾出一间小屋，让他们住到自己的家里；有的人拿出仅有的几钱银子①送给他们做盘费；有位老人告诉他们，天冷的时候不可向北方流浪，要朝温暖的南方走；还有的流着泪水，希望他们还能回来。唉，善良的人们啊！

　　他们走时是那样坚决。伤透了心的人，是谁也留不住的。如今离家乡渐渐地远了，值得留恋的东西也渐渐地多了起来。就连阿妈捻毛线时用过的小木槌，村口上那块光滑的大石头……都成了使人依依难舍的有生命的东西。

　　扎西丹增不禁频频地回头张望，那噙着泪水的眼睛却再也看不到家乡的影子了。次旺拉姆只是温顺地跟着他走，有时带有几分好奇地向前望一望，或者向两边看一看，却不常回头。也许她不愿往火上浇油，增加他的伤感；也许她在派嘎村并没有多少可珍惜的记忆。扎西丹增作为一个孝子，那里有曾经温暖过他的父母，而次旺拉姆作为孤女，却不曾在那里得到过兄长的温暖。浪荡成性、变化无常的哥哥从没有给过她手足之爱。她真不知道自己是怎么长到了二十一岁的。正是那种半独立式的生活使她学会了各种农活，她精通家务，不乏主见，善于思考，从不掺和某些妇女津津有味地对别人说短道长。只有一种场合她不愿离去，就是当人们聚在一起夸奖扎西丹增的时候。但她从不插嘴，只是悄悄地在心底里结着她爱情的果子。

　　沉默得够长久了，沉默得太难受了。扎西丹增终于轻声地哼起歌来：

　　　　素白的野花圣洁，
　　　　不如酥油似雪；
　　　　酥油似雪又芳香，
　　　　不如姑娘高尚。
　　　　杜鹃花红似火，

---

① 银子：指藏银。1750 年以前，西藏没有官铸的货币，使用分量不等的银块计算，叫藏银。

　　不如红颜料似血；

　　红颜料似血又闪光，

　　不如赤诚的姑娘。

　　次旺拉姆露出了笑容，用低得几乎听不见的声音问："唱的是我吗？"她停下脚步，含情的双眼向扎西丹增忽闪着。

　　"当然，还有谁呢？"

　　"是我连累了你，让你受苦……"

　　"离别家乡的苦只不过像一滴水，若是没有了你，我的苦就像大海了。"

　　"那就不要再想家了。哪里快活哪里就是家乡，哪个仁慈哪个就是父母。不是吗？"

　　"对，我们快活起来吧！"扎西丹增无意中加快了脚步，自言自语地说，"鹰身上掉几根毛，碍不着凌空飞翔。"

　　不知是第几天，他们来到了一个平坦、富庶的地方。日后他们才知道这里是达旺地区的拉瓦宇松（三低洼地）。也许是那成排的杨柳和家乡的杨柳十分相似，他们对此地产生了亲切之感。在纳拉山下的一个小村子里，他们停了下来，在三块已经烧得很黑的石头上架起了铜锅，次旺拉姆寻来了干柴和牛粪开始熬茶，准备吃他们最后剩的两碗糌粑。这时，一个三四岁的男孩子走过来，睁大眼睛望着这两个异乡人，丝毫没有羞怯的神色。

　　扎西丹增一面用羊皮风箱扇着火，一面问他："你叫什么名字？"

　　"刚祖。"小孩高兴地回答，"我阿妈说，我很小的时候，是脚先生出来的。"[1]

　　次旺拉姆抿嘴笑了。她问："这个地方叫什么？"

　　"叫邬坚林。你们看，那边的寺院可好看了，里边的酥油灯比天上的星星还多呢！你们不知道吗？你们不是这里的人？"

　　扎西丹增和次旺拉姆互相注视了一下，会意地点点头，几乎是齐声回答说："从今天起，我们就是这里的人了！"

---

[1]　刚祖：藏语，意为脚落地。

二
五世达赖圆寂

邬坚林寺附近的一座小房子里挤满了贺喜的男女,扎西丹增和次旺拉姆的婚礼正在举行。这原本是要在正月初办的事,因为被迫迁居,推迟到了二月底。也好,这地方气候暖,柳条已染上了鹅黄,心里的春天与心外的春天完全融合了。

有名的歌舞之乡在有人结婚的时候当然少不了歌声,此刻,人们唱着赞新娘的歌:

  美德俱全的姑娘,
  像翠柏一样的姑娘,
  性情温和、亲切、善良,
  就像"大自在天"的公主一样。
  献给你这条洁白的哈达,
  愿你财富、人口、运气三兴旺。

在一阵欢呼声中,次旺拉姆不好意思地向大家道谢,不停地给客人们斟着浓浓的青稞酒。赞美新郎的歌声又唱起来……热闹了很久,有的人困了,有的人醉了,这才由老年人带头纷纷告别。

新郎新娘送走了客人,深深地呼吸了一口混合着泥土清香的空气,望望天空,晚霞早消失了,北斗星已经清晰可见。

就在遥远的北方,北斗星的下面,在拉萨正在重建着的布达拉宫里,这时候——清康熙二十一年(藏历水狗年,公元1682年)的二月二十五日,发生了一件西藏历史上的大事:

第五世达赖喇嘛逝世了!

仓央嘉措

扎西丹增和次旺拉姆就是做一千个奇幻的梦，也绝不会想到他的逝世竟会和他们尚未出生的儿子发生那样直接的、紧密的、重大的联系。有谁能预测那戏剧般的偶然，揭开未来的生活之谜呢？

五世达赖名叫阿旺·罗桑嘉措，明朝万历四十五年（藏历火蛇年，公元1617年）九月二十三日出生于西藏山南琼结的清瓦达孜。父名霍尔·都杜绕登，曾任过宗本职务。母名贡噶拉则，出自信奉红教的名门贵族。万历四十四年的最后几天，第四世达赖喇嘛云丹嘉措不明不白地死在哲蚌寺以后，第巴①索南若登派人四处寻找转世灵童时发现了他，会同四世班禅和高级僧侣、贵族、蒙古头人把他确认为达赖五世。他十五岁被迎到哲蚌寺供养，十八岁时由班禅授了沙弥戒，二十五岁正式做了西藏的政教领袖。四十年来，做了许多重大的事业。人们都称他为"伟大的五世"。

他从去年——藏历铁鸡年九月六日病倒以后，就再也没有离开过自己的卧室。老年人本来就习惯于回忆，何况又在病中。他经常斜倚在厚厚的黄缎子包成的羊毛垫子上回想往事，一幕一幕，像挂在眼前的"唐卡"②。他想得激动的时候，就抓起漆花木柜上的铜铃摇几下，让侍者送壶酥油茶来喝几口，强闭上眼睛，想镇静一会儿，休息一下。接着，那些自豪的往事又闪现在他的眼前——他下令大加扩建布达拉宫，他使其他教派都改信黄教，他到北京觐见顺治皇帝，他给一些新的寺院住持开光仪式，他进行各类寺院和僧侣的大普查，他制定了财政制度，他颁布了藏族自己的民族服装，他为整顿僧俗纪律巡视各地，他撰写了《学习珍珠蔓》等多种著述……现在，他已经是全藏名副其实的教主了。在他的统领下，有一千八百座寺院，十万名僧人啊，真不少哇！……他怀着自慰的心情，缓慢地扳着指头总结自己的长处：冷静、严肃、决断、寡言、博学、宽厚……他再屈着指头历数自己的短处……唉，恐怕只有自己才敢这样做。他的心乱了，只好又摇起了铜铃。

近几天，他的病情更加沉重起来，竟然处于昏迷状态了。忽然，他听到了歌声，一会儿好像很远，一会儿又好像很近。歌词是什么，他听不清。正守护在他身旁的第巴桑结甲措却是听得出的。那歌中唱道：

兄弟要是有一个，

---

① 第巴：也译作第西、第悉、第斯，译为呆斯更接近原音。本意为部落首长、头人。因其实际是总揽西藏政务的首席大臣，于是就成为达赖喇嘛的代理人，已延伸为摄政、藏王之意。
② 唐卡：一种绘在布上、用锦缎装裱起来可以悬挂的佛画。

只有在家支乌拉①；
兄弟要是有两个，
一个要去当札巴②；
假若再有三弟弟，
最好赶快逃出去，
要不就在家装哑巴。

　　桑结甲措听着，皱起了眉头。他摇动了那只唯有达赖本人才能动用的铜铃。侍者以为是达赖清醒过来了，惊喜地跑了进来，见是桑结甲措，立刻低下头听候吩咐，心里觉得很不是滋味儿，预感到这座宫殿里快要更换摇铃的主宰了。

　　"是修筑宫殿的……乌拉们在唱吗？"桑结甲措脸色阴沉地问。他不喜欢使用乌拉这个词，倒不仅仅因为它来自突厥语，还在于它赤裸裸的词意是人身差役、强迫劳动。尤其用在被征来修建圣宫的人的身上，不大符合群众对领袖的自觉拥戴和对佛的无比虔敬。但他还是使用了。

　　"是的。"侍者轻声回答，"山坡太陡，石头很难运上来，小块的，山羊驮；大块的，用人背。唱唱歌能减轻劳累——伟大的五世是这样说过的。"

　　"这我知道。"桑结的语气里并没有责备他多嘴的意思。

　　"如果您怕吵闹了佛爷，我去通知他们，不准再唱了。"

　　桑结甲措摇了摇头。他不能这样做。自从三十七年前的三月初五，这个巨大的工程动工以来，一直就这样存在着不可抑止的喧哗声。五世是从未禁止过的。今天突然禁止人们歌唱，会不会间接地泄露出达赖的病情？但那歌词的内容，又使他感到不快。他沉思了片刻，提起竹尖笔，蘸着浓黑的墨汁在一张纸上飞快地写起来：

我们这伙砌墙的人，
全都像老虎一样健壮。
砌出来的石墙啊，
也像虎身上的花纹一样漂亮。

　　他写罢，交给侍者，嘱咐说："宣谕他们，五世佛爷叫他们唱这首歌。"

---

① 乌拉：无偿的差役。
② 札巴：普通僧人，还够不上称为喇嘛。

　　侍者接在双手上，退了出去。在楼梯转弯的亮处，他看了一遍，并不觉得惊奇，因为他早就熟知桑结甲措是一个学识渊博、才思敏捷的人。但他不大理解的是为什么要隐瞒达赖的病情，使大家不能分担这雪山压胸一般的忧愁。

　　这位侍者名叫盖丹，意思是"有福分"。是的，他自己也常因这种难得的福分而激动不已。在宽阔的藏区，有多少人一步一磕头地磕到拉萨，却连达赖的影子也难望到；而他，却能够像佛像案前的酥油灯一样，日夜伫立在达赖的近旁。

　　工地上响起了新词新歌，那声音空前的激昂雄壮。人们遥望着白宫①上达赖五世的卧室，有的竟流下了热泪。他们不认识文字，没学过经典，他们坚信达赖赐唱的歌就是佛经，不要说能唱它的人，就连能听见它的人也会逢凶化吉，幸福无涯。

　　此刻，达赖突然清醒了，而且竟然不太费力地坐了起来。他的炯炯有神的眼睛，一下就看到了半跪在身边的桑结甲措，目光中除了慈祥还是慈祥。桑结甲措高兴地扶住他，又有些恐惧，他担心这是佛灯在熄灭前的一亮。

　　"有别人在吗？"五世低声问。

　　"没有，连盖丹也不在。"桑结完全会意地回答，"您……指教吧……"桑结双手合十，几颗泪珠滴到了自己的手上。

　　"我想最后一次听听你对蒙古人的看法。"五世又补充道，"你要说真心话，说从来不曾说过的话。"

　　"是。"桑结似乎未加思索就说了下去，"需要时请他们进来，不需要时请他们出去。他们在这里待得太久了。元朝就不必说了，这四十多年，他们的影子，不，他们的靴底和马蹄，就没有离开过咱们的土地。什么却图汗的儿子，什么固始汗、达延汗，如今又是达赖汗，一直统操着卫藏的大权。我们有达赖，有班禅，还有第巴，要汗王做什么？"他激动起来，哽咽了。

　　五世微微地点点头，又微微地摇摇头，说："事情不那么简单，关于我们和蒙古人的关系，我看你有必要重温一下历史……"五世眼望着长空，似乎那就是一张大事年表。

　　"长期以来，在皇帝的管辖下，各个教派都很安定，各个地方都没有发生过战乱，人民生活过得也比以前好。我们和蒙古人也相处得不错……可是后来……"五世依然望着天空，话里充满了向往和感叹，同时包含着对目前形势的担心和苦恼。

　　盖丹报门而进，说："敏珠林寺郎色喇嘛求见。"盖丹已经隐约地听到了五世

---

① 白宫：布达拉宫刷成白色的部分。当时已经建成。

说话的声音，知道佛爷又从昏迷中醒来，就没有拒绝为郎色通报。再说，除了有极为特殊的情况之外，敏珠林的信使是五世最喜欢接见的。

郎色喇嘛弯着腰走了进来，五十多岁的年纪有着青年人的仪态。由于山南地区地势较低，山清水秀，十分宜人，敏珠林又是红教主寺，所以郎色的脸色几乎和他的袈裟一样红艳。郎色向五世敬献了哈达，致了颂词，呈上了敏珠活佛的书信。五世边拆着黑紫色的封漆，边问："敏珠活佛他好吗？"

"好，好。只是很想念您——伟大的五世。"

五世打开信纸，上面只写着一首诗：

> 面前的雅鲁藏布日夜东去，
> 像蓝色的玉液那般美丽。
> 假若林中能落下一座大桥，
> 我去朝拜您像掐念珠一样容易。

下面照例是他游龙般的签名。

五世苦笑了，他清醒地知道，他和这位多年来书信往还、诗词唱和的密友，快要分手了。他虽然感到心情沉重，体力不支，但也不能让郎色空手而回。于是闭起眼睛想了一会儿，说："桑结，我念你写，和他一首。"

"是。"桑结回答着，拿起了纸笔。他张了张嘴，想说什么，但当他看到五世那双无力地下垂着的双手时，又把话咽了回去。

五世一字一句地缓缓地念着，声音是颤抖的：

> 珍珠般的字句出自密友的书信，
> 百灵般的声音来自故乡的山林。
> 雪山和狮子终究是会分开的，
> 请到菩提树下寻找我的梦魂。

五世在上面签了名。郎色将和诗捧在手中，往头顶上按了按，揣在怀里，后退着辞别。桑结一扬手，说："转告敏珠活佛放心，上尊近日贵体稍有不适，过两天就会好的。"郎色应允着走了。盖丹也跟了出去。

"请您休息一会儿吧。"桑结恳求着，想扶病人躺下。

"不，不用，我永远休息的日子就要到了。"五世推开他，"让我来给你讲讲蒙古人和达赖喇嘛的关系吧。"

垂危的五世费力地说了下去："明朝万历四年，蒙古土默特部落①的领袖俺答汗——就是被皇帝封为顺义王的那一位，从青海写信给三世达赖索南嘉措，约他去会面。俺答汗有三万兵马，又信奉黄教，不去见他是不好的。第二年的冬天，十四岁的索南嘉措从哲蚌寺动身，下一年的五月才到达青海。他们各自把自己比作当年的忽必烈和八思巴。俺达汗给索南嘉措上了尊号，叫'圣识一切瓦齐尔达喇达赖喇嘛'②，这就是达赖名号的由来和开端。在他以前的达赖一世——宗喀巴的弟子根敦主，达赖二世——根敦主的弟子根敦嘉措，都是后来追认的。"五世津津有味地说着，似乎完全忘记了桑结早已具有了这些常识性的知识。人老了是爱说重复话的，他也许没有意识到这一点；即使意识到了，他认为今天的重复也仍然是必要的。何况桑结静静地听着，没有显露丝毫的不耐烦。

"三世年轻有为，不辞辛劳，一心发展黄教，致力搞好和皇帝、蒙古人的关系。他随俺答汗到了土默特；在张掖时派人向皇帝朝了贡，给首相张居正写过信；在青海修了塔尔寺；到康区建了理塘寺。俺答汗去世以后，他应约去参加了葬礼，随后又应召进京，在途中圆寂。那是万历十六年三月的事情。"五世停了一下，尽力放大了声音，"下面你要注意，三世的转世在哪里呢？就在蒙古。达赖四世是谁呢？就是蒙古人俺答汗的曾孙——云丹嘉措。他是怎样入藏的呢？是蒙古军队护送来的。佛教的带子，把藏、蒙两个民族更紧地拴在了一起。"五世休息了一会儿，继续说，"明朝末年，我们在拉萨的黄教集团，面临着三面威胁。北面是信奉黑帽派的青海的却图汗，东面是信奉苯教的甘孜的白利土司顿月多吉，西面是支持红帽派的日喀则的第悉藏巴政权。当时，一些黄教大寺的首脑，就借请固始汗的大兵来扫荡敌手。我虽然是在蒙古人的监护下长大的，但我是不同意这样做的。应当劝说固始汗回去，避免让众生流血，而且更能提高我们的威望。但是已经晚了，固始汗在六年中把上述的三方都灭了……"

五世的额头上冒出了虚汗，他那不习惯于戴帽子的秃顶散发着蒸气。又大又圆的眼睛无神了。痛惜的心情，垂危的病情，加上长时间的谈话，使他虚弱得几乎难以支持了。这回不用桑结来劝扶，他自己就倒卧下去了，但头脑依然清楚，他的话

---

① 土默特部落：此处指已归化之土默特部，在今呼和浩特至包头一带黄河流域的土默川平原。
② 圣识一切：意为超出世间，通晓一切佛学知识。瓦齐尔达喇是梵文，执金刚的意思。达赖是蒙文，海的意思。喇嘛是藏文，上人的意思。

也还没有说完。

"大清顺治九年,也就是我坐床以后的十年,我应召到了北京。顺治皇帝在宫门外迎接了我,拉着我的手,走进宫去。我和随从我同去的藏、蒙官员,都受到了隆重、亲切的接待。我下榻的黄寺,就是皇帝专门为我修建的。两个多月的时间里,我享尽了大家庭的温暖……"五世说到这里,激动得流下了热泪,"皇帝封我为'西天大善自在佛所领天下释教普通瓦赤喇怛喇达赖喇嘛'①,给我金册金印……"

"同时,也封固始汗为'遵行文义敏慧固始汗',也是金册金印。"桑结忍不住补充说。

"对!"五世瞪大了圆圆的眼睛,好像一个长跑的人终于突然看到了终点,"皇帝的意思是我管教务,他管政务。明白了吗?这就是今天要提醒你的,也就是我在六十五岁的时候最后要告诉你的——蒙古人是代表皇帝协助管理西藏的,不能把他们单纯看作施主,更不能把他们看作我们的敌人。我们和他们都是佛的供养者,也都是皇帝的臣民。大的事情千万要恭请佛的暗示和皇帝的旨意,不可私自处理。否则灾祸无穷……灾祸无穷啊……"

五世的声音越来越微弱了。

桑结抽泣着:"我记下了,我记下了呀!"

五世并没有听见。他慢慢地、永远地闭上了那双又大又圆的眼睛。

桑结放声大哭起来,哭得比做儿子的还要悲痛。但他很快地收敛住哭声,警觉地站起来向门外走去。他四处察看,发现了正在掩面流泪的盖丹。桑结狠推了盖丹一下,极其严厉地命令说:"绝对保密!任何人不准进来!对佛起誓吧!"

盖丹无比顺从地跪了下去……

近处大殿里做法事的鼓钹螺号声,远处工地上乌拉们的歌声,震天动地,混成一片……

---

① 五世达赖喇嘛的这个封号系由三世的尊号发展而来。普通意为普通通晓(佛学知识)。瓦赤喇怛喇是瓦齐尔达喇的不同译音。

三
仓央嘉措诞生

五世达赖圆寂之后的第二年——清康熙二十二年、藏历第十一甲子①的水猪年的闰二月的前一个二月，闰一日的前一个一日（公元1683年3月28日），在邬坚林寺旁边的那间小屋里，一对十分恩爱的夫妻有了一个十分可爱的男孩儿。阿爸给他起了个乳名叫阿旺诺布。他就是后来的第六世达赖喇嘛仓央嘉措。

在某些古典小说和传记中，当写到一个伟大人物诞生的时候，往往有一种模式，不是天上或地下出现了什么祥瑞的征兆，就是父母（多半是母亲）做了个奇异的梦。尽管在仓央嘉措的传记中，也有说他在出生的时候"瑞兆多次出现，奇妙无比"，还有的人写他刚出生落地，"大地震撼三次，突然雷声隆隆降下花雨，枝绽花蕾，树生叶芽，七轮朝阳同时升起，彩虹罩屋"等，但实际上这一天的天空不仅没有升起来七个太阳，而且连一个也没有。北风不断地送来浓云，天是阴沉的。尽管还有人在他父亲的名字前面加上了"日增"二字，表明是一位持明僧，密宗师，并说是日增·白玛岭巴的曾孙，但他毕竟只是个普通的农民。总之，这一天，在西藏的被称为"门"的地区（西藏人传统习惯把南部和西部称为"门"），一个普通的人家，出生了一个普通的孩子。

最先跑来祝贺的是屠宰人那森。因为他长了一头茂密乌黑的头发，所以取了这个名字。他和扎西丹增夫妇成了朋友，还是他的小儿子牵的线。那森，就是扎西丹增第一次来到邬坚林时遇到的那个叫刚祖的男孩的父亲。他很敬重扎西丹增夫妇，他们善良、诚实，有学问，又很勤劳；他更感激他们，因为屠宰人、葬尸人、铁匠等从来被看作最下等的人，而扎西丹增夫妇对那森却不曾有过丝毫的鄙视。

---

① 藏族历法系由内地传入，以五行加十二生肖相配（十二年一小循环，六十年一大循环）的纪年法。自公元1027年开始实行，至仓央嘉措诞生的1683年正好是第十一个六十年，故称为第十一甲子。

扎西丹增听出是那森的声音，急忙出屋迎接。那森手提着一挂牛下水，诚恳地说："恭喜恭喜！大人和孩子都好吗？"说着将牛下水送上，"让她补养一下身体吧。"

扎西丹增道谢着，往怀中掏摸着。那森上前按住他的胳膊说："你要是给钱，我就原样提回去！"有什么说的呢？那森的友谊是不容怀疑的，也是不能拒绝的。

"今天的活儿，我已经干完了，如果你不忙，咱们就坐在院子里聊一会儿。"那森说着就在一棵当柴烧的树根上坐了下来。

"不忙，不忙。"扎西丹增连连表示说。他很愿听这位善良而爽快的人谈话，何况今天添了儿子，情绪又特别好。

"说起来，我们家从达木草原迁到此地，到刚祖已经是第四代了。我自小在这里长大，跟阿爸学会了宰牛杀羊，远近几个马站的住户，谁家没吃过我刀下的肉？别看我平常话多，可有些话我对谁也没有讲过。人们看不起我，老爷骂我下贱。屠宰人嘛，下等人中的下等……"那森有些愤愤不平了，他接着说，"我的祖先也曾经是高贵的！唉，俗话说：没有穗的麦子秆儿长，没有知识的人自视高。我不愿讲这个，因为我是个没有知识的人，别人会说我自高。"

"不是自高，是自尊。"扎西丹增纠正说。

"是大哥那森吗？"屋里传出次旺拉姆的探问。

"是我。一是来给你道喜，二是来讲讲我的秘密。"那森却隐藏了另一个秘密——刚才又被甲亚巴老爷左一个"下贱"、右一声"奴才"地大骂了一阵，原因是他的小刚祖竟然敢同小少爷一同玩牛角。他不愿向正沉浸在欢乐中的朋友诉说这种不愉快的事，他要说点值得自豪的、惊人的、有趣的故事。

"讲吧，我也听着哩。"屋里传出次旺拉姆的声音。

"那我就更高兴了。我放大点儿声说，不会吵着小侄子吧？"那森认真地说着，脸偏向屋内。

"他呀，懂得什么是吵？他只会哭，只会吵我们。"次旺拉姆的语调中含着幸福的惬意。

"那我说了。"那森果然把声音提高了一倍，"八百多年以前，我的祖先是一位信仰佛教的名人，可惜名字没传下来，只好叫他'祖先'吧。祖先真了不起！那时候，信奉苯教的大臣们把朗达玛扶上了国王的宝座……"

"吐蕃王朝的最后一位国王。"扎西丹增随着说。

"对对。"那森接着讲，"他下令废除佛教，把大昭寺、小昭寺、桑鸢寺……全都封闭了。还把喇嘛喝酒的画挂在大昭寺外面的墙上叫人们看，叫人们说佛教徒

的坏话。国王还宣布说：一切的佛教徒，要么改信苯教，要么就在结婚、当兵、当猎人三条当中选择一条。胆敢拒绝的就判处死刑。有些人还真是一心信佛，朗达玛也真的把他们杀了。眼看西藏的佛教叫他灭得差不多了，不少人都改信了苯教。有什么办法呢？白氆氇已经染上了颜色，你再说喜欢白的有什么用？就在这紧要关头，有个人来到了拉萨。他骑着一匹用木炭刷黑了的白马，戴一顶黑帽子，穿的是白里子的黑袍子，从外表看，连人带马全是乌黑的。他把马拴在拉萨河边，袖子里藏上弓箭，大摇大摆地进了城。走到大昭寺门口，正碰上朗达玛国王和大臣们在观看唐蕃会盟碑，他装作拜叩国王的样子，一溜躬身挤到国王的跟前，在跪着磕头的时候从袖子里摸出弓箭来。嘿，谁也没有发现他这个动作！接着他站起身来，对准国王的心窝'嘣'的一箭！国王应声倒地，手脚不停地挣扎着。周围的人乱成了一窝蜂，还弄不清是怎么一回事呢！这个人乘机跑到河边，骑马泅水，上了南岸。你再看他，帽子一扔，袍子一翻，马身上的木炭叫河水一冲，连人带马都是雪白的了。"那森故意停顿下来，想听听反应，看他讲得怎么样。

扎西丹增只是微微地笑着。

"后来呢？他跑掉了吗？"屋内响起了次旺拉姆焦灼的声音。

"你听啊。"那森接着讲，"国王的大队兵马到处抓捕凶手，山岭上，村子里，都搜遍了，就是没有找见那个穿黑袍骑黑马的人。他们又搜寺院，搜到叶巴寺的时候，有人报告说有个喇嘛藏在山洞里。国王的兵马围住了洞口，看来看去，没有脚印，也没有什么人活动的痕迹。刚准备撤走，有个小头目说：'慢着，让我进去看看！'他左手举着火把，右手提着钢刀，一直走到山洞的最里头，果然，有个喇嘛在闭目静坐，专心修行。搜查者靠近他的身边，他理也不理，一动不动。这个小头目也是有心术的，他把手搭在喇嘛的胸口上，只觉得那心脏怦怦怦跳得又重又快。他断定刺杀国王的凶手就是这位假装修行的僧人！他二话没说，回身出洞，朝众人大喊了一声……"

"那森，你快讲啊！"屋里，次旺拉姆命令似的喊开了。

"小头目朝众人大喊一声：'洞里连一只猫头鹰都没有，撤！'后来，这位刺杀了灭佛的国王的喇嘛就云游四方去了。你们知道他是谁吗？"那森神秘地问。

"我知道，他叫拉隆·白季多吉。"扎西丹增回答。

"啊呀呀！你可真是个有学问的人！我的阿爸和祖父，都说不上他的名字。"接着，那森自豪地说，"他就是我的祖先哪！后来，他怎么到了达木草原，怎么又结了婚，就说不清了。"那森有些沮丧地垂下了头，近于自语地道，"信仰是会改变的……信教不信教，信这个教还是信那个教，都是达官贵人们定出来的，老百姓不过是一盘石磨，谁来推都得转啊……"

"哇……哇……"刚出生的孩子阿旺诺布醒来了，哭声是那样响亮。

不久，阿旺诺布就害了病，脸面有点浮肿，眼睛难以睁开。他的阿爸阿妈请人打卦问卜，算卦人松塔尔和吉提两人的占卜内容是一致的，都说是孩子中了邪，但是不要紧，有高贵的护法神在护卫。他们建议应当给孩子命名叫阿旺嘉措。还要用净水，特别要用十五的月亮落山以前、飞禽走兽尚未饮用的河水洗濯，才不致使孩子夭折。他的阿爸阿妈果然都照着做了。

阿旺嘉措长到三岁的时候，他的聪明和漂亮已经有了名气。男女老少都喜欢他，可以说是由大家轮流抱着、吻着、逗着、喂着长起来的。阿爸还教他认了不少字，他的记忆力好得惊人。他的贪玩和好动也使父母大伤脑筋。

有一次，阿爸教他一首民歌。阿爸认真地念了一遍，发现他根本心不在焉，似乎一个字也没有听进去，还手舞足蹈地在模仿喇嘛跳神，只管做自己的游戏。

扎西丹增生气了，忍不住训斥他说："你怎么这样不爱学习？"

阿旺嘉措反问："阿爸，你说什么？我怎么不爱学习了？"

"我教你念民歌，你听都不听，只顾玩耍！"

"玩着也能学呀。"

"学习要像学习的样子，要静心地听人教，不然就记不住。"

"我不信。"

"不信？刚才我念的是什么？你背一遍。"

"背就背。"阿旺嘉措大声背起来：

　　山腰云杉如伞，
　　却被白雪阻拦；
　　深谷油松挺直，
　　却被藤蔓死缠。

他背得一字不错，而且念得比阿爸的声调和节奏更富于音乐性，好像词的内容他也完全理解了似的。

扎西丹增又惊又喜。黄昏时分，次旺拉姆赶牛回来，刚进家门，扎西丹增就把这件事告诉了妻子，让她分享这种小家庭所独有的快乐。但他对别的人却从不提

起,他一贯讨厌那些专爱向众人夸耀自己孩子的人——虽然现在他终于理解了他们的心情。

也是在这一年,阿旺嘉措的家中忽然来了一位借宿的香客,说是要去印度朝佛,路经此地。扎西丹增夫妇是懂得行路人的孤苦的,出门在外,少不了好心人的帮助。他们十分热情地接待了他,连自己平常舍不得吃的风干牛肉也撕成条条,放在盘子里端了出来。

"听说你们有个又聪明又漂亮的男孩子。"香客像是在寻找表示恭维和感谢的话题,"我一进村就听说了。好心人总是会有好报的。愿你们吉祥如意,富贵平安。"

"多谢多谢。孩子还不算笨,只是过于顽皮。"扎西丹增谦和地说。

"几岁了?"

"三岁。"次旺拉姆回答,"他的生日大,应当说四岁了吧?"

她好像在征询丈夫的同意。

"啊啊。"扎西丹增避开妻子深情的目光,无所谓地答应着,十分庄重地给客人添酥油茶。

饭后。香客又问:"公子哪里去了?可以见一见吗?"

"准是又和刚祖玩乌朵①去了。"次旺拉姆望了望将要落山的太阳,"该回家来了。"

"你们忙去吧,我要做一会儿法事。"香客从皮口袋里掏出一个十分精致的黄澄澄的铜铃,在额头上触了一下,轻放在木柜上,手掐着念珠,半闭起眼睛,口中念念有词,神态十分安详。

扎西丹增夫妇刚要退出去,阿旺嘉措跑了进来,小皮袍上沾满了尘土,卷曲的头发上沾着碎草,脸蛋儿红红的,像染了一层夕阳的光泽。他本来就不认生,见香客对自己善意地笑着,胆子更大了,上前抓住那只铜铃,好奇地看了看,叮叮当当地摇开了。那清脆悦耳的声音,比风吹邬坚林寺殿角上的铁马好听多了。他摇得那样兴奋,他从来没有玩过这样贵重的玩具。他爱不释手了。

阿爸和阿妈几乎同时上前按住他的手,呵斥他,让他把铜铃放回原处,并且向香客道歉。

香客不仅一点儿也不介意,反而满面笑容地连声说:"不要紧,不要紧……真

---

① 乌朵:放牧牛羊时用的抛掷土石块的毛绳,中间有块椭圆形的皮子,有人能用它打中百余丈远的目标。

是聪明极了！聪明极了！啊……万分的对不起，这铜铃乃是我家祖传的法器，不然，我一定送给他。我想，将来我们定有重见的机缘，那时候，我一定送一只和这一模一样的铜铃给……尊府。"

扎西丹增夫妇越发不好意思起来。自己的孩子不懂规矩，惹了麻烦，客人反而这样客气，这样宽宏大量。他们连声说："不不，可不能这样……请你原谅孩子……"

阿旺嘉措意识到自己犯了过错，低下头，转身走了。

这一夜，香客辗转反侧，没有合眼。第二天一清早就向主人告别。使人意外的是，这香客竟然拿出许多银钱，而且带着恳求的意思请主人一定收下。

扎西丹增再三推辞："就算是我收你的饭钱，再收你的房钱，外加上再收你给孩子买一个最贵的玩具的钱，连你给的零头也用不完！"扎西丹增急了，他不是贪财的人，决不愿占任何人的任何便宜。何况和这位香客无亲无故，素不相识，初次交往，这么大一个数目的银钱，叫人怎么能接受呢？

香客也急了，执意说："开弓没有回头箭，朋友要交就交到底。你们家并不宽裕，而我的钱是足够用的。"

主人还是断不肯收："你到印度朝佛，来回路途很长，用钱的日子还多……"次旺拉姆诚心地替香客盘算着，谢绝着。

"实话告诉你们吧，"香客说，"昨天夜里，佛在梦中给了我一个启示，要我这样做。二位该不会让我违抗佛旨吧？"

主人为难了。是的，这个理由比什么都正当，都充足，都不好反驳。双方静默了一会儿，扎西丹增说："既然是佛的启示，你就把钱留下好了。不论什么时候你都可以来取。"

"不不，这是给你们的，我决不会再来取它。"

"你再不来了？"阿旺嘉措不知什么时候睡醒了，从垫子上坐起来问。

"来，来，会再来的。"香客说着，走上前去，半坐半跪地偎在垫子上，和蔼无比地回答，"我怎么能不再来呢？还有铜铃的事呢，是不是？说不定我还要带你到拉萨去，看看布达拉宫、大昭寺、一千年前栽种的唐柳……对了，还有可能看到伟大的五世达赖呢！"

"他哪能有这样大的福气？"次旺拉姆笑了笑，"他还能见到佛爷？这我们可是想都没敢想啊……"

香客出了村子，走向通往印度的大道。但他并没有真的去印度朝佛，在走出一段路程之后，又从小路绕了回来。他找了个能隐约望见邬坚林那间小屋的角落，朝

三　仓央嘉措诞生　019

着小屋磕了头，飞也似的朝拉萨奔去了。

  在拉萨，桑结甲措正等待着他带回的重要消息。这位香客本是桑结甲措派出的密使，是一个较早地进入了五世达赖的随员行列的喇嘛，他的名字叫斯伦多吉。此次离开拉萨布达拉宫南行来到门隅地区，对外宣称是为了藏区的幸福去朝圣，实际上是来秘密寻访五世达赖的转世灵童。他找到的灵童就是这个叫阿旺嘉措的孩子——未来的第六世达赖喇嘛仓央嘉措。

  这真是，树还没有长起来，砍树的斧头却早已准备好了。

四
绝密的决定

　　七月的拉萨,中午前后,露天地里的气温还是相当高的。被称为"日光城"的拉萨,太阳光像银箭一样直射下来,又亮又烫,简直使人觉得西藏的天上有两个太阳。

　　混杂着特种气味的尘土,松枝和酥油燃烧的烟雾,在空气中时浓时淡地搅拌着。即使是双目失明的人,嗅一嗅也会知道这儿是拉萨。

　　在市中心的大昭寺门前,在近郊的布达拉和甲坡日①脚下,在环绕着拉萨的"林廓"路上,在西面的哲蚌寺、北面的色拉寺、东面的甘丹寺……到处是磕头拜佛的人群。他们的整个身躯在地面上不停地起伏着,有时像一道疾流,有时像一片海浪,却没有喧嚷,只是默默地萌生着、重复着、加深着自己的信仰。年年,月月,天天,总是呈现出相似的景象。各式各样的佛像,各式各样的男女,各式各样的祈求,各式各样的许诺……交织着,汇集着,构成了拉萨特有的生活旋律。

　　在行人密集的八廓街头,在东西的通道——琉璃桥旁,被刑罚和疾病致残的人和乞丐,成排地坐着或者卧着,使劲地拍着巴掌,嘴里不住地喊:"老爷们,古吉古吉!太太们,古吉古吉!"②比贵族官员的马蹄声和鞭声还要响。

　　高原的天气变化得特别迅猛,风和日丽的正午,突然一阵狂风卷地而起,乌云像山后的伏兵扑了过来,刺眼的闪电,炸裂的雷,带雹的雨,一起向古城展开了进攻。整个拉萨河谷像一个巨大的音筒,从西到东,每个角落,每座墙壁,每块岩石,都发出震耳的回声。一处处林卡里的垂柳,像兴奋得发狂的女妖,披散开长发让风雨尽情地梳洗。所有户外的人都躲避了,连多得惊人的野狗也一条都不见了,只有最虔诚的拜佛者在原地一动不动地伏卧着。

---

① 甲坡日:药王山,与布达拉宫咫尺相对。
② 古吉古吉:藏语,劳累您、求求您、请高抬贵手的意思。

在布达拉宫第十三层的一个落地窗的窗口，阵阵的闪电映现出一个扁扁的脑袋轮廓，他就是第巴桑结甲措。他久久地望着烟雨中的山峦，思考着，等待着。

清朝顺治十年（藏历水蛇年），桑结甲措出生在拉萨北郊大贵族仲麦巴的家中。父亲叫阿苏，母亲叫布赤甲茂。他的叔叔就是赫赫有名的第二任第巴·仲麦巴·陈列甲措。桑结甲措自小就受到他的特殊疼爱、关照和教养。八岁那年，桑结被送进布达拉宫，又幸运地得到五世达赖的直接培育。年复一年，凭借着十分优越的条件，他对佛学、文学、诗学、天文、历算、医药、历史、地理……甚至梵文，无所不学，成了一个青年学者。在他二十三岁那年，第三任第巴·罗桑图道辞职了。五世达赖想指定他接任第巴的职务，但是由于政教各界的头面人物对他还缺乏应有的了解和信任，尤其是没有能够取得代表皇帝管理西藏的蒙古人达赖汗的同意，桑结甲措只好以"自己年纪太轻，阅历不够"为理由，谢绝了这一任命。五世达赖也只好另外推举一位名叫罗桑金巴的寺院总管来担任第四任第巴。三年以后，罗桑金巴又辞了职，五世达赖专门颁发了一份文告，向三大寺的僧众详细介绍桑结甲措的品质、学识和能力，为他制造舆论，为他求得支持。五世达赖还在文告上按下两只手印，用工笔书写后贴在布达拉宫正门的南墙上。达赖汗终于含着疑虑和警惕的眼神点了头。桑结甲措在他二十六岁的时候当了第巴。这是康熙十八年的事了。

从那以后，直到五世达赖圆寂的前三年里，桑结甲措实际上掌握了政教大权。因为一来，五世老了，身体不佳；二来，五世也想多给桑结一些锻炼的机会，所以一般的事务自己就不大管了。

现在，五世达赖圆寂后又已三年了。这三年，是他有生以来最感棘手和头疼的时期，也是他最感兴奋和自豪的时期。五世的去世带来了政治气候的突变，就像眼前拉萨的这场雷雨。他清楚地知道，他一生中的一个新的季节来到了。他像一个不失时机的播种者，果断地播下了自己选好的种子。当然，他撒种的手是颤抖的，但他没有别的选择。他只能期望未来能有个好的收获。他不敢设想会产生与自己的意志相违的结果，因为他播下的既不是青稞、豌豆，也不是圆根萝卜，而是自己的前程和西藏的命运。对于自己的才干，他是有足够的自信的，他已经意识到了自己有一副喜马拉雅般的肩膀，他的扁头里盛满了超人的智慧。同时，在他的视觉中总也消失不掉两个巨大的影子——康熙皇帝和蒙古汗王；然而还有两个影子离他更近，更难消逝，那就是达赖喇嘛和他本人。

五世达赖在布达拉宫逝世的当天，桑结立刻想到的是布达拉宫外面的形势。他以政治家特有的冷静，站在时间与空间的交叉点上分析一切。也许是五世达赖同他的最后谈话提醒了他，在考虑这些重大问题的时候，首先要想到的是蒙古人。

当时，西藏地方政权讨伐西部拉达克部落的战争还没有结束，达赖汗的弟弟甘丹才旺正统率着拉萨的军队督师在外，如果让他们知道五世达赖去世的消息，会给战局带来不利的影响。谁知道这位带兵的蒙古人会对西藏的未来想些什么，会针对他桑结甲措做些什么呢？同时，散布在西北广大地区和驻扎在西藏的蒙古各部落之间的关系复杂，首领们明争暗斗，形势变幻莫测，达赖喇嘛作为他们共同信奉的教主，在他们中间又有着很大的影响和崇高的威信。如果他桑结甲措的头上消失了达赖喇嘛分赠给的光环，那就既失掉了摆脱达赖汗的资本，也失掉了必要时向其他蒙古部落求援的王牌。

他必须正视这个现实：蒙古汗王是皇帝亲自封赐的，是比他桑结甲措更有权威、更受信任的。能够和汗王争比高低的只有伟大的五世一人。再者，黄教的势力还需要继续得到巩固和加强，不可因为五世的去世受到削弱。还有，各个贵族世家出于自身的利益，必然力争让达赖转世到自己的家中，难保不在西藏内部引起政局的混乱……

桑结甲措想来想去，产生了一种幻觉，他看到无数只粗壮有力的大手从四面八方向他伸来，按他的头，挖他的眼，掀他的坐椅，把他从布达拉宫的顶端推了下来，他像一只死麻雀一样坠向地面……他惊恐万分，顿时冒了一身冷汗，整个胸腔空虚了，像一处半棵草也不长的、堆满了冰块的死寂的山谷。

当他从幻觉中恢复过来以后，得出了一个肯定的结论：如果老老实实地宣布五世达赖圆寂的消息，那么他的权力必定由削弱而不稳，由不稳而失去。至高的皇帝和至尊的佛祖都难以降临到他的身边来支持他、袒护他。那时候，他就会成为无翅之鸟、无蹄之马、无水之鱼、无佛之寺、无指之手、无刃之刀……什么贵族世家，什么叔侄第巴，什么达赖亲信，什么才干学识，就都成了死虎的爪子。对他来说，生命还有什么意义呢？

于是，桑结甲措迅速地、果断地做出了决定：对五世的去世严守秘密。为了掩盖教主的消失，他发布了一项声明：第五世达赖喇嘛从现在起进行无限期的修行，静居在高阁，不接见来人，一切事务均由第巴负责处理。

这个绝密的决定，除了桑结本人之外，只有则省穷噶[①]的极少数人知道。不用说，没有人肯付出舍掉身家性命和死后不得升天的惨重代价，去泄露这个秘密。

---

① 则省穷噶：达赖喇嘛侍从室。

　　桑结甲措的预见性和办事的周密性，使他紧接着做出了第二个绝密的决定，即派人暗中去寻访五世达赖的替身——转世灵童。这样，一旦皇帝和藏蒙民众知道了五世去世的真情，他就能够立即推出一位新的达赖，使自己的手中有一张新的王牌——六世达赖。至于其他原委，到时候再去解释。

　　寻找转世灵童的地点，他也是颇费了一番思虑的，最后他选中了门隅，因为这个南部地方比较偏僻，形势也比较安定，不管发生什么事变，比起那些敏感的是非之地来容易保密。另外，那里的人们大多信奉红教，诞生一个黄教教主出来，会有利于黄教势力的扩大与统一，而这个势力现在是、将来也应当是由他来掌握的。

　　……

　　大雨突然停了，漫天的乌云像拥挤的马群，被无数条无形的鞭子抽打着，狂乱地惊逃四散了。翠蓝的天空像被洗得一尘不染的玻璃，远方的雷声小心地、轻轻地哼着，怕把它震裂似的。布达拉宫的上空搭起了一道弯弯的彩桥，每个人都以为吉祥的虹会给自己带来吉祥的生活。这时，达赖的佛堂里又响起了铃鼓声，信徒们拥到宫下，倾听着，跪拜着，祈求伟大的五世赐福。

　　一匹快马朝着布达拉宫飞奔而来。骑在马上的人就是那个"香客"斯伦多吉——布达拉宫那介扎仓的喇嘛。马和人的周身都滴着水，分不清是汗是雨。

　　站在窗口的桑结甲措，严峻的脸上闪过了笑容。他舒了口气，稍感疲乏地坐了下来，好像他的胸中也下了一场雷雨，斯伦多吉归来的身影使它放晴了。

　　斯伦多吉向桑结汇报了找到五世达赖转世灵童的经过，将铜铃放回原处，用五个手指恭敬地指着，发誓般地强调说："第巴阁下，千真万确，绝对不错，他一眼就认出了这是他自己用过的东西，抓住就摇。而且，这位尊者具备了三十二吉相、八十随好，[①]令人一见即饱眼福。"

　　"太好了！我完全相信了。"桑结甲措满意地双手合十，"不过，你给他家留下那么多钱，却是一种愚蠢的行为。"

　　"我想，灵童是需要财富来保护的。"斯伦多吉解释说。他对灵童的敬爱是真诚的。

　　桑结甲措皱皱眉头，冷峻地说："最好的保护是完全不理会他，不要让当地人，包括他的父母，感觉出这个叫阿旺嘉措的孩子与拉萨方面有任何的关系。"桑结见对方还有些不大理解的样子，又补充说，"小地方的人固然迟钝无知，但也往往少

---

① 三十二吉相，八十随好：皆指佛的妙貌。

见多怪，从这方面讲，反倒容易引起猜测。况且那个地方的门巴人头脑简单，易于传谣。"

"可是，对这位佛爷的替身，要特别地加以关照才好。"斯伦多吉站起来请求。

"这，我将来自有安排。"桑结说着，示意对方坐下，"现在，我们先来谈谈对你的安排。"桑结着意地强调了这句话里的"你"字。

"对我？"斯伦多吉的眼神里流露出莫名的惶恐，心里产生了不祥的预感。

"伟大的五世圆寂以来，我们虽然都还没有听到什么风言风语，但他既然被认为依旧健在，如果长久地不露一面，恐怕不大妥当。"桑结甲措慢条斯理地说着，亮出了已经深思熟虑过的第三个绝密的决定，"我还要给你一个秘密使命——在一些重大的公开场合，比如大人物的拜见，盛大的宗教仪式，由你来装扮……也就是说，你，就是活着的五世达赖。"

对方一听，扑通一声伏卧在地，恐慌得浑身发抖，说不出半句话来。

"你只要远远地、高高地坐着就行了，不需要说什么话。当然，有时候要做一点人们熟悉的、庄重而又可亲的五世的习惯动作。你曾经跟随五世多年，对你来说，这是不难做到的。"桑结甲措指了指五世的衣柜，"袈裟、用具，都在那里边。"

对方依旧不敢抬头。这是他绝然想象不到的使命，完全是一种亵渎佛爷的行径，而且对他来说是一个天大的难题。扮演五世达赖，他既不敢，也不一定就会。他演过藏戏，扮演过尊贵的国王一类的人物，但那是戴着面具进行的，谁都知道那是在演戏呀。如今，他将要扮演的是一位事实上虽已去世，而在人们的心目中依然活着的神圣的伟人，这个人还没有被编到戏中；"演出"的场地是这样大，"情节"的发展是这样难以预料，没有可戴的面具，没有壮胆的鼓钹，也没有人会当戏来看。他行吗？他像吗？到时候露了马脚可怎么办？自己昏倒了怎么办？佛爷降罪怎么办？最后的结局到底怎样……到底是一种什么力量把他撂到这座险峻的崖顶上呢？到底是一种什么力量把他投进再也无法爬上来的无底的深渊呢？谚语说：毛驴往哪边走，是由棍子驱使的；马匹往哪边走，是由嚼子支配的。这棍子，这嚼子，是谁呢？是第巴桑结甲措吗？好像是，又好像不是……

桑结甲措上前扶他起来，不无同情地说："这样做的原因你已经明白了，也是万不得已呀。我自己何尝不也是在遵从佛的旨意？佛祖莲花生讲过：'我们这一生的情景，是前一生行为的结果，任何办法都不能改变这种安排。'"桑结甲措在引述莲花生的这两句语录时，速度放慢了一倍，一个字一个字，像钉子一样进他的心窝，不容反驳正如不能拔出。

桑结又说:"你自幼受戒为僧,不就是为了安排来世吗?再说,达赖佛的替身——那位转世灵童阿旺嘉措,是你找到的,佛爷会把你看作最亲近的弟子,随时在暗中保护你。为了佛教,为了灵童,为了西藏,为了众生,你将立下更大的功勋,做出历史上极少有人做到的事情,这是其他任何人都寻找不到的机会。反之……"桑结甲措沉吟了一会儿,仰起了扁头,以执政者应有的严厉声调继续说,"如果你拒不接受,不能领悟这个大道理……二十九日① 就要到了!"

斯伦多吉喇嘛呆痴地望着桑结,一双眼睛再也不会转动了,酷似雕塑艺人制作出来的泥人。他的头上冒着热气,大颗的汗珠从鼻尖滴落下来。宫中是阴凉的,里面永远没有夏天,但他感到这位第巴就是无法遮挡的烈日,离他太近了……他要被烤焦了……

可怜的喇嘛退出之后,桑结甲措一丝不苟地梳洗完毕,换了一件绣花的黄缎藏袍,准备去主持商议地方政务。届时将要讨论布达拉宫红宫部分的经费筹措事宜。工程是这样巨大,事项是这样浩繁,这在西藏的确是空前艰难的建设项目。

原先,布达拉山上只剩有一座宫殿的废墟,宫殿名叫尺孜玛布,是吐蕃王朝的第七位藏王松赞干布在公元636年为迎娶尼泊尔公主修建的;至于公元641年为迎娶文成公主修建的那九百九十九间房子,早都在雷电、火灾、兵乱中荡然无存了。当年,五世达赖的更为宏伟的重建计划,可以说是白手起家的壮举。桑结甲措早就下了决心,即使仅仅为了纪念五世,也要把它最后完成。

"布达拉"乃是佛教用语普陀罗的转音,意思是"观音菩萨的住处"。五世达赖下令修复以来,每天有七千多个农牧民在工地支差,那血、汗、筋、骨和木、石、土、泥汇成的壮烈景象,恐怕只有在山南琼结修建一系列藏王墓时的场面可以相比。修到第八年上,五世达赖从哲蚌寺移居到这里;修到第十二年上,白宫落成了。如今,红宫的继续完成,当然就落到了桑结甲措的肩上。至于人力和财力,他是不能吝惜的。

盖丹报门进来,催促说:"第巴阁下,阵雨过去了,时间不早了,马也备好了,请起驾吧。"

"知道了。"桑结往怀里揣着文件,叫住了正要退出的盖丹,小声地问,"听到什么风声没有?"

"您是说……"

"关于五世……"

---

① 二十九日:藏俗为驱鬼送魔的日子。

"噢,没有,不会有的。"盖丹微微一笑,为了让第巴放心,汇报说,"达赖的各种饮食照常按时间送进去,一切都安排得和他活着的时候一样。有几次,官员们在议事厅开会,听到五世的佛堂里响着铃鼓,都感到无比的幸福。"

"千万大意不得。要尽量多一些耳目。"桑结说罢,跨出房门,一回身,咔嚓一声扣上了特制的大锁。

林卡①里,刀枪林立,歌声悠扬。一位剽悍的蒙古王子盘坐在厚厚的羊毛垫子上,一面饮酒,一面欣赏藏族歌舞。

草坪上积蓄着闪亮的雨水,一个跳舞的姑娘在旋转的时候滑倒了,疼得捂住脸半天爬不起身。王子拍着双膝哈哈大笑。陪同观看的大臣们、将军们、卫士们也都跟着大笑。摔伤了的姑娘疼得流出了眼泪,他们也笑出了眼泪。歌声不间断地继续着。

远远地,一小队人马在大路上走过,似乎谁也没有听到那林卡中的笑声和歌声,谁也不朝林卡望上一眼。他们既不加快也不放慢前行的步伐,无动于衷地甚至是傲慢地走着。踏在碎石上的马蹄声,好像在重复着一句话:不屑一顾,不屑一顾,不屑一顾……

蒙古王子却望见了这队人马。也许是习惯于威武的人,本能地忌恨别人的威武,他的还没有结束狂笑的脸上又呈现出盛怒。他忍不住问身边的大臣:"那是什么人?"

大臣手搭凉棚望了一会儿,肯定地回答说:"王子阁下,那是第巴桑结甲措。"

"这样大摇大摆地从我面前经过,故意示威吗?"他把空酒碗朝地上一丢。

"不会是这个意思,一定是又去出席什么会议。"另一位大臣说,"第巴是个大忙人,也很能干,西藏的各个办事机构里都有他的座位。他的施政才干应当说是无懈可击的。"

"够了!"王子不想听这种介绍,"他们显然是欺侮我还没有登上汗位。如果今天坐在这里的是我的祖父固始汗、我的伯父达延汗、我的父亲达赖汗,他桑结甲措是不敢如此无礼的。将来有一天我被称为汗王的时候,他大概就要来躬身施礼了!"

"王子,您不要想得太多,第巴不一定知道您在这里。"一位将军说。

"好吧,我欣赏你做出的这种估计。希望他们永远尊重我们。继续看演出吧。"

王子表面上恢复了常态,但他心中的不快——应当说是对于桑结的敌意——却无论怎样也无法消除。

他就是未来的拉藏汗。在他继承了汗位以后,果然把这种敌意释放出来,加剧

---

① 林卡:园林。

了和第巴桑结之间的摩擦……

　　事情的缘由是这样的。几年以前，有一个名叫才旺甲茂的贵族少女，曾经和桑结甲措相爱，在正式议婚的时候，桑结提出，等他当上了第巴以后再举行婚礼。他是有信心可以很快当上第巴的，因为五世达赖已经给了他这样的保证，但这在当时是不便公开的。女方的家长以为是遭到了拒绝，受到了羞辱，心里憋着很大的火气。恰巧在这个时候，达赖汗为自己的王子向才旺甲茂家求婚，女方的家长还有什么不同意呢？让女儿嫁给蒙古的王子，不是比嫁给第巴的侄子更体面吗？就这样，才旺甲茂成了达赖汗王子的妻子——虽然据记载，她并不是他唯一的一个。岳父岳母的羞辱，也就从此转换为两个正式的和非正式的女婿之间的羞辱。桑结甲措总觉得是王子乘机夺走了自己的情人，而王子则总觉得自己的一个妻子是桑结甲措丢弃的"次品"。双方都认为是一件令人难堪的、有伤体面的事情。将来，一旦"爱情的嫉恨在政治的磨盘里加了水"，它的悲剧性就会扩大十倍。这样的事在历史上不是没有先例的。

　　桑结甲措和他的随从早已走远了，不见踪影了，王子的眼前却老是晃动着第巴坐在高头大马上的形象。

　　"达赖老了，快七十岁了；班禅还年轻，才二十岁出头。这个第巴的扁头真会成为西藏的最高峰吗？走着瞧吧，走着瞧吧……"王子心中暗自想着，又大口大口地喝起酒来。他不知道人们为什么又在哄笑，他竟没有发现，又有一位跳舞的姑娘仰面朝天地滑倒在地上。当然，他更没有发现，由于桑结甲措匿报，五世达赖还健在的消息早已经就是假的了。

五
童年的悲欢

山上,杜鹃花开了;地上,青草长高了;天上,云朵更白了。在西藏,春天的翅膀总是先在门隅地区展开的。

三头大牛和一头小牛向村外缓慢、安详地移动着,后面跟着放牧人——六岁的阿旺嘉措。

嘹亮的歌声在暖风中飘荡着:

牛啊,我吆喝着牛儿走啊,
叫声牛啊,快快地走吧,
吆喝的声音响彻山冈。
我从未唱过心爱的歌,
吆喝的声音就是我的歌唱。

牛啊,我吆喝着牛儿走啊,
叫声牛啊,快快地走吧,
吆喝着牛儿来到沙滩上。
我瞧着它踩出的蹄印,
多么好看的图样!

……
我和牛儿永不分离,
我多么喜欢牛叫声啊!

"啊，唠唠唠唠……"

突然，从树后跳出一头没有长角的"小牛"来，还"哞哞"地叫着。阿旺嘉措先是一愣，接着也高兴地跳起来："刚祖！你学得真像！"

"我阿爸是干什么的，你忘了？"刚祖叹了一口气，"学得再像有什么用？哪有你的歌唱得好听啊！谁教你的？"

"阿妈教我的。"

"我就没人教。"刚祖又叹了一口气，"我阿爸再也不唱歌了，当然也就不愿教我了。"

"为什么？"

"人家说他音不准，还像牛叫。"

"伯伯那森可是个好人。"阿旺嘉措感到有些不平了，人们不应该说那种让伯伯难过的话。

"你不懂。低贱的好人，不如高贵的恶人。"

"我不信。高贵的恶人，不如低贱的好人。"

"我比你大得多，听得多，见得多。我五岁的时候你才出生呢。"刚祖学着长者的口吻，一本正经地把阿旺嘉措拉到跟前，"我等你半天了，有件非常重大的事要告诉你。"

"什么事？快说呀。"

"我问你的话，你可要真心回答。"

"一定真心！"阿旺嘉措毫不犹豫。

"从现在起，我阿爸要教我杀牛宰羊了。我已经长大了，已经不只是屠宰人的儿子了，我自己也要成为屠宰人了。明白了吗？"刚祖捡起一块石子，朝远处狠狠地一掷。一群麻雀从灌木丛中飞了起来。

"我明白了。这不是很好吗？你既然长大了，当然要学会干活。"

"你能像你阿爸对我阿爸那样地对待我吗？"

"当然了！"

"唉，你不懂，人家说：宰杀牲畜的人最低贱，不准和人同坐，不准使用别人的东西。"

"我不管！有人说'肉和骨头上不能洒稀饭'，我就要在肉和骨头上洒稀饭！我就要和屠宰人交朋友！没有人宰羊，人吃羊肉的时候怎么办呢？不是和狼一样了吗？"

刚祖笑了，张开两臂说："好！我们永远是朋友！"

"永远！"阿旺嘉措也张开了两臂。

两人紧紧地抱在一起，摇着，蹦着，摔倒了，在柔软的草地上打起滚来。小牛犊迷惑地望着他们，撒了个欢儿，跳向母牛的身边。

两人坐在地上喘息了一阵。阿旺嘉措望着天空中双双飞舞的不知名的小鸟说："刚祖，我给你背一首歌吧，算是我对你发的誓，好吗？"

"太好了！我要牢牢地记住它。"刚祖眨眨眼，十分认真地听着。

阿旺嘉措朗诵道：

> 我们永在一起，
> 亲亲爱爱地相依，
> 要像洁白的哈达，
> 经纬密织不离。

"不对。"刚祖说。

"对！"阿旺嘉措不服地辩驳。

"错了。"

"一字不错！"

"不是句子背错了，是……"刚祖把嘴凑近阿旺嘉措的耳朵，带有几分神秘地压低了声音，"这是男人给女人唱的。"

"……"

就在这一年，阿旺嘉措的阿爸，由于自小劳累过度，开始经常地吐血了。吃过寺院里讨来的香灰，喝过供奉在佛前的圣水，总不见有一点好转。扎西丹增支撑着虚弱的身体，照样里里外外地干活，只把几头牛交给了儿子去放。咳嗽，盗汗，发烧，胸闷，石头压身一般的疲惫……越来越频繁地向他围攻着。他还是经常装作没事儿的样子，尽可能更多地说笑。次旺拉姆也只在暗中偷偷地流泪。他们都不愿把悲伤传染给对方，更不愿去刺痛天真活泼而又懂事过早的儿子。但它像一根绷得太紧的绳子，终于快要断了。

扎西丹增把沉重的头靠在墙上，吃力地呼吸着，含情地端详着年轻美丽的妻子，竭力在心中搜索还需要说的话。他的思路像远山的云雾，模糊而迷乱，妻子的容貌

五　童年的悲欢

却像眼前的明月，清晰而妩媚。他认识她快十年了，老了一点儿吗？不，她是长大了。他永远不会忘记第一次见到次旺拉姆的情景……一个少女，穿着翠绿的上衣，站在翠绿的柳林里，低着头，在编织自己的小辫儿。远处，一个小姑娘喊着："次旺拉姆，你来。"她没有回答，只是望了望喊她的小姑娘，摇了摇头，依旧继续编织着小辫儿。扎西丹增完全是偶然地、几乎是在一瞬间发现了她，同时也发现自己已经站到了她的身后。仅仅看到她的侧面，他就震惊了！啊，那么美！她不是人，是妖精，是仙女，或者是什么法术变出来的。他从来没有想象过自己最喜欢什么样的姑娘，但他此时此刻完全知道了，突然明白了，十分肯定了：就是她！就是她这个样子。这就是自己最喜欢的那种女子。她的一切，包括每一根头发，都好像是专门为自己生长的，她无论如何不应该、也不能归别的男子所有。扎西丹增那阵子不知为什么竟然变成了一个大胆的见面熟的人，上前搭话说："你叫次旺拉姆？"少女转过身来，惊诧地反问："你怎么知道我的名字？"她歪着头，望着这陌生的男子，既不故作忸怩，也不假装羞涩。扎西丹增老实地回答说："刚才我听见有人叫你。"少女的脸上立刻消失了疑惑的神色，径自走去了。扎西丹增没有机会自我介绍，整夜里懊悔不已。俗话说：山和山不相遇，人和人总相逢。第二天，他们又见面了。没有料到的是他竟会叫错了人家的名字，把"次旺拉姆"叫成了"次旦拉姆"，天知道是怎么搞的！他谦卑地请求原谅，对方毫不介意地说："这没关系。"他还是长久地不肯原谅自己……以后的事，他的记忆当然也是非常深刻的、甜蜜的，但像是春夏的繁花，太多了，太艳了，失去了可数的层次。

　　……

　　他终于想起了要说的话。

　　"次旺拉姆，那个香客留下的钱，一个也不要动用，不管等到哪年哪月，一定归还原主。"

　　"嗯，我记住了，我一定……我们一定这样做。"次旺拉姆忍住泪水，点着头。

　　"这总是我的一块心病啊……去印度朝佛，三年也该回来了……不，不是赃银，那就会有人来追捕、查找……不，不是布施，那就该献到寺院里去……"

　　"他也许是个黄教喇嘛吧？自己不能娶妻，才特别喜欢咱们的这个孩子。"

　　"快去把孩子叫来！"扎西丹增觉得一大口血涌了上来，赶紧从怀里掏出厚纸板一样的氆氇手帕捂住了嘴。

　　次旺拉姆立刻朝村外飞跑。她一边跑着，一边听到有一个滚雷般的声音跟在她的脑后：你的丈夫，最爱你的人，你最爱的人，就要走了，远远地走了，永远地走了，再也不回来了……她觉得自己不存在了，跑着的不是她，而是另一个和她一样的女人。她可怜这个女人，害怕这个女人，这个女人一定是发疯了……

她感到这女人又变成了她自己，是她自己拉住了儿子，并把儿子送到了丈夫的跟前。

扎西丹增挣扎着坐起来，抚着儿子的头，上气不接下气地说："阿爸没有给你留下……财富……记住……用珠宝装饰……自己，不如用知识……丰富……自……"他用尽最后的力气，一手抓住儿子，一手抓住妻子，突然，手一松，倒了下去，闭上了被美和丑填满了的眼睛。

次旺拉姆抱住他的双肩，摇啊，摇啊，又狠命地捶打他，像是要把一个睡得太熟的人捶醒。她相信丈夫还会有疼的感觉，还会醒来的。

阿旺嘉措没有看到阿爸再次醒来，阿妈却昏过去了。她的头伏在丈夫的胸前，像是双双入睡了。

阿旺嘉措觉得脚下的地塌陷了，房里的柱子倒了。他又觉得自己像一块石头，一下子从山顶跌落到深深的谷底，撞成了粉末。他号啕大哭，他还从来没有这样声嘶力竭地哭过。

那森一头撞进门来，跪在扎西丹增的身旁，撕扯着自己蓬乱的头发，用一种令人听来心肝碎裂的哭喊责备着死者："你呀你，你为什么不让我替你去呀……"

扎西丹增在世的时候，如果说次旺拉姆的身上还有不少女儿性的话，现在她的身上就只有母性了。她在短短的时间里，从一个年轻的妻子变成了一个中年的母亲。她把对丈夫的爱全部加在了儿子的身上，使阿旺嘉措得到了双倍的慈祥。

阿旺嘉措也好像突然长大了许多，好像去什么地方学了几年回来，变得那样有思想，会猜测、体贴阿妈的心情。

他沉浸在母爱之海的最深处，像一条谁也不来侵害的小鱼。那浩瀚的、无私的海水，洗去了他失去阿爸的伤痛。

几乎是每个夜晚，冬天在炉火边，夏天在星月下，他听阿妈讲各种故事和传说，听阿妈唱无穷无尽的民歌。那明快的语言、贴切的比喻、铿锵的节奏，使他着迷；那朴实、真诚、深厚的情思，使他感动。他知道，这些语言和感情的珍珠，不是阿妈自己创造的，而是千千万万的人在心中培植的，一代又一代在嘴上流传的，他们和阿妈是一样的，是一体的，无法区别，也用不着区别。阿妈唱的这些美妙的、有韵的诗句，在村里村外不是也经常响着吗？在游荡着牛羊的山坡上，在打青稞的枷

五 童年的悲欢

声中,在拍阿嘎①的房顶上,在打土墙的工地上,在背石头的差民的行列里,在节日的坝子上……到处都飞翔着它们的旋律。对于民歌,他的记忆力像是钉在木头里的钉子;他的理解力像是投进了茶水的盐巴。他对它们像对阿妈一样亲,对家乡一样爱,对雪山一样敬仰。

又是三年过去了。阿旺嘉措长到了九岁。他干过的活儿像他得到的欢乐一样多,他得到的欢乐像他记下的诗歌一样多。

有一天,村里来了一位年长的喇嘛,他的年龄、气度和谈吐,很快获得了人们的信任和尊敬。他宣称:遵照佛的旨意,要在错那宗的全境招收一批儿童进寺院学经,地点是波拉②山口的巴桑寺。在学经者的名单上,就有阿旺嘉措。

波拉在村子的北方,路程不算很远,只是一路上坡,风景也由秀美转为壮丽。人们经常提起那个有名的地方。阿旺嘉措对它也有过朦胧的向往。

这个消息无疑是重大的,而且来得突然。次旺拉姆的心绪很乱,许久说不出一句话来。阿旺嘉措的心里也是寒暖交加。他的好奇心和求知欲,吸引着他想去一个新的地方,看一些没有看见过的东西,接触一下另外的世界。即使是幸福的生活,太平稳了,老是一个样子,也有些乏味。但他又舍不得离开母亲,离开还保留着阿爸的影子和声音的小屋。还有常来找他玩耍的刚祖,甚至那夕阳余晖中的炊烟,长大了的小牛……怎样决定才好呢?迎接他的又是什么呢?老喇嘛选中了他,是值得自豪的喜事呢,还是隐藏着不测的变故呢?他没有能力做出判断,只有听从阿妈和那森伯伯的意见。

这位年长的喇嘛,原来并不属于巴桑寺。他是第巴桑结甲措特意派来的六位经师之一。桑结把他们派到巴桑寺来,是为了让阿旺嘉措接受作为达赖喇嘛所必须接受的训练。他们都是精通佛学的学者,其中各个教派的都有。桑结甲措显然出于对五世达赖的尊重,继承了他在世时采取过的做法。那时候,五世达赖虽是格鲁巴③的主宰,却顶住了不少人的非议,在布达拉宫里和其他的大寺院里保留了几名别的教派的著名喇嘛。他说,多了解一些不同教派的情况,总比什么都不懂或者只有单方面的知识要好一些。

这六位经师在从拉萨出发以前,桑结甲措代表已不存在的五世达赖晓谕他们:到达错那宗以后,不要说是来自拉萨,只说是来自后藏的几个寺院,为了发展佛教,

---

① 阿嘎:一种覆盖房顶和地面的土,拍平晾干后犹如水泥。
② 波拉:也译作棒山。
③ 格鲁巴:黄教教派。

进行学术交流，培养新一代的喇嘛，以备再建寺院。至于阿旺嘉措，不过是有人向他推荐过的一个比较聪明的孩子而已。桑结甲措向他们强调说，这样做并没有什么隐秘之处，只是避免引起涉及政治方面的猜测，产生不必要的麻烦，发展佛教确实是唯一的目的。

经师们请第巴向五世达赖转奉至高至诚的敬仰之心和不折不扣的顺从之意，怀着满腔的宗教热情，来到了错那宗的波拉。他们受到了巴桑寺上上下下的欢迎，对于招收儿童学经的想法给了很大的支持。淹没在大串名单中的阿旺嘉措，是不会引起任何人的特别注意的。这些情况，阿旺嘉措和他的母亲当然更是一无所知。

让我们回到他们母子的小屋中来吧。

"阿妈，你说，我去不去？"阿旺嘉措接着表示说，"我听阿妈的话。"

"我们都应当听佛的指引。既然是佛的旨意，要赐福给你，是要遵从的，是要感激的。"次旺拉姆柔和的语调里充满了虔诚，"你说呢？"她把儿子看作大人一样，认真征询着他的意见。

"阿爸嘱咐我说：用珠宝装饰自己，不如用知识丰富自己。我想学知识……识字的人在寺院里，书籍也在寺院里……"

"说得对。我想，你阿爸还在的话，也会让你去的。"

"家里就剩你一个人了，谁帮你干活儿呢？你会想我的。"

"好孩子，你只要不老想着我就好了，学经的人应当只想着佛，只想着来世，只想着众生的苦难。将来，如果你能受戒，当了正式僧人，就更不能惦记家了。"

"这里的僧人，不是也可以在家里干活吗？"

"他们信红教。谁知道以后你会信什么教派呢？"

"我要信能够在家帮你干活儿的教派。我不能不管阿妈。"

"好儿子！阿妈还不老，身体也很好。再说，伯伯那森和刚祖会来帮忙的。"次旺拉姆的眼里闪着泪花，把儿子紧紧搂在怀里，"你聪明，懂事早，记性好，又有了这样的机会，一定能超过你阿爸，成为一个更有学问的人。去吧，去吧……"

"阿妈，你不要哭。我一定常来看你！不要哭了，阿妈……"

第二天黎明时分，阿旺嘉措背着一个不大的皮口袋作为行囊，跟在老喇嘛的马后，出了村子，缓缓地向北走去。

走了很远，他又一次回过头来，望见阿妈站在一道不高的卵石墙上，上身微微地向前倾斜着，霞光从侧方射来，把她的白色上衣染成了粉红色。她一动不动地立在那里，像一尊白度母仙女的塑像。

五 童年的悲欢

他喊了一声"阿妈……"声音低得只有他自己才能听到。他扬起手,朝阿妈挥动着。次旺拉姆也高高地扬起了手臂……啊,她不是一尊仙女的塑像,她是一位活生生的母亲!

沿着向北延伸的马蹄印痕,他向后倒退着跟进。他望见阿妈用双手捂住了脸面……

他万万没有想到,那就是阿妈留在他眼中的最后的身影!

……

不知从什么地方飘来了他最熟悉的歌声——家乡的歌声:

深谷里堆积的白雪,
是巍峨的高山的装扮。
莫融化呀,请你再留三年。

深谷里美丽的鲜花,
是秀美的深谷的装扮,
莫凋谢呀,请再盛开三年。

家乡的俊美的少年,
是阿妈心中的温暖,
莫离开呀,希望常聚不散。

歌声像是从山上响起来的,又像是从云中飘下来的。悠扬中含着郁悒,深沉中透出悲凉。他听着,听着,鼻子一阵发酸,对于听这首歌,他还从来没有如此动情。

他的纯真的幼小心灵,曾经幻想过自己能变成一只生着花翅膀的小鸟,飞离家乡,飞向天外,去看看远方的世界,高高的群山那边,一定有许多美好而奇妙的东西。现在,他果真要到大山的那边去了,就像在梦境中一样,他感到整个的身心都轻飘飘的。他的脚步却是沉重的,他的小靴子在地面上发出嚓嚓的声音,每走一步都像是从泥土中拔出一棵小树。

他毕竟还是个孩子,又是第一次离开自己的阿妈,自己的家乡,离开他熟悉了的一切。这一切都是实实在在的,含着感情的,却逐渐地留在了身后,而在远方等待着他的,不管怎样想象,总是那样模糊,那样虚幻。

他不由得回过身去，再望邬坚林，那个小村庄也已经变得模糊起来。他瞪大了眼睛，极力地寻觅，再也看不到阿妈的身影了。

十一月的山风，从北方迎面吹来，把他的脸吹得冰凉。他的眼睛也模糊了，连路也看不清了，只觉得脸上有什么虫子在爬，滚烫，滚烫……

他只能跟随着老喇嘛催动的马蹄继续向北方走去。北方啊，北方，北方到底有些什么呢？

路上，他碰上了背着满桶水的人，在勒邦湖畔又遇上了举行婚嫁仪式的送迎队伍。他记得阿妈说过，对于出门人，这都是吉祥的预兆。

六
逃不走的冒充者

曾经扮演香客的喇嘛斯伦多吉，不止一次地在布达拉宫里成功地扮演着五世达赖的角色。

酥油灯发出的微弱的黄光，照不透大殿里的幽暗。各色各样的佛像、唐卡、经幡和哈达，矗立着，垂挂着，构成了一座奇异的、月夜中的原始森林。

他只是影子一般地坐在高高的佛台上，短暂地出现一下，或主持一下仪式，或远远地接受各地高僧和蒙古贵族的朝拜。有谁敢于未受召唤就擅自近前来呢？又有谁敢于长久地仰面审视他呢？

但是这位"五世达赖"几年来不再大声讲话，不再在人们的近距离中出现，则难免引起有心人的思虑。他们不理解这种变化，猜疑着布达拉宫里是不是发生了什么事情。当然，他们是不敢流露，不敢询问，更不敢议论的。

疑问在他们心中年复一年地存在着，就像一个越长越大的肿瘤，既无法割掉，也无法使它消隐。他们时常暗地里思谋着证实或者消除这种疑问的良策，千方百计地想进行各种隐蔽的试探。

敏珠活佛就是决意要进行这种试探的一个。他考虑成熟以后，又像以前那样写了一首诗交给郎色，嘱咐他一定亲自呈送五世达赖过目，并求和诗。诗是这样写的：

星星，月亮，太阳，
都比不上您的明亮，
世上能和您相比的，
只有您自己的光芒。

五天以后，郎色来到了布达拉宫，照例先禀报达赖侍从室，盖丹请他先去歇息，用餐，以争取时间去作"接见"的安排。

盖丹知道，郎色不止一次地见过五世达赖，是很容易辨认出真假来的。经过了一番布置后，他通知郎色说："佛爷正在做法事，但又很想立刻接见你，所以你只能在大殿的门外遥拜他，领受他的祝福。"

"是，是。"郎色当然唯佛命是从了。

对着大殿正中高高的佛台，郎色行过叩拜礼。只见达赖向他做了个赐福的手势，示意让他退去。

郎色急忙从怀里掏出那首诗来，对身边的盖丹说："敏珠活佛又带来一首诗，请转呈佛爷，求佛爷赐写和诗。"

"这……好好，请稍候。"盖丹答应着，将诗呈上了佛台，以恭请佛命的姿势，却又是下达命令的语气低声说："立即和他一首，让他快走！"

斯伦多吉这个那介扎仓的喇嘛并非没有学问，甚至也浏览过《修辞论诗镜》一类的书。今天的事虽然来得有点突然，出乎意外，但他觉得并没有多大困难——诗嘛，写几句美妙的言辞就是；和诗嘛，他写来几句我回他几句就是了。至于诗中所注的"求同喻"三字，就不必认真理会了。他的内心一直是很痛苦的，他早已厌倦了这种木偶式的生活。倒是今天有了一点不同，他不但能冒充达赖的形体，还能代替达赖作诗。他认为，达赖有真假，诗却是会写的人写出来的都差不多。他略为思索了一下，就把和诗写好了。

郎色回到敏珠林寺院，向敏珠活佛做了汇报，交了和诗，回家去了。

敏珠活佛在听郎色讲述进宫经过的时候，虽然一言不发，半句不问，内心却增添了更多的疑窦。根据上次郎色讲述的情景，五世的身体显然由于年老、生病而虚弱了，为什么现在又变得如此健壮，动作反倒敏捷了呢？又为什么要在远处接见郎色呢？为什么不向郎色问几句关于我的话呢？……

当他展开达赖的和诗读下去的时候，他发蒙了。每个字都像黄蜂蜇在他的头上：

> 我的朋友呀，
> 你像一座直立在云雾之上的山，
> 你像泉水清又甜，
> 流进宽广无边的普度众生的大海。

六　逃不走的冒充者

"不，这不是五世达赖写的！字是有些像，但不无模仿的痕迹。"敏珠活佛逐一地判断着，"我的诗用的是'最胜喻'，他用的却是一般的'物喻'；我明明注着'求同喻'三字呀……五世达赖可不是这样粗心的人。再说，格律也完全不合。这绝不是五世的水平！他，他……不是达赖！不是！"

惊恐，悲愤，羞辱，焦急……使敏珠活佛觉得身上的袈裟着了火。但他能做什么呢？他敢说什么呢？四周的一切，一切的人们，不都和平常一样吗？

他痛苦地闭紧了眼睛……在他的头顶上，升起了第巴的大得可怕的身躯。权力是可以掩盖真相的，如果要揭示真相，就需有更大的权力。他，一个普通的活佛是无能为力的。但是让智者去扮演傻子也是非常困难的。他决心不再和这位"达赖"有任何诗文来往，不再和布达拉宫发生任何关系了。

他随即离开寺院，到一个山洞中单独修行去了。

敏珠活佛的举动，又引起了郎色的怀疑，他反复琢磨着敏珠活佛情绪反常的原因，回忆对比着五世达赖几次接见他的情景，总觉得这一次和以往很不一样。难道五世达赖不是那个名叫罗桑嘉措的伟大人物？为什么不是他了呢？那又会是谁呢？他恨不得立刻再登上布达拉宫去弄个明白。但是转念一想，不行啊，如果真的同他所怀疑的一样，第巴也好，盖丹也好，决不会让他透出真相。他们一旦识破他的意图之后，定会立时把他杀死在宫中的。

郎色正在没有主意的时候，小喇嘛东赛走了进来。东赛刚入寺受戒不久，不大熟悉规矩，可倒也机灵。敏珠活佛给他起了个法名，他总觉得不大悦耳，想请活佛另外再起一个。今天又来催问这件事了。

郎色脑子一转，计上心来，把东赛叫到内室，对他说："活佛短期之内不回寺院。我给你出个主意，一定能叫你得到一个最好的法名。"

"什么主意？快告诉我，我一定照你说的去做。"

"真的？"

"当然了。'不见，上山看；不懂，问老人'嘛。您是长者，应当向您请教。"

"好！"郎色把声音压得很低，说，"到布达拉宫去，求伟大的五世赐你个法名。"

"啊？"东赛吃惊了，"那不是上天摘月亮吗？哪有那么高的梯子？"

"何用看得那样难呢？"

"要是不难，我早就到拉萨去了，谁不想见到达赖呀？更不用说由他亲自给起法名了！"

"小声点儿。"郎色提醒他，"如果你到了布达拉宫，说你是西藏的一个普普通通的小喇嘛,当然不会受到达赖的接见。你若说是从遥远的地方来的呢?比如从蒙古,从甘肃,从青海,云南……经历了千辛万苦,只为求一个法名,看一眼达赖,不然,宁愿自焚在宫墙之外。这般讲法,就不一样了。五世是一位热爱各地教徒的人,他自己曾经为了传教而跋涉万里……这你大概也有过耳闻吧?"

"对!好办法。俗话说,人急了求神,神急了说谎。我为什么不可以这样去说呢?"

"不对,这不是说谎,而是夸张。夸张是为了打动他人。世界上有许多事就是靠夸张办成的。"郎色纠正着。然后,冷静地说,"计谋可以问别人,决策还得靠自己。可不可行,你定吧。"

"这有什么不可行的?"东赛感激地说,"大不了我的福分浅,见不上达赖,回来就是了。"年轻人追求新奇、爱好冒险的火苗儿,在东赛的胸中越蹿越高了。

"那你就悄悄地走,悄悄地回。见上见不上,对谁都不要讲。记住:口牢,如铁屋保身;口松,如乱纸招风!"

"我知道。您放心好了。"

……

东赛来到布达拉宫,照郎色所教的那样,日夜跪在宫门口,苦苦恳求达赖接见,赐他法名。盖丹只得请示第巴。

桑结甲措分析了东赛的年龄和来处,断定他不曾见过五世。而且,随后他还能到外地教徒中去自动宣传达赖健在的消息,不是可以起一些有益的作用吗?于是,答应了他的要求。

如愿以偿的东赛,非常高兴地回到敏珠林,悄悄地让郎色分享他难得的幸福。

郎色听说他见到了五世达赖,急着想问个明白,却故意操着不紧不慢的声调说:"从前,我也见过伟大的五世,只是没有看得太清,佛光耀眼啊……你离他很近吗?"

"不远。"

"你真有这么大的福分?"

"一点儿不假,我起誓。"

"不必了。你说说,五世是什么样子吧。"

"说实话,倒不是佛光耀眼,而是酥油灯太暗,佛爷的容貌我也说不上来。只见他戴着一顶黄色的帽子……"

"啊!秃顶的特征被遮盖了。"郎色心里说。

"帽檐低得几乎蒙住了眼睛。"

"啊！大圆眼睛的特征也被遮盖了。"郎色心里说。

"就这些。"东赛再也描绘不出什么来了。

"这就够了！"郎色心里说。

东赛见郎色不再问什么，也不再说什么，便拜谢道："全靠了您的指点呀。"

郎色还了礼："对我最好的感谢就是对谁也不要提起这件事。"

东赛拍拍心口说："对善听话的人，只需讲一次就行了，对会跑的马，只要扬一鞭就行了。"

"我相信你。"郎色笑着，把东赛送出门去。再没问他法名的事儿。

晴朗的夜空。月亮升起来了，远方的雪峰像闪着寒光的刀剑。郎色打了个寒噤，耳边响起了两句谚语：不把尖尖的舌头管好，会使圆圆的脑袋搬家。

五世达赖的装扮者痛苦难熬了。他不甘心再这样冒充下去。他越来越感到自己像是飞上天的鱼，潜入海底的鸟……是如此不伦不类，无法生活。尤其可怕的是，每当晚间独自睡下的时候，就看见五世睁大了圆眼对他怒视着，吓得他蒙起头不敢出气，好像护法神的大棒随时都会狠狠地打到他的头上。

他经常发现不吉祥的征兆，天上一朵乌云飘过，脚下一只蚂蚁死亡，墙缝一棵小草枯萎，佛前一盏油灯熄灭，都使他沮丧不已。

"……如果有朝一日这事被识破，皇帝怪罪下来，或者第巴失了势，我会有好结果吗？谁能替我辩解？谁能提供保护？若是大风吹倒了房子，还会饶过门窗？佛呀，该怎么办呢？……"

他的肉体虽然没有受到折磨，他的精神却日渐萎靡了，甚至到了崩溃的边缘。他感到自己的处境比被扔进蝎子洞还可怕，还要不堪忍受。他不敢呻吟，更不能喊叫。过久的重压，极度的抑郁，使他时常意识到自己有发疯的可能。

他害怕这一天真会到来——他会跑到宫顶上，向着全西藏大声宣布："我不是五世达赖！伟大的五世早已圆寂了！我是在执行第巴桑结甲措的秘密使命，我是个冒充者呀！五世达赖的真身已经转世多年了，是我寻到的，就在山南门隅，名叫阿旺嘉措。你们快去迎他吧！"然后，纵身一跳，像一只被利箭射穿的乌鸦，垂直地、迅速地栽下去，掠过十三层门窗，栽到地面上，粉身碎骨，血肉模糊，被饿狗叼走……

逃！逃出去！找一个很远很远的隐居之处，自由地呼吸十年、二十年，平静地死去。谁也不知道他，不议论他，不惩罚他，不监视他，不强迫他，不利用他，不主宰他……这几年来他才知道：世上最不自由的倒不是那些戴着枷锁的囚犯，而是他这个肩负着"光荣使命"的"功臣"。

他果真行动起来,脱掉了袈裟,换了一套俗装,溜出房去。东面、南面、北面的三座大门,他是出不去的,在那里必会遭到卫兵和喇嘛的盘诘,接着就会是扣押和审问。只有跳过西面的石墙,窜到修筑红宫的工地上,混在杂乱的差民中,装作背石头的人下山去。

他刚要纵身爬墙,就被一声怒吼吓软了双腿。

"什么人?"一个护宫的喇嘛赤裸着右臂,提着一根顶端包着铁皮的木棒,出现在他的背后。

"我……我是那介扎仓的……"他忘记了自己已经换掉了僧装。

"大胆的贼人,竟敢冒充喇嘛,败坏我佛门的声誉!"另一个护宫喇嘛也逼上前来。

"把赃物交出来!"

"没有赃物,我没有偷,我不是从外面进来的……"他喃喃地辩解着。

"搜!"

从头到脚,连头发在内都搜遍了,也没有搜到任何东西。值几个钱的,只有缠在他手腕上的一串念珠。

这时候,盖丹也发现他不在房中,急忙带了几个心腹四处查找,正好在这里碰到。他挥了挥手,让护宫喇嘛退去,说了声:"把他交给我去处置好了。"

斯伦多吉乖乖地跟着盖丹走了。

从一间黑得什么也看不清的房子里,传出了啪啪的声音夹杂着从咬住的嘴里憋出来的呻吟。

逃跑者在挨着鞭打。他看不清打他的人是谁,他也不需要知道是谁。他是个既不擅长报恩,也不忍心报复的人。

打他的人只知道是在惩罚一个窃取佛品的小偷儿,并且掌握着一条指示:案情不算太重,不必打得过狠,给一次适当的教训就行了,以免有损于佛的仁慈。

不一会儿,黑屋里又恢复了死寂。

盖丹拿着五世达赖的袈裟,推门进来,叹息着:"唉,再接过去吧。你不是早就明白了吗?何必去跳苦海?佛的安排只有佛才能改变哪!"

"我受不了,我……宁愿早死。"他哭了。

"那也要等到佛来召见你的时候嘛。走吧,第巴要见你。"

斯伦多吉又乖乖地跟着盖丹走了。

桑结甲措用空前严峻的目光逼视着他,久久地不说一句话。他像被置于不熄的电光之下，不敢抬头。他知道第巴的脾气：高兴时像观音菩萨，发怒时像马头金刚。此刻，他清楚地认识到，冒充达赖的罪过是第巴逼着犯的，将来或许有人能够谅解他；企图逃走的罪过可是自己犯的，眼前的第巴是决不肯宽恕他的。他只有等待着死，不论怎么处死他都行。用毒药，用钢刀，用绳子勒，用石头砸，用皮口袋装起来扔到河里……都比在这座金碧辉煌的大牢狱中冒充赐福他人的主宰要好。他闭起眼睛，同样久久地不说一句话。

"碗砸烂了个人吃亏，锅敲破了大家倒霉。"是桑结甲措的声音。

等他睁开眼睛的时候，第巴已不知何时离开这里了。

两颗大的罕见的松耳石① 摆在他的面前。

"这是第巴送给你的。"盖丹说着，把松耳石捧给他。

"……"

他木然地接在手上，似乎是在替别的什么人代收这贵重的礼物。

---

① 松耳石：西藏人最喜爱的绿色宝石，可用来制成头饰、首饰等。

七
初恋

阿旺嘉措在巴桑寺学经已经四年了。他的聪敏和好学，深受经师们的称赞。除了爱嫉妒的人以外，谁都喜欢他。如果说他也有不专心的时候，那只是因为想念他的阿妈。

每到临近过年的日子，他就向寺院提出，请假回家，但总是不被允许。四年中他请过四次假，被拒绝了四次。经师们四次拒绝他的理由是各不相同的，而且都使他很难反驳。

第一次，经师说："你刚刚出来一年，还没有学到多少东西，现在就往家跑，是很不合适的。一锅水还没有烧热，离烧开还远得很呢，你就急着掀锅盖吗？"

第二次，经师说："据我们知道，你的阿妈很健康。她的生活自会受到寺院的关照。你是个孩子，回去一趟又有什么用呢？还是安心学习吧。知识要在年轻的时候求，良田要在秋天的时候耕啊。"

第三次，经师说："你年纪还小，路不好认，来回怕要多日，误了学经，佛爷是会降罪于我的。再者，天冷路滑，出了事情如何得了？派人护送会苦累他人，你又于心何忍？还是不回去吧。弄不好，牛粪没有捡到，筐子也丢了。"

第四次，经师说："学经之人，是不应当恋家的。释迦牟尼佛在他当王子的时候，曾经割股喂鸽，舍身饲虎，他一心想的是大慈大悲，至善至美，并没有想把自己的身子留下来，只去孝敬自己的父母。你是个很有佛缘的人，登上了巍峨的雪山，就不能再留恋脚底的平川了！"

一个大雪纷飞的日子，阿旺嘉措坐在寺院的窗口默诵着《萨迦格言》[①]：

[①] 《萨迦格言》：萨迦班智达贡嘎坚参的格言诗，共九大章，四百五十七首。

仓央嘉措

天下的国王是很多的，
奉法爱民的却很少；
天上的神仙是很多的，
像日月一样无私的却很少。

他想接下去再默诵另外一首，精力却无法集中了。他想，世上最深厚、最无私的爱，恐怕只有母爱吧？天上的神仙，地上的国王，都不能和他的阿妈相比。他遥望着风雪弥漫的南天，回味着在阿妈身边度过的童年……

那是在阿爸死后的第二年，有一天，在放牛回来的路上……他听那森伯伯讲过，西藏古代有七个有名的大将，个个都最会骑马，最会打仗，最会射箭，最会指挥，还能和野驴赛跑，同野牛搏斗。这，引得他也想试试，竟然和自家的小牛摔起跤来。小牛没有被他摔倒，他自己却重重地跌倒了。由于全身的重量都压在左手腕上，虽然当时不觉得怎样疼，但回家不久手腕就开始红肿了，越肿越厉害，和胳膊一样粗了，疼得连糌粑碗也端不起来。阿妈并没有训斥他，紧锁着眉头，好像比他还要疼痛。每天，阿妈替他抓好了糌粑，一块一块地递到他的右手上；每夜，当他在昏睡中觉得手腕又酸又疼的时候，醒来一看，总是阿妈坐在他的身边，轻轻地揉着他那红肿的手腕，揉啊，揉啊，睡眼惺忪地坚持着给他揉啊……阿妈干了一整天的活，又睡得很晚，能不困吗？可每夜都起来给他揉一回，就像按时给婴儿喂奶一样。直到他的手腕消肿了，又能端碗了，阿妈才不再在夜间起来。他真后悔，自己为什么要逞能呢？为什么要和牛去搏斗呢？他又不是什么大将，他还是个小孩子，怎么能斗得过牛呢？他更悔恨的是，在那些夜晚为什么不劝阿妈去睡，反而不吭一声地只顾享受着母爱的甜蜜呢？再见面时，一定要向阿妈道歉才对！

"咣"的一声，房门大开，惊散了他会见阿妈的憧憬。一个人扑了进来，眉毛、胡子上挂满了冰凌，嘴里急促地喷着热气，张着两手，上下打量着阿旺嘉措。

"伯伯那森！"

"阿旺诺布！"那森叫着他的乳名，像狮子一样吼了一声，一把将他搂在怀里，光板皮袍上的雪花在他的脸上"嗞嗞"地融化着，溢出了家乡特有的那种气味。

不等他问话，那森就说开了："你阿妈知道你想多学些知识，才没有回去看她。她想你呀，怎么能不想呢？我常常见她站在村外的石墙上，望着向北的小路发呆。我对她说过好几回：'我陪你去看儿子吧。'她总是苦笑一下，摇摇头说：'让他好好学吧，别去打扰了。'她的话越来越少，身体越来越瘦了。她没有病，什么病也没有，只是感到孤独啊！她像一棵伤了根的树，慢慢地，叶子黄了，枝子干了……"

"伯伯那森，我要去看阿妈，我马上就跟你回去，不准假我也要走！"

"不不，学吧，更努力地学吧……用不着回去了……事情，我已经都料理完了……孩子啊！"那森哭出声来，痛苦地蜷曲着身子。

"阿妈怎么了？你说明白呀！"阿旺嘉措死死地抓着他的衣襟。

"她，死了，她是孤独死的……她升天了，升到天上就不孤独，那里有你的阿爸……"

阿旺嘉措爬到窗台上，张开两臂伸向窗外，脸色变得比雪还白，腮边的肌肉急速地抽搐。他久久地凝望着，凝望着风卷雪舞的长空。他，没有哭。

大喜不笑，大悲无泪。他已经像是个快要成年的男子了。

他的胸中燃起了仇恨的火苗，这火苗被风雪刮得更大更旺了。他恨这座寺院，恨那些经师，连波拉雪山也恨！是它们用石壁隔断了阿妈的慈爱，用经书遮蔽了家乡的田野……

阿妈孤独地死了。在她紧闭的眼睛里，永久地留下了九岁的儿子跟着老喇嘛远去的身影。

儿子忧郁地活着。在他难闭的眼睛里，永久地留下了阿妈扬着手目送他走向北方的身影。

北方，北方！走向北方的路是一条悲剧的路。然而，他又怎会知道这条路才是刚刚开始啊！

经师们发现，对于阿旺嘉措，再也无法尽完自己的责任了。他们受不住他那含着怨恨的目光，也可怜他那死盯着通往家乡的小路的神态。打卦的结果表明，阿旺嘉措受到了魔鬼的缠绕，应当把他送到一个新地方去。

就这样，在他十四岁的那年，在初春的一天，他被转移到了错那宗[①]的贡巴寺。

错那在波拉东北方向，路程也不远，但它繁华多了——如果它能当得起繁华这个字眼的话。在当时的西藏，所谓的繁华，只不过有几百或几十间比较集中地排列在一起的房子，并且有几家小商贩和几个手工业者的小铺面，最多再有一两个卖青稞酒的女人，这在阿旺嘉措的眼里，已经是一座很大的城市了，不，简直是个新奇的、自由的海洋。

阿旺嘉措在这里继续学习着。贡巴寺的藏书远比巴桑寺丰富，种类也更多。

---

① 宗：相当于县。

那时的西藏，是没有任何学校的。要识字，要读书，只有去当喇嘛。喇嘛寺垄断了也保存了所有形诸文字的文化。从这个意义上讲，喇嘛寺既是学校，又是图书馆和艺术博物馆。

在这里，阿旺嘉措阅读了第巴桑结甲措有关星相学的著名论著《白琉璃》，五世达赖的传记《土古拉》第一卷，红蚌巴所著的《诗镜注释》《除垢经》《释迦百行传》《般若波罗蜜多经》的略本《八千颂》，阿底峡所著的《旅途纪事》，莲花生所著的《五部遗教》，以及《大般若波罗蜜多经》的一、二卷等。

他最感兴趣的是诗歌——虽然专著不多，大都夹杂在其他著述里面；其次是哲学、历史；再其次才是佛经。他最感头疼的是历算，觉得公式和数字是一种枯燥烦人的东西，引不起任何驰骋的想象和灵活的思考。

他逐渐感到钻在书堆里也是一种幸福，是很少有人能够得到的一种享受。这里，就是他的家了，但有时也还是想起邬坚林来，想起那个出生了他、又给了他童年的地方。那远处的和已经不复存在的亲人，凝聚成一颗亲近、尊敬、怀恋、感激、隐痛的五色石，像海底的珊瑚礁，沉积在他的心中。他爱那里的人们，在那个小村庄的内外，所有的脚印（只有打骂过伯伯那森的老爷甲亚巴的除外），都刻下了善良、淳朴、天真、热诚这些人类中最美好的符号。从这里到那边，对于一只苍鹰或一只白鸽来说，也许一展翅膀就能飞到；而对于他来说，已有千山万水之遥了。

当他心怀惆怅的时候，就到街上走走。虽然绝大多数的人生活得清苦，但他觉得这些为今生今世奔波的男女，比那些为来世静坐的僧人要愉快得多，有生气得多。在佛经上排列着的说教，毕竟刻板而缥缈；在家庭中流动着的东西，才是清新而实在的。但它们各有着自己的意义，自己的价值，就像冷峻同热情、寡欲同追求一样。他想，这两条各自奔流的河，不能汇合在一起吗？如果它们始终不能汇合在一起，他将涉过哪条河去获得人生的真谛呢？他迷惘了，他意识到自己还不具有选择的能力……

这一天，他又来到街上，遇见了一支红教喇嘛迎亲的队伍。这种场景，他在幼年的时候不是没有见过。今天，他却有了一种与以往大不相同的感觉，他从这位喇嘛身上看到了一种类似诗意的东西。你瞧，那两条河不是汇合在一起了吗？这条充满热情和追求的河流上飘着一位新娘，真像是飘着一朵莲花。新娘的腰间，系着崭新的邦典[①]，像是鲜艳的彩虹。他第一次发现：女性的美竟有这样不可抗拒的魅力。

[①] 邦典：藏族妇女喜爱的彩裙，织有横纹图案，系在袍子的前腰上。

是的，这位新娘是美的，她对生活的选择也是美的。她不是把自己许给一尊端坐不动的塑像，而是许给一个会说会笑的男人。阿旺嘉措第一次产生了明显的羡慕之情。但他想不清楚，是羡慕这位新娘呢？还是羡慕那个能够娶到这样一位新娘的喇嘛？

迎亲的队伍过去了。他忽然发现，在对面一家小杂货店铺的门口，站着一位少女，眼神里流露出同他一样的羡慕的光亮。使他惊奇的是，这少女比新娘还要美丽得多，俊俏的脸面洁白而透红，嘴角上挂着羞涩的微笑，那苗条的腰身因为身体有点偏瘦而显得更加轻盈。她斜倚在门边，像一尊佛像中的杰作……不，所有的佛像都比她略胖一些，而且总含有男性的特征。他忽然想起了莲花生三尊像——莲花生是佛教密宗的祖师，他的塑像往往是由三尊组合在一起的，中间是莲花生，左右两旁各有一位女人，一位是他的印度女人，一位是他的西藏女人。阿旺嘉措认定这两位女人的美好和长处的综合，也胜不过眼前这个活生生的少女。燃烧着生命力之火的人一旦被变作冷冰冰的偶像，就失去了那种不必依靠想象就足以动人的魅力。阿旺嘉措的心中立刻闪出一个强烈的念头：如果她是我的新娘，世上的一切人就都不值得羡慕了。但又一想，不会，这不可能，哪有这么巧，这么幸运，这么如意的事呢？还是走开吧，回寺院去吧，回到那条冷峻的河流中去吧……然而，他的身子却一动没动。

少女不好意思地低下了头，似乎思考了一个瞬间，转身溜进了小店。

他失望了，第一次这么失望。但他还是不甘心离去，他想牢牢地记住这个地点，这个小店，记清楚门和窗户的样式，还有周围的一切标志。为的是下次再来时不会认错，为的是在这里还会看到住在里面的少女……

他用心观察着，默记着，肯定下次再来时绝对不会有一丁点儿差误了，却还是不想离开店门。他打量着这座小店：低矮、破旧，大部分空间被一块摆着各种土产的木板占据了，剩余的地方，最多只能坐下两个人。他几次想过去买点儿什么，作为珍贵的纪念，但又不见有人出来。其实他本来什么也不想买，木板上也没有他需要的东西，他是怕再也无缘得见这位少女。

这时，从通向内院的小门里响起了脚步声，像春风吹斜了一根柳条儿似的，少女闪了出来。她一眼就看到了少年，友好地望着他笑了笑。那双在情感之炉里炼出的眼睛像是在说：我就猜到你还在这里，你会等我出来的，我才不傻呢，看得出你对我的赞赏是真诚的……

她背着一个不大的背斗，手里拿着镰刀，新扎了一条邦典，虽然不及刚才新娘子的那一条鲜艳，色调却更为柔和悦目。她对着小店的布门帘内喊："姨母，我割草去了。"

"不是还有吗？两只小兔子能吃多少？"帘内传出一个老妇人的声音。

"不嘛，姨母，草不多了。"少女用眼角的余光瞥了阿旺嘉措一下，似乎在说："你等着好了，不会让你失望的。"接着，带有几分撒娇地大声说，"今天天气好，明天我整天都替你看铺子。好姨母，我走了。"

"别走得太远，早点儿回来。"屋里的姨母答应了她。

少女水蛇般地游走了。

阿旺嘉措呆呆地立在原地，不知怎样才好。她到什么地方去了呢？什么时候回来呢？她怎么不问自己一句什么话呢？唉，自己也笨得出奇，为什么不对她说要买一样东西呢？随便买件什么都行，只要是她的手拿过的东西，即使是一粒石子，也抵得一颗珍珠啊！

少女走出去几十步了，才慢慢回转身来。阿旺嘉措发现她是在寻找自己。少女猛然回头，加速了脚步。

"啊，她生气了，生谁的气呢？"阿旺嘉措自语着，"咳，还能生谁的气呢？我真傻！不，不是傻，是胆子太小了。男子汉是不应当胆小的……"

当少女再次回头的时候，看见那个英俊的少年跟着自己来了。

郊外。到处是墨绿的草地和茂密的灌木。肥胖的土拨鼠吱吱地叫着，从这个洞口钻出来，又跑进那个洞口，顽皮得可爱。

英俊的少年和美丽的少女各自坐在一块大些的圆石上，相隔着五六步的距离。四周十分幽静，什么声音也没有。他俩深深地勾着头，谁也不敢大胆地看谁，谁也不知道应该先说一句什么话。

在这里，既没有街市的行人，也没有店铺的姨母，他们完全可以自由地交谈，却没有力量推倒立在他们中间的无形的高墙。纯真的爱情，总是伴随着崇敬的，崇敬又往往带来卑怯。只有在这种时候，人类才最能感到自身语言的贫乏，一切智慧似乎都毫无用处。

长时间的"无声胜有声"，使双方都不堪忍受了。

他们的心已经贴得很近很近，他们想出来的要说的话，却又绕得很远很远。

"你叫什么名字？"到底是男子汉先开口了。

"我叫仁增汪姆。你呢？"少女接着问他。

"我叫阿旺嘉措，是喇嘛给起的。原先是叫阿旺诺布的。你……多少岁了？"

"十六啦！你呢？"

"十四。比你小两岁。"阿旺嘉措立刻后悔了，后一句注释有什么必要？难道人家连这么简单的算术都不知道吗?

"你觉得，刚才的新娘子好看吗？"少女终于注视他了。

"好看，像一朵莲花。"

"莲花？"少女有些嫉妒了。

"不过，你比她更好看。"

"胡说。"少女瞪大了疑惑的眼睛。

"真的！"阿旺嘉措十分委屈地说。

"就算是真的吧。"少女安慰他，其实是她自己得到了安慰。

又是沉默。只有被撂在地上的空背斗，在原野的风中微微地摇晃着。

"我可是一朵没有根的莲花呀！"少女叹息着。

"为什么呢？"

"你愿意知道吗？"

"当然愿意。"

"我的阿妈，在我还不会说话的时候就死了。我阿爸后来也被拉到拉萨西边很远很远的地方打仗去了。"少女拔了一棵草，用食指和拇指轻轻地捋着，"走以前，把我送到了这里。我姨母家里没有别的人，我就成了她的女儿了。"

"你原来的家在什么地方？"

"琼结。"

"琼结？那地方很有名，是吐蕃王的家乡。那里有九座藏王墓，是吗？"

"是的，我小时候站在高处数过，中间两座，东面三座，西面四座，都像小山一样……那里可真美呀！后边是丕惹山，前边是雅隆河，河川里长着那么多的树，那么多青稞……宫殿和寺院，就好像用什么东西粘在陡峭的悬崖上。"

"可惜我没有去过。那就是古代的跋布川啊！"

"是吗？我不知道古代叫什么。你比我小，学问可比我大得多。"

"我是从书上看来的，你可是亲眼见到的，你才更有学问呢。"

"你真会说话。"

在大约半里远的大路上，一个骑马赶路的青年人唱起了在当地十分流行的情歌：

　　在碧波荡漾的河面，
　　我还是第一次放下小船。
　　风儿呀，我请求你，

七　初恋　051

千万别将我的小船掀翻。

在美好的初恋阶段,
我还是第一次尝到甘甜。
恋人呀,我请求你,
千万别把我的爱情折断。

他俩听着,互相望着,又赶紧低下头。这首歌具有无法估量的神力,一下子把隔在他们中间的那道无形的高墙推倒了。双方都在期待着对方从废墟上跨过来,但是谁也没有这最后的勇气。

又是沉默,更长久、更难耐的沉默。

"我该割草去了。"少女站了起来,但却没有走开。

"我替你割。"阿旺嘉措急忙说。

"你,会吗?"

"会,我在家常干。"

"你家里,还有谁?"

"一个人也没有了。"

"和我一样啊……"少女叹息了一声,提起镰刀向野草深处走去。

"让我来吧。"阿旺嘉措小跑了几步,追上去夺镰刀,却抓在了少女的手上。镰刀悄然无声地落在草丛里,他们握着的手竟没有松开……天知道是谁吻了谁。

当他们在拥抱中分开的时候,仁增汪姆的脸上泛着朝霞。她没有喝醉过,她心想:喝醉了酒的人大概就是这个样子吧,轻飘飘的,站也站不稳了,好像脚下正发生着地震。阿旺嘉措上前扶住她,她轻轻推开,向四周瞥了瞥:"你先走。"

阿旺嘉措像听从将军命令的士兵,前头走了,不同的是并不是勇往直前,而是不断地回头望着……

仁增汪姆回到姨母家的门口,正碰上姨母站起身送一位顾客。这位顾客自称是从五十里外来的,只不过为了买一根缝皮子的针。这种针是从英国经由印度运到这里来的。那时候的西藏连一根铁钉还生产不出呢。

"怎么割了这么一点儿?"姨母问。

"我不大舒服。"仁增汪姆第一次说谎了。

"呦,我说不要出去吧!唉,是不是着了山风?快去休息,我给你熬酥油茶。"

姨母说着，伸手摸她的前额，疼爱地说，"有些发烧了，脸也烧红了。唉，到底是个孩子，不听话。"她一边替仁增汪姆卸下只装有两三把草的背斗，一边继续唠叨着，"记住吧，老牛的肉有嚼头，老人的话有听头。再说，我是你阿妈的亲姐姐，如今也就是你的阿妈了。大事小事都听我的，不会吃亏受罪。"

仁增汪姆果真进到内屋躺下来。她既没有病痛，也不觉得疲累，相反，她兴奋极了，浑身上下到处都张着强弓，每一支箭都能射中幸福的靶子。

她的姨母却想不到这一层，真的为她的"病"操心起来。眼看快到老年了，善心的菩萨给她送来了这么大一个女儿，像是从九天之上直掉到她的手心，能不全心地疼爱吗？

姨母名叫改桑①，和那时的许多藏族姑娘一样，年轻的时候也曾经骄傲于有着好几个情人，可惜总是不能生育，在男子的心中失去了价值。金子变成了铜，只好嫁给了一个又矮又胖、十分无知而又专爱巴结头面人物的小商人。这个小商人重利不重情，要钱不要命，在去日喀则贩货的途中被强盗杀害了，连尸首也没有找回来。

在前藏和后藏的分界处，有一座大山叫冈巴拉，大山的北面是雅鲁藏布，南面是羊卓雍湖，是通往江孜、日喀则、亚东等地的交通要道。山路上经常有强盗出没，以至于有这样一句俗话在流传：英雄好汉，冈巴拉见。改桑的丈夫就丧生在那里，被扔进了深深的山谷。她并不怎样悲伤，但也不想改嫁，只凭着从丈夫那里得到的一点经商知识，靠小杂货铺维持生活。不幸使她善良，孤独使她专断，特殊的经历造成了她这特殊的性格。凡是帮她贩货的人，既吃不了她的亏，也占不了额外的便宜。二十多年中，使她能站得住脚的不是才能，而是品行。因为她只是想生活下去而已，并不奢望发财——正像别人也不可能在她身上发财一样。

正当她吹火熬茶的时候，仁增汪姆起来了，跑到姨母身边，带着淘气的神情说："我好了，姨母，明天你想去干什么就去吧，出去一整天也行，我来看铺子。"

"你呀，你今天是怎么啦？"

仁增汪姆抿着嘴笑了。改桑也笑了。

阿旺嘉措并没有回寺院去，他在旷野上大步走着，无目的地走着。树林、河岸、草丛、石堆……一处又一处，每一片树叶，每一棵小草，每一朵野花，每一片白云，每一层波浪，每一只小鸟；总之，天上地下的一切，都变得可爱了许多，都对他含情地微笑。大自然多么美！人世间多么美！是它们本来就美呢，还是仁增汪姆使它

---

① 改桑：意为"好时光"。人们习惯写为"格桑"，是用了四川语系读音。

七 初恋 053

们变美的？一定是仁增汪姆使它们变美的！怪不得谚语说"雅隆林木广，琼结人漂亮"。仁增汪姆一定是漂亮的琼结人中最漂亮的一个。她走到哪里，哪里就会变美，就像是朝曦、晚霞、彩虹、太阳、月亮、星星变美了天空一样。

这位琼结少女真的就这样属于他了吗？他们能永远在一起吗？明天她在家吗？每天都可以去找她吗？……

阿旺嘉措想作诗了，第一次想作诗了。他虽然很爱诗，却从来还没有想要当一个诗人；现在也没想，他只是想写出激荡在他内心的强烈感情而已。

在人类所有的感情中，唯有那强烈的部分能够化为诗句；在强烈的感情中，唯有爱和憎最强烈。此时，强烈的爱使阿旺嘉措产生了作诗的欲望。他在初恋的热情中孕育着他的处女作……

当他踏上归途的时候，夕阳已经坠下了西山。暮色中，远处的贡巴寺只剩下一个隐约的轮廓。

八 处女作

　　阿旺嘉措回到寺中，同伴们都已经睡了。他摸到了火镰，一边默念着腹稿中的诗句，一边打火点灯。颤抖的手怎么也不听使唤，一连打了五六下。有一下还打在了手指上，才把带硝的草纸打着。他吹出了火苗，点燃了酥油灯，把纸垫在一册《甘珠尔》①经上，刷刷地写起来。

　　写了几句之后，便突然停了笔。他觉得这样写，感情倒是表达出来了，但是句子太散，太长，读起来和平常人们说话没有什么区别；排列起来也不好看，像一只不合脚的大靴子。诗要有诗体呀，就像仁增汪姆一样，既有真挚的情意，又有美丽的外形，内外一致才是完美的。

　　那么用什么体呢？他想起了西藏古代文学中有一种六言四行体，但它每三个字一顿，一句才两顿，用起来又像穿一只太紧的靴子。他想到了那成百上千首的民歌，其中的"谐体"不是每一句可以三顿吗？百姓不是非常喜欢它吗？他又想起一位经师说过，内地的古代汉文诗中，有一种叫"三台词"的，也是六言四行三顿，好，就这样定了。于是他重又像从砂粒中淘金一般，选择最精确的语言，写下了他第一首诗篇：

　　　　心中爱慕的人儿，
　　　　若能百年偕老，
　　　　就像大海深处，

---

① 《甘珠尔》：藏文《大藏经》分《甘珠尔》和《丹珠尔》两部分，《甘珠尔》意为佛语部，包括显宗经律，共一千一百零八种。《丹珠尔》为论部，主要是对经律的阐明和注疏，共三千四百六十一种。

捞来奇珍异宝。

当他写到最后一个字的最后一笔时,兴奋地用力一戳,几乎把纸戳破。他非常满意自己的诗作,十分自信确有诗才。他回头望了望,想找一位同屋的朋友来欣赏一番,但他们全都睡熟了。这时他才发现,同伴为他留下的晚饭——小半锅土巴[①],就放在他的身边,他一摸,早就凉了。他不想吃,炽热的爱情使他忘记了饥饿。

他吹熄了灯,躺下来休息,却一点儿也不困。他大睁着眼睛,详详细细地回忆着白天的奇遇,回味着那种种甜蜜的情节。

一道月光从东窗射了进来,正照在他的胸前,触发了他的灵感。他一骨碌坐起来,披上衣服,顾不得去打火点灯,借着月光又写下一首。字迹有些凌乱,笔画也有重叠,但是还能认清。

从那东方的山冈,
升起了皎洁的月亮;
含母爱的姑娘脸庞,
浮现在我的心上。

月亮越升越高,室内越来越亮,阿旺嘉措目不转睛地望着圆月,它的光正像仁增汪姆的目光一样温柔,毫不刺眼,随你看多久都行,决不会生你的气的。

"我要为她祝福,我要为她祝福,我要为她……"阿旺嘉措心里这样念叨着,从衬衣上撕下一条布来,又借着月光写满了为仁增汪姆祈福的文字。呆了很久很久,月光转出了卧室,他才把布条揣在怀里,像婴儿一样微笑着睡去。

第二天,阿旺嘉措上完了课,复诵了一段《西藏王统世系明鉴》[②],急忙向街市走去。他故意从远路绕行,为的是找一个僻静的地方,挂起那条为仁增汪姆祈福的幡儿。

他来到一棵不大不小的柳树跟前。他想,应当把福幡挂到树梢上去,那里风大,摇摆得快,能为仁增汪姆多祈福一万次、十万次。但那树身的周围栽满了带硬刺的干棘枝,显然是防备羊群来啃树皮。他决心把围槛拆除出一个缺口,爬上树去。为

[①] 土巴:拌有野菜或肉的糌粑面糊。
[②] 《西藏王统世系明鉴》:又名《西藏王统记》。元文宗天历元年萨迦派喇嘛丹巴·索南坚赞开始撰写,公元1388年(明太祖洪武二十一年)成书。

了仁增汪姆，就是刺破了手，跌破了头，也心甘情愿。当他正要动手的时候，望见在不太远的地方有一个放羊的男孩子，长得比他高些，正警惕地盯着这个方向，看样子这棵树是他家的财产。阿旺嘉措不好意思了，但是就这样走掉的话，岂不被人怀疑是想干什么坏事而没有得逞吗？干脆照原来的打算把福幡挂上去好了。

挂完了福幡，又把干棘枝重新栽好，在朝街市走去的路上，又一首诗吟成了：

> 为爱人祈福的幡，
> 在树梢迎风悬挂。
> 看守柳树的阿哥呀，
> 请别拿石头打它。

他在一家较大的商店门前停下了脚步，心想，今天是第一次去看望自己的情人，一定得买件东西送她。即使为了那一吻，为了报答她的情意，就是送一座金山也应该。他摸了摸怀中，银子都在，数目还不小哩。在波拉巴桑寺的时候，那森冒着风雪来看他，告诉他家中的房子已经锁好了，租种的五克①地也退了，三头牛卖的钱，一部分布施了寺院，一部分交了阿妈的死亡税，一部分用在了丧葬上。剩下的一小部分全都带来交给了他。他进了商店，边看边想，拿不定主意，因为他还不知道仁增汪姆最喜欢什么或者最需要什么。最后，选择了一个镶银的松耳石头饰。余下的钱，大概还够买一双靴子。

他毫不费力地找到了那个小店铺。仁增汪姆正坐在门内，半个身子探到街上张望着，好像料定他准会出现似的。

仁增汪姆高兴地站了起来，把他请进内室。昨天那幅垂着的布门帘，不知什么时候已被撩开来斜挂在门边。阿旺嘉措往室内扫了一眼，似乎比铺面还小还黑。他感到惋惜和不平，这样美丽的姑娘竟住在如此不美的地方！她应当坐在彩云上，坐在莲花中，坐在宫殿里才对。

阿旺嘉措用恳求的语调说："我很想送你一件纪念品，不知道买得对不对。请你不要生气，我没有别的意思……"说着，双手捧出松耳石，"请你一定收下！不然，我……"

"我明白你的意思。"仁增汪姆没有让他为难，双手接了过去，"我很喜欢，

---

① 克：计量单位，一克地为能下种子十四公斤左右的土地。

它比什么都珍贵，因为……是你送我的。"

阿旺嘉措放心了，殷勤地说："来，我给你戴上。"

"不行啊。"仁增汪姆立刻从头上取了下来。

"怕人看见？"

"姨母会问：'这么贵重的东西，从哪里来的？'"仁增汪姆学着姨母的腔调。

"就说我送你的呀。"

"你？你是谁？她认得你吗？她喜欢你吗？说不定还要骂你呢！"仁增汪姆提心吊胆地说，"她管我管得可严啦。"

是啊，一个女人，从小到老都是受人管的。谁都在管她，父母和一切长辈，丈夫和一切同辈，子女和一切晚辈，还有不成文的法律，令人生畏的佛命……而且管得那样严厉，那样不公正，以致扭曲了她们的性格，使她们的血液中流动着自卑、虚荣、狭隘、脆弱、做作……这些并非女性所应有的东西。消除了这些东西该多么好！当然，变成了泼妇也是可怕的。他喜欢仁增汪姆，就是因为她最具有女性的美，又没有一般女性的弱点，她含蓄而又大胆，大胆而又细心。

"你为什么把门帘撩开呢？"阿旺嘉措问。

"你说呢？"

"该不是怕看不到外面，有人会偷拿货摊上的东西吧？"

"当然不是。"

"那，放下来好吗？"

"不好。"仁增汪姆摇摇头，又加了一句，"反而不好。"她调皮地挤了挤眼儿，"姨母去迎商旅的马帮去了，说不上什么时候就会回来……"

隔壁传来了六弦琴的声音。那指法是纯熟的，那优美的曲调是阿旺嘉措早已熟悉。音乐这个东西，有点像酒，越陈越好，越熟悉越亲切，越能醉人。

在琴声的伴奏下，响起了苍老浑厚的歌声：

  山桃花开得很美丽，
  成群的鹦鹉压弯了树枝。
  姑娘你是否愿跟我去？
  那里是春光明媚的净地。

"唱歌的是谁呀？"阿旺嘉措怀着敬慕探问。

"名叫次旦堆古①,是个热巴②,也是邦古③,怪可怜的。"

"诗、音乐,怎么和不幸、乞讨连在一起了呢?"阿旺嘉措愤愤不平地自语道。琴声和歌声都断了。

"明天,你能再出来吗?"仁增汪姆担心姨母就要回来了,只好另外约一个见面的时间。

"能。"阿旺嘉措不假思索地说。

"我们到别的地方去好吗?"

"当然好。除了寺院,哪里都好。"

"谁去你的寺院?"仁增汪姆扭动了一下身子。

"你说吧,去什么地方?"

"你没听见老热巴的歌吗?"

"山桃花盛开的地方?"

"对,南面的山谷。"

"行,什么时间?"

"中午。"仁增汪姆说着,端起半盆清水,走到店门外,左右望了望,见没有姨母的身影,假装着泼脏水,回头招呼阿旺嘉措,"快走吧。"

阿旺嘉措赞赏她这个聪明的举动,领会了她的谨慎的用心,乖乖地、迅速地挤出了房门。当他擦过仁增汪姆身边的瞬间,听见了一种像蜜蜂翅膀发出的声音:"绝对秘密!"他深深地点了下头,像领到了最高的奖赏,兴高采烈地朝寺院大步走去,似乎前面不是摆满了佛像的寺院,而已经是开满了桃花的山谷。

山桃花的花瓣儿被几只鹦鹉踩落下来,落在阿旺嘉措和仁增汪姆的身上。

"你能对我发个誓吗?"阿旺嘉措生怕失去了她的恩爱。

"我对神山发誓,你到哪里,我就追到哪里!"仁增汪姆的眼睛里闪着泪花。

两人久久地依偎着。阳光下,树木的影子飞快地移动着,从北边转到了东边。

"我给你念一首诗好吗?"

"诗?我怕是听不懂吧?"仁增汪姆说,"我不认得字呀。"

"你会懂的。"

---

① 次旦堆古:驼背次旦。
② 热巴:藏语,歌手。
③ 邦古:藏语,乞丐。

"佛经里的吗?"

"我作的。"

"你会作诗?"

"会。"

"谁教你的?"

"你!"

"我?"仁增汪姆以为他是在开玩笑,"我自己还不会,怎么教你呢?"

"诗不是文字写成的,是情意点燃的;你点燃了我,我就会作诗了。"阿旺嘉措对于自己这几句临时想出的回答,暗自满意。

"我不信。你现在再作一首试试。"仁增汪姆拂去了落在脸上的花瓣儿,因为脸蛋儿被它搔痒了。

阿旺嘉措想了一下,轻声地念给她听:

> 我和情人幽会,
> 在南谷的密林深处。
> 没有一人知晓,
> 除了巧嘴的鹦鹉。
> 饶舌的鹦鹉啊,
> 可别向外面泄露!

"懂吧?"阿旺嘉措念完以后,偏着头故意问。

"不但懂,还挺有意思呢。"

"你说得很好,好极了!"

"什么好极了?我说什么了?"

"就刚才那两句话呀。诗,不让人懂不好,懂了没有意思也不好。汪姆,你真聪明!"

"我又不会作诗,哪有你聪明呀?"

"不,其实你很会作诗,只是你写不出来,自己感觉不到罢了。你就是诗,诗就是你,还用作吗?"

"我……我有什么好的……"仁增汪姆微闭起双眼,斜倚在阿旺嘉措的怀里,品味着不准鹦鹉泄露的甜蜜。

"汪姆，你就这样闭着眼睛，什么也不要想，专心一意地听我再念两首诗，都是我写给你的。"

仁增汪姆那双瞪大的眼睛，闪出受宠若惊的亮光，但立刻又紧闭起来，专心地听着。

阿旺嘉措把昨晚写的两首诗倾吐给情人。仁增汪姆赞赏着，想象着……阿旺嘉措，诗，爱情，春天……融合成了浓烈的青稞酒。她，醉了。

过了些天，改桑又出去忙进货的事了，仍然由仁增汪姆照看小店。依着阿旺嘉措的请求，他们一起去拜访那位老热巴——驼背老人次旦堆古。

次旦老人见阿旺嘉措像对阿爸一样地尊敬他，像对老师一样地请教他，虚心向他学习曲谱，学习弹琴，泪水便顺着花白的胡须流下来，滴湿了琴弦。

"我是流浪了大半辈子的乞丐，是人们瞧不起的下等人。唉，命苦啊！"次旦不再是只向琴弦寄情了，而像是对亲人诉说着，"我是一心敬佛的人。我听说拉萨的白噶寺被改为屠宰场，血淋淋的皮子盖在佛像上，牛羊的内脏挂在佛像的手臂上。我吓坏了，对那些灭佛的人诅咒了三天。"

"那是历史上的事了，是在藏王赤松德赞年幼的时候，由信奉苯教的大臣干的。"阿旺嘉措向老人解释说。

"你知道？你说得可对？"次旦惊疑了：这位少年真有这样的学问？

"这是西藏史书《巴协》[①]上写的。"

"噢……"次旦接着说，"我爱佛、敬佛，可总是改变不了今生的贫苦。酥油堆成山，没有我尝的份儿；奶子流成河，没有我喝的份儿。漫山遍野的牛羊，没有我的一根毛；大仓小仓的青稞，没有我的一碗糌粑。江河的水清了又浑，浑了又清；我身上的伤痕裂了又好，好了又裂。山高多白雪，人穷多不幸啊！你们不嫌我穷苦，不嫌我下贱，一进门就献给我一条哈达，你们的心像这哈达一样洁白呀……"

"多么感伤的控诉！"阿旺嘉措心里说，"多么动人的语言！为什么这些话没有人刻出来印成书呢？"他看了仁增汪姆一眼，仁增汪姆已经抽泣起来。

"阿爸次旦！"阿旺嘉措是决不会叫他次旦堆古的，这样的人最需要的是尊重、同情和安慰，"俗话说：有马的骑马，没有马的人也不会骑狗。是的，我们虽然没有马，诗和音乐不就是可以供我们驰骋的骏马吗？"

[①] 《巴协》：秘密叙述之意。秘明珠著。

"对、对、对，聪明善良的年轻人，我用双脚走了数不清的路，今天才知道我也有一匹骏马！"老人感激地说着，向阿旺嘉措俯身致敬。

阿旺嘉措连忙还礼说："不敢当……阿爸次旦，有几首诗，您能把它弹唱出来吗？"阿旺嘉措摸了摸次旦怀抱着的六弦琴。

"琴是破旧了，新曲还是能弹的。"老人说着，拨出一个和弦，咳了一声，清了清喉咙，"不过，还要看它合不合格律，牛鞍子是不能安在马背上的。"

"你先念给他听听。"仁增汪姆出了个主意。

阿旺嘉措背诵了他的四首处女作。次旦兴奋极了，不停地发出啧啧赞叹，拍了一下大腿说："能唱！你们听着！"

次旦眨巴着眼睛，调好琴弦，移动了一下身子，使自己坐得更舒服一点，便一首接一首地弹唱起来。他的记忆力本来就好，阿旺嘉措的诗又十分上口、易记，他竟一句也没有唱错。曲和词结合得那样顺畅、恰当、自然。旋律的优美，感情的深沉，使一对年轻人的心灵融化了。诗，一旦和音乐结合，它的韵味，是纸上的文字和口中的朗读都比不过的。

起初，仁增汪姆还经常探出头去望一望，兼顾着她的小店铺，后来听得入神了，索性不再管那铺子。她从来不曾想到，世界上能有一个这样可爱的人为她写了这样美好的诗，又在她的面前歌唱出来。她记得看藏戏的时候，曾经羡慕过被歌颂、受爱戴的公主，但那是由别人扮演的；而此时，她仁增汪姆却是真真实实地坐在这里被爱恋着、赞颂着。她像是在做着一个见不得人的梦，羞红了双颊。

改桑由于进货遇到了麻烦，很不舒心，带着一身的疲累和满腔的焦躁回到家中，一屁股坐到垫子上，继续生那个赶马帮的商人的气。听到隔壁响起了六弦琴，更加烦躁起来。"又弹，又弹，穷开心。这个次旦堆古！"她嘟囔着，真想跑过去呵斥他一顿。渐渐地，她听清了那些新鲜的词句，都是她从未听到过的，也绝不是那个一辈子没有娶得起老婆的老头儿能够编得出来的。多么感人的歌呀！简直是在哀悼她早已失去的青春，又像在召唤她对于当姑娘时候的回忆。人生是这样短暂，歌却是不凋的松柏……老邻居的弹唱，她本来已经听腻了，今天倒像是第一次听出味道来，还引出了不同往常的思绪……

琴声停了。这时她才发现，仁增汪姆不在家中。再朝货摊巡视，啊？少了一双靴子。是卖掉了吗？我的不安分的小店员哪里去了呢？她大概不会走远……对，一定是到隔壁听唱去了！是啊，这么好的歌，真应当坐守在琴边去听。不过，也不能扔下店铺不管啊！

"仁增汪姆！仁增汪姆！"改桑从小店里探出身子，朝隔壁的小木板房里喊。

"哎！我在这里。"仁增汪姆从现实的梦中惊醒，慌忙答应着跑了过来，亲切地叫着，"姨母，您回来了？您累了吧？"

"是有点累。真像是春天的老牛，卧下就不想起来。"改桑捶着后腰，接着问，"听歌去了？"

"嗯。"仁增汪姆不再做任何解释，静等姨母的责备。

"好歌呀！"改桑没有责备她，虽然她不该擅离职守，更不该去听那种并不适合少女听的东西。这一次改桑格外宽厚，许是觉得不能因为自己再也享受不到青春的欢乐，就嫉恨晚辈去享受欢乐的青春吧？

"刚才卖掉了一双靴子？""靴子？"仁增汪姆慌忙用眼睛在货摊上数着。

"不是少了一双吗？"

"是……是的……是少了一双……"

"哪里去了？"

"我……"

"我买了。"阿旺嘉措站在小店门口，红着脸说。

改桑打量着这位突然出现的英俊少年，作为老妇，她心中萌动着母爱，作为店主，却不能不对于这样一位"顾客"产生怀疑。

她礼貌地朝阿旺嘉措点头笑了笑，转过脸来问仁增汪姆："钱呢？"

"钱……"仁增汪姆不知怎样回答才好。

"噢，对不起，改桑阿妈，"阿旺嘉措补行了礼，往怀里掏着，歉意地说，"钱在这里，刚才……因为听次旦阿爸的弹唱，忘记给了。"说着，把买过松耳石头饰以后的全部剩余恭敬地放在木板上。

"对对，现在给也可以，反正人又没走嘛。"仁增汪姆顺着说。

"人是没走，"有经验的改桑断定这里边一定有什么鬼，故意盘问阿旺嘉措，"那么，靴子呢？"

"……"

"你买的靴子呢？"改桑又追问一句。

"靴子……大概……大概是丢了。"

"丢了？刚才你到什么地方去过吗？"

"刚才……就在次旦阿爸家里。"

"那怎么会丢了呢？"

"我也不知道。反正,请您不要责怪她吧。"阿旺嘉措不好意思地指了指仁增汪姆。

改桑顿时明白了,同时感到了那种被人捉弄了的羞辱,真的生起气来,嗓门儿也变大了,冲着阿旺嘉措发出了一连串的质问:"你是谁?你是干什么的?为什么引着我的仁增汪姆说假话?这靴子到底是怎么回事?小小的年纪耍的什么花招儿?看你长得倒还不错,样子不像个坏人;可海螺虽然洁白,肚子里却是弯弯曲曲的。老老实实地说吧,你究竟是什么人?"

阿旺嘉措像罪人一样地僵在那里,只觉得自己的头越变越大,大过了雪山,大过了天空……从哪里说起呢?唉,只怪自己太大意了,太鲁莽了,太感情用事了。这下可好,惹怒了这位厉害的家长,以后再难以和心爱的姑娘来往了。他想到这里,真是悔恨万分。他像被炸雷击中一样,呆呆地挺立着,一动不动,似乎灵魂已经飞走了,只剩下肉身。

"石头扔进水里,总要有个响声。我问了你老半天,你可是说句话呀!"

阿旺嘉措嘴唇动了一下,还是没有出声。

"他叫阿旺嘉措,是我的朋友!"仁增汪姆挺起胸脯,来救援自己的情人了。

改桑一听她说出"朋友"二字,像被烙铁烫了一下。她万万没有想到,日夜守护在她身边的女儿,竟然不知在什么时候交了朋友!她明白,对于女孩子来说,这意味着什么;对于她自己来说,这又预示着什么。天哪,仁增汪姆到底不是亲女儿,她把这么大的事都隐瞒着,不对自己讲。原以为她年纪还小,谈情说爱还早呢……这真是老年不知少年心啊!

她望着站在面前的仁增汪姆,第一次明显地表露出挑战的神态。她感到这只小鸟正在扑打翅膀,就要起飞了,也许要永远地飞走了,她就要被丢弃了,她的母爱就要被小伙子的情爱粉碎了。她伤心,她恼怒,终于爆出了一声吼叫:"什么朋友?什么阿旺嘉措?一定不是好人!"

"改桑拉!你听我说……"一直在门边静听着事态发展的次旦奔了过来,"他可是个聪明、善良的小伙儿,是个天才呀!"

"天才?"改桑撇了撇嘴,"呆头呆脑的样儿,什么天才!"

"不,改桑拉,他的诗写得好极了!我活了这么大岁数,我唱过的歌比牛毛还多,却是头一回唱这么好的词儿啊!"

"就是刚才你唱的那些?"

"是呀,那都是他写的!"

"真的?"改桑吃惊了。

"真的！"次旦说。

"是真的！"仁增汪姆也说。

"改桑阿妈，是我才学着作的。"阿旺嘉措说。

改桑又重新打量了一遍站在面前的少年，突然，把靴子钱塞回到他的怀里，命令地："拿回去！"

"这……"阿旺嘉措心想，这可糟透了，倔强的改桑连钱都不收我的，一定是不肯就此罢休。惩罚吧，我认了，为了仁增汪姆，罚我去跳山涧也行！

"靴子，我送给你了！"改桑的脸上有了笑意，"你的诗写得那样动人，还不值一双靴子吗？"

仁增汪姆扑到改桑的身上，第二次叫了声："亲阿妈！"叫得那么清脆，那么甜。改桑觉得心上的冰块一下子全都融化了。

"次旦阿爸，是您弹唱得好。我送给您了！"阿旺嘉措把靴子钱硬塞到次旦手里。

"不！……这……好，谢谢！谢谢！"老艺人接过了钱，抹着泪水，转身回屋去了。

六弦琴像瀑布一般地响起来……

后来，据街上的一个小孩说，那双靴子是被一个过路的人偷走的——在老次旦弹唱阿旺嘉措的处女作的时候。

九
政治赌注在加大

一排马头琴上,弓子在整齐地颤动。长空里飞腾的白云,每一团都灌满了快速激昂的旋律。接着,鼓乐齐鸣,如大海的喧嚣,滚过辽阔的草原。彩色的旌旗像波涛在翻动;一望无际的马队一方一方地排列着,武士们的盔甲和锋利的刀枪在阳光下闪着刺眼的亮光。

华丽的大帐前,聚集着文武大臣。在随从武士的中央,有一匹枣红色的大马,即使在高大的蒙古马群中,它也仍然显得惊人的高大。端坐在马上的,就是蒙古准噶尔部的汗王噶尔丹。

九月,蒙古草原上正是黄金季节。大地上的一切都像他的伟业一样接近成熟了。

他是经过精心设计之后,选择了这个地点来举行盛大的典礼。他要让人们来祝贺他的五十寿辰,并且检阅一下他的骑兵。

领袖的欲望,统帅的威风,征服的嗜好,构成了一副支撑着他的灵魂的三脚架,他的两条肉腿只是作为人的象征而已。他在黄罗伞下望着他的骑兵,像牧主望着他的牛羊,为他所拥有的财富感到心花怒放。

他对于队伍的集合之快尤其满意,虽然他没有敢于使用成吉思汗的办法。据说成吉思汗在下达了各部落骑兵集合的命令之后,就闭上眼睛坐在帐房里数数字,每数完一百就屈起一个手指,当十个手指全都弯曲了的时候,走出帐房一看,十万骑兵就已经排列在他的面前了。

在一片向他表示效忠的欢呼声中,他的心头掠过了一片阴影:自从六年前和康熙皇帝的军队发生战斗以来,他的军队吃过两次不小的败仗,使他不得不节节后退。而成吉思汗当年却是所向无敌的。想到这里,他皱了皱眉头,下达了解散的命令,闷闷不乐地下了马,进了大帐。

外面在进行赛马、射箭、摔跤……还有歌舞、说唱、野宴等。人们都在借机行乐，因为谁也说不上明天会不会走向战争，会不会投入死亡。

大帐内，形形色色的僚属和新旧亲信们在争先恐后地向噶尔丹致着颂辞。这些颂辞加在一起，简直可以构成一部英雄传记，这算是一种特殊的集体创作，主题集中，人物突出，语言豪壮，思想鲜明。

一个说："我们准噶尔部自明朝末年以来，驻牧天山北麓，得天独厚，人杰地灵，所以才降生了您这样伟大的人物。您的胸怀广阔如无边的草原；您的威严高过了天山。任何词句都无法表达我们对您的崇敬啊！"

一个说："您是老汗王巴图浑台吉最最心爱的王子。您自小就是神童。顺治十年，老汗王升天，那时节，如果不是因为您才九岁的话，汗王之尊位是不会由令兄僧格来继承的。"

另一个急忙补充说："不不，您九岁就已经很成熟了，完全可以继位亲政了。不过，您深知谦让之礼……"

又一个接着说："您明鉴知识之无涯，所以不惜出家为僧，跋涉万里之遥，到拉萨学习经典，以备日后普度众生，造福天下。"

又一个说："五世达赖喇嘛见您聪敏过人，相貌非凡，对您倍加垂青，课必亲授，问必亲答。而且和当今西藏之第巴桑结甲措结为同窗好友，情同手足，分镇南北，势如大鹏两翼。"

一个说："该着您显显本事了！是康熙十年吧？您哥哥僧格汗王倒了大霉，叫您的两个不是一娘生养的坏兄弟车臣和卓特巴巴图尔给杀了。咱们部落像乱了马蜂窝。五世达赖给您念了祈胜经。您从西藏回来替哥哥报仇，杀了一个；另一个呢，逃到青海的和硕特部落里藏起来了。唉，仇只报了一半！"

另一个说："和硕特部落这帮喂狗的东西，倚仗着皇帝的封号和他们在西藏的势力，包庇我们的仇人。总有一天，我们的刀要砍到青海去！"

"我们的箭也要射到西藏去！"不知哪位将军吼了一声。

"以后的事先不谈论吧。"一位老文官制止说，"我们是在敬致颂辞，而不是宣誓出征。我接着前面的话题重起个头吧：康熙十五年，我们的天神噶尔丹即了汗位以后……"他有意略过了噶尔丹是在杀掉自己的亲侄子之后自立为汗的这一事实。

"对！"一个人接上来说，"五世达赖立即赠给您'博硕克图汗'的徽号。第二年，您征服了厄鲁特。再一年，您兼并了南疆四部，占有天山南北，号称四部盟长。

威震大漠,进军蒙古……连皇帝也怕您三分啊!"

座中爆发出一阵"万寿无疆"的欢呼。

一提到康熙皇帝,一想到眼前的形势,噶尔丹的脸色就阴沉下来。四年前,他和康熙皇帝统领的大军在乌兰布通①进行激战,遭到惨败,他连夜逃命。幸亏桑结甲措派来的特使济隆呼图克图在次日挺身而出,以五世达赖的名义,代他向皇帝请和,这才骗得了六天的时间,延缓了皇帝的追兵,使他得以又逃回蒙古草原。更令他感到羞辱的是,他当时迫于形势的危殆,竟然头顶着威灵佛像发誓说:今后再不敢前来侵犯了。他后悔极了!如果早知道能够逃脱,并且又能壮大起来的话,是决不会发下这种令人耻笑的誓言的。好在任何保证都可以在需要推翻的时候推翻……

噶尔丹无心再听那些听不完的颂词了,他关心的倒是下一步的行动。他挥手制止了又一个想张嘴继续赞颂他的人,站起身来说:"我噶尔丹感谢佛光的照临,领受各位的祝贺。请退下歇息,准备痛饮吧。"接着又说,"请济隆呼图克图暂留一步。"

这位济隆呼图克图是干什么的呢?事情还需从远处讲起。

原来这场政治赌博的大头儿,还是在桑结甲措身上。

桑结甲措在担任第巴职务之前,就深感驻扎在西藏的和硕特部的汗王妨碍着自己的权力。但他们是受皇帝委派的,很难由皇帝来撤销对他们的信任,而他自己又没有足以赶走他们的实力。正好他的老同学、老朋友噶尔丹当了准噶尔部的汗王,并且迅速强大起来,又同和硕特部有仇,对皇帝也敢顶敢碰,是一支最可利用的力量。桑结甲措心里谋划着,一来可以借助他从侧面给皇帝一些压力,使皇帝让自己几分;二来可以借助他给和硕特部一些压力,有朝一日噶尔丹如能牢固地掌握整个青海,直逼西藏,将和硕特汗王赶走,自己便可独揽西藏大权了。到那时候,皇帝恐怕也只好承认既成的事实,正如当初承认固始汗驻藏的既成事实一样。于是桑结甲措本着"有用是朋友,无用是路人,有碍是敌手"的三项原则,把宝押在了噶尔丹的一边。方针既定,就和噶尔丹频繁地往来,秘密地勾结,形成了同盟。特别是在五世达赖去世以后,他加大了自己的政治冒险,和噶尔丹一起参与了欺骗和对抗朝廷的活动,为攫取、发展、巩固自己在一个地区的绝对权力,走上了赞助他人制造动乱、叛离国家的道路。正是权欲和野心的链子,把一个蒙古的军事家和一个西藏的政治家拴在一起,造成了成千上万的受害者,也造成了未来的六世达赖、诗人仓央嘉措的悲剧。

---

① 乌兰布通:今内蒙古克什克腾旗境内。

这当然都是后话。

在那期间，蒙古喀尔喀三汗部的土谢图汗与札萨克图汗发生了内讧，桑结甲措唆使噶尔丹乘机侵入蒙古北部，打败了处于内乱中的喀尔喀各部的兵马。事情转成了喀尔喀与准噶尔两大部的矛盾。康熙皇帝想尽量求得和平解决，鉴于蒙古人都已信仰佛教并尊奉达赖，便派了使臣到西藏去请五世达赖出面调停。桑结甲措照例叫那位逃不走的冒充者——喇嘛斯伦多吉从又远又高的座位上应付了一下朝廷的使臣，假借五世的名义派出了调解人。

和谈开始了。喀尔喀部派出了大呼图克图哲布尊丹巴为代表，与达赖的使者并肩坐在一起。这时噶尔丹故意寻衅，责备喀尔喀部落对达赖的代表十分无礼，并进行肆意辱骂，被激怒的土谢图汗杀死了噶尔丹的部下。噶尔丹抓住机会，以报仇为名，又派兵攻打喀尔喀部。喀尔喀部接连向东败退。康熙皇帝再次下令，让达赖火速派人劝说噶尔丹停止进攻。这时，桑结甲措就派来了这位济隆呼图克图。

济隆遵照第巴桑结甲措的指示，明着是代表五世达赖前来执行皇帝的谕旨，暗地里却不但不劝噶尔丹罢兵，反而唆使他继续南侵，竟然进逼到热河，离北京只有七百里了。康熙皇帝这才放弃了调解的期望，不得不御驾亲征，在乌兰布通战役中击溃噶尔丹。战斗开始之前，济隆还作为五世达赖的代表替噶尔丹诵经求胜，并且卜卦问佛，为噶尔丹选择开战的吉日。其实，这时五世达赖已经圆寂了八年。

现在让我们再回到噶尔丹的大帐中来吧。

"经过这几年的休整，你看我是不是又可以向南飞翔了？"噶尔丹问济隆。

"当然应该了！你也到了该成就大业的年龄了。"

"不过，胜负难定啊……"

"谚语说：只要能爬上宝树，即使挂烂了皮袍也值得。大不了再退回原地。"

"对！达赖佛的意思是什么时候动手呢？"

"伟大的五世年纪大了，一般政事已经委托第巴掌管。第巴的威望足以震慑全藏，只是皇帝捆住了他的一只腿，达赖汗绑住了他的一只手，全靠你这位老朋友帮忙了。"

"那是自然。他讲义气，我也不能不讲交情。我在拉萨的时候，就知道他是个奇才，是位靠得住的朋友。不然，达赖佛怎么对他那样信任呢？"

"说得极是！阁下，第巴的想法你是知道的，他现在也有些焦急啊！"

"那好！明年，最迟后年，不，明年吧，明年不到这个时候，我就再次出兵！"说罢抽出腰刀，轻轻地抚摩着，像对自己疼爱的孩子一样，感叹地说："看，都把它饿瘦了。"

九　政治赌注在加大

"佛保佑你。"济隆双手合十。

康熙三十四年（公元 1695 年），布达拉宫的重建工程全部完工了。

桑结甲措宴请过了前来参与设计的内地和尚和皇帝特意派来的一百一十四名汉族工匠，带着几分醉意回到卧室歇息。他深为这座高达十三层，离地一百一十七点一九米的伟大建筑而自豪。白宫部分是在第一任第巴·索南热登的主持下完工的，而红宫部分是在他的主持下建成的；而且这两部分结合得天衣无缝，更是了不起的创举。

前年，红宫和五世达赖的灵塔殿基本完工的时候，他在藏历四月二十日那天主持了隆重的落成典礼。使他至今依然自鸣得意的是，他没有愚蠢地、赤裸裸地宣扬自己的功绩，而是效仿唐代武则天女皇的做法，在宫前立了一块无字碑作为纪念。这样，功绩的伟大加上伟大的谦虚，会使他的威望比布达拉宫还要高出百倍。

现在，一切内部的整饰，包括最细的部分，都已经完成了。房檐的图案，梁柱的油漆，壁画的彩墨，佛像的金身……都已经带着特有的香气，闪着夺目的光芒展现在眼前。那最早的两座建筑物的废墟——作为松赞干布时代的象征的曲结竹普和帕巴拉康两所房子，也已经恢复了原样，整刷一新了。当然，钱是花了不少的，摆在他手边的一个账单上写着，仅仅修建红宫就用银二百一十三万四千一百三十八两。这对于任何一个老百姓来说，都是要吓得吐舌头的。但是对于他桑结甲措，对于一个在贵族的家中、达赖的身边和极权的坐垫上长大和生活着的人来说，有什么值得惊讶的呢？

桑结甲措喝了几大口浓茶之后，神志清爽了许多，很快恢复了他那充沛的精力。他开始正式地巡视全宫，就像从头翻阅自己的作品。这部集体创作，他阅过设计图，批过经费，对各处都曾经指手画脚过。在他这个主宰一切的第巴看来，宫前的无字碑上尽管暂时无字，但实际上却早已刻上了桑结甲措的大名。

巡视在进行着。桑结甲措始终走在最前面，后头是数不清的人群，他们的表情只有两种，庄严或者微笑。他们大都是他的亲信或者想成为他的亲信的人。

落成后的布达拉宫，使桑结甲措最为满意的有三处，这三处都突出了他和五世达赖的特殊关系，也反映出他对五世达赖的报恩之心。

一处是松格廊道，这是通往各个宫殿的必经之路。南墙上镶嵌着一双五世达赖的手印。如前所述，五世晚年把大权交给了他，又担心他威望不高，难以服众，便按下手模当作命令，表示一切让第巴桑结甲措代为行事，全体僧俗官员都要无条件地服从。这双手印就是桑结的尚方宝剑。

一处是司西平措，俗称措钦鲁，即五世达赖灵塔殿的享堂。这是红宫里最大的宫殿，建筑面积有六百八十多平方米。有着记载五世达赖一生活动的壁画，他在北京觐见顺治皇帝的场面被画在了显要的地位。这幅作品相当精细、生动，绝不亚于一张现代的彩色照片。顺治皇帝双手抚膝，端坐在龙椅上，全身向右方微侧，好像正在静听五世达赖谈论什么。五世达赖盘坐在右侧稍低一点的近旁，右手做着手势，大睁的圆眼注视着皇帝，长长的八字胡须好像在微微地颤动。在他们各自的下方，是朝廷的官员和西藏的高僧，依次坐了数排，他们的神态都具有鲜明的个性。奉献食品和敬献哈达的人们，在他们中间忙碌着。一派庄严而又亲切、和谐而又别致的气氛。

这第三处也是最辉煌的一处，便是五世达赖的灵塔了。它是五年前开始建造的。分塔座、塔瓶、塔顶三个部分，高达十四点八五米。塔身用金皮包裹着，共花费黄金十一万两，还镶满了数不清的珠玉玛瑙。修建这座灵塔的人们，当然不知道五世达赖早已圆寂，更不知道他的遗体早已用盐涂抹过，脱了水，在香料中干枯了。只是由于第巴秘不发丧，遗体才被秘密地存放起来而没有进入这座豪华的灵塔。

桑结甲措十分得意地走着，看着，不时地接受着人们对于宫殿和他本人的赞颂，内心感到极大的荣幸。

忽然从一个墙角边传出了哭声，哭声是那样压抑，那样凄惨，像石下的流水呜咽，像风中的枯枝嘶鸣。桑结甲措惊疑地走过去，只见一位蓬头垢面的老妇伏在地上，双手捂着嘴，在极力抑制着自己的悲泣。

桑结甲措正要发怒，一个老喇嘛摇摇晃晃地跑过来，扑通一声跪倒在他的脚下，诚惶诚恐地说："这个老妇人十分可怜，远道赶来，再三哀求，说进来看一眼就走。她感动了佛爷，佛爷指点我把她放了进来。冒犯了第巴，万望第巴宽恕我的罪过。"

老妇人停止了哭泣，望着第巴，像一个等待着被处以极刑的犯人。

"你从哪里来？"桑结好奇地问她。

"从……从……工……"

"不必害怕，慢慢讲。"

"从工布地区[①]。"

"叫什么名字？"

---

① 工布地区：今林芝县及其以东地区。

"嘎玛。"

"干什么来了？"

"找我的儿子。"

"怎么找到这里来？"

"他……他就在这里。"

"这里？什么地方？"

嘎玛悲痛得答不上话来了，从地上爬起来，双手抖动着，指着墙上的壁画，热泪不停地淌着，像是无声的山泉。

桑结甲措走近那幅壁画，上面描绘的是修建布达拉宫的真实情景：农奴们排着长长的队伍，扛着巨大的木料，背着沉重的石头，圈着腿弯着腰向山顶爬去；大批的工匠在毫不怠慢地砌墙垒石；远处的江上，运载木石的牛皮船正在和风浪搏斗……

嘎玛扑过来，指着壁画上画着的一个被砸死在台阶旁的农奴，喊了一声："他就是我的儿子！"便再也控制不住自己，放声号哭起来。

桑结甲措的脸色变得十分难看。有些擅长于察看上级脸色的人走上前来围住嘎玛，有的呵斥她赶快滚开，有的责骂她太不像话，有的用脚踢她，有的威胁说要把她投入布达拉宫外新建的监狱，那里面有水牢，因为潮湿生出了许多蝎子。后来，制作鼓面的人皮，制作法号的处女腿骨，制作酥油灯碗的人的头盖骨，很多就是来自于那里……

正在嘎玛感到异常恐惧的时候，桑结甲措挥手驱散了人们，对她说："老人家，你应当高兴才是，你的儿子难得有这样好的升天机会。死在佛殿外，画在佛殿内，福气够大的呀！"

"是是……剩下我一个人可怎么活呀？为什么不让我先死……"

"给她些银子。"桑结回身吩咐侍从，侍从照着做了。

嘎玛的耳边立刻响起了各种声音：

"啧啧！第巴真是菩萨心肠啊！"

"你知道不知道，奴隶的命价本来只是一根草绳！"

"给了你这么多银子还不满意？你还想吃掉大山、喝干海水吗？"

"这种狼，饿也哭，饱也哭。"

"死兔子换了只活羊，运气够好的了。"

"修建布达拉宫死的人多了，你的儿子算得了什么？"

"哪个敢像你这样闯到这里来？要不是碰上第巴，早把你扔到山背后去了！"

桑结甲措摇了摇头，对嘎玛说："去吧。"说完转身要走。

"第巴老爷！"她追上一步，双手捧着银子说："这银子，我不要。"

"怎么？你疯了？"侍从怒斥她。

"我没疯。这银子只能买我今生今年今月的糌粑，买不回我的儿子，买不到我来世的幸福啊！"

"那你要什么？皮鞭吗？"另一个侍从问。

"第巴老爷，我求求您，赐给我一碗佛前的圣水吧！求求您啦！求求您……"嘎玛又跪在了桑结甲措的脚下。

"给她。"桑结甲措吩咐了一句，走开了。

侍从一把收回了银子，不一会儿，不知从哪里端来了一碗凉水。嘎玛如获至宝地张开从家中带来的皮口袋，像接珍珠一样地把水接了进去，混合着自己激动的泪水。

后来听说，她由于喝了那"圣水"，上吐下泻了几天，就到天堂去会见她的儿子去了。

桑结甲措虽然感到遇见嘎玛有些扫兴，但还不愿就此中断他的巡视，对于一个有着无懈可击的行政能力的第巴来说，区区老太婆的干扰算得了什么！他若无其事地笑了笑，踏上了油漆刚干的楼梯。这时，有人前来禀报说，蒙古方面来人了，请示接见的时间。桑结一听，猜想可能是噶尔丹的使者。他正急于要知道这位盟友的情况，便马上对大家说："公务要紧，巡视活动就此停止吧。"

桑结一走，众人也就散去了。

来人呈上了信件，桑结一看火漆上的印记，知道是济隆喇嘛写来的，急忙拆开细看。其中先是描述了噶尔丹的强大，接下去是特意转奉噶尔丹及所属臣民、教徒对于五世达赖和他本人的祝赞与问候，最后是济隆自己的请求。济隆知道，由于他在乌兰布通战役中出面替噶尔丹求和，使朝廷的大将军裕亲王福全上了当，已经得罪了皇帝，不宜于再留在噶尔丹的军中。他希望恩准他返回西藏。

桑结甲措眼珠一转，这个能干的济隆啊，大概胆子变小了吧？他是怕再来一次乌兰布通战役而被朝廷捉去杀头吗？

他在给济隆的回信上只写了一句话：

要回就跟噶尔丹的大军一起回！

十
康熙皇帝怒斥桑结

　　康熙三十四年冬月的一天，北京城的上空飘着鹅毛大雪。雪片像碎玻璃一样扫到人们的脸上，使人睁不开眼。一切都罩在白茫茫的冰网之中。

　　紫禁城的九千多间宫殿及其他房屋上，白雪与黄瓦同辉，显得更加庄严肃穆。

　　乾清宫里，木炭火盆燃烧得很旺，大红蜡烛闪着亮光，把一位正伏在案头批阅奏报的人的脸映得通红。这张脸有点消瘦，却十分清秀，略呈八字的双眉下，目光炯炯有神。下巴上留着又黑又硬的胡须，既不很密，也还没有多长。他就是康熙皇帝——清圣祖爱新觉罗·玄烨。

　　康熙今年四十一岁，已经当了三十四年的皇帝了。他在十六岁亲自执政以后，首先将专擅朝政、继续推行圈地政策、逼迫农民逃亡的贵族鳌拜等人革职拘捕。二十多年来，先后平定了吴三桂等三藩的叛乱，攻灭了继续打着复明旗号的台湾郑氏政权并驻兵屯守，驱逐了盘踞在黑龙江流域雅克萨的沙俄侵略军……为大清这个以满族为核心的多民族国家的统一和守边卫土做了不少事情。近几年，他又在操劳着制止蒙古、西藏、青海、新疆一带的动乱，致力于扑灭噶尔丹这一堆不驯之火。他早就下定了决心，即便是战死在马上，累死在案头，也要创造个太平盛世。

　　他批完了被革职留任的河道总督于成龙的一份奏报，放下朱笔，把思绪从兴修水利、开垦荒地方面又转到噶尔丹和桑结甲措身上来。因为他传谕召见的几个人——大学士伊桑阿、领侍卫内大臣索额图、大将军费扬古和将军萨布素就要到了。他从紫檀木椅子上站起来，舒展了一下筋骨，望了望窗外，大雪还在不停地下着。他想起了瑞雪兆丰年的老话，嘴角掠过了一丝微笑。

　　不一会儿，人们来了，太监给几个火盆添了炭，又给人们献了茶后退出去。

　　"天气很冷吧？"康熙笑着说。

"不冷不冷。"几个人一起站起来躬身回答。

"坐,坐。"康熙把手心向下按了按。平日他总是这样亲切。

"北京比盛京①暖和多了。"索额图满意地补了一句。

"是啊,开国就是由冷到暖,治国就是由暖到热;为皇帝者,施威也罢,赐恩也好,都不能叫天下寒心哪!"康熙说着,环视了一下在座的臣子,只见一个个都在洗耳恭听着,但又显出几分摸不着头脑的神色,于是接着说,"朕今儿个叫你们来,是想随便谈谈西藏方面的情况。过两天再作正式的建议,如何?"

众人连连称"是",只是一时不知从何谈起。

"陛下在瑞雪之中,召谋雪域之事,颇有诗意呀!"大学士打破了沉默。

"朕虽然喜爱汉诗格律,现在却无暇作诗。你们看那个叫桑结甲措的第巴为人如何?是否可靠?"康熙把话引上了正题。

"臣从西藏的来人口中听说,此人颇有些智谋,尚能勤于政事,民间还流传着他的故事。"索额图启奏说。

"哦?说与朕听。"

"桑结头形扁平,有个'扁头第巴'的绰号。某日微服出行,欲乘摆渡过河,却又故意不付船资。撑船人大怒,指着他的鼻子骂道:'过河不给钱,简直是无赖!若不是看到你的头扁扁的长得像第巴大师,今天我绝饶不了你!'"

乾清宫里响起了一阵笑声。索额图继续说:"他经常化装成平民百姓,出入于商店酒肆。西藏人都很小心,不敢在人多处谈论政事,生怕被这位扁头第巴听到。有一次,他化了装坐在一家酒店里,遇见一个从后藏日喀则来的老汉,他就凑到老汉的耳边探问:'你们那边对政局看法如何?'老汉举起酒碗说:'西藏的大事有第巴大师管着,咱们俩喝酒吧!'"

康熙点了点头:"如此看来,西藏的百姓是又服他,又怕他。与朕对他的估计果然相合。"

"所以前年十二月,五世达赖喇嘛上疏乞皇上赐第巴封印的时候,陛下在去年四月只给了他个'掌瓦赤喇怛喇嘛教弘宣佛法王布忒达阿自迪之印'②的金印,表面上是给了他个王的封号,却又不让他超出只替年迈的达赖掌管佛教的范围。陛下真是圣明无比呀!"伊桑阿回顾着往事,体会着皇上的策略。

---

① 盛京:今东北的沈阳。
② 桑结甲措的封号。布忒达是梵文,意为"佛",就是"桑结";阿自迪也是梵文,意为"海",就是"甲措"。合起来就是桑结甲措的名字。

"你们相信那个写着'臣已年迈,国事大半第巴主之……乞皇上给印封之,以为光宠'的奏疏,果真是五世达赖亲自所为吗?"康熙问罢,抿起嘴角。

"乌兰布通之役,从厄鲁特①降人中听说,西藏有些风言风语,"费扬古说,"似乎五世达赖已经圆寂多年了,只因为得不到确实的证据,又非臣下亲耳听到,未敢启奏。"

"此事裕亲王已经启奏过了,"康熙说,"济隆喇嘛为噶尔丹乞和,有意误我追师,就引起过朕的猜疑。"

"陛下何不传谕西藏,叫他们派人进京,严加责问,弄个明白。"萨布素起身启奏。

"正合朕意,"康熙思考了一下说,"如果达赖真已去世,桑结甲措假借达赖名义替自己讨封,固然有欺君之罪,但他目中尚有朝廷,无非想借朕的威望强固他统辖藏地之权,也不无可赦之处。朕所疑虑的是他还有对噶尔丹助纣为虐之嫌。而噶尔丹不除,终是我朝之大患,边无宁日,何以治边?"

"前时陛下亲往视师,大败了他的兵马,他却拒不归顺,也不守誓言,不久以前,又进兵到克鲁伦河,还扬言:上次战败,只因武器不精,待向俄罗斯借火枪六万支后,再决雌雄。如不讨平此辈,我等羞为大将!"费扬古激动起来。

康熙面有怒色,冷笑了一声:"难保他没有勾结外邦之意。六万支枪云云,不过想恐吓于我。"康熙突然拍了一下桌子,厉声喝道,"朕岂是他恐吓得住的!"

乾清宫顿时寂然,只有康熙来回踱步时,靴子底发出的"咯咯"声。

康熙猛一转身,果断地说:"萨布素!你引满洲军会同科尔沁部出其东;费扬古,你驰赴归化城,调陕甘之兵出宁夏,自翁金河出其西;朕自将禁军出独石口为中路。克期夹攻!纵然战马喝风,将士吃雪,也要全歼噶尔丹于蒙古之地!"

"万岁英明!"四个人一齐行着领旨的大礼。

经过了周密的准备,第二年——康熙三十五年春三月间,展开了讨伐噶尔丹的第二次战役。按照康熙预定的布置,克服了沙地的难行,不理会沙俄军要来为噶尔丹助战的传言,冒着断粮的危险,一鼓作气地进攻,终于在六月十二日大获全胜。噶尔丹仅剩下数十骑,狼狈逃走。连他的妃子阿弩都死在炮火之下。直到军粮确实快用完了的时候,康熙才传令班师回朝。

这时,几个自称是五世达赖奉旨派来的人从西宁来到北京。

---

① 厄鲁特:又称额鲁特或卫拉特,是清代对西部蒙古各部的总称。分四部:杜尔伯特、准噶尔、土尔扈特和硕特。

康熙皇帝叫索额图和伊桑阿传谕给他们，实际上是直接对桑结甲措进行的怒斥。皇帝在谕旨中历数两次亲征噶尔丹所获得的决定性胜利，让桑结去品其中的滋味。谕旨中特别指出，他已得到了达赖早就去世的消息。并说：天下的蒙古人都尊奉达赖喇嘛，如果达赖喇嘛亡故了，理应向各部的护法施主通报，让班禅来主持教务，继续维持和弘扬宗喀巴的道法；而你，却隐匿不报达赖之丧，还假借达赖的名义，唆使引诱噶尔丹胡作非为……我现在决定派遣使臣到拉萨去，达赖喇嘛果真还活着的话，就请他出来面见我的使臣，并让他晓谕在逃的噶尔丹，听从我的旨意。那样，对以往的事我可以不再介意。如果仍然欺骗蒙混我的使者，不让他见到达赖，则事情是断然不会轻易了结的……

几个代为接受训斥的人，既没能见到皇帝的面，又对五世达赖的生死说不出个所以然来，只好战战兢兢地离开了北京。

桑结甲措像热锅上的蚂蚁。他竭力调动自己的全部智慧来应付终将到来的事变。他深知目前的局势对他十分不利，不正视是不行的。皇帝已经听到了五世圆寂的消息；蒙古各部和西藏内部也有了这方面的传闻；噶尔丹在克鲁伦河一带又遭了惨败，想借助老同学来驱逐和硕特部在西藏的势力恐已无望。怎么办？他反反复复地盘算着，总是想不出使自己满意的对策来。

他决定先出外散散心，暂把忧烦抛在一边。他骑了一匹比赛用的好马，叫随从带上弓箭，到郊外去跑马射箭。

桑结甲措忘记了，日头偏向西南的未时，正是拉萨每天起风的时候。他骑在马上，一阵大风扑来，细碎的沙砾打痛了他的面颊，脖子里像撒进去一把炒熟的青稞，眼睛也感到火辣辣的疼。他打算回去，但又一想，风大不是正好锻炼弓力吗？已经开始做了的事他是不愿再更改的，凭着这一点，他才取得了许多次的成功。虽然他没有掉转马头，心中却在埋怨着：冬季的风为什么倒像初春那样猛？真的要发生反常的事吗？是暗示一种不祥将要来临吗？他本来是想出来散散心的，却又禁不住思索起皇帝对他的斥责来。他的耳边响起了自己的声音：沉住气，不要慌，皇帝对于五世的圆寂并没有得到确实的消息，他的传谕也许只是试探性的，未必真的会再派使臣前来察看究竟。山高皇帝远嘛，还有充足的时间来考虑如何对付……噶尔丹不一定是真的被打败了，更不一定败得那样惨，在西藏、青海，他还有足够的实力……还是等济隆的报告来了再说吧，他的消息才是最可靠的。

桑结甲措在坝子上下了马，命侍从竖起了箭靶，他迎着风沙强睁开一只眼睛，拉满了弓，瞄准着箭靶中心的红点。他忽然觉得今天的射箭不是平日的游戏，而是一次占卜，那靶上的红心就是全藏的大权，他自己就是箭头，而强风是皇帝，沙砾是和硕特的势力，噶尔丹就是这张硬弓。他一边想着，一边继续引弓，集中了浑身的气力，运用了全部的技艺和经验，"嗖"的一声，箭中红心。他高兴极了，只为了这一箭，也值得出来这一趟！为了保住这一箭所预示的吉祥，他决定再不射第二箭了。正要传令回去，一个骑飞马的人从官道上斜插到靶场中来，直奔他的近前。侍从们刚要拔刀拦阻，只听桑结甲措喊了一声："不要动手！"

那人滚鞍下马，向桑结甲措行了大礼，刚要张嘴说话，桑结甲措立刻制止了他，接着传令说："回宫！"

一个认得他的侍从悄声对另一个侍从说："喇嘛济隆。"

布达拉宫。桑结甲措和济隆对坐在五世达赖的住室日光殿里。

"噶尔丹到底怎么样了？"

"全军覆灭。"

"他现在哪里？"

"不知去向。"

"你不是一直和他在一起吗？"

"在土拉河东岸的昭莫多被大将军费扬古打散了。我是换上蒙古妇女的衣服才逃出来的。"

"皇帝恐怕是不会饶恕你的，他已经在传谕中提到了你的名字。这……"

"我就全靠您的保护了。"

"唉！你有处藏，我是无处躲的。好吧，只要有我这棵树在，就不会没有你栖息的枝叶。这些年，为了西藏，为了我，你吃的苦够大了！"

正在这时，盖丹慌慌张张地跑了进来，差一点被地毯的边角绊倒。

"什么事？"桑结急忙问。

"皇帝的使臣驾到，让您马上接旨！"盖丹不停地喘着粗气，像是刚从摔跤场上败了下来。

楼梯上杂沓的脚步声响成一片，厅外传来了恭迎皇帝使臣的高呼。

桑结甲措心里怦怦直跳，使臣来得太快了，也太突然了，简直使他毫无思想准备。他急忙整了整衣冠，发现济隆不知所措地站在墙边。让他出去已经来不及了，留在这里吧，又不知使臣是谁，会不会认得济隆，万一认出来可就麻烦了！桑结甲措用闪电般的眼光扫了一下大厅，上前一把掀起佛案前的围布，济隆像避猫的老鼠一样钻了进去。

桑结甲措拜受了圣旨,听使臣宣读上谕,译官用低沉的声音译成藏语转述着。他竭力想听清每一句话,记住每一个字,但他的注意力怎么也集中不起来,脑子一阵阵地出现空白。他真想狠狠地捶打自己,但又不能这样做。他只觉得浑身发热,后背已经和衬衣粘在一起。他想把衣服脱光,但也不能这样做。他只是断断续续、隐隐约约却又是清清楚楚地听到了下面的话:

"朕是崇道法而爱众生的,所以对于诚心实意护法的人,都加以爱护;对于背地里破坏道法的人,都给予谴责直至治罪。你这个当第巴的,本来只不过是在达赖喇嘛的领导下管些事务……现在我发现你明着是在尊奉宗喀巴的教义,暗中却和噶尔丹结为密友,欺骗达赖喇嘛和班禅呼图克图,败坏宗喀巴的教旨。早些时候,你诈称久已去世的达赖喇嘛依然活着,把济隆呼图克图派到噶尔丹那里,在乌兰布通的战役中,为噶尔丹念经,并为他选择出战的日期,还打上罗盖站在山上观战。贼军胜了就献哈达;败了,又替他讲和,延误我的追兵,使噶尔丹获得了远逃的机会。朕为了众生,曾派人去召班禅呼图克图。你又哄骗吓唬班禅说噶尔丹要杀他,不让他前来。青海的博硕克图济农,偷偷地和噶尔丹结为亲眷,互相派人往来勾结,你也不检举揭发。像噶尔丹、博硕克图济农这两个人,如果不是听了你的主意,会拉扯上婚姻关系吗?噶尔丹是受了你的挑唆和引诱,才不遵从朕的旨意……济农派到噶尔丹那里的使者罗垒厄木齐等人被擒以后,都说达赖喇嘛已经亡故九年了。达赖喇嘛乃是大普慧喇嘛,本朝作为护法之主,和他交往已经六十多年了,你理当将他去世的消息立即向朕奏报,而你却进行保密,欺骗民众,倚仗着噶尔丹的势力谋划军事活动。你的罪过是非常大的!你的所作所为到底是为了道法呢,还是为了私利而诈骗呢?朕乃是养育众生的君主,表彰好的,憎恨坏的,绝对不会含糊!你如果还愿意真心地改正错误,依然想遵奉宗喀巴之教的话,那就听从朕的呼唤,派人前来,把济隆呼图克图逮捕起来交给我,押送青海博硕克图济农所娶的噶尔丹的女儿。若能如此,朕仍然会像从前那样给你优厚的礼遇。上面所提到的事,倘若有一件你不遵照执行,朕必然究办你诡诈欺侮达赖、班禅,帮助噶尔丹的罪行,发来云南、四川、陕西等处的大兵,照着击破噶尔丹的样子,或者由朕亲自来讨伐你,或者派遣诸位王公大臣来讨伐你。你从前不是对朕的使臣说过,厄鲁特四部是你的护法之主吗?那你就叫厄鲁特四部来帮助你吧,朕将看看他们怎么帮助你!你还是赶快按我的吩咐办事,在明年正月以前星速前来奏报,否则,后悔不及。为此特派使臣前来晓谕于你,并带去我歼灭准噶尔部时缴获的噶尔丹的佩刀一把以及他的妻子阿弩的佛像一尊,佩符一个,作为告捷之物,送给你们做纪念。随敕书赠你锦缎三十六丈……康熙三十五年八月甲午。"

桑结甲措听完,浑身的内衣也湿透了。他活了四十三岁,从来还没有像现在这样惶恐过。他没有见过皇帝,他想象中的皇帝有着两副面容,既是和蔼慈善的文殊菩萨,又是怒目圆睁的护法天王,你不能不敬,也不能不畏。桑结甲措竭力使自己镇静下来,心想,正如俗语所说:石头已经裂了,往中间填土是不行的。看来,只能遵旨了。

"皇上急等第巴回奏。"使臣叮嘱说。

"是是,我一定照皇上的手谕办理,按时遣使上奏。"桑结连声应诺着,起身向厅外招呼道,"宫中摆宴,为天使洗尘!"

随着桑结的话音,像被戳了一刀的羊肚子,济隆软软地昏倒在佛案底下。他知道,第巴到底是个地方官,是扛不住皇帝的恩威的。而那样,他自己也就完了!

十一
达赖六世突击坐床

西藏有一条谚语说：自己做的青稞酒，再苦也得喝下去。这些日子里，桑结甲措就是在大口大口地喝着十四年来自己酿造的苦酒。

转眼到了第二年正月，康熙皇帝命他回奏的限期已经到了，他只好硬着头皮给皇帝写了一封密奏信：

"众生不幸，第五世达赖喇嘛于壬戌年示寂，他转生的净体今年已经十五岁了。当时因为担心西藏的民众由此而发生动乱，所以没敢发丧。现在应当请新达赖坐床了，时间想放在藏历十月二十五日宗喀巴圆寂的纪念日。恳求大皇帝暂时不要宣布或泄露出去。至于班禅，是因为还没有出过天花，所以才没有敢应召去京。济隆已经畏罪潜逃到康巴地区去了，尚不知藏在何处，我已经没收了他在拉萨的产业，以后当竭力把他捕送到北京去，到时候乞求皇上能保全他作为一个受过佛戒的人的性命……"①

桑结甲措把密奏写好之后，选派了心腹之人尼玛塘夏仲等，连日赶送京城。

他急等着皇帝的批复。能否得到宽恕，吉凶尚难预料，他的心绪日夜不得安宁。只是有两点可以使他得到些许的宽慰：一点是噶尔丹毕竟还在人世，不无死灰复燃的希望；另一点是那个五世达赖的转世灵童，早已在他的掌握之中，必要时就可以立起这根新的支柱。作为一个政治家，他对今日出现的危机形势是有过预测、有过准备的，不然，可就一筹莫展了。

他虽然不愿意设想自己有下台的可能，更不敢揣测有掉脑袋的一天，但是在等

---

① 关于桑结匿报五世达赖之丧，藏族中有个替他开脱的说法：他及时给皇帝送过一串念珠和一个碎碗，寓意是达赖已去世，怕内部分裂争战。皇帝以为碗是路上打破的，对念珠则未注意。但桑结总算是事先禀报过了，皇帝才未加深究。

待皇帝批复的时日里他能做些什么呢？不知怎的，他产生了整理自己的著作的念头。说干就干，于是埋头改订起他的手稿来，以此来强行排遣内心的忧虑与惶恐。在已经完成的几部著作中，他比较满意的是《五世达赖灵塔记》和《五世达赖诗笺》；再就是关于历算方面的《白琉璃》，关于医药方面的《蓝琉璃》，关于寺庙方面的《黄琉璃》。如果有时间，他还准备写文史和法典方面的文章以流传后世。不过，他毕竟不可能把主要精力用在这种事情上，因为生前的显赫比身后的荣耀对他有着更大的吸引力，攫取权力比留下著作更为重要。不然他就不会是一个毁誉不已的第巴，而是一位更有成就的学者了。

尼玛塘夏仲一行带着桑结的密奏，朝东北方向一路奔去。在几个驿站上都听到同样可靠的消息，说皇帝已经统领着数不清的精兵良将正向西南方向进发。他们吓得面面相觑，却不敢言语。心想，是不是真的亲自来讨伐桑结甲措了呢？如果是那样，就怪我们路上走得慢了，信送到得迟了，惹怒了龙颜。于是日夜兼程，不停地换马。他们一个个跑得面黄肌瘦，骨头都像断了似的。三月间，他们果然在宁夏迎见了皇帝。

康熙到底出来干什么呢？他考虑，当时在中国西部广大地区的蒙古部族共有四大部，即杜尔伯特、土尔扈特、和硕特和准噶尔，统称厄鲁特或卫拉特。其中最强大又最有野心的就是以噶尔丹为首的准噶尔部。如果不把准噶尔彻底歼灭，即使京城一带不再受到威胁，西部地区也还会燃起战火。于是在二月间开始了第三次御驾亲征。

噶尔丹遭到毁灭性的打击后不到一年，虽然又纠集了一些人马，但他毕竟不是皇帝的对手，一经交战便连连败逃，一个月内，所属的部众已剩下不足千人。他想回到他的老根据地伊犁去，但是那里已经被他哥哥僧格的儿子策妄阿喇布坦吞并了；他想退到青海去，但是那里的部属也已经相继叛离了；他派他的儿子塞卜腾巴尔珠尔到哈密去征调军粮，又被回族人抓住献给了皇帝；最后，他想到西藏去投奔桑结甲措，但是西路屯留军已经阻绝了通路；皇帝还亲率着大军紧追不舍。众叛亲离的滋味儿，走投无路的处境，丧家之犬的沮丧，使他的野心完全破灭了，精神最后崩溃了。绝望之中，他终于在闰三月的一天，端起了一碗毒药，自言自语地说："我受了骗，也骗了佛，骗了人，最终骗了自己。康熙皇帝太厉害了，和他打仗是最大的错误！我后悔极了……"说罢，将毒药一饮而尽。这年噶尔丹五十三岁。

康熙皇帝在看了桑结甲措的密奏以后，半天没有说话。对于桑结的回禀，他并不满意，但这位第巴的态度还算说得过去，眼中毕竟还有朝廷。他又深谋远虑了一番，觉得目的已基本达到，还是以冷静处置、宽厚对待为好，因为第巴是五世达赖亲自选派的主事人，而蒙藏各部又都尊奉达赖；准噶尔刚刚平定，内地的局势还未完全稳定下来，如果对桑结甲措追究过严，非治罪不可的话，恐怕会引起边地的不安。还是各自找个台阶下吧，何不顺水推舟，答应他的恳求，暂时了结这段公案呢？于是朱笔一挥，写了一个"允"字。这使桑结甲措度过了一次很大的危机。

尼玛塘回到拉萨，直接跑到布达拉宫来找桑结甲措。桑结正在写他的新著《白琉璃释疑答疑》，已经写了一百多条问答。尼玛塘不等通报就进了桑结的书房，桑结一看他的脸色就知道消息不坏，特意拿出日喀则仁布县出产的黄色玉石碗来，斟上酥油茶，让他边喝边汇报。

桑结甲措心上的石头总算落了地，顿时有了攀谈的兴致。虽然紧接着有许多重大的事情要办，比如怎样安排六世达赖的坐床，何时将五世达赖的遗体葬入灵塔，有没有可能建立一支归自己指挥的强大的军队来抗衡和硕特部留驻在西藏的八个旗的兵力，等等，但此刻不妨先轻松一下。

"你觉得康熙皇帝到底是怎样的一个人？"他问尼玛塘。

"挺和善的。当然，我是说对我，在我去拜见他的时候，皇上竟然在行宫的二门屈驾相迎……"

"那不是对你，"桑结打断了他的话，"那是对整个的西藏，对达赖喇嘛在蒙古各部的影响。看来，他是很懂得在什么时候发怒，在什么时候微笑的。了不起呀！"

"对对！他确实是柔和起来像云朵，厉害起来像钢刀。有两件事我是在这次头一回听到的，正好能说明皇上的脾气。"

"哦？说说看。"桑结把手稿推向一边，对尼玛塘所说的两件事产生了浓厚的兴趣。

"一件事是康熙十三年，吴三桂又对清朝来了个反戈一击，在云南发兵起事。康熙皇帝派了大军向云南进攻。当时，伟大的五世给皇上写了封信替吴三桂求情。"

"这我知道，那是一件很容易得罪皇帝的事情。信我是看过的，上面说：吴三桂若是投降了，就饶恕他；若是坚决抵抗，就割让他一块地方罢兵算了。皇帝没有答应。"桑结说着，不禁又回忆起自小就受到五世宠爱与信任的情景。

"后来，皇帝的大兵围了云南，吴三桂的儿子吴世璠曾经给五世写过一封密信，你知道吗？"尼玛塘神秘地说，好像现在还怕人听到似的。

"啊？这个我可没有听说！连五世自己也从未提起过。"

"那当然，因为密信在送来的路上被官军截获了，送到了皇帝的手中。"

"什么内容？"桑结急忙问。

"问题就在内容上。信中说，他们把云南的中甸、维西两地割送给西藏；西藏呢，派兵去帮他攻击皇帝。"

"真有此事？"

"一点不假！"

"怎么皇帝没有追究过呢？"

"皇帝看了这封密信以后，既没有怀疑，也没有生气，只是笑了一笑，把它丢在了一边。真是柔和的性子，好脾气。"

桑结甲措长舒了一口气，像是庆幸五世达赖也像他一样度过了眼前发生的危机。停了一会儿，他又问："第二件事呢？我很愿意知道。"

"刚刚发生不久，"尼玛塘眉飞色舞起来，"去年六月，皇帝在蒙古草原打败了噶尔丹，本想继续追击，可是粮食不够用了，一时运不上来。收兵回去吧，又怕暴露了真情，路上遭到袭击。皇帝灵机一动，噶尔丹的代表格垒沽英不是就在军中吗？于是把他召进大帐，对他说：'现在放你回去，对你的主子说，叫他快来投降。朕在这里等你，限七十天前来回报，过了期限，朕就继续进兵。'"

"真有智谋啊！！"桑结赞叹地说。

"您听啊。正在这个时候，主管衣食的官员进来了，他叫达都虎，也没看看皇帝跟前站的是什么人，就照实地启奏说：'军中的米就要光了。'皇帝大发雷霆：'达都虎蛊惑军心，推出斩了！朕就是吃雪也要穷追，誓不回军！'等把格垒沽英打发走，还派人随着监视了二十里，你猜怎么着？皇帝这才下令：班师回朝！"

桑结甲措点着头，又摇着头说："不好对付啊！他的智勇之光犹如日月，我们的智勇之光只似星星……"

尼玛塘扫兴地住了嘴。

桑结甲措又陷在了忧虑之中。他知道自己和皇帝的关系、和固始汗的子孙们的关系都很难处好，因为他对他们缺乏五世达赖那种感情。他们对五世是有恩情的，是皇帝给了五世隆重的礼遇，给了他空前荣耀的封号；是固始汗派兵镇压了黄教的敌手，帮他建立了噶丹颇章[①]政权。而自己呢？不但和他们之间无恩可言，而且积了

[①] 噶丹颇章：西藏地方政权机构的名称。

不小的怨。好在他的身上有一副刺不进的金甲，那就是将要坐床的达赖六世！谁的手中有达赖，谁就能牢牢掌握住西藏的大权。

入秋季节，在门隅地区，一切开过花的植物都过早地成熟了自己的果实。阿旺嘉措和仁增汪姆的爱情也过早地成熟了。

这一天，天气格外晴朗，也特别炎热。阿旺嘉措褪下上身的外衣，把两只袖子交叉地系在腰间，穿过熙熙攘攘的人群，来到改桑的小店。

改桑和仁增汪姆照例像迎接亲人和招待贵客一样地请他坐下，位子的拥挤正显示出他们的热乎。

仁增汪姆发现阿旺嘉措今天的神情不同往常，说不上是严肃还是兴奋，就问："你是要来说什么事吧？"

"你猜对了。我要跟阿妈改桑和你商量一件大事。"

"大概是和她有关吧？"改桑指着外甥女。

仁增汪姆扭了一下身子，用袖口捂住半个脸，眼睛忽闪了几下，低下了头。

"是……是这个意思。"阿旺嘉措严肃地说，"今天早上，师父告诉我说，我学习了六年，已经期满了。您知道，我是个没有了父母的人，可是在我出生的地方还有间小房子，也有伯伯那森，哥哥刚祖那样的好朋友。那里的气候、风景，比这里还要好些。你们如果不嫌弃我，不嫌弃那个小村子，又觉得这小店也不容易再开下去的话，就请搬去吧。种地、放牧、砍柴……我都会干得好的。你们如果舍不得这里，我也可以留下。从今以后，我们就成为一家人，行吗？"阿旺嘉措的眼睛里射出期待的光芒。他是诚恳的。

"好孩子！这可真是一件大事！"改桑既高兴又犹豫，如果要离开这座小店，有多少事情要办啊。对她来说，不亚于要搬一座山、移一条河。虽说从错那到邬坚林路程不算远，对于要携带许多什物的一个少年和两个女人来说，也是一次了不起的出征。不过随上他去倒也应该，他已经不是孩子了。他懂得留恋自己出生的地点；记得自己幼年的朋友，更难得的是他看得出这座小店确实不容易再开下去，该想个长久之计。是呀，自己已经老了，仁增汪姆也大了，总是要出嫁的。自己晚年的凄惨是可想而知的。现在，佛爷赐福，给她送来了一个这么好的少年，将来不就是她的儿子吗？想到这里，她流泪了。这是母亲的泪，幸福的泪！哭了一阵，她才对阿旺嘉措说："我和仁增汪姆，全靠你了！我还能有什么话说呢？走，还是留，当然都行……不过，让我再想想好吗？仁增汪姆，你说话呀，你说呢？"

仁增汪姆只是点着头。在她的脑海中又浮现出那支红教喇嘛结婚的队伍，新娘已经是她自己了。

突然，外面街上发生了骚乱。马蹄声、吆喝声、奔跑声响成一片，阵阵尘土在阳光下飞腾起来，扑进了店门。人们的面孔不停地闪过，充满了惊恐和好奇。

他们三个一起走到门口，急忙向街上张望。啧啧！有喇嘛，有当地的官员，有尾随的儿童，还有此地从来没有出现过的那么多威武的士兵。这支并不整齐的队伍，没有谁显出凶恶的样子，只是东张西望地，像在寻找着什么。

在错那，这是一个前所未有的场面，看热闹的人也空前的多。但是谁也说不出究竟发生了什么事情。

阿旺嘉措在穿袈裟的人当中发现了他的一位经师，他闪出门去，紧追了几步，在经师的背后小声地问："师父，怎么回事？"

"啊！您在这里？"经师猛一回头，同时高兴地叫了起来。他还没有来得及回答阿旺嘉措，就朝着那些骑马的人喊道："他在这里！他在这里！"

所有的喇嘛、官员、士兵以及看热闹的人群，都向着经师跑来。

"到底是怎么回事？"阿旺嘉措完全莫名其妙了，他意识到怕是有什么灾祸要降临到自己的头上，或者有什么意外的重大误会牵连了自己。但他并没有恐惧的感觉，因为他知道自己并没有犯下任何罪过。

"找的就是您！是第巴亲自下的命令啊！"经师说。

"我？第巴？"阿旺嘉措迷惑极了，"第巴找我干什么？"

"我们也不知道，只是听说您有佛缘，要您去受戒。"经师笑着说，"大喜事啊！快去吧。"

一个士兵牵来了一匹空着鞍子的枣红色大马，几个喇嘛和官员客气地请阿旺嘉措骑上。阿旺嘉措迟疑着，不肯上马。

"不要害怕。我们是第巴派来保护您的。"一个军官模样的人说。

阿旺嘉措回头寻找仁增汪姆和改桑，看见她们母女两个正钻过人群朝他这边挤过来。她们被士兵拦挡在外围，发疯似的往前冲着，一个士兵举起鞭子威吓。

"不要动手！"阿旺嘉措朝那个士兵喊着，"那是我的阿妈和阿佳。"

士兵收起鞭子，歉意地后退了几步。

"先去休息，明天就要起程到拉萨去了。家人如还有话说，今晚请他们到宗政府来谈吧。"一位官员催促着阿旺嘉措，让他和自己都快些离开这个乱哄哄的、扬着尘土、烈日晒着的地方。

这突如其来的事变，使阿旺嘉措像挨了当头一棒，昏沉了很久都醒不过来。什么佛缘？受戒？拉萨？第巴？……拉萨是黄教的圣地，受了戒岂不就永无和仁增汪姆成婚之日了吗？这怎么能行？这是怎么回事？……直到晚上，他连什么时候上了马，什么时候来到了宗政府，什么时候派人去请的仁增汪姆，都记不清了。

阿旺嘉措在院子里踱着步，焦急地等待着仁增汪姆的到来。在夕阳的余晖中，一丛丛深红的、浅红的八瓣菊开得分外娇艳，几只不知疲累的蜜蜂贪恋地吮吸着花蕊，不肯离去。他阿旺嘉措又何尝愿意离去呢？第巴的命令，寺院的权威，是他所无法抗拒的。看今天街上人们的眼睛，有多少人在羡慕他呀，羡慕他能得到这天上掉下来的好运，羡慕他能到圣地拉萨去，羡慕他能到距离达赖很近的地方去。但他自己却没有半点幸运之感，他只觉得自己可怜，可怜得不如这花蕊上的蜜蜂。他想他应当是一只蜜蜂，能够在他喜欢的地方自由自在地飞舞、采蜜。这红艳艳的八瓣菊不就是仁增汪姆吗？如果没有她，也许到拉萨去做一名黄教喇嘛并非是无法忍受的事，说不定还真能修成正果呢。可现在，他怎么能舍得下这位情人呢？唉！他又怎么能不舍下这位情人呢？第巴的命令是无法抗拒的。他的心愤愤不平起来，遥远的、尊贵的第巴，怎么会知道他呢？怎么会命令到他的头上呢？又为什么偏要在这个时刻对他下达这种命令呢？他望着八瓣菊，念出了这样的诗句：

> 凛凛草上落霜，
> 飕飕寒风刮起；
> 鲜花和蜜蜂儿啊，
> 怎么能不分离？

天色黑了下来，还不见仁增汪姆的身影。他几次要出门去找，去谈心，去做暂时的告别，去宽慰她也宽慰自己——既然会突然离去，也可能会转眼重逢，让她等着，等着他的归来。但是宗政府门口的卫兵，总是礼貌地、然而却是坚决地把他挡了回来。他一直在院中徘徊，不时地望着门外，捕捉着每一个人的影子，倾听着任何一次的脚步声，但是没有一回不使他的希望落空。

门外已经是一片漆黑，什么也望不见了。他还是不进屋去，抬头望着天空。一道流星，又一道流星，像是在互相追逐着。他真想变作一颗流星，坠落在仁增汪姆的小店里。

直到这时，才来了一位喇嘛，对阿旺嘉措说："我们已经调查过了，您在本地没有亲属。姑娘仁增汪姆，只是您的朋友。您很快就要受戒，再不能接近女人。仁增汪姆已经向宗本①和寺院起了誓，做了保证，不再和您来往了。请您安静歇息，明早还要上路。"这位奉命传话的喇嘛像念经一样地背诵完了上面的话，面无表情，毫不迟延地走了。

阿旺嘉措还没有来得及说出什么，他已经到了大门口。只听得卫兵问："他到底是什么人？""不清楚，神秘人物。"这是喇嘛的声音。脚步声也消失了。

阿旺嘉措想大声地叫喊，想奋力地抗争。怎么，连和亲友见面也不行了吗？但他没有喊出声来，他向谁喊呢？谁来听他喊呢？他只能在心里喊，对自己喊。他确实听到了自己的喊声，把天上的星星都要震落了。完了！他和仁增汪姆的缘分尽了！天哪……

他怏怏地回到屋子里，点燃酥油灯，写下了这样两首诗：

爱情渗入了心底，
"能否结成伴侣？"
回答："除非死别，
活着绝不分离。"

和我集上的大姐，
结下了三句誓约，
如同盘起来的花蛇，
在地上自己散脱。

他自己反复读着，泪水涌出了眼眶，他伏在诗笺上哭了很久。他想，未来的一切尚难预卜，命运之神是无比强大的，要去的哭不来，要来的也哭不去。只是他心爱的仁增汪姆，为什么一遇到突然的事变，就做了那样的保证呢？于是他只有用这样的诗句来安慰和劝解自己：

已过了花开时光，
蜜蜂儿不必悲伤；

---

① 宗本：职务名称，相当于中原地区的县长。

> 既然是缘分已尽，
> 我何必枉自断肠？

酥油灯燃尽了，他才含着泪水睡去，噩梦中还呼叫着仁增汪姆的名字……

八月。桑结甲措开始为阿旺嘉措的坐床忙碌起来。因为坐床是新达赖正式继承前世达赖位置的盛大典礼，仪式的隆重在西藏是无可比拟的。而且六世达赖的坐床带有明显的突击性，弄不好会产生严重的政治后果。

阿旺嘉措的受戒地点使他颇费思谋。他原来决定在聂塘的诺布尔康举行，为此，他已经秘密地请班禅立刻从日喀则赶到聂塘来。现在他又考虑到，聂塘距离拉萨只有四十里路，一旦公布了匿藏灵童多年的真情，万一有个风吹草动，新达赖的安全不易保证。于是他又决定把受戒地点改到冈巴拉大山那边的浪卡子去，那个地方离拉萨较远，东面和南面是一望无际的羊卓雍湖，西去有翁古山之险，北上有冈巴拉之雄，即使出了什么事，局势也好控制。谨慎总是有好处的，就像有时候冒险也有好处一样。他又下了两道秘密通知：一是请班禅转道浪卡子；一是让阿旺嘉措一行也到浪卡子去，谁先到达就停下等着。他自己也准备赶到那里。

对于达赖汗和拉藏王子，他一点儿信息也不愿透给他们。他心想：皇上我都瞒了多年，还不能再瞒你们几天吗？欺君之罪都没有追究，你们蒙古人又能把我怎么样？再说，如果一定得同你们商量，岂不是我主动承认了自己是受你们管辖的吗？

桑结甲措走到布达拉宫的平台上，望着白宫的东、西日光殿——达赖的寝宫，得意地自语着："我就要为它请来主人了……不，他只是个孩子罢了。大事还得由我来办啊！"

阿旺嘉措一行来到浪卡子时，主持他受戒的班禅还未到达，就在寺院中住了下来。为什么要在此地停留，没有人知道。一切都还笼罩着神秘的色彩。

浪卡子是一个开阔而平坦的地方，紧靠着羊卓雍湖的西岸，素称歌舞之乡。阿旺嘉措第一次见到这样美丽的景致。他再三要求走出寺院，到外面去领略一下湖边的风光。到了第三天，终于得到允许，条件是不可走远，不可乘船进湖，还要有侍卫和随从跟着。

他站在湖边，微风拂动着他的长发，掠起湖面的波纹。湖水是深蓝色的，天空是深蓝色的。湖水无边，天空无际，天映水，水映天，连空气都蓝了。一切都是那

十一 达赖六世突击坐床

么明净，像玻璃制成的锦缎。湖中的石岛、湖岸的苍山、远峰的积雪，都争着把自己的影子投到湖水的深处，永无厌足地浸泡着，谁也不能拉它们出来。黄鸭、白鸟、天鹅……成群地在水面上浮游着，好像岸边草地上的牛羊一样安详。

阿旺嘉措心想：怪不得民歌中唱她是"天上的仙境，人间的羊卓"呢！又怪不得民间传说她是一位仙女变成的呢！人们常以为看景不如听景，这一回可是听景不如看景了。

一条巨大的细鳞鱼跳出了水面，挺了一下身子，又弯曲着柔软的腰，闪着银白的光，钻入了水底。是仙女的衣襟上散落出来的一颗宝石吧？

那仙女是谁呢？该不是仁增汪姆吧？虽然不会是她，可应该是她。如果这湖水真是仁增汪姆变的，他将毫不犹豫地跳进去，醉死在幸福的甘露之中。

走着走着，他来到一座牛毛帐篷跟前。闻到熬茶的香味，他才感到又渴又饿了。一位老牧民看到来了个清秀的少年，动了好客之心，请他进去喝奶茶。阿旺嘉措发现帐篷杆上挂着六弦琴，在得到主人的允许之后，就取下琴弹唱起来。他弹唱的是次旦堆古的曲调，唱的是最近他写的那几首情诗。老牧民端坐在柔软的羊皮上，听得入了迷，双手扶膝，双眼微闭，像是坐化了的活佛……由此，若干年后，西藏民间流传着一个传说，说这位老牧民后来知道了阿旺嘉措就是六世达赖，胸前抱着一大块新鲜酥油，背后背着一腔风干羊肉，怀里还揣着人参果和奶渣，到拉萨去看望阿旺嘉措。他站在布达拉宫前，对着像星星一样无数的窗子，放开嗓子大喊："喂——阿旺嘉措！"僧官们因为他竟敢直呼达赖原来的名字，把他捆起来要割他的舌头。这惊动了六世本人，遂把他请进宫去，向这位老阿爸赔礼。六世看到老人的鞋子破了，就把自己的金丝锦缎云底藏靴脱下来送给他。从此，羊卓雍湖边的牧民，都爱穿这种靴子。

三十四岁的五世班禅罗桑益西于九月初从扎什伦布寺赶到了浪卡子。紧接着，四十四岁的第巴桑结甲措也从拉萨到达。两个人立即举行了会谈，让十四岁[①]的阿旺嘉措坐床。

当班禅和第巴告知阿旺嘉措，他就是第五世达赖喇嘛的转世净体的时候，他震惊万分，也逐渐解开了心中的疑团。他，出身于信奉红教的家庭，竟然一下子成了黄教的领袖！他，一个从小放牛的少年，怎么会一下子坐上这样崇高的尊位！他，一个时刻思念着情人的青年，如何去充任主持千万人修行的神职！他，一个和屠宰

---

① 此时的仓央嘉措还差四个月才满十五周岁。

人交朋友、认小店主做阿妈的平民，忽然间竟要接受神圣的班禅和威严的第巴的崇敬！这，到底是怎么回事？是佛的旨意？还是命运的安排？或者是一场梦？这是在开一个荒唐的玩笑吧？

然而，这一切却都是无可否认也无法改变的事实。人们接受既成事实的能力是很强的——不管是荣是辱，一旦突然降临，都是很难逃避的。

第巴桑结甲措按照他事先的安排，在浪卡子寺院的大经堂里向五世达赖的转世灵童阿旺嘉措敬献了五彩大哈达，行了拜见礼。从拉萨和日喀则等地前来恭迎灵童的高级僧俗官员也都进行了参拜。随即在五世班禅罗桑益西的主持下开了个半公开半保密的会议，这个会议除了聆听第巴的讲话之外，没有别的内容。第巴流利的谈吐、高雅的言词、诚恳的态度，使大家无不折服。经堂里一会儿鸦雀无声，一会儿发出啧啧的赞叹，一会儿响起轻轻的唏嘘。

第巴说："伟大的上尊——第五世达赖喇嘛，把泥石一般的鄙人视为金子，置之于摄政地位。鄙人虽以各种理由再三辞让，他却一方面严令鄙人不要推诿，一方面又向下进行了宣布，并对以护法为业的厄鲁特蒙古为首的施主们也进行了宣谕。这一切不仅书写在布达拉宫三梯门的墙壁之上，而且还按上了一双祥瑞的掌印。这都是大家知道的事实。"

大经堂发出低沉的共鸣，那是人们的一片"是！是！"的回音。

第巴接着说："大慈大悲的、永远注视着众生的观世音菩萨，化作身穿黄色袈裟、头戴黄色法帽的超越一切的殊胜之佛——达赖五世，他亲临雪域佛地，为生活在浊世的众生，宣扬如大海一般的、不尽的佛法功业。他是福泽的明灯，根除众生的愚昧；他像藏宝的大海，是一切善业的源泉；他是祥瑞垒成的高山，给人荫凉的大树、佛法无边的太阳！就连他的生辰年月也和净饭王之子释迦牟尼完全相同！"

唏嘘之声像潮水一样溢出经堂，在听众的眼前，似乎出现了佛光夺目的大海。

阿旺嘉措听到这里，不由得浑身战栗起来。他想：既然五世这般伟大神圣，我作为他的转世替身，能有那样的修行和功德吗？能担受这样的赞颂吗？他感到自己像一只雏鹰被一股强劲的风吹上了山顶，吹上了高空，吹进了迷茫混沌的天界……他睁大眼睛，扫视了一下众人，强使自己镇定下来。

桑结甲措这样颂扬五世，并不完全是为了树立自己，他对五世的确怀着真挚而深厚的感情。在他的心目中，五世既是他的支柱、他的主宰，又像是他的严父；在这位佛爷和父亲的统一的形象面前，他虽然身为摄政，却依然是个儿童。

第巴继续说:"水狗年二月,伟大的五世潜心闭关修行到下弦月,时至空行母聚集之吉旦——二十五日那天,又对鄙人进行了政教二制的重要教诲,就……圆寂了。"第巴哽咽了,停了片刻,他忍住泪水继续说,"他对我恩重如山,是我今生、死后和来世的一切的救主。我自小就在他的身边,得到了比自己的父母还深的爱抚。政教二制方面的全部事务,不仅承蒙口谕,而且还给以全权委托。与这样的恩师离别,不知我前世造了什么孽呀!每想至此,真是悲痛万端,难以忍受!白天公事繁忙还好一些,夜间则常不能寐,情思恍惚,苦不堪言。"

第巴的表情由极度沉痛变得庄重严肃起来:"现在,我要向大家进行解释;也只有到了现在,我才能够向大家进行这种解释——就是为什么在五世圆寂之后,我一直匿不发丧。"

此时,众人屏住呼吸,生怕漏听一个字。桑结甲措也洞察出这一点,特意放慢了讲话的速度:"这首先是上尊的意志。伟大的五世在临终之时留下了遗嘱,那遗嘱完全是发自他内心深处的声音,要我对他的圆寂严加保密!其次是大神的授记。乃琼大神也严令鄙人:'如不严守秘密,鳄鱼就要伸出爪子!'这就是说,大神自己要捉拿于我。我竭尽全力找到转世灵童以后,对灵童又竭尽全力地暗中保护。几次想公开这个秘密,请求乃琼大神降旨,大神却说:'还不到时机。'我不敢擅自做主,事情就这样拖延下来。现在,皇帝已经恩准了第六世达赖喇嘛坐床,鄙人也即将结束在黑夜中摸索的日子。"第巴说到这里,觉得再说下去已无必要,就此结束恰到好处。于是收住了双唇。

众人兴奋地议论着,经堂里"嗡嗡"之声越来越大,几乎要转为欢呼。他们对于第巴的解释是满意的,至少对他是表示理解和谅解的。连皇帝都谅解了第巴,他们还有什么可说的呢?

阿旺嘉措像是在听一个闻所未闻的故事,他隐约地觉出并不完全是属于宗教方面的秘密,其中似乎还掺杂着别的什么。五世达赖为什么要第巴对他的圆寂保密?乃琼大神为什么对于秘密的公开总不降旨?他还是没有明白。他的好奇心使他沉思了好一阵子。

康熙三十六年(藏历火牛年)九月初七,是班禅为阿旺嘉措授沙弥戒的日子。沙弥戒又称格楚戒,受了格楚戒,就算出家为僧了。对于作为佛教首领的达赖喇嘛,当然是更加不可缺少的仪式。

班禅和阿旺嘉措在寺院的大殿里行了师生礼。班禅亲手给他剪了头发,把第巴桑结甲措特意从大昭寺带来的《显宗龙喜立邦经》摆在他的面前,让他对经书磕了头。

这时,才正式给他取了普慧·罗布藏·仁青·仓央嘉措的法名。

班禅笑着对仓央嘉措说:"按惯例,受格楚戒当在七岁,你却已超过一半的年龄。不过,你是先学经、后受戒。听经师们说,你的学问比你的年龄大得多,是吗?"

"不行不行。"仓央嘉措恭敬地回答,"只不过在寺院里读了几年书。"

班禅把经卷打开,严肃地说:"让我们把格楚戒的仪式举行完吧。"于是,根据经上所列的不偷盗、不杀生、不谎骗、不奸淫等三十六条沙弥戒律,逐条地对仓央嘉措做了简单的讲解,而后说:"现在,宣誓吧。"

仓央嘉措虽然先后在波拉和错那的两所寺院住过六年,但他作为一个俗人,并没有参加过受戒仪式;由于不曾有过出家的愿望,也没有打听过受戒的细节。现在让他宣誓,竟不知道说什么才好。他只是感到自己已经正式坐进了佛的殿堂,他将和穿袈裟的人成为一家,从道理上讲,他应该维护佛教的权益了。但他又觉得这不是他的意愿。他没有责任也没有力量去做那些事情,正像给他披上了狮子的毛皮,他并不自信就是雪山和森林之王一样。

他沉吟了很久,看了看五世班禅罗桑益西微笑的面孔,对方正等待他的回答。他不好意思地避开班禅的目光,茫然地巡视着大殿。忽然,他的眼神盯在了凶恶的护法金刚塑像的脸上。对,护法的责任理当由他担承。他于是灵机一动,做了个诗体的回答:

具誓金刚护法,
高居十地法界。
若有神通法力,
请将佛教的敌人消灭。

班禅罗桑益西皱了皱眉头,和善地说:"很有诗才,不过不符合宣誓的惯例。你应当回答说:'遵守经上规定的一切律条,为众生之事,身体力行。'请复诵吧。"

仓央嘉措照着做了,仪式就算是完成了。接着,以仓央嘉措的名义向罗桑益西赠送了纯金制成的曼札盘,上面放着一尊佛像、一部经和一尊佛塔,分别代表佛的身、口、意;另外还放着一钱重的金块十二包,还有右旋海螺一个、轮子一个,作为受戒的酬谢礼品。而这些东西,都是桑结甲措事先替他预备好了的。

是时候了,桑结甲措回到拉萨,从布达拉宫向整个西藏以及蒙古各部公开地正式发布了下列文告:

伟大的第五世达赖喇嘛已于水狗年圆寂,遵从他的遗嘱,暂不发丧。现在他的转世圣体已从班禅受戒,并经大皇帝批准是为达赖六世。兹定于十月二十五日在布达拉宫司西平措殿堂中举行坐床典礼,赐福众生。希一体周知,准四方欢腾。

文告下面是班禅、第巴、政府大臣、各大寺院堪布的签印。

消息一经传出,僧俗又惊又喜,谁还会说什么呢?即使有人议论,也只是私下说说而已。最不愉快的是固始汗的子孙们,因为这么重大的事情,第巴桑结竟不同他们商量,大大损伤了他们的面子。但是发作又无济于事,也不是时机。何况此事皇帝也已批准了,还派了章嘉呼图克图带着许多御赐珍宝来参加六世的坐床大典。有权势的人是最怕受到权势冷落的,他们怎能不把这笔新账埋藏在心中呢?

十月二十五日既是黄教始祖宗喀巴的忌日,又恰好是他的生辰。本来在这一天,家家要在房上燃灯表示纪念,俗称燃灯节。现在又加上个六世达赖坐床的大典,当然就更加热闹了。遵照桑结甲措特意颁发的命令,拉萨的各条街道打扫得从来没有像今天这样干净过,连树上掉下一片落叶都会有人随手捡起来。

当仓央嘉措穿着用香薰过了的黄色法衣、坐着八抬大轿进入拉萨的时候,所有的房顶上都飘着各种经幡、伞盖和彩旗,松柏树枝沿途燃烧着,螺、号、鼓、钹响成一片。到处有对他顶礼膜拜的人群,尊贵的、贫贱的,应该出来和能够出来的,全都出来了。鲜艳的服饰、吉祥的歌舞、雪白的哈达……啊,这就是拉萨!拉萨是这样美丽,这样倾心于他;他也倾心于拉萨。他不禁陶醉了,有些自豪了。刚刚全部落成的布达拉宫,也好像挺立着红、白、黄三色的巨大身躯说:我是为仓央嘉措而出现的。

就这样,贫苦平民、少年诗人仓央嘉措,成了第六世达赖喇嘛。

他坐在布达拉宫红宫第四层的集会大殿①的无畏狮子大宝座上,接受着一群陌生人的朝拜,好像在继续做着一个奇异无比的梦……

---

① 集会大殿位于灵塔殿之东,藏语叫司西平措,为寂圆满的意思。

十二
金顶的"牢房"

康熙三十七年二月二十五日,也就是第五世达赖喇嘛罗桑嘉措逝世十六周年这一天,第巴桑结为他补行了葬礼,将他的遗体放进了灵塔,举行了为期十天的祈祷法会。结束的时候还组织了一次盛大的游行(藏语叫春曲色班)。从此以后,每年这个时间都举办这么一次,这就是传小召。传大召则是宗喀巴创立的,他于公元1409年在拉萨组织了第一次祈祷大会,从正月十五日开始,连续二十一天。从那以后,也是每年按时举行一次。

刚刚传过了大召才一个月,又要传十天的小召,对于不大的城市拉萨来说,简直像长途负重载。数万名主要来自拉萨三大寺的喇嘛,数千名来自四面八方的乞丐,日以继夜地聚集在大昭寺门前,游荡在每一条街巷。由于整个拉萨没有一个公共厕所,遍地的大小便使人十分难堪。打架、凶杀、偷盗、抢劫、奸淫之类的事件层出不穷。铁棒喇嘛们光着膀子指挥着寺院武装奋力镇压,但也只能起一点恐吓作用罢了。特别是对于某些常年被圈在深寺大院而又不愿遵守教规的喇嘛,无异于是一次解放,是一个狂欢节。他们敢于进行任何活动,他们的无礼和勇敢是惊人的,甚至使有钱有势的贵族妇女也不敢出门。

那些饥寒交迫、身无分文的乞丐什么地方都敢去。他们最舍不得离开的地方是大昭寺讲经台右侧的一角,那里有一口大得惊人的铁锅,专为在传召期间向穷人施粥用。据说有一年有个人被挤得掉进了锅里,等被人打捞出来早已淹死了。

维持秩序的喇嘛都健壮得惊人,他们站在高处,端着长长的木棒,哪里出现了拥挤的骚动,就把木棒打向哪里。有时则朝着一大堆攒动的头颅扫去,人们只能抱头,却无处逃窜。被错打了的人只是咧着嘴苦笑一下,对那些汗流满面的执法者表示充分的谅解。

仓央嘉措在日光宝殿里待了四个月，主要的活动就是学经，主要的老师就是第巴。他本想借两次传召的机会，去看看人群，散散郁闷，可是没能如愿。因为他还年轻，坐床不久，也没有受过格隆戒①，所以三大寺的堪布都没有请他。看来有了地位不一定就有了资格，有了资格不一定就有了威望。好在他并不追求这些，不然，又会多一层苦闷。

他经常久久地站在南墙的落地窗前，望着下面缩小了若干倍的房屋和行人，心中有一种说不出的孤独。他的生活自然是豪华的，可以说是被包裹在金银珠宝和绫罗锦缎之中，然而他却感到从未有过的贫穷。他住得很高，像一只云中的雄鹰，可以俯视四方，可以扑下去抓获任何东西；然而他却什么也抓不到，一种无形的厚厚的冰云挡住了他下落的翅膀。他隐隐地觉得有些恐惧了。在广阔的藏蒙地区，作为达赖，虽说到处受到崇敬，甚至连大小便都被人们看作是求之不得的"灵药"，用高价买去治病，但他却感到周围没有朋友，没有亲人。他需要的不是敬畏，而是知心。从前，他不缺知心，也不向往人们对他的敬畏；现在，人人都在敬畏他，却缺少了人间最温暖最宝贵的东西——知心。

人总是社会动物，离不开广泛的交往和感情的交流。笼子里的鸟兽都怀着悲哀或者愤懑，何况是人呢？更何况是一个精力充沛的少年呢？即使是被神化了的人，也很难长期忍受与世隔绝的寂寥。

他不像五世达赖，阅历颇深，思想成熟，勤于著述，忙于政教。他能做些什么呢？谁又希望他或准许他做些什么呢？贵族们说农奴是些"会说话的牲口"，他不就是"会说话的佛像"吗？

作为达赖喇嘛，本来一经坐床便意味着主持政教，他也不是没有想过在政教方面学着做点事情，一来可以生活得有意义些，二来可以多和人们接触，排除心情的孤独。但是，第巴桑结甲措在他坐床后的头一个月内，就以师长的身份同他进行了一次谈话，谈话的时间虽然很短，却无疑是要决定他一生的行动。对于这次重要谈话的内容，他既无反驳的愿望，更无怀疑的理由。他明白了，在政教两方面，他都不可能也不会被允许有所作为。他只有牢牢地记住这次谈话，并且表示愿意照此去做——在布达拉宫这只大船上，他只是一个高贵的乘客，而不是舵手，因为第巴的话说得再清楚不过了。

"五世在生前和临终之时，曾多次严令于我，他说：'桑结甲措是我最信任的，

---

① 格隆戒：比丘戒，一般出家后到二十岁受此戒。此戒共二百五十三条。

你必须居于摄政的王位,以执掌权柄;而且不能像以前的第巴那样只掌管政权,你还要掌管佛法和人间庶务。在这些方面,你无论做什么,都要和我在时做得一模一样,没有任何区别。你不要有丝毫推托,你要始终坚定不移地指挥一切!'这些话,事关重大,我不能不尽早地向你转述。你是十分聪慧的,不需我再作解释。五世临终时还嘱咐我'要妥善处理朝廷、蒙、藏之间的关系'。这些,你更是没有经验了。西藏的大山再多再重,我的双肩再窄再软,也要勇敢地继续担下去!你就放心好了。你还很年轻,希望你专心一意地钻研经典,努力修行。将来……将来再说吧。"

仓央嘉措无法预料将来会怎么样,反正大事由第巴来掌管,小事由下边人去干,倒也落得清闲。实际上,桑结他既是第巴,又是达赖,大权独揽,也很能干。既然如此,又何必把自己放在这里?

他遥望着街上的行人,看到那些背水的、赶毛驴的姑娘们的身影,便联想到仁增汪姆,沉湎于对情人的又苦又甜的怀念之中。高大官殿下方行人的脸面虽然无法看清,但是从她们身材的轮廓和走动的姿态上,能够猜想出哪个会同仁增汪姆一样漂亮。望见这样的少女,他就想:大概也是琼结人吧?

他吟咏起来:

　　拉萨熙攘的人群中间,
　　琼结人的模样儿最甜;
　　中我心意的情侣,
　　就在琼结人的里面。

他这样想象着,自豪着,自慰着。

远处林卡的龙须柳的枝条,已经染上了一层鹅黄。几声布谷鸟的啼叫,在拉萨河谷里荡着回音,牵痛了他的情肠。他多么想给仁增汪姆写信啊,把种种思念和最细微的感情都写上去,让她知道,求得她的谅解。可是谁去投递呢?即使是捎个口信儿也找不到可靠的人啊!想到这里,他禁不住去狠抓自己的头发。空空地缩在一起的手指提醒他,头发已经剪光了……他颓丧地跌坐在蒙了黄缎的靠垫上,发起呆来。又一声布谷鸟的鸣叫从远处传来,把他唤回南方春天的山野。那开满桃花的深谷,少女含羞的娇颜,湖水般的蓝天,哈达似的白云……又浮现在眼前。然而这一切都已经十分遥远了,大概再也回不来了。他含着泪水,半跪在垫子上,写下了这样的诗句:

仓央嘉措

翠绿的布谷鸟儿，
何时要去门隅？
我要给美丽的少女，
寄过去三次讯息！

仓央嘉措丢下竹笔，抬头见一个喇嘛在门外探头探脑地徘徊着，一副诚惶诚恐的可怜相。他和蔼地轻喊了一声："进来吧。"

那个喇嘛喜出望外，急忙摊开向上的手掌，低头吐舌，腰如弯弓地进到门内，向仓央嘉措磕着响头，求饶似的说："是盖丹允许我到这里来的。"

"没关系，往后我这里你……你们可以随便来。"仓央嘉措做了个让他站起来的手势，并且让他坐下。

那喇嘛哪里敢坐？只是斗胆地偷觑了仓央嘉措一眼，小心地问："达赖佛，您还记得我吗？"说罢试探地抬起了头。

仓央嘉措认真地端详了他一阵，歉意地说："实在记不得了。"

"您是贵人，贵人多忘事。"喇嘛继续说，"回禀佛爷，我本是这布达拉宫那介扎仓的喇嘛，名叫斯伦多吉。我曾经到宝地门达旺邬坚林去过。那是在您三岁的时候，我受第巴的委托，扮作一名去印度朝佛的香客。当时佛父和佛母赐我饭食……"他说着，指了指案上摆着的铜铃，"当时，您一眼就认出了它是您前世用过的东西。"

经他这么一说，仓央嘉措好像又明白了许多事情。他的父母都没有对他说起过这位香客的到来，他自己又毫无记忆可言，但他完全相信这个虔诚的喇嘛所说的话都是真实的。原来在他三岁的时候，在他还不懂得什么是达赖喇嘛的时候，可畏的第巴和这个可怜的喇嘛，就已经决定了他今天要住进这座金顶的"牢房"。

一种被人捉弄了的愤恨涌上了他的心头：是他们，为了某种需要，硬要他得到他并不想得到的，失去他不愿失去的！他自己需要的东西他是清楚的——家乡、母爱、情人、友谊、小屋、桃花、牛羊、垂柳……它们是那样温暖明亮，那样美好多彩，那样饱含诗意，那样醉心迷人。而他们——第巴和眼前的这个喇嘛，以及他所不知道、不认识的什么人，需要的是什么呢？他实在弄不清楚，他也无心去弄清楚，因为他还没有足够的阅历懂得这一切，也就没有兴趣去探测这些人的心灵。

眼前这个毕恭毕敬的喇嘛，这个自以为有功于他的喇嘛，不但不是有助于他减轻孤独的朋友，反而是使他成为孤独的人的帮手。他失望了。他望着这个已经不年轻的喇嘛，不知道该说什么。瞧那副卑微虔诚的样子，真有些可怜；看那种叙旧讨好的神气，又使人不无反感。

"你来我这里，有什么事吗？"仓央嘉措不冷不热地问。

"没……没有。"

"那就退下吧。"仓央嘉措想起了自己的达赖身份。他是可以随意下逐客令的，只不过今天是第一次使用这种权力。

"是是，佛爷。我就走……我是来向您告别的，我就走……从今以后，我是想，我再也没有福气见到佛爷您了，所以才……"

"告别？你还俗啦？"仓央嘉措动了好奇心，口气里还含有几分羡慕。

"不，不是还俗，我一心求佛，誓不还俗。"斯伦多吉流出了眼泪。

"那么，你要到哪里去呢？"

"我的任务已经完成了。第巴叫我到深山密洞去修行。我，早该走了。"

"什么任务？你完成了什么任务？"仓央嘉措越听越糊涂，忍不住追问道。

"我不……不敢讲。"

"讲！"仓央嘉措严肃地命令他。

于是他把自己如何冒充五世达赖的事从头禀告了一遍。说完，战战兢兢地跪了下去，一边磕头，一边抽泣。

仓央嘉措像听民间传奇一样地静听着。但这竟然不是传奇，而是发生在这座辉煌宫殿中的真实事情。对第巴桑结甲措不满的种子，在他心里萌动。而对于这位喇嘛，他则产生了深深的同情。他想拉他起来，安慰他几句，但又想到了自己尊贵的身份，只好叹息着说："起来吧。"

"您能宽恕我吗？"

仓央嘉措审视了一下对方那双恨不能把乞求化成血滴出来的眼睛，认真地点了点头。

对方又磕了几个头，爬过去吻了吻仓央嘉措的靴子。

"你还有什么要求吗？"

"佛爷！是我找到了您今世的圣体，为此，我的身与形应当画到壁画上；又是我冒充了您前世的圣体，为此，我的灵与肉应该万劫不复。两相折合，我若能被认为既无功也无罪就心满意足了。我再没有半点乞求，只求佛爷您……摸顶！我就终生有福了。"

仓央嘉措毫不犹豫地伸出手来，着着实实地摸了他的头顶，像老年人对孩子一样。然后，伤感地说："去吧。"

这个可怜的扮演别人的人，从此以后，才又得以扮演自己。

盖丹进来禀报说，和硕特部的蒙古王子拉藏求见，问佛爷见不见他。

仓央嘉措心想，他既然是蒙古王子，也是佛教的信奉者，自己又难得见到外面的来人，当然是要见的。不过应当注意不要和他谈论应当归第巴去管的事情。于是说了声："请。"

盖丹刚要出去回话，仓央嘉措又叫住他，好奇地问："刚才进来的那个喇嘛斯伦多吉假扮五世的事可是真的？"

"是真的，我绝不敢欺瞒您。现在已经不是秘密了。详细的情形，我都记在日记上了。"盖丹老实地回答。他已经发现这位六世达赖聪敏过人，如果一旦抓起大权来，绝不亚于五世。他是不敢怠慢的。

"回头把日记拿来让我看看。"仓央嘉措又夸奖了他一句，"你做了一件很有意思的事。"

"不不，不敢当。一切都靠佛的指使。"盖丹高兴地退了出去。

不一会儿，拉藏王子来了，他向仓央嘉措敬献了哈达，行了拜见礼，两人互赠了其他礼品之后，便叙谈起来。

拉藏王子说："那天举行您的坐床大典的时候，因为势如百川奔海、众星捧月，未得细看佛面。今日您赐我这般荣幸，真是有福。"

仓央嘉措说："请不必客气，你看望我，我很感谢。欢迎你来。"

"怕不方便吧？伟大的五世我们就十分难见，而且总是距离很远，连容貌都看不清楚。"拉藏显然是话中有话。

"那都是过去的事了。"仓央嘉措品出了其中的滋味，生怕因为什么事和什么人——尤其是有权势的人——的不和而闹出乱子，遂含有劝解之意地说："信佛之人，到底都是一家。"

"是的。可佛门中也有败类。您听说过噶尔丹的事吧？"

"不知道。我需要专心学经，政事由第巴去管。"

"不过，政教合一在西藏已经是第三次了。第一次是萨迦王朝，第二次是帕竹王朝，第三次是五世达赖的噶丹颇章，这正是我的祖父固始汗帮他建立的。如果您不学着执政，达赖的宫室虽高，也还是在金顶之下。"

仓央嘉措听到这里，明白了这位蒙古王子的意思，他的矛头显然是对着第巴的。但是自己有什么能力和第巴争权呢？又有什么必要和他争权呢？他没有尝到掌权的甜头，也没有去找那种麻烦的兴趣。他有着过剩的艺术气质，在领袖欲望上却极其贫乏。但他对于拉藏王子的劝告既不能反对，也无法赞同，只是沉默。形势显然是十分复杂的，他意识到了自己在扮演着一种并不情愿扮演的角色。也许，他的结局还不如那个被"恩准"到深山去终生修行的五世扮演者。驻扎在西藏的蒙古人和第巴桑结甲措之间的矛盾，他已经多少有所觉察。这将是一个无底的陷阱，他毫无必要去接近它的边缘。因此，他只能沉默。

拉藏王子站起身来，有些激昂地说："以后达赖佛如有难处，需要我们来护法时，可以召见我拉藏，或者约见我的父王。"说罢，不卑不亢地告辞而去。除了留在殿内一股酒气，还在仓央嘉措的心上留下了一道不祥的阴影。

前面已经提到，自从元朝以来，从信仰上说，蒙古人把西藏看作佛教圣地，把西藏的宗教领袖奉为教主。但是在政治上，由于蒙古贵族当过元朝的皇帝，在明清两朝又被封王，而且握有不小的军事实力，在西藏少数上层人物的眼中，有时可供利用，有时又嫌其碍手碍脚。这种状况持续了几百年，酿成过不少悲剧。

对于仓央嘉措来说，前些年的平民地位，民间文学的滋养，农村风情的熏陶，父母追求爱情自由的影响，等等，固然使他不情愿接受黄教的严格戒律，更难忍受这种高高在上然而又像是囚徒似的生活，但是许多日子的经典学习，达赖喇嘛的尊贵，佛、法、僧的日夜包围，等等，又使他受到相当程度的佛教教义的感染，甚至也有过一意修行的念头。用强制手段也会使人养成习惯，而习惯是类似信仰的。此刻，这座金顶的"牢房"正以若干吨金子的重量压下来，强制他成佛。他正处于极度的矛盾和痛苦之中。献身宗教和个性自由，政治权力和诗歌成就，都在引诱他，争夺他。他可以做出选择，却不能决定胜负。

仓央嘉措一会儿翻翻经典，一会儿翻翻自己的诗稿，他觉得后者要比前者真实得多，有生气得多。在情与理的对峙中，显然是情的一方具有优势，占着上风。他觉得要使这二者统一起来实在是太难了。

他可以接受外部对他的约束，却不愿让自己来约束自己。缺乏自我约束力不一定是个弱点，因为约束力既可以产生美德，也可以造就奴才。

第巴桑结甲措希望他在接受约束中学会自我约束，因此除了教他经典，考察他的学习，关心他的衣食住之外，从不同他谈论外界的事情。精明的第巴，深知如何对待这位年轻的达赖。

有一天，仓央嘉措又受了好奇心的驱使，硬是要和第巴谈一谈外面的事情。他问桑结:"听说法会结束以后的两天里,西藏和蒙古的骑兵、步兵举行了比武,是吗?"

"是的。从固始汗那时候起,每年都这么做。热闹一下而已。"桑结索然无味地回答说。但内心里担忧着仓央嘉措是在关心军政方面的态势。

"听说你也参加了,没有人能胜得过你的箭法?"六世又问。

"贵族们自小都爱玩这种游戏,我当然也不例外,熟能生巧罢了。"桑结的语气,表明他已经没有再谈这种事情的兴致了。

"射箭一定比抛乌朵好玩吧?"六世还在追问。

"也许吧,我没有放过羊,也没有抛过什么乌朵。"桑结直言不讳地说,"还是不要去想佛法以外的东西吧。"

"不,佛也要游戏三昧的。我知道在布达拉宫的后面有个园林,还有池塘,我为什么不可以到那里去射箭呢?"六世直截了当地提出了要求。

桑结甲措一惊,不知该怎样回答。但也暗自高兴:"原来他是想去玩玩射箭啊。"

仓央嘉措含着怨愤说:"第巴拉,我整年、整月、整日地坐在这里,是会生病的!"

"佛爷请息怒。让我考虑考虑好吗?"桑结甲措改变了态度。

仓央嘉措的脸上露出了笑容。他毕竟是达赖喇嘛,谁敢肆无忌惮地把他当作囚犯来对待呢?

"这样吧,我可以换上俗装出去。"仓央嘉措不愿教第巴为难,"既然别的人可以装扮达赖,达赖也可以装扮成别的什么人嘛。"

说者无心,听者有意,桑结甲措的眉头拧成了疙瘩,心想:这位六世呀,还不大好对付哩!

十三
风从家乡吹来

一个人一旦出了名，获得了某种声誉、头衔或地位，便会引起各种不同的反映。朝他包围过来的有崇敬、羡慕、嫉妒、嘲讽、责难、猜测、请教、亲近、疏远、谄媚、欺骗、忠告、利用、挑剔、吹捧、诬蔑等等。由此又产生出这样那样的妄传。不过，妄传再多，也无非是善意的与恶意的两种。难怪有人说，在名人的身边自古以来就会聚着人类的美德与丑行……

在仓央嘉措的故乡，人们知道他当了达赖以后，就流行起许多传说，说他是一位先知，幼年的时候就说过："我要到拉萨去，有人会来欢迎的。"还说他在少年时代，有人几次从不丹前来谋害他，都被他预先察觉，躲过去了。还有个传说是：五世达赖对这位转世替身曾有过"埋名隐姓为众生，须得守密十二年"的授记，因为第巴的权力过大，使他超过了三年，到了十五岁才离开本土去拉萨坐床……这个涉及第巴的传说，流露出人们对他未来命运的担心。

故乡的人们在传说着他，他却一点也得不到故乡的消息。

又是深秋了。六世选了一个风和日丽、天高气爽的日子，到宫后的空地上去练习射箭。他特别爱用南方的竹子弯成的弓，这种弓被称为南弓，十分坚韧，寄托着他对家乡的思念。他喜欢用响箭，因为这种箭没有铁制的尖头，只装有一个带风眼的小葫芦头，射出去以后，即使失手也不会伤人，还一路发出悦耳的哨音。

他极少参加政治活动，没有几个人认识他，何况又换了俗装，谁也不会想到达赖喇嘛会在没有大批喇嘛高僧、僧俗官员前呼后拥的情况下单独出行。今天，他依旧只带了盖丹一人，是为他竖靶拾箭的。

他这样做是桑结甲措允许了的。桑结在度过匿丧危机之后，权势正达到炙手可热的程度。他担心六世随着年龄的增长会增加对权力的欲望，因此在心中明确了一条原则：只要他没有与自己争权的欲望，什么都是可以允许的，起码是可以容忍的。

仓央嘉措常来射箭的地方，不久以前还是一片荒滩。由于修建布达拉宫，年年月月在这里挖土，形成了大坑，地下的泉水和天上的雨水使它又变成湖。人们在周围栽种了杨柳，更使它有了秀丽的景色。再以后，又垒了小山，盖了楼阁，筑了围墙，发展为著名的龙王塘。也有人叫它龙王潭，藏语叫作宗加鲁康。因为传说里面有龙，在湖心还修筑有"龙宫"。

仓央嘉措在柳林中漫步，落叶扑打在他的面颊上，打几个旋儿又掉进水中。布达拉宫的倒影从没有这样清晰，这样色彩鲜艳而又端庄安详。他照了照自己的影子，忽然发现自己长高了许多，也消瘦了许多。

秋天的景色，最能触发人纷纭复杂的感情。有的人会有一种成熟感、成就感，满意于自己是一棵结了果子的大树；有的人会有一种凄凉感、没落感，伤痛于自己像一株枯黄凋零的小草；有的人会有一种实力感、奋斗感，自豪于自己像一座迎战霜雪的山峰；有的人会有一种清爽感、享受感，陶醉于自己像一位主宰自然的骄子……世界上有多少真正的艺术品诞生在秋天啊！

仓央嘉措站在拉萨的秋光里，禁不住动了思乡之情，诗句又涌上心来：

　　山上的草坝黄了，
　　山下的树叶落了。
　　杜鹃若是燕子，
　　飞向门隅多好！

但他既不是杜鹃，也不是燕子。他要飞翔，他要自由，他要接近自己的愿望，只能凭借天风来鼓动他想象的翅膀。

　　风啊，从哪里吹来？
　　风啊，从家乡吹来！
　　我幼年相爱的情侣啊，
　　风儿把她带来！

他深信他初恋的情人能够谅解他，一直爱着他，到处打听他，痴心等着他。他仰望着高天的云朵，在含泪的眼珠上闪着这样的诗句：

  西面峰峦顶上，
  朵朵白云飘荡，
  那是仁增汪姆，
  为我烧起高香。

  盖丹走来禀报说，箭靶已经立好了。他懒洋洋地接过弓箭，顺着盖丹的手指朝箭靶望了一眼，不管距离的远近，心不在焉地射出了一箭。箭脱靶了，一直飞出还没有筑好的矮矮的围墙，恰好射掉了一个行人的帽子。那人先是一怔，随即拾起了帽子，拍了拍尘土，站在那里向四面环顾。当他看到湖边有一个穿着华贵、手拿南弓的青年时，惊奇转成了愤怒，他不能忍受那位贵族少爷用这种方式在他身上寻开心。他是一个血气方刚的青年，不习惯受这样的侮辱。他既不肯向那位少爷吐舌致敬，也不想躲开了事，他站在原地，挺起胸脯，怒目圆睁，好像在说：你敢再来一箭试试？！

  仓央嘉措十分懊悔自己的粗心，觉得应该向那人道歉。他把手中的弓扔给盖丹，大步向矮墙走去。那人也立刻向矮墙走来，以迎战的姿态来迎接仓央嘉措，同时高抬起右臂，抖短了长袖，握住了腰刀的把子。

  盖丹惊慌极了，急忙跑上去喊："佛……"又突然收住口，因为在这里是不能暴露六世达赖的真正身份的。他只好转对那人挥手，命令式地喊着："退下！走开！快走！"他宁肯让自己挨几刀，也绝不能让佛爷受到一根毫毛的伤害。否则那还得了！即使第巴本人和全藏的僧侣不处他极刑，他也会成为千古罪人，无法再活下去的。如果他能为保护达赖立下功，流了血，那就会成为活生生的护法金刚，人们心目中的英雄。何况他觉得这位年轻的六世确有许多可亲可敬的地方。可惜的是作为喇嘛，平时都不准携带武器，而他在陪六世一起更换俗装的时候，也竟忘了可以佩带一把钢刀出来。

  仓央嘉措却迅速地制止了他想要扑上去的冲动。那人也就站在了墙边。仓央嘉措笑着走近他，摊开双手说："很对不起，请不要动怒，我完全是无意的。我的箭法不高，一时失手了。既然射中了你的帽子，我们就有做朋友的缘分，是吗？"

  在一位英俊少年十分礼貌地说着充满歉意、友好的话时，谁还会以敌意相加呢？那人的右手松开刀把，也赶紧伸出手来行礼说："原来是这样，没啥！做朋友不行，

仓央嘉措

我和你不是一口锅里的肉。"说完转身要走。

"等一等。"仓央嘉措叫住他,"我们来谈一谈不行吗?……当然,如果你不太忙……"说着,在矮墙上坐了下来。

跟在身边的盖丹可真是思绪万千。他遗憾失去了立功的机会,又庆幸事件的平息。他对于六世向一个乞丐般的俗人说出这样客气的话大不以为然,这哪里还有达赖喇嘛的威严?五世达赖可不是这样的。甚至各个寺院的活佛和堪布[①]、格西[②]等,都懂得处处要居高临下,自视高贵,何况达赖?但他又一想,佛爷总是慈悲和善、爱护众生的,他现在又穿了俗装,并不以达赖的身份出现,这样做也是对的。

"我不忙。就是肚子闲不住。"那人说着,也坐到了矮墙上。

仓央嘉措高兴了,他多么希望有不穿袈裟、不穿官服的人不用敬语和他谈话呀![③]他端详着对方,忽然觉得对方身上有一种他过去熟悉的东西,当然不是那破旧的穿戴。是什么呢?面孔?眼睛?或者神态?说话的语调……

"你是干什么的?"仓央嘉措问。

"什么也不干……不是什么也不会干,是没有活可干。"

"不是本地人吧?"

"门隅人。"

"哦?那可是个好地方!我……"仓央嘉措差一点说出不应当轻率说出的话,忙改口说,"我问你:到拉萨来做什么呢?"

"找人。"

"亲戚吗?"

"不,是朋友、弟兄。"

"没有找到?"

"找到了,可是见不到。"

"为什么?"

"他,住得太高了。"

"就是住在高山顶上,也是能够见到的。他是什么人呢?"六世又动了好奇心,想问到底。

[①] 堪布:藏语,寺院总管、受戒的主持人、政府中的僧官等皆有堪布之称。
[②] 格西:藏语,意为善知识。喇嘛在学完必修的显宗经典之后,才能考取四个等级的格西学位。最高的一级称为拉让巴格西。
[③] 以前,藏族人下级对上级、平民对贵族、俗人对僧人,谈话时都要特意用敬语。

"请你不要问了，我说了你也不信。再说，马有失蹄的时候，人有失口的时候，万一我哪个词说错了，冒犯了佛爷，被抓去治罪，可就划不来了。"

"没关系，我刚才射箭失了手，你不是也没有怪罪我吗？你就是说话失了口，佛爷也不会怪罪你的。说吧，你要找的人他在哪里？"

"就在跟前。"

"跟前？……"仓央嘉措一惊。

那人指了指几乎是压在头顶上的布达拉宫，说："瞧，他就在那里边，离我多么近！可就是见不到。为了来找他，翻山过河我如走平地，可是没想到来到跟前了，这些石头台阶却爬不上去了。把门的人比金刚还凶，骂我是骗子、疯子、魔鬼。要不是我跑得快，少不了挨一顿毒打。唉，他在里面当然是不知道的，要是知道，不会不请我进去。唉，也难说，供在净瓶里的白莲花，也会忘记是从泥塘里长出来的呀！"

仓央嘉措心中的疑冰开始裂缝了，为了使它迅速消融，赶紧催问道："直说吧，你找的到底是谁？"

"阿旺嘉措。现在叫仓央嘉措。"那人豁出来直呼达赖的名字了。

"胡说！不准讲佛爷的名字！"盖丹忽然大声呵斥起来，看样子想扑过去捂住或者抽打那人的嘴，但却被六世制止了。

仓央嘉措一下抓住对方的双手："你是……刚祖？"

"是的。你怎么知道？你是……"刚祖惊疑地张着大嘴。

"我就是阿旺嘉措呀！"

"不，不像，你别哄我，他已经当了达赖喇嘛了，你不是他。"刚祖把手抽回来，怎么也看不出这就是十二年前的那个孩子，也不相信达赖是这种样子。

"刚祖，你忘了？'我就要在肉和骨头上洒稀饭，我就要和屠宰人交朋友。'还有那首歌：'牛啊，我吆喝着牛儿走啊；牛啊，快快地走吧，吆喝的声音响彻山冈……'"仓央嘉措低声唱起来。想起童年的悲欢，他的声音颤抖了，哽咽了，泪水顺着面颊流下来。

刚祖站起来，后退了两步，突然跪下去，用哭音喊了声：

"佛爷……"再也说不出话来。

仓央嘉措急忙扶起他，两人对视着，破涕为笑了。

"走！一起回宫。"六世说。

不知所措的盖丹，这才应了一声，赶忙去收拾箭靶。

他们朝西走了不远一段路，来到布达拉宫的西北角，沿着通向后门的斜坡甬道朝上走去。

盖丹见六世对一个卑贱的人当贵客一样往宫里引，非常不自在，好像使他也降低了一截似的。他理解不了一个有身份的人为什么要丢下架子；尤其是达赖，是最神圣不过的，怎么能和屠宰人并肩走路？而他自己却跟在屠宰人的身后。听听那名字吧，刚祖？多么粗野！鄙俗！虽说佛是爱众生的，但众生毕竟都在佛的脚下呀……忽然，他想起一句话来，这才苦笑了一下，捶了捶自己的脑袋，又一次敬服了六世。这句话是：结满果子的树枝，总是弯弯地低垂着。

仓央嘉措一路走着，向刚祖问询伯伯那森的情况。

"阿爸死了。"

仓央嘉措停下了脚步，望着天空，双手合十，闭上眼睛默默叨念了一会儿，又昂首向天，寄托哀思。

天上，几只大鹰在凌空盘旋。

在仓央嘉措的记忆中，那位健壮、刚强、侠义、豪爽的伯伯，永远是生命力的象征，是不会死去的。是他穿着皮衣，冲开波拉山上的风雪，跑来告诉他阿妈去世的消息。那森留给仓央嘉措的最后印象，不正是一只雄鹰吗？

刚祖述说着："宗本甲亚巴老爷没完没了地收屠宰税，越来越要得多。阿爸被逼急了，干脆抗拒不交。甲亚巴就用皮鞭抽他，抽得满身是血。阿爸就骂他：'我宰了一辈子畜生，今天才知道，真正的畜生就是你！以往我全宰错了！'老爷就用刀子扎他，并恶狠狠地说：'我宰了你才真不过是宰了一头畜生！'阿爸说：'你等着吧，我和当今六世达赖喇嘛的佛父佛母是朋友，佛爷总会知道的，饶不了你的！'这一下，把老爷吓坏了，急忙给阿爸松绑、赔礼，税也不要了。可是已经晚了，阿爸倒下去了，再也起不来了……"刚祖的眼里喷着怒火，竟没有流泪。

"是这样！"仓央嘉措愤愤地说，"我要告诉第巴，一定惩治凶手！"

长时间的沉默。只有沉重的脚步和急促的呼吸在进宫的坡道上交响着。

六世请刚祖在书房里坐下。自己进了卧室，盖丹替他换了服装，然后出来陪客。侍从们忙了起来，献茶的、端水的、焚香的、摆食品的，川流不息。六世挥手让他们全都退下，又嘱咐盖丹说："你也去休息吧。"然后对刚祖说："你一定饿了，随意吃吧。"

刚祖反而拘束起来，周围的一切都是这样的珍奇、华贵、神圣、庄严，使他感到有些窒息。原来人世间还有这种梦想不到的地方！即便是一架最小的楼梯，如果没有几大包酥油，也是擦不了这样光亮柔滑的。

仓央嘉措看出了他的局促，诚恳地说："你不要客气。你永远是我的朋友，我的长兄。"

雄厚的物质力量，至高的尊贵地位，第一次展现在刚祖的眼前，他像一座山受到了地震的晃动。他望着仓央嘉措身上那朝霞一般夺目的袈裟，不禁做出了这样的回答："请您千万别再这样说了，我不敢，也不配。我是个……您是达赖喇嘛呀！"

仓央嘉措苦笑了一下，久久地沉思不语。童年时代在一起打闹耍笑的朋友，两颗心竟然疏远得如同隔了不可逾越的大山。不，这不是时间造成的，岁月的流逝并不能使真正的亲友彼此疏远，使人疏远的是所谓身份和地位的变化与不同。唉，刚祖啊，请不要把我当作至高的达赖看待吧，请依旧把我看作是像十年前一样的人吧，不要以为我坐在了布达拉宫的日光殿里就有了无边的佛法。他边想边吟着，声音里透出明显的自嘲的意味：

仅穿上红黄袈裟，
假若就成了喇嘛，
那湖上的黄毛野鸭，
岂不也能懂得佛法？

向别人背几句经文，
就能得"三学"佛子称号，[①]
那能说会道的鹦鹉，
也该能去讲经传教。

念罢，长叹了一口气，又在想那个老问题：穿袈裟的人越来越多了，但是真正懂得佛学的人又有几个？真正为了超度众生的又有多少？

刚祖认真地用心听着，这诗的大意他是听得懂的，使他不懂的是六世的语调里所包含的忧愁与不满之情。身居这般的高位，不缺吃，不少穿，没有谁敢来欺负、打骂，难道还有什么不顺心不如意的事吗？现在又轮到他来久久地沉思了。

[①] 三学：戒学、定学、慧学。

十三　风从家乡吹来

饥肠辘辘的刚祖守着丰盛美味的食品,还是不动一口,就像一个虔诚的教徒守着供品。其实他是不信教的,只不过有一点红教方面的常识,对佛也有些敬畏之情罢了。

仓央嘉措上前拍了拍他的肩头,自己先吃了一块酥油果子,把大花瓷盘往他面前一推:"吃吧吃吧,就像在家乡的时候那样。"

刚祖这才狼吞虎咽地吃起来。

"这些日子,你是怎样生活的?"仓央嘉措边吃边问。

"乞讨。"刚祖鼓着两个腮帮子,含混不清地回答。

"你一点钱也没有了?"

"不,我有很多钱。"刚祖用手抹了一下嘴,从怀里掏出沉甸甸的皮口袋来,哗啦一声放在桌上说:"但我一点儿也没动用。"

"为什么?为什么守着银子挨饿?"

"因为这些银子都是你的。"

"我的?我不明白。"

"你听我说。"这时候,刚祖的拘谨逐渐消失了,好像仓央嘉措已经不是达赖,只是他的老乡和朋友,"这些银子,一共有两份,一份是你阿妈去世的时候交给我阿爸的,我阿爸在甲亚巴老爷逼税的时候又嘱托给我。说是在你三岁那一年,有个到印度去朝佛的香客留下来的,一定等香客回来的时候如数归还给他……"

"哦,我明白了。"仓央嘉措的自语打断了刚祖的述说,"就是他留下的。"六世的眼前出现了那个曾来告别的那介扎仓的喇嘛斯伦多吉,当初是他奉了第巴之命留下这笔钱的,只不过谁也没有对自己提起过。对于第巴来说,这是个极小的数目;对于普通的农牧民来说却是大得吓人。可敬的阿爸阿妈,当时不知道自己的孩子被选为灵童,他们不肯无功受禄,这么多年来,一直没有动用。可敬的伯伯那森,遵守着朋友的信托,也一直没有动用。传到刚祖的手中,宁肯挨饿讨饭,也还是没有动用。多么诚实、高洁的人啊!是贫穷使他们高洁呢,还是高洁的人才会贫穷呢?

"第二份呢?"六世问。

"我到拉萨来找你之前,把阿爸替你看守的那点儿家产变卖了。现在,都还给你吧。"

仓央嘉措抱起那口袋银子,放回到刚祖的手上,命令式地说:"都归你了!"

"不不,我不能要!"

"那么你说，我们两个，现在谁需要它呢？你连饭都吃不上，而我要银子干什么呢？"

"今天见到了你，你还拿我当朋友，这比什么财富都宝贵。银子再多也会像流水一样地消失，友情才是长存的大山啊！"

"你说得很好！不过，这银子你一定得收下，我送你的东西是不能拒绝的！"六世替他不平地说，"你应当在拉萨住下去，也应当过一过体面的生活，人的生活！买一匹好马，换一套好衣服，盖一所好房子，或者一个商店！"六世越说越激动，"娶一个好老婆，去逛林卡，和我一起射箭……你也应当有酒喝，有酥油吃。你不也是一个人吗？一个更好的人吗？……"

"我有手，有力气，有手艺，还是去当个屠宰人吧。"刚祖憨笑着说。

"不要再去杀生了。"

"好吧，我听你的！"

说话间，盖丹进来禀报说："佛爷，今天真是个喜日子，您又有亲人来了。"

"什么亲人？"六世心想，我还能有什么亲人呢？啊，莫非是仁增汪姆找到了此地？是的，除了她，还会是谁？真的是家乡的风把她吹来了！他压不住心头的喜悦，急忙催问："快说，是怎样一个人？"

"是两个人。"盖丹特别地强调了"两"字。

仓央嘉措心想：对，改桑阿妈也来了，她当然也是应该一起来的。接着，他又迫不及待地责问："为什么不请她们进来？"

"没有问明情况，不敢轻易引进。他们在宫门外……还……还口出不逊。如果不是声称是佛爷的长辈，早就把他们赶走了。"

"就像对我那样。"刚祖插了一句，但又有些后悔，人家不准陌生人和下等人接近高贵的达赖，有什么不对？

"说清楚一些，是两个什么样的人？"六世有些躁了。

"是，佛爷。他们是一男一女。大约都在五十岁以上。男的叫朗宗巴，自称是佛舅；那位女先生自称是佛姑。非要见您不可。"盖丹接受了怠慢刚祖的教训，不敢对有可能真是佛爷亲友的人说出不敬的话，尽管他对这一男一女的蛮横无理、撒泼纠缠十分难忍。打狗都得看主人嘛，何况他们自称是佛爷的舅父和姑母呢！

仓央嘉措大失所望！觉得这件事既令人厌烦，又十分可笑。他哪里有什么舅和姑呢？不论自己的阿爸和阿妈，还是别的什么人，都从来没有对他讲起过他有舅和姑在这个世上。如果真有的话，即便因为关系不好或者路途遥远没有来往，那起码

十三 风从家乡吹来

阿妈会说起他们吧,可是,半句也没有说起过。什么朗宗巴?与我有什么相干?唉,冒充大概也是一种人的智能。只是有被迫的冒充者,有自觉的冒充者;有勇敢的冒充者,有卑怯的冒充者;有可爱可敬的冒充者,有可恨可恶的冒充者……这是不能一概而论的。不过,冒充权贵的亲属的人,一定是属于后面的几种了。

六世中断了自己的推理,为了慎重,转向刚祖:"你听说过我有舅父和姑母吗?"

"没有。"刚祖毫不迟疑地回答。

仓央嘉措从鼻孔里哼了一声,对盖丹说:"传话下去,我从来没有、绝对没有什么舅父或者姑母!让他们走开!"

"是!佛爷。"盖丹也动了肝火,这一男一女无缘无故地让他空跑两趟,真是可恼。

六世又嘱咐说:"让他们走开就是了,不要打骂,更不必治罪。"

"是。"盖丹泄了气,"佛爷还有什么旨意吗?"

"还有,告诉警卫,我的这位朋友,以后任何时候都可以进来见我,不得阻拦。"他指了指刚祖。

盖丹连声答应着。稍待了一会儿,才吞吞吐吐地说:"佛兄的名字……是不是可以改一改?通报起来,也……好听一些。"

"叫什么都行啊,改就改吧。'刚祖'——'脚先落地',是有点那个……有点不……"刚祖一时想不出合适的词儿来。

"不雅。"六世接上去说,"那就叫……叫什么呢?叫塔坚乃吧。"

"好,好,好极了!"盖丹对塔坚乃行了个礼,"向您道喜啦,佛爷为您起了名字。"

塔坚乃赶紧还了礼。盖丹退了出去。

"我也该走了。"塔坚乃再没有坐下,拿起了帽子。

"请等一等。"六世说,"我要求你办一件事。"

"没说的,叫我去死也行!"

六世笑了。"怎么想到死呢?"他扶住塔坚乃的肩膀,十分恳切地说,"请你再受一次风霜之苦,到错那去一趟。街市上有个小店,是阿妈改桑开的。她有个外甥女叫仁增汪姆,是我的朋友,懂吗?你就说当年的阿旺嘉措请她们到拉萨来,我可以养活她们。"

"我明白。"塔坚乃吐了吐舌头,做了个鬼脸儿,"你放心好了。我明天就走,不,今天就走!"

十四
被杀的和嫁人的

"你的仇我已经替你报了。"桑结甲措向六世报告说,"我刚接到门隅方面的呈文:打死那森先生的人,已经在上月二十八日就地正法了。"

仓央嘉措并没有表示出感激之情,反倒动了恻隐之心。他不敢也不愿责备第巴,非常和缓地说:"我只是讲要惩治他,并没有说要将他置于死地。"

"这桩命案,按法典只赔偿命价就可,但是他致死的不是平常的贱民,而是佛父的朋友!"桑结斩钉截铁地说。

仓央嘉措心想:贵族打死过的奴隶还少吗?有几个偿命的?大概因为我是达赖,第巴为了笼络我,讨好我,才杀了那个微不足道的官员。

其实仓央嘉措并不明白第巴处死宗本甲亚巴的真正原因。这还得从远处说起。

在五世达赖逝世以后的头几年里,就有一个秘闻在极少数人中以极谨慎的方式流传着:五世已经圆寂了,他的转世灵童就在邬坚林。这个消息究竟是谁透露出去的,始终没有弄清;因为有些事在当时是不能查问的,越查问就越难守密,而过后再查,不是更难获得证据就是已无必要了。

当时,错那宗的宗本甲亚巴就是听到了这种传言的人中的一个。甲亚巴的父辈曾经在拉萨为四世、五世两位达赖服务过。贵族家庭的成员对于政教大事比一般人要热情和敏感得多。甲亚巴觉得这传言事关重大,传说中的灵童又在自己的管辖区内,弄明白真相极为必要,于是直接给第巴写了一封密信,也可以说是单刀直入地去进行最为有效的试探。信中说:"此地传言,邬坚林的喇嘛扎西丹增,于水猪年生了个儿子,说他是佛王的转世灵童的流言蜚语甚多。对于易于传谣的门隅人的嘴巴,需要严令加以封锁。"

第巴桑结甲措看了这封来信十分恼火,经过反复思虑之后,对甲亚巴做了如下的批复："所谓转世灵童一事，纯属诳言。但是，佛为了调伏众生，附在高低贵贱各类人众身上而出现多种变异现象，也是常有可能的。经向五世达赖请示，他下谕说：'我现在正处于生命的狭道上，故对外而言是闭关修行，对内而言则法轮照转，而且还接见了内地人士和北方人物。对某些人所造的舆论，按理应依法惩处，但目前可一概不予追究。同时，应当把谣言尽量控制在最小范围。'"

不丹地面的两位高僧对这个传言深信不疑，他们为了把灵童弄走，打听出朗宗巴是灵童的舅父，而且格外贪财，于是用马匹、银碗、黄金贿赂他，朗宗巴又转而去贿赂甲亚巴。据第巴得到的情报，甲亚巴接受了重贿，还制订过唆使阿旺嘉措一家逃往不丹的计划，只是终未实现。

因此，第巴桑结甲措对这位宗本的所作所为一直心怀憎恨，杀掉他的念头早就有了。现在终于有了有利的借口。但他觉得永远没有必要对六世谈出这些。

"可能你是对的。我总觉得可以宽厚一些。"六世对第巴说，"最近我看了对于五世的记载，很有感触。比如，当年西藏蒙古的军官们在占领了喀木的甲塘[①]以后，送来了报告，要求处死当地的二十名叛乱头目。五世即把死刑改成了终身监禁。"

"五世当然是伟大的，他的那个决定也是对的。"桑结故意扭转了话题，"我们是从来没有杀错人的，不像过去的蒙古头人。他们从元朝的时候起，就经常乱杀西藏人，其中包括我们的很杰出的人物。我可以给你举一个令人惊心动魄的例子。八思巴本来是被他的侍从毒死的，这位侍从却向忽必烈控告本勤对八思巴不忠。那时的本勤就等于现在的第巴，管理着十三万户，主宰着全藏事务。他的名字叫贡噶桑波。蒙古将军带领着军队来到西藏，认定八思巴就是本勤杀害的，对他严加审问。本勤穿着白袍，戴着黑帽，站在蒙古将军的面前，完全否认对八思巴有任何不忠，坚持自己与八思巴的死没有任何关系。并且声称：'如果你们杀了我，我将流出白血来证明我的无辜！'蒙古头人不听，还是把他正法了。果然，他被砍头以后，流出来的血是白色的。"桑结甲措讲到这里就不再讲了。

仓央嘉措也知道这个故事，但他有意地不去打断第巴的讲述。直到第巴讲完了，他才补充说："可忽必烈皇帝是公正的，当他知道了这个情况以后曾经断定说：'本勤穿一件白袍是表示他无辜，戴一顶黑帽则表示控告是假的。'"

"是啊。我没有别的意思，我只是担心我们的红脖子也可能流出白血，我们的白身子也可能戴上黑帽子。"说罢，注视着仓央嘉措的神色。

---

① 甲塘：即今云南中甸。

仓央嘉措感到第巴的这番话含有对蒙古王公的敌意，又好像是某种不祥的预兆；同时也警惕着不要让他觉得自己真有谈论政事的兴趣，于是岔开了话题："上师，你既然早已知道我是五世的转世，想必知道我的身世。问你一件事可以吗？"

"当然。我将尽我所知，如实禀告。"第巴对仓央嘉措称他为"上师"感到满意，态度也谦恭起来。因为，"上师"这个词指的是上尊达赖喇嘛的老师，而仓央嘉措是不大爱使用它的，他习惯于对谁都直称为"你"。

"那，你知道我有什么亲戚吗？"仓央嘉措想起曾经前来强行求见他的一男一女。

"哦……"第巴想了一想，"听说在你们迁居邬坚林以前的老家，有你的舅父，叫朗宗巴。还有个姑姑。不瞒你说，他们都是十分贪财的人，完全不讲情义。佛父佛母就是被他们驱赶出去的。"

"真的有这样两个人？"仓央嘉措自语着。他有些后悔了，不该让盖丹传话把他们拒之于宫外。出于好奇，他应当看看舅父和姑姑到底是怎样的两个人，出于恻隐，或者应当给他们一点银钱吧？

"佛父佛母搬到邬坚林以后，就彻底断绝了和他们的任何来往，也很可能发誓永远不再提起他们了。所以，你是不会知道的。"第巴叹息着，不无安慰之意地对六世说，"不必忌恨，也不必难过。这算不了什么。大人物常有大不幸，遭受自己亲人迫害的事在历史上也有不少的实例。释迦牟尼的脚拇指是被他的弟兄勒钦打断的。在西藏，赤热巴巾是他的兄弟朗达玛害死的。米拉日巴的财产、土地全是被他的叔叔、姑姑抢走的。五世达赖的父辈的家产，也是被他的姑姑骗去，交到了藏巴汗下人的手中；这件事，五世在他的著作《云裳》中写到过。你可以不去理会这种忘恩负义的亲戚。"第巴说到这里，起身告辞。走到门口，又特意回过头来补充了一句，"也不必理会我已经或可能惩治那些忘恩负义的人。"

仓央嘉措呆呆地坐在那里，他感到有一种难以抵御的力量正在推搡着他在漩涡里旋转。他决心顶住它，躲开它，泅到岸上去，泅到属于自己的岸上去。

仓央嘉措许多日子以来无心去宫后射箭，也无心打坐诵经，他时而在宫中踱步，时而望着窗外的蓝天。他是焦急的，也是兴奋的，他期待着仁增汪姆的到来，他相信她一定会来。他们是盟过誓的，他们的分离是意外的，被迫。现在他当了达赖，虽然不能结婚，却有了保护她、养活她的能力。不能结婚算什么？能够相爱就行了；不能公开相爱算什么？秘密相约就行了。

当他被监护着离开错那的时候，他曾经以为和仁增汪姆的缘分尽了，感到绝望。

但是感情的线却一直无法扯断，相距越远，思念越深。塔坚乃的出现不是天意吗？这是个多么难得的替他去寻找仁增汪姆的人选啊！塔坚乃会把她带到拉萨来的。这就证明他们的缘分没有尽，他们会有一个新的开始。

时间一天一天地过去了，还不见塔坚乃回来，这使仓央嘉措不能不往坏处想了。自从他当了达赖，作为朋友的塔坚乃找来了，连根本不来往的舅父和姑母都找来了；仁增汪姆偏偏不来，是什么道理？如果她没有变心，能不来吗？……是的，她变心了，一定是变心了！……可是，那又怎么样呢？谁能把她怎么样呢？唉，仁增汪姆啊……

> 你这终身伴侣，
> 若是负心薄情，
> 头上戴的碧玉，
> 它可不会作声。

塔坚乃回来了！

仓央嘉措靠近他坐着，闻着他衣服上的那股家乡的气味。

"她没有和你一起来吗？"六世开口第一句就问。

"我去得太晚了！"塔坚乃捶了一下坐垫，"我找到了阿妈改桑的小店，仁增汪姆早已经出嫁了。"

仓央嘉措一下子倒在宫墙上，他感到自己像一片破碎的经幡，在狂风中摇晃着，从布达拉宫的最顶上飘向地面。啊！她嫁人了，果然没有等他。绝望之中，积蓄的爱情变为喷发的怨恨。他提起笔来，飞快地写道：

> 自幼相爱的情侣，
> 莫非是狼的后裔？
> 尽管已经同居，
> 还想跑回山里。

> 姑娘不是娘生的，
> 莫非是桃树上长的？
> 为什么她的爱情，
> 比桃花谢得还快呢？

塔坚乃分辩说:"这也不能怪她。你为什么不早些给她去信呢?"

仓央嘉措说:"她为什么不早些来找我呢?我到哪里去找送信的人呀?再说,她,阿妈改桑,还有她们的邻居次旦堆古,都不识字。作为黄教的首领,西藏的神王,我能公开地谈情说爱吗?我的难处,我的苦处,她为什么就不体谅?"

塔坚乃反驳说:"她的难处,她的苦处,你为什么也不体谅?你当了达赖,走得那么远,住得那么高,作为一个普通姑娘,她能来找你吗?敢来找你吗?能和你成婚吗?你成了一棵高大的神柏,小兔子是攀不上去的呀!"

"我不是没有想到这些,我苦思冥想,做了安排,让她搬到拉萨来,费用由我负担,生活请你关照……"六世嘘唏着,后悔因为一时冲动,写了怨恨她的诗句。

"可是晚了!阿妈改桑说,要是早得知你有这样的安排,她们会照你的意思做的。姑娘总是要嫁人的,求婚者的包围是很难冲破的,能够没年没月地等下去吗?"

"她怎么说?仁增汪姆说了些什么?"

"我没有见到仁增汪姆。她嫁到日当①去了。"

在仓央嘉措内心的河面上,怨恨和嫉妒的冰块,化作伤感和思念的波浪……

他又习惯地走到窗前,遥望无尽的蓝天。她嫁给谁了呢?丈夫对她好吗?她会不会还在眷恋当年那个叫阿旺嘉措的青年呢?哪怕能和她再见上一面也好啊!……他吟出这样一首诗:

> 白色的野鹤呀,
> 请你借我翅膀,
> 不去遥远的北方,
> 只是向往日当。

塔坚乃劝慰了他一阵,出宫安排自己的生活去了。

一个多情的诗人,在热恋中不可能没有诗;失恋时的痛苦更不可能不求助于诗的表达。现在,他的心事向谁诉说呢?塔坚乃走了,桑结是严酷的,盖丹不会谅解他,宫中所有的佛、菩萨、金刚……更不会同情他。日增拉康②里供养的莲花生的银铸像是不会说话的,他是有两个妻子的佛祖,如果他还没有圆寂,该会同情布达拉宫中

---

① 日当:在错那东北,今山南隆子县。"日"是藏语的山,"当"即"塘"的另一种译音,指平川,日当的意思是山下的平地。

② 日增拉康:持明佛殿。

僧人的爱情苦恼吧？曲吉卓布①里的松赞干布和文成公主及尺尊公主②，早已过完了他们自己的爱情生活，带着骄傲和满足的神态立在红宫中，不再过问他人的事情了。只有诗歌是他的朋友，他的知音，他的寄托，他的形影了。

许多天里，他夜间半睡半醒，白天不思饮食，唯有纸笔不离手边。

他看见挂在墙上的弓箭，写道：

　　去年栽的青苗，
　　今年已成秸秆；
　　青年骤然衰老，
　　身比南弓还弯。

他望见窗外的经幡，想到自己为仁增汪姆送过祈福的幡儿，又写道：

　　用手写的黑字，
　　已被雨水冲消；
　　内心情意的画图，
　　怎么也擦不掉！

他走到镜子跟前，写道：

　　热爱我的情人，
　　已被人家娶走；
　　心中积思成痨，
　　身上皮枯肉瘦。

当他悔恨没有早些正式求婚时，又写道：

　　宝贝在自己手里，

---

① 曲吉卓布：法王洞。
② 尺尊公主：先于文成公主嫁给松赞干布的尼泊尔公主，名叫布日库提德维，国王安苏瓦尔曼的女儿。

不知道它的稀奇；
宝贝归了别人，
不由得又气又急！

绝望的苦恋虽然高尚，毕竟没有出路。如果自己不宽解自己，岂不会发痴发疯吗？于是，他写道：

野马跑进山里，
能用套索捉住；
情人一旦变心，
神力于事无补。

随着时间的流逝，心灵的创伤渐渐地愈合着。仓央嘉措终于熬过了第一次失恋的痛苦。

当一个人冷静下来之后，他的思考便有了丰富的内容和理性的价值。感性的东西好比草原，理性的东西好比雪山。没有草原，雪山就无处站立；不登雪山，也就望不清草原。

近来发生在故乡的两件事，引起了仓央嘉措的深思：对于杀害那森的那个甲亚巴，我只说了一句要惩治的话，第巴就坚决而迅速地把他正法了；而对于我付出了那么多感情的仁增汪姆，我却半句话也不能说，更无法阻挡她嫁给别人。我有权报恩，也有权报仇——尽管我没有仇人，而且也不想报复——却无权守护自己的情人。在别的方面，我像是一个巨人；在爱情上，还不如一只小鸟。不想要的却得到了，想丢也丢不掉；想要的倒得不到，而且是这样无能为力。都说是佛爷决定着人们的命运，而佛爷的命运又是谁决定的呢？众生啊，你们在羡慕着我，可知道我在羡慕着你们吗？……

一粒反抗的火种在他的心头闪烁着。但是反抗谁呢？第巴吗？第巴对他并无恶意，而且爱护他；蒙古的王公吗？他们并没有参与选他为灵童和送他到拉萨来坐床这些事情；皇帝吗？他远在北京；是谁呢？是谁在故意为难一个叫仓央嘉措的人呢？……是的，还是那种力量，那种把他往漩涡中推搡的力量！它不是来自哪一个人的身上，它是无形的，却是强大的。光躲是不行的，躲避固然也是一种武器，却不能造就勇士；必须在无处可躲的时候，向进逼者反击！

仓央嘉措

一个人穿上了袈裟，就应当成为会走动的泥塑吗？华丽的布达拉宫就是爱情的断头台吗？爱自己的情人和爱众生是水火不相容的吗？来世的幸福一定要用今世的孤苦去交换吗？成佛的欲望和做人的欲望是相互敌对的吗？……他越想心中越乱，疑问越多，深陷在矛盾之中。

他摇了摇铃，叫盖丹前来。

"有件事我想问问你。"六世说，"作为随便交谈，不必有什么顾忌。"

"是，佛爷。我一定如实回奏。"盖丹多少有点紧张。

"坐下吧。"六世轻声叹息着，"我这里真成了佛宫啦，来添灯敬香的人多，来随便谈心的人少。你明白吗？我很不喜欢这样。"

"这也难怪。"盖丹慢条斯理地说，"谚语讲：大山是朝拜的地方，大人物是乞求的对象。您只是赐福于人，并不有求于人，这正是您的高贵之处。"

六世摇了摇头："鸟用一个翅膀飞不上天空，人过一种生活会感到厌倦啊。"

"佛爷，您千万不能厌世！"盖丹惊恐地说。

"不，"六世苦笑了一下，近乎自语地说，"不是厌世，而是爱世呀！"

"这就好，这就是我们的福气。"盖丹放心了，"佛爷刚才要问的是……"

"哦，随便问问……"六世有些犹豫，他意识到以自己这样的身份询问那样的事情，是不大合适的，所以又重复了一次"随便"这个词，"布达拉宫里的人，有没有谈情说爱的？"

盖丹的心绪顿时复杂起来，他不敢说没有，因为他知道，曾经有个别败类在外面强奸妇女或者把无辜妇女打成"女鬼"捉来残暴糟蹋。当然，这种行为和谈情说爱完全不是一回事，但是对于一个教徒来说，比谈情说爱要严重得多。如果他回答没有，而达赖又确已掌握了事实，那自己就难免有包庇之嫌了；如果说有，达赖要是刨根问底，他说不说出干那种事情的人的名字呢？那些人可是不能得罪的，强奸妇女的人是有兽性而无人性的，他们是会用刀子来报复的。他于是回答说："可能有，只是我……没见到。"

"听都没听说过吗？"六世不满意他的回答。

盖丹脑子一转，故作思考状，然后才说："现在的没听说，过去的倒听说过。"

"讲给我听听。"六世表现出了兴趣。

"是，佛爷。"盖丹这时觉得，达赖虽然给他出了个难题，可绕来绕去，文章倒好做了。他把这种得意，表现为对听者的殷勤，故作神秘地说："还是一位大人物咧!"

"谁?"

"第三任第巴罗桑图道。"

"是第巴桑结甲措的亲叔叔的继任者吗?"

"就是。他原来是五世达赖佛身边的曲本①,康熙八年被任命为第巴。五世对他是很器重的。可是他作为一个黄教教徒,却养着一个女人。"

"一个什么样的女人?"

"我当然没有见过,不过我知道那位小姐是山南乃东阐化王的后代,听人说长得十全十美,百媚千娇。这事弄得尽人皆知,闹得满城风雨。您想,第巴带头破坏了教规,人们当面不敢说,背后能不议论吗?结果,让五世达赖佛听到了。"

"怎么办了?"

"五世对罗桑图道说:'要么把那个女人打发走,要么辞职。'"

"他选择了哪一条呢?"

"他回答说:'让我不爱那个女人,我办不到;辞职,是可以的。'没办法,五世只好让他辞职了。"盖丹讲得有声有色,对五世达赖和第巴罗桑图道都充满了赞叹。

"后来呢?"六世很关心这场爱情的结局。

"罗桑图道舍弃了第巴的尊荣职位,带着他的情人,隐居到山南的桑日庄园去了。"

"嗯,好!"六世不禁说出这样的评语。

过了一些日子,塔坚乃又来了。

桑结从盖丹那里知道塔坚乃经常来见六世,但是并不在意。因为这个人既不是皇帝的密使,也不是蒙古王公的政客,而只是达赖幼年的朋友。在调查清楚之后,断定不是什么危险人物,桑结也就不去干涉了。

塔坚乃这次进宫,是告诉仓央嘉措,他已经找好了安身之所,用仓央嘉措送他的那笔钱开了一个不大的肉店,足可以维持生活了。

仓央嘉措笑着说:"你呀,不去宰牲畜,就去卖肉。"

"不懂不熟的事,我是不敢干的。不是怕赔钱,是受不了那份罪。"塔坚乃坦

---

① 曲本:曲本堪布。机巧堪布(总堪布)下面的三个堪布之一,直属达赖管辖,系较高的宗教职位。

率地说。

"是啊,可是我这份罪还得受下去。"六世又伤感起来。

"我说佛爷,"塔坚乃凑近了说,"你既然能换上俗装出去射箭,为什么不能到我的小店去坐坐呢?看看拉萨的市面,瞧瞧来往的人群,散散心,解解闷。看,你吃得很好,反倒瘦了,何必老憋在宫里?你是达赖,谁能把你怎么样?"

仓央嘉措心头的那粒火种又闪烁出亮光,眼看就让塔坚乃这股风吹着了。他没有用语言回答,却微微地点了点头。

"我看啊,你再不要去想那个仁增汪姆了。拉萨城里有的是漂亮姑娘。有一首歌就这么唱:'内地来的茶垛,比喜马拉雅还高;拉萨姑娘的脾气,比雅鲁藏布还长①。'还有一首歌是:'拉萨八角街里,窗子多过门扇;窗子里的姑娘,骨头比肉还软。'你看哪个姑娘好,我替你去说合……我说这些,是为你解闷消愁,你可不要生气。"

仓央嘉措没有生他的气。在拉萨,只有塔坚乃是不把他当佛崇拜而把他当朋友亲近的人,只有塔坚乃理解他、同情他,有着正常人的活力与真诚。

他再次点了点头,决定化了装到拉萨②去。

---

① 西藏人说"脾气好"是"脾气长",用流水作比喻。
② 当时的拉萨是指大昭寺周围的市区,不包括布达拉宫在内。

十五
贵族小姐

六世达赖自从剃度受戒之后，竟然又留起了长发。作为教主，倒没人敢为此提出异议；再说，佛爷的昭示，佛爷的举动，佛爷的爱好，等等，并不都是一般人所能理解的。在人们的心目中，他不论做什么，怎样做，一定都是为了众生的幸福，何况他又有那样的权力。只有极少数上层人物，为了重大的政治需要，才敢于暗中去抓达赖的把柄。

第巴桑结甲措忙于独揽大权，醉心于自己的尊位。他通过观察、试探和询问盖丹，相信六世没有执政的兴趣以后，对于六世的行动也就不大注意了。

因此，仓央嘉措便很容易地装扮成一个贵公子，独自走出宫，到拉萨市区去。

那时的布达拉宫和拉萨在称呼上是分开的，二者之间有一公里多的路程没有房舍。拉萨在松赞干布以前，据说是一片沼泽，沼泽的中心有一个湖，藏语叫卧措。文成公主来到西藏以后，亲自在湖上选点、设计，填土建寺。文成公主根据五行相承相克的说法，建议松赞干布用白山羊背土填湖。因为藏语把白山羊叫"惹"，把土叫"萨"，所以建起的寺庙被称为"惹萨"，这就是大昭寺最初的名字。后来藏语又叫觉卧康，也叫惹萨楚那祖拉康，即拉萨神变殿或显灵殿的意思。接着，由于香火的旺盛，政治、经济、文化的发展，在寺周围出现了许多新的建筑，形成了市区。于是这座新城也就叫作"惹萨"，当时的汉文译作"逻些"。逻些逐渐成为佛教圣地，以后便改称为"拉萨"了，因为"拉萨"在藏语中就是"圣地"的意思。"拉萨"这两个字的藏文记载，最早出现在公元806年立于拉萨河南岸的一块石碑上。布达拉宫所在的红山，被称为是第二殊胜的普陀山，"布达拉"则是"普陀罗"的译音。在仓央嘉措时代，人们习惯于把到市区去说成是到拉萨去。

几年来，这是仓央嘉措第一次去拉萨，而且没有人跟随。他很久没有这样自由了，他感到自己好像插上了翅膀，似乎不是走在地上，而是飞在天上。自从离开故乡，穿上袈裟，来到这十三层的布达拉宫，他还没有像今天这样独自行走这样远的路程，也没有望到过这样辽阔、翠蓝的天空。他是谁？是达赖喇嘛吗？不是了；是仓央嘉措吗？也不是。他是一条游进大海的鱼，一匹跑进草原的马，一只飞进云层的鹰……

他在大昭寺朝西开的大门口停下来。

大昭寺里面最神圣的东西是文成公主从长安带来的一尊释迦牟尼佛像，这尊佛像据说是由释迦牟尼亲自加持过的，西藏一直把它视为至宝。它原来存放在小昭寺（藏语称惹莫且）。为了安全起见，第二个嫁给藏王的汉族女人——唐朝雍王李守礼的女儿金城公主把它移放到大昭寺中。

仓央嘉措看见无数的男女，在石板上五体投地，朝门内不停地磕着响头。石板尽管坚硬，却被人的身体摩擦出深深的凹槽，像是一个扁长的石臼。他们祈求什么？无非是希望避免今世的厄运，减少来世的贫苦。他暗中叹息了一声，"这真是用头来做脚的事情！"他不禁真的怜悯起众生来了。但他自己也是个需要寻求幸福的人，又能给人们什么幸福呢？如果他能够改变他们的不幸，他会走上前去对大家说："我就是达赖喇嘛，我就是活着的最高的佛！来吧，提出你们的要求吧！"但他哪里会有这种勇气？那样一来，即使人们不把他当作骗子，他也会自己承认是个骗子。

他认为真正值得尊敬、珍视、膜拜的，倒是门前那棵文成公主栽下的唐柳和甥舅联盟碑。它们标志着藏汉的友谊，表达了民族团结的愿望，记载了中华大家庭的形成。垂柳虽然柔软，却像石碑一样悠久；石碑虽然坚硬，却充满了活力和生机……他认为，如果政治只是这样一些内容的话，他是会十分赞成的。唉，他又想得太多了，还是去享受自己难得的自由吧，去找塔坚乃聊聊天吧。

他沿着八角街的南街向东走去，到了东南角以后又向北拐，然后向东，到一个小巷里去找塔坚乃的肉店。这是塔坚乃详细告诉过他的路线。

八角街也是后来汉族人的叫法，因为拉萨市区的中心是大昭寺，附在它后面的是郎子辖（拉萨市政府）的建筑，在它们的周围形成了四条街道，自然构成了八个角。其实"八角"的原意并非如此。大昭寺是佛的中心，围绕着中心的街道和道路有三圈，即内圈（藏语叫囊果）、中圈（藏语叫巴果）、外圈（藏语叫其果，因为有许多林卡，又称林果路）。汉语的"八角"是从藏语的"巴果"演绎出来的，因为四川语系中的"角"读作"果"。

仓央嘉措先是看到了吊挂在店门口的大扇牛肉，然后才瞧见坐在后面的塔坚乃。和他坐在一起的还有几位豪爽谈笑着的朋友。让仓央嘉措出来散心的事，虽说是塔坚乃的提议，但当他真的看见六世达赖站在他的门前时，却惊跳起来。天哪！这可该怎么接待呢？

仓央嘉措见他神色慌乱，便抢先答话说："大哥，近来身体好吗？我来随便坐坐，可别把我当外人啊。"

塔坚乃还是手足无措地在屋里打转，不知该怎么称呼六世才好，也不知该让贵客在哪个垫子上落座。在场的几位朋友一看他这副慌恐模样，猜想来者不善，不是讨债的债主，就是贵族的恶少，再不然就是来找碴儿的小官。出于要保护朋友的共同动机，他们竟一个也没有离去，倒想听听他和塔坚乃说些什么，也好探个究竟，必要时帮朋友一把，免得老实人吃亏。

仓央嘉措敏感地发现塔坚乃充满了歉意，在座的几位又充满了敌意，这才意识到自己事先没有和塔坚乃约好日期，来的有些唐突；衣服也穿得过于华贵了。不过他并不介意这些，难得再和普通的人们坐在一起，过一过不拘礼仪的生活。他于是自动找地方坐下来，加入了屠宰人、工匠、热巴……的行列。

塔坚乃发现在座的几位，对仓央嘉措的态度都不大友好，他们的脸上明显地泛出戒备、疑虑、冷漠甚至敌视的神情。这也难怪，因为他们没有听塔坚乃说起过他在拉萨有什么贵族朋友。即便是一只小鹿，如果披着豹子皮走近羊群，也是不受欢迎的。仓央嘉措的服饰和他们的穿着差距太大了。绛紫色的细氆氇长袍，蓝绸子腰带，高筒的牛皮靴，不太长的发辫上缀着大得惊人的松耳宝石，再加上白净细嫩的皮肤……这一切在他们看来，都像是有意识地炫耀；只有面容是和善的，不像一个恶少。

"这位公子是我很好的朋友、恩人，佛爷……一般的善良，平常在家读书，不大出来。没什么，大家喝茶，喝茶！"塔坚乃对大家解释着，摇了摇手中的茶壶，不让里面的酥油茶沉淀。

仓央嘉措赶忙欠身向大家致意，他的微笑和文雅的举止同塔坚乃的介绍配合得十分得体。大家的心绪开始宁静下来。虽然有人对塔坚乃会有这样一位朋友难以理解，但也不愿再去追究。既然是朋友的朋友，相信他就是了，何必管人家的私事呢？听说当皇帝的还有穷亲戚呢，穷苦人就不能有阔朋友吗？

"请问先生叫什么名字？"一位银匠说。他并不是多嘴，而是要和仓央嘉措攀谈几句，表示友好。

这一下可把仓央嘉措问懵了，难住了，他出来的时候，只注意了换装，可没想到化名。他张了张嘴，却答不出声来。纵然这些人不一定知道六世达赖叫仓央嘉措，他也不能说出自己的名字,那太冒险了,弄不好会给塔坚乃惹出大麻烦来。

"哦,他叫宕桑汪波,他就是宕桑汪波先生。"

仓央嘉措立刻点着头承认了。他心中暗自高兴,这名字还挺好听。他想,塔坚乃不可能事先为他准备下一个别的名字,这位老兄的脑子还真灵活。不识字的人自有他聪明的地方。

他俩小时候在故乡玩耍那阵子,谁也梦想不到许多年以后会相聚在拉萨;更想不到会有必要给对方另起一个名字。就是在不久以前,仓央嘉措把刚祖换成塔坚乃的时候,也没有想到塔坚乃会把仓央嘉措换成宕桑汪波,这种一还一报之所以有趣,是因为都产生于无意之中。

是挺有意思!假如生活中完全没有意外,没有偶然性,没有巧遇和巧合,没有绝难预料的事情,没有戏剧性的话,将是多么乏味呀!

从此,在拉萨出现了两个完全不同的人——穿袈裟的达赖仓央嘉措和穿俗装的公子宕桑汪波。

这时,肉店门外来了一个年轻女子,懒洋洋地站下,懒洋洋地喊了一声:"喂,买肉。"

仓央嘉措看到她,立刻有一种第一次看到孔雀开屏的感觉。她是那样艳丽,大小十分合适的金宝顶帽上,金丝缎、金丝带和银丝线闪闪发光。皮底呢帮的松巴鞋上绣着各种花朵。琥珀色的项链,从粉红的内衣领子里垂挂出来,更是亮光闪闪。圆圆的脸盘上,脂粉虽然涂得略重了些,但和她周身上下的色调倒也很协调。

如此近距离地、仔细地打量一位贵族小姐,在仓央嘉措还是第一次。在故乡、在农村、在牧场、在宫中,他都没有这样的机会。他是喜欢朴素美的,但对于面前的这位小姐,他感受到的则是一种新奇。艳丽毕竟也是美呀。

"白珍小姐,请进来坐坐吧。"塔坚乃像招呼一位极熟的雇主。其实,这位小姐很少自己前来买肉,这种事经常是由佣人来干的。她只是在闲得无聊的时候才转到这里,顺便挑一块好肉回家,偶尔也来坐坐。拉萨八角街的铺面商人,社会地位是不算低的,这并不降低她小姐的身份。塔坚乃虽然还够不上是一个可以用敬语来称呼的商人,但也不是拿靴子当枕头的贫贱之人了。

白珍小姐往里面瞧了瞧,见乱哄哄地坐着几个人,不想进去。但当她发现了仓央嘉措,认定是一位贵族青年,而且如此英俊,便又改变了主意,舒展了眉头,走了进来。

也许是基于异性相吸的原理,塔坚乃的几位新朋友对于这位小姐比对仓央嘉措要礼貌一些，起码不含敌意。但是仓央嘉措并没有注意到这一点，也无心去做这种不必要的比较，他的注意力全被吸引到这位艳丽的小姐身上了。

　　白珍显然是与仁增汪姆截然不同的女人。娇小、丰满、妩媚，嘴角上挂着冷峻，额头上嵌着高傲。外貌是十八九岁的姑娘，却像是有着四五十岁的家庭主妇的智慧。在她身上，农村姑娘的憨厚被城里人的机敏代替了；不善交际的羞涩被见过世面的大方代替了。仓央嘉措又觉得，她的服饰表现出热烈的色调，她的脸上却透出了不协调的冷漠，而冷漠中又泛着欲求，这一点，是他从白珍朝他频频斜视过来的目光中觉察到的。

　　"公子，你会下棋吗？"白珍不理睬别的人，径直向仓央嘉措发问。接着，朝他嫣然一笑。

　　"会。"仓央嘉措据实回答，"不过棋道不高。"他觉得这问题提得奇怪，于是反问道："你问这个干什么？"

　　白珍凑近仓央嘉措的耳边，用乞求的语调低声说："我可怜的阿爸最爱下棋，他的腿有病，出不了门，总让我出来找人去同他下棋。你如果没有别的事情，就请到我家去坐好吗？谢谢啦，请不要拒绝吧。"

　　仓央嘉措心想，难得她有这样的孝心，反正自己今天就是为了散心解闷才出来的，而且很久没有下过棋了，多认识一位新朋友有何不好呢？于是爽快地回答："好吧，那就请你的阿爸多指教了。"

　　仓央嘉措向塔坚乃说了再见，跟着白珍走出了肉店。

　　塔坚乃的朋友们望着他俩的背影，有的微笑，有的撇嘴，有的摇头。

　　白珍小姐是一个没落小贵族的独生女儿，住在离八角街不远的一座二层楼上，建筑有些旧了，也说不上豪华，但还清洁、僻静。仓央嘉措感到，比起他的寝宫来，这间花花绿绿的闺房充满了生活的气息。

　　"你的父亲呢？"仓央嘉措坐了一会儿，问道。

　　"他有件公事，到察木多①去了，大约十天以后才能回来。"

　　仓央嘉措想责怪她在肉店撒了谎，又怕使年轻的女主人过于难堪。且看看她还会说些或做些什么吧。她的阿爸毕竟和自己是不相干的。

　　白珍竟不再说话，只顾擦洗着酒碗。

　　"那么你的母亲呢？"仓央嘉措又问。

---

① 察木多：汉译为昌都。系喀木（康区）的重镇。

"我有三个阿妈。"白珍不动感情地回答着,"一个升天了,一个逃走了,还有一个,父亲始终把她带在身边。"白珍显然不愿对方过多地询问自己的家世,接着反问道:"你呢?你到底是哪家的少爷?"

仓央嘉措没有瞎编的才能,也没有说谎的习惯,更没有回答这类问题的准备。他只说自己叫宕桑汪波,别的话一句也不说。

白珍对于拉萨的贵族姓氏知道得不少,而且从父母那里,从父母的朋友那里,知道了多得可观的达官贵人家中的隐私故事。如果谁的名字前边不带上家族的徽号以表明自己祖先的领地、庄园、世家、封号之类的话,她就不会承认你是贵族子弟。于是继续追问仓央嘉措说:"你怎么不说话呢?你是宇妥·宕桑汪波呢?还是郎堆·宕桑汪波?或者是多嘎·宕桑汪波?也许叫阿沛·宕桑汪波吧?"

仓央嘉措还是不作回答。

"好吧,你不愿说出你的家族,一定有你的理由。别装哑巴了,我再也不问了。"白珍勾了他一眼,慷慨地说:"好在我喜欢的是你,而不是你的姓氏。对吗?"

她端来了饭菜,还有一大壶青稞酒。虽然说不上名贵,却比他宫中的饮食花样多些。

仓央嘉措明白了她在肉店编谎的原因,倒也赞赏她的热情和直率。

白珍早已改变了她那懒洋洋的神态,热情地招待着仓央嘉措。两个人竟然对饮了三碗青稞酒。酒是那样甜美,浓郁的香气里夹杂着一点酸味。塔坚乃为他们挑选的牛肉,也十分鲜美可口。

已经快到黄昏时分了,白珍还在向仓央嘉措殷勤地劝酒。仓央嘉措虽然有了几分醉意,但还清醒地知道是该回宫的时候了,不然,大门上了锁,盖丹找不见达赖,布达拉宫将可能出现一个骚乱之夜,那后果是不妙的。

"我该走了。"仓央嘉措说着,站了起来。

"不肯……留下来吗?"白珍撒娇地说。

"不,不是……我一定得回去。"

"那么你是不认我这个朋友吗?"白珍的声音里含着恼怒。

"不不,我感谢你的感情。"

"怎么感谢呢?"

"……"

"什么时候来感谢?"

"明天。"仓央嘉措觉得欠了她的情。

"好吧，明天我在家等你，看看你是不是个男子汉。"

"话出口要兑现，刀出鞘要劈砍。我明天一定来。"

"好，只要针不失信，线就不会丢丑。"白珍扶着仓央嘉措的肩膀说，"你不想送我一件……纪念品吗？"

"当然要送！"

"俗话说：给情人送上一颗珊瑚，他也会当作无价之宝；给无义的人就是送上万两黄金，他也不会说声谢谢。你可不要送我太贵重的东西哟，我是不缺钱的，我要的只是……情意。"白珍说着，挨近仓央嘉措，仰起脸面，闭起眼睛，伸过来嘴唇。

仓央嘉措醉得摇晃起来，他扶住白珍的双肩。白珍跷起脚尖，噘起嘴，两人亲吻起来……

屋子暗了下去，太阳已经落山，仓央嘉措才匆匆忙忙地下了楼，迈开轻飘飘的大步，踩着落日的余晖走回宫去。

第二天，仓央嘉措花了不少钱，从八角街一家大商店里买了一副白玉镯，揣在怀里三步并作两步地直奔白珍的家。

白珍高兴地接受了"纪念品"，立刻戴在手腕上，含情脉脉地望着他。

仓央嘉措对于这位贵族小姐的一切确实不大了解，她既娇小，又大胆，既世故，又热情，既像是真的爱他，又像是逢场作戏，既像是珍惜感情的纪念，又像是有意索取礼品……不过，她到底还是有可爱的地方，这在布达拉宫里是找不到的。但同时又总是觉得自己做了一件不是完全出于自愿的事情。

"你还是不愿告诉我你的家族吗？"白珍又问。

仓央嘉措决心不说出自己的真名，也决心不编造另外的身份。他只承认自己是宕桑汪波。

"今天晚上，你可以……住在这里了吧？"白珍拉他坐下来，小声问着。

仓央嘉措摇了摇头。

白珍惊奇起来，不满意地撇了撇嘴，直视着仓央嘉措说："也许你的父亲地位很高，也许对你的管束很严，也许你打算去当喇嘛，也许你认为比我高贵，因此才不愿或者不敢和我亲热。对吗？我不会猜错的。其实，这有什么？就连达赖喇嘛也秘密地亲热女人！"

"啊？……"仓央嘉措一听这话，不禁大吃一惊。他立刻敏感到，白珍是不是从什么地方知道了自己的身份，进行旁敲侧击呢？而且一旦宣扬出去，他又将如何对付呢？

"你感到意外吗？你不相信？亏你还是个贵族子弟，你的耳朵也太短了。"白珍自鸣得意地说。

仓央嘉措听她这么一说，稍微镇静了些，听口气不像是指的自己，而是另外一个达赖。不，也可能不是任何一个达赖，而是在不负责的传说中张冠李戴罢了。但这无论怎么说，对他都是一件重大的新闻，于是好奇地追问说："他是谁？能告诉我吗？"

"就是伟大的五世。"白珍肯定地说。

"有什么根据吗？人们胡猜的吧？"仓央嘉措虽然没有表示出多大的惊讶，但总不大相信。

"我问你，五世达赖在水龙年去过北京是不是？"

"是的，那是顺治九年。"

"就在那次动身进京的前几天，五世达赖从哲蚌寺到色拉寺去，走的是山脚下的小路，半路上经过大贵族仲麦巴的府邸……仲麦巴你知道吧？"

"当然知道，第二任第巴不就叫仲麦巴·陈列甲措吗？"

"对对。"白珍接着讲，"五世就在他家过夜，由仲麦巴的主妇侍寝。"

说到这里，她故意娇嗔地问："什么叫侍寝，你懂吗？"

"懂。"

"那你说，是什么意思？"

"就是伺候着、侍奉着、陪伴着睡觉的意思。"仓央嘉措讲解着，力求清楚、全面、准确。同时，他想起了在什么地方看到过的一句话，大概是在盖丹的日记中吧？说"五世达赖化身的观音菩萨在仲麦巴家中遗落了一粒珠宝上的宝珠"。当时他读到这种朦胧的句子，未求甚解，现在看来可能指的就是此事。而此刻的自己，是不是也是一种什么化身呢？是不是也要在白珍家中"遗落"下一种什么"宝珠"呢？他自己也弄不清了。

"怎么？不想听了？你以为我说完了？"白珍继续说，"第二年，侍寝的主妇生了个儿子。他是谁？你猜猜。"

仓央嘉措根据家族和年龄，推想到了那个人，遂自语着："难道是他？他是五世的儿子？"

"不错，就是他——第巴桑结甲措大人！"

"不会吧？"

"你再想想，五世达赖为什么在第巴八岁的时候就把他要到宫里去？为什么亲自教他读书学经？为什么让第巴罗桑图道辞职？罗桑图道辞职以后好让桑结甲措来接替嘛。只不过因为蒙古的达赖汗反对，才找了个罗桑金巴顶替了三年。后来不还是让桑结甲措当了第巴吗？反过来再看，桑结甲措为什么给五世修了那么华贵的灵塔，举行了那么盛大的法会？……好了，不说了。你呀，我看是个书呆子，达赖都敢，你就不敢吗？"白珍说到这里，像是大醉了一样地倒卧在仓央嘉措的身边。

仓央嘉措不知是被引诱了，还是被说服了，或者被激发出了一种什么精神；也许是被白珍的勇敢、主动所感动？他说不清，他只知道自己扑到了白珍的身上，紧紧地抱住了这位贵族小姐……他感到六世和五世、仓央嘉措和宕桑汪波、佛和人，不再有什么区别，也不应该有什么区别了。

二人亲昵了许久，白珍问："明天还来吧？"

"还来。"

"再给我什么纪念品呢？"

"不是给过了吗？"仓央嘉措指了指她已经戴在腕上的昂贵的玉镯。

"这是见面礼。可今天……"

仓央嘉措顿时减少了对她的尊敬，两颗刚贴在一起的心一下子又离远了。如果她是个重感情轻钱财的姑娘，仓央嘉措倒是舍得为她花费钱财的，况且作为达赖何愁没有钱财？

"嗯？难道我就值这一副手镯吗？"白珍又追问道。

仓央嘉措失望了，原来他在这里并不需要付出爱情，只需要出钱就可以了。想到这一点，他倒认为这位贵族小姐竟连一副手镯也不值了。不，他不大相信越有钱越爱钱是一条定律，他不愿往坏处去想白珍，他希望对方在故意用这种要求来试探自己是否钟情。

"那么，你想要什么呢？"仓央嘉措反问。

白珍笑了。她思索着，盘算着，老半天才说："只要贵重就行。"

仓央嘉措心想：唉！只有不贵重的人才会说出这种话来。你试探我，我也可以试探一下你。

突然，楼下有人在喊："宕桑汪波先生！宕桑汪波少爷！"

白珍开了楼门，二人往下一看，原来是肉店的塔坚乃。

"你怎么找到这里来了？"仓央嘉措探身问他。

"有急事！"塔坚乃不停地招手，"请下来一下。"

仓央嘉措下了楼，塔坚乃立刻把他拉到大门口，神情有些慌张地小声说："布达拉宫里的人到处找你,让你赶紧回去。"

"出了什么事?"

"听说达赖汗去世了,他的儿子拉藏当了汗王,第巴桑结派盖丹到肉店来过,说请你去参加个什么仪式。"

仓央嘉措叹了口气说:"我真愿意他们能完全把我忘记!好吧,回去。"说罢,回身朝站在楼门口的白珍招呼了一声再见,赶回了布达拉宫。

这是康熙四十年(公元1701年)的一天。

拉藏王子成了拉藏汗,继任了蒙古和硕特部的首领。这是西藏政治生活中的一件大事,六世达赖和第巴桑结少不得都忙碌了几天。对于仓央嘉措来说倒无所谓,不论谁当汗王,他只是参与一番例行公事的活动罢了,而对于桑结甲措来说,却是萌发了一粒不祥的种子。他早就把拉藏汗视为政敌了,因为拉藏汗不但是一个颇有政治头脑的人,而且是一个精力旺盛的、热心于政治的人。拉藏汗的手上有两张王牌:康熙皇帝的支持和固始汗传下来的特权。桑结的手上却只有一个达赖。更可怕的是,桑结在触怒过皇帝并失掉了噶尔丹之后,只能维持现状,处于守势了。而拉藏汗的势力却与日俱增,并注视着桑结,伺机进攻。桑结甲措并不是意识不到这种危险性,但他不可能自动后退。如果他利用达赖在宗教方面的威信和行政方面的权力,把仓央嘉措培植成一位热心于政教的领袖,让达赖亲临第一线,自己就会免遭不测。这,只是设想而已,实际上谁都不会改变这个现状:桑结不会向达赖交权,六世也绝不会醉心于政教,各人依旧顽强地沿着各人的轨道走,即使撞碎在交叉点上也不会回头。

仓央嘉措又来到白珍的楼上。

白珍有几分冷淡地埋怨说:"为什么这么多日子不露面?"

"有件急事,确实太忙。"仓央嘉措抱歉地说。

"叫我白等了好几天。"白珍捶了他一拳,接着问,"给我带来了什么?"

"带来了情谊。"仓央嘉措早就想好了这句答话。

"情谊是虚的。"

"虚的?"

"摸不到,抓不着,不能当吃,不能当穿,是方的?圆的?是金的?银的?"白珍怨气冲天地抢白着、数落着。

"原来如此!"仓央嘉措瘫坐在垫子上。

"原来你并不爱我！"白珍把嘴撇大了一倍。

"我有多得花不完的银钱，但不是用来买爱情的。买来的爱情是纸做的花，经不起风吹雨打。"仓央嘉措还在争辩。

"那就请你和纸花告别吧。"白珍不只是冷淡，而且是发怒了。

"是的，是应当告别了。"仓央嘉措也生气了。

"请你马上出去！"白珍吼叫起来。

"你是位贵族小姐，该是有教养的。"

"教养？真正有教养的人不会白吃天鹅肉！"白珍双手叉腰，怒目圆睁，完全变成了另外一个人，逼问说，"你走不走？"

"如果不走呢？"仓央嘉措故意问她。其实，事到如今，他连片刻也不愿在此逗留了。寒心、伤心、恶心一齐向他袭来。盛开的花朵变成了贪食的母狼，他还留恋什么呢？他恨不得立刻就离开她，永远再不愿见到她。

"你要是不走，想再缠我，我自有办法，到时候别怪我不讲情面。"白珍威胁着，像一位下达通牒的女王。

仓央嘉措又动了好奇心，想再看看这出戏的尾声到底怎么唱，于是故意问她："如果我不走开，你有什么办法？"

"我可以写一封密信，报告给扁头第巴，说拉萨有一个叫宕桑汪波的公子，到处散布谣言说你桑结甲措是五世达赖的私生子。"

仓央嘉措大吃一惊，这种办法的确是他万万没有料到的，立刻反驳说："这件事可是你告诉我的呀！怎么能反诬到我的头上？"

"咦？明明是你告诉我的嘛！"白珍说得斩钉截铁，而且装出十分惊疑、非常委屈的样子，戏演得很像。接着又补充说，"我还可以找个证人来做证，说你某月某日在某处用左手的食指指着布达拉宫的方向，辱骂伟大的五世达赖。"

"够了！"仓央嘉措大叫了一声。他无法容忍一个年轻女子竟然虚构出这样颠倒黑白的细节。他抓起帽子，冲下楼梯。

"还来吗？"白珍冷笑着追问。

"呸！"仓央嘉措再没有看她一眼，径直跑着冲出了大门。

一路上，他谁也不看一眼。一直到他换下了俗装，才意识到自己已经回到了宫中。他是怎么回来的，什么时间回来的，似乎都不大清楚了。

在短短的几天里，他的感情经历了急速变换的春夏秋冬。这期间，他写下过许多首诗，记载了他和白珍的相遇、热恋、怀疑、厌弃。如果把它们按照写作的顺序

十五 贵族小姐

排列下来，简直就是一篇叙事诗。虽然跳跃性较大，却能清楚地反映出这个变化的全过程。

现在，就让我们转抄下来看看吧：

  达官贵人的小姐，
  她那艳丽的美色，
  就像桃树尖上，
  高高悬着的熟果。

  露出皓齿微笑，
  向着满座顾望，
  从眼角射来的目光，
  落在小伙儿的脸上。

  嫣然启齿一笑，
  把我的魂儿勾跑。
  是不是真心爱慕？
  请发个誓儿才好。

  时来运转的时刻，
  竖起祈福的宝幡。
  有一位名门闺秀，
  请我到她家赴宴。

  上消下冻的滩上，
  不是跑马的地方；
  刚刚结交的新友，
  不能倾诉衷肠。

  姑娘肌肤似玉，
  被里柔情拥抱；

莫非虚情假意,
骗我少年的财宝?

河水虽然很深,
鱼儿已被钩住;
情人口蜜腹剑,
心儿还未抓住。

一百棵树木中间,
选中了这棵杨柳;
小伙我原不知道,
树心已经腐朽。

从东面山上来时,
原以为是头香獐;
来到西山一看,
却是只跛脚黄羊。

情人毫无真情,
如同泥塑菩萨;
好比买了一匹——
不会奔跑的劣马。

心术变幻的情人,
好似落花残红;
虽然千娇百媚,
心里极不受用。

花儿刚开又落,
情人翻脸就变;
我与金色小蜂,

从此一刀两断!

显然,他在和白珍小姐的相处中充满了复杂的感情:从无意到得意,从感激到疑虑,从愤恨到痛惜。在与这位贵族小姐一刀两断的时候,还禁不住又称她为"金色的小蜂"。然而他毕竟真的和白珍一刀两断了。

多情的人大概都少不了四样东西:善良、忧愁、诗歌和酒。仓央嘉措从此喝起酒来。但他不愿意也不便于在宫中喝,索性以宕桑汪波的身份出现在酒店里。他常去的一家酒店就坐落在布达拉宫下面被称为"雪"的地方,有三个卧室一样的套间。矮桌和坐垫、酒壶和酒碗,都十分洁净、考究。店主名叫央宗,是一个非常能干的四十多岁的女人。她用自己的手,又向仓央嘉措撒开了情网。

十六
布达拉宫下的酒店

央宗的酒店生意十分兴隆,从早到晚,高雅的客人、粗俗的酒徒,络绎不绝。央宗对于各种人有各种应接的办法,总是能使每个人满意而去,有兴再来。这位女店主,与其说是个商人,倒不如说是一位交际家。她把追逐私利的根须深埋在地下,人们看到的是公道的大树;她把虚假的内核缩得很小,人们看到的是热诚的果子。她使浮浅的人感到满足,愚钝的人深为敬佩。她用自己的随和使自己保持平衡,不致在沸腾的人海中遭到沉没。她并没有多大的野心,也没有过高的欲望,只不过生存的本能发挥得更加充分一些罢了。

她知道得很多,对于孤陋寡闻的人来说,简直是一位深明世故的人。她有自己的处世哲学,八面借风,四方助雨,多数人觉得她有益,少数人也感到她无害。从她的言谈举止中,年长的能领略到几分女性的温存,年轻人能承受到她几分母性的柔爱。这些,都是她维持这座酒店不致亏损的本钱。

她又是酿制青稞酒的能手。她做出的酒不论是头道的、二道的、三道的,都一样清凉、醇香、酸甜。能使姑娘们喝得脸面微红,能使小伙子喝得醺醺欲醉。在仓央嘉措看来,这里是个洋溢着友谊、温暖、自由、平等和欢乐的地方。只有在这里,他才看到了人,看到了人的生活。布达拉宫虽大,却是一潭死水;酒店虽小,却是一个海洋。更使他兴奋的是那些无拘无束的人所唱的酒歌,歌中所含的生活气息以及淳朴的思想,真挚的感情,形象的比喻……比酒更能醉人。

第巴桑结从自己的耳目那里知道了仓央嘉措曾经和一位贵族小姐来往,又经常到酒店饮酒。他为此思考了多日,总是不知应当怎样对付才好。他既怕这位达赖热心于政治,又怕他耽于酒色。俗话说:酒后的人不好,雨后的路不好。万一闹出事来,让两眼盯着布达拉宫的拉藏汗抓住把柄,会同样对他不利。但是仓央嘉措已经长大成人，正式坐床三年多了，又远不是没有头脑的人，他不宜于在这位达赖面前扮演一个训导者的角色了。

桑结想出了一个暂可一试的办法——从经济上控制一下仓央嘉措。他认为，老年人可以掌握过多的权力，青年人不可掌握过多的钱财。

康熙皇帝为了密切中央和地方的关系，每年派人到西藏来看望达赖和班禅，并且送来亲笔信件和贵重礼物。那时候，班禅还没有得到封号，皇帝每年只送他五十大包茶叶，供他主持的扎什伦布寺的僧众熬茶。直到康熙五十二年（公元1713年）正月，皇帝才指示理藩院[①]："班禅胡土克图为人安静，熟谙经典，勤修贡职，初终不倦，甚属可嘉。著照封达赖喇嘛之例，给以印册，封为班禅额尔德尼[②]。"对于达赖，则待遇高得多，每年从打箭炉（今四川康定）的税收项目下拨白银五千两给他。虽然这笔钱是一种宗教拨款的性质，但达赖是名义上的受赠者，有权由他个人支配。

桑结知道六世在用钱上是一个毫不吝啬的人，同时又比较清高，绝不贪财，更不愿开口索取。于是找了一位年龄大得足可以当他的曾祖父的老喇嘛，以上师的身份替他管理钱财的收支。六世要用一两银子也得讲明用途，不能有忤佛意。仓央嘉措平日并不留意宫中的财务制度，也不便老是为了外出交际和喝酒去命令上师付款，只好默默地接受了对他的约束，为了节省而减少去酒店的次数。这样做的结果，反而增加了仓央嘉措心中的不快，一旦出去，就来一个不喝够玩够决不回宫。

仓央嘉措从一喝上酒就有很大的酒量。酒量这个东西，不是随便可以锻炼出来的。同样年龄、体质、性别的人，喝同样多的酒，一定有醉的，有不醉的。在各方面无大差别的人，对于酒的适应能力却有着很大的差别。到底是什么原因？至今没有令人满意的答案。女店主央宗特别喜欢有酒量的人，倒不仅是因为可以多赚他们的钱。她开的虽然是酒店，但对于那些一喝就醉，一醉就吐的顾客，总是厌烦多于同情，只不过不肯轻易表露出来罢了。央宗自信十分了解宕桑汪波，经过几次接触，她就下了这样的结论：这是个有学问无处使，有银钱无处用，有苦闷无处诉的好小伙子。出于好心，她给宕桑汪波介绍了一个名叫达娃的、很会酿青稞酒的姑娘。

达娃也是常来饮酒的，留意过宕桑汪波，明显地流露出好感。央宗正是看到了这一点，才充当了牵线人。我们的宕桑汪波也就和她相见并且熟悉了。

[①] 理藩院：清代官署。掌管西藏、蒙古、新疆各地少数民族事务。
[②] 班禅额尔德尼：封号来历见《清圣祖实录》卷二五三。此处系引原文。"班"是梵语，意为精通五明的学者；"禅"是藏语，意为大；"额尔德"尼是满语，意为宝。

达娃姑娘其实是一个离了婚的少妇,她从不回避她推开了丈夫的理由:在夫妻生活上那是个形同"废物"的男人。她是属于那种为数不多的女人之列的,既不看重钱财,也谈不上有什么深爱和痴情,她最贪婪的只是具有男子气的男子。而且她在这方面的追求永远没有满足。

这些,仓央嘉措开始时是不知道的。几次亲昵之后,他懊恼了。他不愿去埋怨酒店的老板娘,央宗只有热心,并无坏心。他只有和塔坚乃去诉说。塔坚乃听了一遍,十分干脆地说:"我的佛爷,赶早算了吧!我不是说这位达娃姑娘没有感情,她的感情只不过像一层薄薄的毛皮,说穿了,她只是一块肉。"

仓央嘉措很佩服塔坚乃对达娃评价的准确,于是和达娃断绝了往来。

关于这一次依然有些轻率的、短暂的结合,仓央嘉措也留下了诗歌。

当他初次见到达娃的时候,曾经激动地写道:

姑娘美貌出众,
茶酒享用齐全:
即使死了成神,
也得将她爱恋。

他也产生过幻想:

只要姑娘在世,
酒是不会完的;
青年终身的依托,
当可选在这里。

当他在感情方面得不到满足的时候,便痛苦起来:

虽然肌肉相亲,
却摸不透情人的心术;
还不如在地上画图,
能算出星辰的数目。

想来想去,他还是把气出在了央宗的身上:

> 与爱人邂逅相见,
> 是酒家妈妈牵的线;
> 如果欠下孽债,
> 可得你来负担!

最后,他不无留恋和愧惜地感叹道:

> 邂逅相遇的娇娘,
> 浑身散发着芳香;
> 却像拾到块白玉,
> 又把它抛到路旁。

在宫中,六世达赖的行踪可以瞒过别人,但是不可能瞒过盖丹。对于盖丹——他说一不二的人——他也无须隐瞒。因此,他的一些诗歌,盖丹是经常可以看到的。盖丹很钦佩六世的诗才,贪婪地抄录着他的作品。正是通过盖丹的抄录,六世的诗歌才得以流传到拉萨,又流传到民间,只是当时不知道它们的真正作者到底是谁。

仓央嘉措的诗歌也经常在央宗的酒店里被人弹唱。仓央嘉措也依然经常到店中饮酒。当他发现自己的诗歌深受人们喜爱的时候,从孤苦中感到了慰藉。

达娃也依然到酒店来,她对于宕桑汪波并无怨恨,每次见面都大大方方地投来友好的一笑,然后就毫无顾忌地去亲近自己新的朋友。

央宗发现了他们之间决裂的原因。她感到自己错误地估计了宕桑汪波,一方面想表示歉意,一方面想弥补过失。有一天,趁顾客不多的时候,她把六世请到自己的内室,安慰他说:"宕桑汪波公子,你放心,达娃是不会生孩子的。我本来也没想让你娶她。这样吧,我再给你找一个更漂亮的、能情投意合的。不过,可不大容易成功,那姑娘,好像谁也看不上似的。也难怪,人家就是处处比人强嘛!"

宕桑汪波不信任地摇摇头。他为自己浪费了的、被骗走了的情意而伤感。他对此有些厌倦了。他觉得在这个世界上,要找到自己尊敬的男人倒还容易,而要找到真正可爱的女人恐怕无望了。他用冷淡回答了央宗的热情,低头坐着,一声不吭。

"我知道你要的是什么样的姑娘:一不为钱财,二不为睡觉,而是重情义、讲恩爱的那一种，对吧？"央宗像慈母一样地慢声细气地对宕桑汪波说着，"还有一条，最好能和你一样喜欢弹唱，喜欢诗歌。当然，长得也要非同一般的漂亮，走到街上像公主，坐到店里像菩萨，飞到天空像仙女。和你好一辈子不变心，不能像那些路上捡来又扔在路上的情人，'开头快如骏马，结束短如羊尾'。是不是这样的？我说到你的心里去了没有？"

宕桑汪波惊服了，酒店妈妈说的，正是他心里想的。世上难得有真正了解自己的人，更难得有愿意热诚相助的人。他对央宗的最后一丝怨尤消逝在这些知心的话语之中。他点了点头，叹了口气说："你说得很对，可这样的姑娘哪里有呢？我心里虽想骑马，命运却只能走路……"

"别这么说，包在我身上了，我说给你介绍就准给你介绍。这样的好事我干得多了，一百零八颗佛珠，串的是一根线；幸福美满的结合，经的是我的手！"央宗正说得兴奋，忽然又犯起愁来，"不过，那位姑娘我可没有把握，我只能让你们见个面，你能看上她，是一定的，她能不能看上你，就要看你的福分了。反正这份心我是要尽的。"

"谢谢你。你说的这位姑娘住在哪里？叫什么名字？"

"就住在附近，叫于琼卓嘎，长得什么样我说不明白，也画不出来。反正全拉萨找不出第二朵这么好看的花儿来。她还会唱藏戏，今年过年的时候，演了一回文成公主，一下子就出名了。你不知道？"

"不知道。"

"真奇怪！你一不聋，二不瞎，怎么会不知道她？"

"……"

"说也白说，你见了就知道了，说办就办，我今天就去问问，看她哪天能到我的店里来坐坐。"

"不忙，让我想想再说。"宕桑汪波抑制着自己热情的向往。他学得聪明了，慎重了，他想先了解一下这个于琼卓嘎到底是怎样一个人。如果她身上有着白珍或达娃的那种破坏诗意的东西，即便长得再美，他也宁可舍弃了。

他很有礼貌地再次向央宗道了谢，出了酒店，他没有回宫，而是朝拉萨走去。他决定委托塔坚乃替他完成对于琼卓嘎的侦察。

塔坚乃一见宕桑汪波来到，高兴得跳了起来，他虽然有了许多新朋友，但毕竟和这位童年时期的老朋友不能相比。俗话说：哈达不要太多，只要有一条洁白的就好。在他的心目中，宕桑汪波岂止是一条洁白的哈达？简直是蓝天里的白云！宕桑汪波的心地太柔和了，太宽广了，尤其当了达赖以后，本来可以高坐在神的位置上供人仰望，但他却仍然愿意和普通人在一起生活。这是一朵染不黄也变不黑的白云啊！

宕桑汪波刚喝了一碗茶，塔坚乃就拿出一大包硬邦邦的东西，嘟一声放在桌面上。

"这是什么？"宕桑汪波不解其意地问。

"听不出来吗？银子。你拿去吧。"

"我不需要。"

"别瞒我了。我知道你用钱不方便了。"

"谁说的？"

"盖丹，他说他很敬佩你，同情你，很想帮你的忙，可又不敢违抗命令。"

"谁的命令？"

"还能有谁？当然是扁头第巴。"

"拿去吧，"塔坚乃指着银子说，"这既不是我送给你的，也不是我借给你的，而是还给你的，这一次没有还完，往后继续还。"

"我没有借给你银子，为什么要还？"

"那我的肉店是靠什么开起来的？"

"那是我作为朋友送给你的呀。"

"这……也算我作为朋友送给你的不行吗？"塔坚乃坚持说，"要不，作为我向佛爷的供奉好了。"说着，双手捧起银子，跪倒在六世的面前。

仓央嘉措慌忙地向四周看了看，发现没别的什么人，才放了心，连连说："好好好，快请起来，我收下，收下。"

"这就对了。"塔坚乃高兴了。

"我今天来找你可不是要银子的。我的衣食住行全都由宫中照管，服侍得很好，唯一用钱的地方不过是央宗的酒店，而且也用不了多少。我是来求你帮忙做一件事……"

"说吧，十件百件我也应当效劳。"

正说着，店门外闪过了一个女人的身影。

"白珍！"塔坚乃对宕桑汪波一指，"怎么样？一点儿也不喜欢她了？"

宕桑汪波叹了口气，念道：

  天鹅恋上了沼池，
   心想稍事休憩；

谁料湖面冰封，

叫我灰心丧气。

"好了，不提她了。我看，她和我一样，也是个卖肉的。"塔坚乃俏皮地说，"不过我卖的是牛羊肉，她卖的是自己的肉。"

"塔坚乃，不要这样讲吧，世上有各种各样的人嘛，还是学会宽恕为好。"宕桑汪波停了一会儿，又念出这样一首诗来：

死后到了地狱，

阎王有照业①的镜子；

人间是非不清，

镜中不差毫厘。

塔坚乃认真地听着，有点儿激动地说："到底有没有这样的镜子？是方的还是圆的？我不知道，也没见过。就是没有这种东西，咱也不会害人。再说，我这一类的人是些小人物，做不了大好事，也干不了大坏事。你可是大人物了，既能赐福百姓，也能让百姓遭殃，可得小心啊！"

仓央嘉措深深地点了点头："赐福百姓的路，我至今还没有找到；让百姓遭殃的事，我是绝对不会做的。我也不想当这种大人物，只想能和普通人一样地去生活。这，你是了解的。"

"你想得对，说得也知心。刚才说要我做件什么事，让白珍的影子给搅乱了！快吩咐吧。"

"替我去了解一个人。"

"谁？"

"她叫于琼卓嘎……"

没几天，塔坚乃就完成了任务。据他了解到的情况看，央宗的介绍是可信的。于琼卓嘎今年十九岁，中等偏高的身材，走起路来像舞蹈一样优美。她是工布地区的人，那里有许多森林，气候比西北方向的拉萨还要温湿，是出美女的地方。那里

---

① 业：佛教用语，指一个人一生的所作所为，有善与恶业之分。

十六 布达拉宫下的酒店 143

还出产各种叫得特别好听的鸟儿,在全西藏都是有名的。塔坚乃还从于琼卓嘎的邻居那里打听到,这位姑娘确实是一不爱钱财,二不图享受,三不出风头,看重的只是两样东西——才学和情谊。她会唱藏戏,还演过文成公主。她更喜欢唱歌跳舞,尤其爱唱朗玛①的曲调。她有过一个情人名叫土登,不到一个月就绝交了,原因却无人知道。现在,打她主意的人很多,其中有庄重的,有轻佻的,有真心实意的,有凑凑热闹的,有爱美的,有慕名的,有年轻的,有年老的,有富贵的,有贫穷的……围绕着这朵鲜花,"嗡嗡"成了一团,简直使人分不清哪些是蜜蜂,哪些是苍蝇。于琼卓嘎自有主见,对谁也不答应。喜欢她的男人多得像河底的石子儿,但是仙山在哪里?有长处的男子多得像天上的星星,但是最亮的一颗却还没有见到。

  仓央嘉措了解到这些情况之后,反而产生了一种见她的欲望。他有自己的骄傲,像一个决心制胜的将军投入了情场。他甚至认为,不付出代价的占领和不伴随痛苦的幸福一样,是没有意思的。他觉得他不只是去追求一个女人,而是在向雄伟的布达拉宫挑战,向生活挑战,向一切禁锢他的东西挑战。他不相信自己会失败,即使失败了,灵魂也不会屈服。他的心上自有一座须弥山②。他的脚步将按照自己的轨道运行,正如他的诗里所写的:

    中央的须弥山王,
    请你坚定地屹立着;
    日月绕着你转,
    方向绝不会错!

  他回复央宗说:同意会见于琼卓嘎。

---

① 朗玛:一种优美婉转、抒情性很强的拉萨曲调。
② 须弥山:佛经上说它是世界上最高的山,也是世界的中心。日月星辰都围绕着它旋转。

十七
三箭与三誓

于琼卓嘎是不常到央宗的酒店里来的,只是在她的阿爸异常愁闷的时候,为了给阿爸打酒解愁才来一次。每次来,央宗都热情地问寒问暖,投给她慈善的、爱怜的目光,而且总是多添些酒给她。她对央宗逐渐产生了好感,怀着感激与敬重之情。也许是六年以前她就失去了阿妈的缘故吧,一个不到二十岁的姑娘还是需要母爱的。

当央宗以请求的语气告诉她,有一位很有才学的青年想和她见面的时候,她虽然有些踌躇,但也不好拒绝。她信任央宗,少女特有的羞涩和矜持又使她不能不有所顾忌。当她走近央宗指给她的那间与生人会面的小屋时,先警惕地望了望,见到门是敞开的,窗帘也是拉开着的,才放心了些。

她踏进门去,仓央嘉措站了起来。两人无言地对视了一个瞬间,互相让了座。央宗像招待雅座上的贵客一样,为他俩摆好茶点和酒,歉意地说:"请二位自斟自饮吧,我还要去招呼别的客人。咱们都是熟识的朋友了,没有什么不可以原谅的。"

于琼卓嘎满意地注意到,央宗退出去的时候没有关门。

仓央嘉措打量着这位陌生的姑娘,她的美貌果然名不虚传,使人无可挑剔。他好像在看惯了的夜空中突然发现了一轮明媚的月亮,然而他只是远远地望着,而不急于挨近她。他是爱美成癖的,但也上过只崇拜外形美的当,遂使他产生了一种错觉:越是美丽的女人越是无情。

"你想问我什么?请问吧。"于琼卓嘎爽直地说。

仓央嘉措心想:她允许我提问,就是愿意回答我的问题,就是对我不反感。不然,客气话说上两句,借口有什么事告辞而去,谁能拉得住呢?对方既然把自己当朋友看待,自己也就应当像对朋友那样地同她交谈。

"听说你是工布人,怎么到拉萨来了呢?"仓央嘉措一边为她斟着茶,一边向她提问。

于琼卓嘎微微地咬了一下嘴唇，控制着心中的酸楚，缓慢地说："是的，我是工布地区的人。我们家原来有三口人，我的哥哥被征派到这里来修建布达拉宫，在抬石头的时候……砸死了。他的样子已经画在宫里的壁画上。"

仓央嘉措不由得一怔。那壁画上的情景他是见过的，那个被砸死的人的样子给他留下了很深的印象。但他没有想到那就是眼前这位可爱的姑娘的哥哥。他猜想他的寝宫下面也许就浸着于琼卓嘎哥哥的鲜血……他不寒而栗了。

"四年以前，阿妈嘎玛听说布达拉宫修完了，我的哥哥却没有回家，便发疯似的跑到拉萨来，闯进了佛殿，在壁画上找见了儿子。"

这件事，仓央嘉措却没有听谁说起过。也许宫中的人都不愿谈论这种令人不愉快的事，也许是根本不值得一谈吧。他急着问："后来呢？"

"后来，阿妈见到了第巴，赐给她一碗圣水。她高兴地喝下去，死了。"

"啊，真是不幸！"仓央嘉措垂下了头。

"我们当地的老爷名叫龙夏，就在阿妈死后的第二天，把马鞭子挂在了我家的门上。我想，老爷们的这个规矩你是知道的。"

"不知道。"

"真的不知道吗？不会吧？"

"真的。"

"那意思就是要到我家来……睡觉，如果违抗不从，就用鞭子抽打。我已经成了孤女，又是归他管辖的农奴，我当时的处境太可怕了，就像放在大象脚下的鸡蛋，暴风雪中的酥油灯。等待我的只有粉碎或熄灭……"

"那你怎么办了呢？"仓央嘉措急了。

"我请好心的邻居们为我出主意。有的说：'雄鹰总是凌空翱翔，呆雁才死守着池沼。'有的说：'虫死在蚂蚁的门边，羊死在豺狼的门边。'有的说：'谁低下脖子，谁就会被人当马骑。'有的说：'到了大草原，还能没有搭帐篷的地方？'……他们虽然都不直说，但我完全懂得他们的意思。我假装到河边去背水，半路上扔掉了水桶，一直向西跑去。后来，我又混在朝佛的人群当中，来到了拉萨。"

"啊……"仓央嘉措如释重负地长出了一口气，望着他的还不是情人的情人，与其说是同情她的遭遇，不如说是敬佩她的坚强。

"问吧，还有什么？"于琼卓嘎也想把自己的一切都告诉他。

"听说你在拉萨有一个阿爸？……"

"是的。但他不是我的亲阿爸。他是个非常善良的老人，名叫多吉，原是位藏戏演员，后来他的眼睛失明了，我就靠织氆氇来养活他。他嘴里不说，我心里明白，他最怕的就是我会在他活着的时候嫁人。他就像一座古老的破旧的房子，已经歪斜了，我是支撑着他的唯一的柱子，是他唯一的安慰和欢乐。如果他听到我们家来人，说话是男人的声音，脸上就堆起阴云。我不能怪他自私，我若是离开他，我也是没有办法的。"

"你没有情人？"

"有过。他叫土登，也是工布人，一个长得不错的小伙子。身体壮得像牦牛，但是在我面前却比羊羔还要温驯，比奴仆更善于听从。他平时没有一点儿脾气，不像是一个男人，倒像是一条没有骨头的毛虫。他的眼睛里老含着一种乞求怜悯的、又十分机警的幽光。我说不上他有什么不好，但我不知为什么总是不喜欢他，甚至从心底里厌恶他。"

她看了仓央嘉措一眼，停顿了一下，继续说："我说的是真话。后来，我生了一场重病，躺了十多天，阿爸没有能力照应我，急得像孩子一样地哭呀，哭呀。土登日夜守护着我，伺候着我，那样虔诚，虔诚得让人害怕。我望着他的举动，他的神情，感觉到害病的不是我，倒是他。他的病比我要重十倍，而且在我看来是永远治不好的。这是一种什么病呢？我说不上来，我琢磨了好多好多回，给它找了个名字，叫'信仰狂'。他不像在爱我，而是在信仰我。对我的信仰，就是他最大的乐趣，最大的享受，就是他的一切。我虽然没有因此就真正地喜欢了他，但也受了感动，我不能不感激他，虽然感激不等于爱情，但它有时候也和爱情十分相似，在别人看来，是很难区别的。"

仓央嘉措的心弦发出了巨大的音响，这是个多么聪明、多么有思想的女子啊！又是多么坦率、多么善良、多么热诚的姑娘啊！俗话说：坦率的性格是人一生的宝贝。这几年，除了在塔坚乃那里，很少能够听到这样坦率的谈话。戥子可以量轻重，言语可以量人品。弓越弯越好，人越直越好。他觉得他的心和于琼卓嘎的心疾速地靠近了。

"我的病好了以后，一连三天，他缠着我，要和我结婚。"于琼卓嘎接着讲下去，"我没有答应他。我明白地告诉他说：'即便你真的成了我的丈夫，也绝不能成为我的情人。'他失望了、灰心了、恼怒了。他的恼怒不是用言辞表达出来的，他没有别的能耐了，握着刀子，对着我的胸口，逼问我爱上了谁。我什么也不回答。他对我的信仰像大风中的帐篷杆子一样地折断了。这倒好，使我这么容易地摆脱了纠缠。

后来，听说，他当了喇嘛，信仰佛去了。"

"他发现你并不真正爱他，忍痛离开了你还算是明智的。"仓央嘉措说，"他也是自食苦果。当然，他可能会一直怨恨你，因为在爱情的河流里，要战胜嫉妒的漩涡是不容易的。"

"你是说，他将会嫉妒你吗？"于琼卓嘎问。

这一问，点破了隔在他们之间的那层越来越薄的纸。仓央嘉措想握她的手，但她迅速地将双手缩回了背后。

"听说你很会作诗，是吗？"于琼卓嘎改变了问话。

"听谁说的？"

"你的朋友塔坚乃呀。"

"我爱诗，但作得不好。"

"能不能念两首给我听呢？"于琼卓嘎天真地要求他。

仓央嘉措意识到这是一种突然面临的考试，爱才的姑娘是想试探一下他的才学。他高兴起来，因为爱才的姑娘比爱财的姑娘更值得爱啊！

"什么题目呢？你说出来，我试试看。"他自信不会被难住。

"就以我和土登的事儿为题吧。"

"行。"仓央嘉措忽闪着眼睛，稍稍想了一会儿，"我先替你作首吧。"随之念道：

　　工布小伙的情意，
　　像蜜蜂撞上蛛丝；
　　刚刚缠绵了三日，
　　又去把佛法皈依。

于琼卓嘎笑了："你是在替我讥诮他吗？"

"我再替土登作一首吧。"说罢，又念道：

　　方方的柳树林里，
　　住着画眉"吉吉布尺"；
　　只因你心眼太狠，
　　咱们的情分到此为止！

"你倒替他怨恨起我来了。"于琼卓嘎不服气地说，"他从热恋女人一下子又转去热恋佛爷，心不狠的人是做不到的。你说是吗？"

仓央嘉措的心像是被什么东西猛刺了一下。好在他自己并未真心热恋佛爷，而是在热恋女人。

"你不会也去当喇嘛吧？"于琼卓嘎问。

"你是不是也要拒绝我呢？"仓央嘉措反问。

"如果不拒绝呢？"

"那样，我即使已经当了喇嘛，也要还俗的！"

仓央嘉措说着，又去握她的手。这一次于琼卓嘎没有将手缩回，任他紧握着、抚摸着……健谈的姑娘一下子沉默了。

这时候，央宗走了进来。两个人已经同时发现了她，但是没有彼此松手，好像根本没有别人在场，又好像故意在宣布说：任你什么人来目睹我们的秘密吧，我们不想隐瞒了，我们相爱了，一切后果我们自己全都承担了；我们无须躲避你了，这没有什么不好意思的；如果你觉得不好意思，你躲我们好了，你退出去好了。

央宗并没有退出去，她愣怔在那里，半天才说了一句谚语："好马不用鞭子，有情不用媒人。"

太阳无情地向西落着，他们不能不分手了。

这一天的夜里，于琼卓嘎没有睡着。一种难言的兴奋使她毫无倦意。正像她天生有着坦率的性格一样，她天生有着艺术的气质。这种气质开始是被工布地区的激流、森林、雪峰、花鸟滋养了，后来又被歌舞、藏戏、阿爸的弹唱绽开了，现在更被宕桑汪波的才学、诗歌、文雅放大了。她对于诗的爱好、对于诗的理解，听到好的诗句之后的快感和激动之情，是一般人远远不及的。她很容易成为真诚的、有才华的诗人的知音。她自己也像诗一样的真诚、热情、美丽、动人。如今，她在那些专横的、卑贱的、自私的、平庸的、无聊的男性之外，突然发现了宕桑汪波，既不像龙夏那样想从高处来霸占她，也不像土登那样想从侧面来袭击她，而只是从正面作为一个平等的朋友向她走来，没有狡狯的目光，没有犹豫的脚步，没有市侩的条件，没有利害的计较。她向往中的幻影一下子变成了实实在在的形象。她不是决心要接受他的爱，而是已经在爱他了。她感受到从未有过的幸福。只有一点痛苦，那就是她不能对阿爸说明。

这一天的夜里，仓央嘉措也没有睡着。经过比较，他坚信于琼卓嘎是他理想的情人。半日的接触，他只能断定对方对他是真诚的，但是还不能断定是不是会爱恋自己。能不能得到她呢？这是个远比该不该得到她更困扰人的问题。他觉得失掉了任何东西都比失掉她要好受得多。他有些急躁了，甚至害怕了。他后悔白天没有及时地诉说心中的爱慕，没有对她更亲昵一些。他念叨着：

> 心儿跟她去了，
> 夜里不能安睡；
> 白天又未如愿，
> 叫我意冷心灰。

他彻夜在寝宫里打着转。他看见挂在墙上的弓箭，一会儿觉得自己就是箭，但不知究竟能不能将于琼卓嘎的心儿射中；一会儿又觉得这箭就是于琼卓嘎，已经射进了他的心窝，尽管很疼，尽管在大量地滴血，但却再也拔不出去了。他看到成堆的哈达，他觉得自己对于琼卓嘎的情意比哈达还要洁白，但又觉得是一片空白，急需于琼卓嘎在上面点彩。他看到桌上的印信，觉得它虽然象征着很高的权威，但远不及于琼卓嘎的手印更有力量。他看到窗外的弯月，觉得可能正如于琼卓嘎对他的感情——缺而不满。

他就这样地转着，想着……

第二天一早，塔坚乃就来了。他十分关心仓央嘉措和于琼卓嘎第一次会面的结果，问问还有没有用得着他的地方。

"看你的眼睛和神色，好像夜间没有睡好？"塔坚乃疼爱地询问。

"不是没睡好，而是根本没睡。"仓央嘉措苦笑着。

"怎么样？你对于琼卓嘎中意吗？你认为她可爱？很可爱？不可爱？还是无所谓？"塔坚乃开门见山地提问，像宣读一张印着几个栏目的调查表。

"我不回答你。你听一听我昨天夜里写下的几首诗就明白了。"仓央嘉措从桌子上拿起了手稿。

"对，你在诗里说的都是真情实话。你有什么样的心思，我一听你的诗就全明白了。"塔坚乃端正了一下坐的姿势，准备着细听。

仓央嘉措朗诵起来：

> 摇晃着白色的佳弓，

准备射哪支箭呢?
你心爱的情人我呀,
已恭候在虎皮箭囊里。

俏眼如弯弓一样,
情意与利箭相仿;
一下就射中了啊,
我这火热的心房。

一箭射中鹄的,
箭头钻进地里;
遇到我的恋人,
魂儿已跟她飞去。

"好啊!"塔坚乃叫起来,"你这三首诗里都离不开箭,就叫'三箭诗'吧。"
"我写的诗都没有题目。"仓央嘉措说,"不过你起的题目不错。你再听这三首。"
仓央嘉措又朗诵起来:

印在纸上的图章,
不会倾吐衷肠;
请把信誓的印戳,
盖在彼此的心上。

初三弯弯的月亮,
满天洒着银光;
请对我发个誓吧,
可要像满月一样!

心如洁白的哈达,
淳朴无疵无瑕:
你若怀有诚意,

请在心上写吧!

"巧了!这三首都是要求于琼卓嘎发誓爱你的。"塔坚乃的确听明白了。

仓央嘉措接过他的话说:"那么,可以叫作'三誓诗'?"

"对了,我正要这样说呢。"

两人会心地笑着。

盖丹进来禀报说:"第巴和拉藏汗在议事厅恭候您。"

"什么事?"仓央嘉措收敛了笑容。

"不大清楚,许是关于政务吧。"盖丹回答。

"我不懂得也不想参与政治。西藏的老百姓不是有句口头禅嘛:'大事由第巴管着。'拉藏汗也是很能干的。请他们去商量好了。"仓央嘉措挥了挥手。他心想,这种"恭候"不过是例行公事罢了。

"我该怎么去说呢?"盖丹觉得不好如实转达六世的这段话。"你不是看见了吗?"仓央嘉措指着塔坚乃,"就说我这里有客人。"

盖丹应诺着退了出去。

两个人会心地笑着。

仓央嘉措说:"现在我们谈一谈你怎样来帮我的忙吧。"

"要不要把你的'三箭与三誓'去念给她听听?"塔坚乃出了个好主意。

"当然要!可是,你能读下来吗?"

"我能背下来。我听了一遍,就全都记住了。不信,我背给你听。"塔坚乃说着,闭上眼睛从头背了一遍,果然一字不差。

"请你快去吧。"仓央嘉措已经在想象于琼卓嘎听诗时的神情了,她一定会受到感动的,会流泪的,会因为那些诗句而彻夜难眠的。那些诗是为她写的呀!虽说别人也能听懂、看懂,但只有她才会全懂、最懂。

仓央嘉措这样想着,想着,竟不知塔坚乃何时走了出去。

"多好的朋友啊,为了不打搅我的遐思,竟然不作告别。"他自言自语着走到窗前,向外望去,已经寻不到塔坚乃的身影了。只见央宗的酒店里升起了炊烟。他闻不到烟味,但他断定那比上等藏香的气味还要芳香。

十八
默思与退戒

仓央嘉措和于琼卓嘎热烈地相爱了。

他们只能白天在酒店里相会，难得有对双方都合适的时机。有时候客人太多，特别是那些有钱有势的人，硬是占去了所有的房间，使他们连说句知心话的地方都没有。在这种情况下，仓央嘉措只有强压着熊熊的爱火。正如他在一首诗中所写的：

> 在众多的人们中间，
> 不要表露咱俩的秘密；
> 请将你内心的深情，
> 用眉眼向我传递。

相爱又不能表露，给仓央嘉措带来了更新更深的烦恼。他甚至写道：

> 压根儿没见最好，
> 也省得神魂颠倒；
> 原来不熟也好，
> 免得情思萦绕。

他在寝宫是安静舒适的，但是作为达赖喇嘛的住处，绝对不允许任何女人进去。他考虑过把约会地点改在布达拉宫后面的公园里，但是冬天的林卡是寒冷的，光秃秃的。他也考虑过塔坚乃的肉店，但是离他们太远，而且这位朋友又有着特别多的朋友，整天乱哄哄的，更不是合适的地方。想来想去，只有到于琼卓嘎的家中去最好。

他请求了几次，于琼卓嘎都没有答应。

于琼卓嘎不愿欺瞒她那双目失明的阿爸，悄悄地领一个小伙子进家；也不愿告诉阿爸她有了热恋的情人，使可怜的老人去承受那即将失去女儿的悲哀。她又完全相信宕桑汪波和塔坚乃被迫共同编造的约法——在宕桑汪波的父亲从北京回来以前，宕桑汪波是不能领情人进家的。这位"父亲"究竟在朝廷任什么官职？到底猴年马月回来？只有天知道！她也十分苦恼，她为自己不能给情人提供一个相会的理想地点感到内疚，而且这也是她自己的需要呀。

于琼卓嘎的阿爸多吉毕竟是一位聪明的老人，这些天来，他很少听到女儿说话，而织氆氇的机子声却比以往响得沉重了，他暗中猜想着：牛不吃草有疾病，人不说话有忧愁。女儿一定有了不愉快的事。他从前常夸奖于琼卓嘎，说她轻柔的身姿像羊羔一样可爱，悦耳的声音像杜鹃一样动听。如今，他不但看不见女儿的身姿，而且连女儿的声音也要听不到了。这使他非常痛苦。他也曾经想过：难道真的像谚语中说的"小孩子有过错人也喜欢，老年人没过错人也讨厌"吗？他又想：不会的，于琼卓嘎是一个善良、孝顺的姑娘，几年来一直待他像待亲阿爸一样好。他想来想去，忽然明白了，狠狠地捶了一下自己的脑袋，骂自己说："你真笨！姑娘的心事是最好猜的呀！"

趁氆氇机停止了声响的间隙，老人喊了一声："于琼卓嘎！"

"哎，"女儿答应着，侧过身来望着老人，"阿爸，什么事？"

"孩子，实话告诉我，是不是有男朋友了？"

"……"于琼卓嘎吃了一惊。

"说吧，说吧。"老人恳求的语调里饱含着母爱中才有的慈祥。

"有了，"女儿不再隐瞒，"阿爸，您生气了？"

"你……很喜欢他吗？"

"很喜欢。"

"一点儿也不像那个土登吧？"

"半点儿也不像。"

"你愿意嫁给他喽？"

"愿意。可是现在不……除非您……"于琼卓嘎下了织机，走近老人身边说。

"除非我……唉！是我连累了你，我真该早一点死掉啊！"

"阿爸，别这么想。我是说除非您答应了，从心眼儿里高高兴兴地答应了……不然，我是不会结婚的。我可以对拉萨的八瑞相山起誓！"于琼卓嘎替老人擦着泪水。

"那就请他常到咱们家里来吧,我要了解了解这个人,然后再说答应不答应的话。孩子,俗话说'老牛的肉有嚼头,老人的话有听头',我希望你能尊重我的意见。"

"阿爸!我的好阿爸!"于琼卓嘎半跪下去,吻了一下老人流泪的面颊。对于这位老人她还能要求什么呢?她已经很满意了。宕桑汪波可以到这里来和她聚会了,至于结婚的事,晚几年也行,不能性急——迈右脚也要等左脚落地之后嘛。

从此以后,仓央嘉措就经常到于琼卓嘎的家里来和情人相会了。多吉听他谈吐不凡,也渐渐对他有了好感。有几次,在仓央嘉措到来的时候,这位老人竟然故意坐到大门外的石头上去晒太阳。

塔坚乃为自己童年时代的好朋友找到了满意的情侣而高兴,唯一使他不安的是于琼卓嘎父女二人的生活过于清苦。他想直接送钱给于琼卓嘎,又觉得不妥;他也曾又给过仓央嘉措钱,但遭到了拒绝。他还能帮什么忙呢?后来,他终于想出了一个好办法:派他的一位朋友按时间去高价收购于琼卓嘎织的氆氇,同时低价卖给她羊毛和染料,又请另一位朋友经常到于琼卓嘎的家里去卖些便宜的牛羊肉和糌粑。这样来保证和提高朋友的情人的生活。塔坚乃心想,即使为此倒闭了肉店也是值得的,而且决心永远不让仓央嘉措和于琼卓嘎知道。

仓央嘉措在情人的家中过着蜜月般的生活。他的喜悦甚至带上了自豪的色彩。他真想逢人便说,但是除了塔坚乃和央宗之外又不能让第三个外人知道。他只有在诗中宣泄得意之情。其中有这样两首:

> 印度东方的孔雀[①],
> 工布深处的鹦哥,
> 生地尽管不同,
> 同来拉萨会合。

> 浓郁芳香的内地茶,
> 拌上糌粑最香美。
> 我看中了的情人哪,
> 横看竖看都俊美!

---

① 仓央嘉措以此自喻。他的故乡门隅地区在西藏东南部,与印度东部相邻。

这件事很快就被第巴桑结甲措知道了。

原来，于琼卓嘎有一家邻居，住着一个名叫路姜孜玛的老婆子，她因为自己有这样一个好名字骄傲了一生。直到现在，她说到"我"的时候还从来不用一个"我"字，而是必须说"我路姜孜玛"，因为路姜孜玛是传说中的英雄格萨尔王的第十二个王妃。她无儿无女，孤身一人，靠着她年轻时候的情夫们的接济，生活得也还可以。她是个有名的长舌妇，专爱探听人家的私事，谁家哪一天吃的什么，谁家来了什么客人，谁家添置了一件什么衣服，谁家的狗咬了什么人，谁家的孩子头上长了什么疮，谁家的女人看上了别的什么男人……都是她非常关心、非常注目的大事，也都是她捕风捉影、添油加醋、四处散播的新闻。虽然有人当着她的面，说搬弄是非的嗜好是世界上最可恶的嗜好，她也毫不在乎。这在她已经成了瘾，而且很深，想戒也戒不掉了，何况她并没有半点想戒的意思。这是她最大的安慰，唯一的乐趣，精神的享受。要不，她干什么呢？这当然算不上是一种职业，但是她对于这种不是职业的职业的热爱、忠诚和专心的程度，使许多勤恳于本职的人望尘莫及。

对于路姜孜玛，一般人只是讨厌她，并不了解她。她有过自己的黄金时代，年轻的时候也颇有几分姿色，加上她特有的、一般女人学不来的风韵，也曾使不少的小伙子为之倾倒。在某些人的耳朵里，这位"十二王妃"也是小有名气的。现在，她老了。正像秋天会使花朵枯萎一样，年龄也会使青春凋谢。她最基本的资本永远地、无可挽回地失去了，今生今世是再也回不来了。人力也好，佛法也好，天大的权势，如山的珠宝，自古以来唯独在载走年华的车轮之前丝毫无能为力。然而并非所有的长者都能坦然地对待这种必然的变化，心平气和地接受衰老的来临。有的人用多做些有益的事来增大生命的价值，有的人用珍惜时间来延长自己的寿命；也有的人用谋求虚名来实现自己的不朽，还有的人用吃喝玩乐来预支必死的补偿；更有的人对所有新生的、美好的、艳丽的东西统统怀着嫉妒和仇恨，想毁灭一切他们不可能再次得到的东西——这正是路姜孜玛人老珠黄之后的心理。

于琼卓嘎的小土屋，临小巷的那面墙上有个不大的窗户，方格的木棂上虽然糊着像粗布一样厚的藏纸，但并不隔音。路姜孜玛时常像幽灵似的游荡在窗下，希望能听到什么可供传播的东西。自从听到了陌生男子的声音后，她兴奋极了。她一次又一次地屏住呼吸，竖起耳朵在冷风中偷听，终于听到了两个人不能在第三者面前说的一些话。然而她并未满足，又开始注意起宕桑汪波的行踪来，终于也又有了收获。她依然不感到满足，但她这一次却未去传播，而是想等待一个人。她等到了，这个人就是土登。

她迎着土登走上前去，热情地招呼着："土登，你这身袈裟多好看啊！你在哪座大寺里呀？"

"就在这里。"土登并拢五指，指了指布达拉宫。

路姜孜玛马上习惯地压低了声音："我告诉你一件事，你可不要对别人讲啊？你的情人于琼卓嘎又有了情人啦！"

"她已经不是我的情人了。"土登冷冷地说，"我现在是佛门弟子，决不再谈论这种事情。"

"咳，俗话说'猫儿闻不得鼠气，喇嘛看不得女人'。你们佛门弟子未必都那么守规矩。大喇嘛的风流事我听见得多了，总不能只准大喇嘛杀羊，不准小喇嘛灌肠吧？得了，那么好的姑娘，我就不相信你能和她一刀两断！"

"真的，信女人不如信佛爷，信佛爷来世幸福，信女人一生烦恼。"土登说着径自走了。

路姜孜玛失望地站了一阵子，转身走到于琼卓嘎的窗前，朝着那窗户狠狠地啐了一口，便扭动着全身，又到一个三十年前的情人家"借"钱去了。

事情本该就这样完了。不料在第二天中午，路姜孜玛又碰上了替寺院催租回来的土登。

"你等等！"她赶上去说，"昨天我忘了一件大事，非告诉你不可呀！"

"什么大事？"土登不耐烦了。

"于琼卓嘎的新情人儿啊，我看就是你们布达拉宫里边的，他总是从那个方向来，朝那个方向去。"

"僧人还是俗人？"土登问。

"穿着打扮嘛，倒是个俗人。"

"不可能是佛宫里的。你一定看错了。"

"一点儿不会错！这一回我说的可是真话。八成也是像你一样的小喇嘛，换了衣服出来替你超度姑娘来了！哈……"

土登回到宫中，一面听经师讲经，一面想着路姜孜玛的话。他现在已经不信佛爷而又改信权势了，因为信佛只能在来世得到好处，信权势却能在今世就尝到甜头。据他所知，世上权势最大的只有两个人：一个是坐在北京皇宫里的皇帝，另一个就是坐在第巴交椅上的桑结甲措。皇帝离他太远，坐得太高，他不可企及，到死也见不上面；第巴可是近在眼前的，只要向他走近三步，就能够改变自己的命运，迅速地飞黄腾达。第一步是博得他的好感，第二步是求得他的赏识，第三步是获得他的器重。为此必须向他报告些什么，自愿充当他的耳目，哪一个当权者不希望自己耳目众多呢？土登认为路姜孜玛向他提供的线索使他有了报功的机会，于是决心去求见第巴。不巧，政府的一位僧官告诉他，第巴外出巡查去了，地点虽然不远——拉萨西郊的堆龙德庆，但要三天以后才能回来，并且问他为什么不去求见达赖。

土登当然知道论地位达赖比第巴要高，但同时也知道这位达赖六世年纪太轻，对于政教事务很不热心，恐怕不会像第巴那样需要他这样的效力者。要想投靠哪一家，得把大门认准。他又想：老虎有十八种跳跃的本领，狐狸有十九个可钻的山洞。我何不脚踩两只船呢？于是又决定先求拜六世达赖。

仓央嘉措愉快地允许了他的求拜。

土登诚惶诚恐地跪在六世的脚下，请求六世为他摸了顶，敬献了一条上好的哈达。

"你我同在佛门，不要拘泥尊卑，有什么话只管讲吧。"六世和蔼地说。

"热壶里倒出的奶茶是热的，诚实的人说出的话是真的。请佛爷相信我的真诚。"土登脸朝着地毯，像宣誓一般地说着。

"说吧，说吧。"六世鼓励他。

"地不长无根的草，人不说无根的话。尤其在佛爷面前，我绝对不敢说谎。"土登继续在引用谚语。

"说吧，说吧。"六世对他这段不精炼的序言已多少有点儿厌烦了。

"禀告佛爷：宫里有人不守教规。"

"怎么回事？"

"我亲自听人说，有人常到一个姑娘家去。"

仓央嘉措吃了一惊，好在土登一直虔诚地低着头，没有发现他突变的神色，停了一会儿，他厉声追问："什么人？"

"不知道。只是听说他从宫里去，又回宫里来。至于那个姑娘，我从前是认得的，怕是一个'活鬼'吧？"

"姑娘叫什么名字？"

"于琼卓嘎。"

仓央嘉措的头"嗡"地大了起来。于琼卓嘎分明应当是一位圣洁的仙女，怎么能被称为"活鬼"？他不能容许任何人对于琼卓嘎有任何的污辱。

"你叫什么？"六世强压住怒火。

"土登。"土登回答之后，生怕达赖喇嘛没有听清，记不住他这位维护法规的功臣，又重复说,"土登。我叫土登!是朗杰扎仓①的。"他得意起来,暗自猜想一定博得了佛爷的好感。但他哪里知道,"要射虎,却射着了老鹰"呢!

仓央嘉措恨不能一脚把他踢出去,但他忍住了。

"我知道了。此事不可再对别人去讲,待我查明以后亲自处理。你,去吧。"仓央嘉措不是向他挥了挥手,而是朝他抬了抬脚。

"是是。我随时听从佛爷的召唤。"

土登又叩了个头,倒退着出去了。

土登等了些天,六世并不召见。他估计,他的告密没有达到预期的目的。第巴也已巡视归来,于是不再遵守对六世许下的诺言,又向第巴禀报了一遍。第巴夸奖了土登两句,并严令他不得宣泄此事。

第巴派心腹人问过了路姜孜玛,又经过暗中查访,断定那个常到于琼卓嘎家去的小伙子就是六世达赖。经过深思熟虑之后,他觉得不宜直接向六世达赖挑明,最好是用一种堂堂正正的理由,不伤面子的办法,使仓央嘉措对于琼卓嘎的感情冷却下来。而且一定要他冷却下来,以免引起事端,对政教大业产生不利影响。

桑结甲措终于找到了这种办法,他借用三大寺堪布的名义上奏六世达赖说:"您已经到了应当受格隆戒的年龄。广大僧众一致建议您到山里去闭关②修行一个时期。"

仓央嘉措当然没有断然拒绝的理由,但他心里明白,一定是那个土登又把他的情报提供给了第巴,第巴才设法把自己调开的。他虽然不想报复土登——他认为蔑视比报复更符合他的习惯,但也不甘心受制于小人。他借助于自己的尊位找了个借口,声称身体欠佳,暂时不能进山。这样,修行的事就拖下来了。显然,任何人都不能强迫命令他起程。

他感到一根有力的绳索已经从他的腰间移到了胸部,并且在开始拉紧。绳索的一头在于琼卓嘎的手中,另一头在第巴桑结甲措的手中,无论他往哪边靠近都会使自己窒息。

他对于琼卓嘎是既感激,又内疚。感激的是她给了他深厚的、美妙的爱情,使他得到了金顶"牢房"之外的一片翠蓝的天空;内疚的是对她隐瞒了不能娶她的达赖身份。他对桑结甲措则是既感激,又憎恨。感激的是他毕竟还尊重他的地位,给他留了面子,劝他去修行也是出于爱护之心;憎恨的是死守着黄教的教规,板着严

---

① 朗杰扎仓:达赖喇嘛仪仗队性质的组织,有一百多名喇嘛。职事是每当达赖喇嘛出行时,为他鸣锣击鼓,声张仪威。

② 闭关:佛教修法的一种形式。闭关修行时不出门,不见人,只允许一人送来饭食。

肃的面孔，要求他只能像一个清心寡欲的孩子，不允许他像普通的成年人或者红教教徒那样生活。

如今他所面临的关于修行的事，成了他的一大心病。他的思绪更加纷乱，心情更加复杂。

他曾经天真地设想，如果不是第巴而是于琼卓嘎让他去修行的话，那他会自觉自愿、毫不拖延地前去，他也就不会说"身体欠佳"之类的话了。他写道：

> 眷恋的意中人儿，
> 若要我学法修行，
> 我小伙子决不迟疑，
> 走向那深山禅洞！

有时候，他也闪过这样的念头：干脆去修行好了，何必自寻烦恼？在佛学中钻研，在佛海中漫游，倒是一种安慰。不是也确有不少人自小进寺，老死寺中，一生不违教规吗？我既然身为达赖，有此法缘，为什么总不安分呢？但他毕竟下不了那样的决心。现实的东西总是比虚幻的东西更有力量，民间的阳光总是比寺中的油灯明亮。花一样盛开的于琼卓嘎是无法在他心中凋谢的。这种矛盾，也留在了他的诗稿上：

> 若依了情妹的心意，
> 今生就断了法缘；
> 若去那深山修行，
> 又违了姑娘的心愿。

结果，他还是拖着不走。他坦率地写道：

> 恋人长得俊俏，
> 更加情意绵绵。
> 如今要进山修法，
> 行期延了又延。

第巴桑结没有办法，只好修正了原来的建议，告诉仓央嘉措说："既然贵体欠安，那就不必去山中修行了，每日在宫中默思吧。"

这样做，仓央嘉措只好接受了。

默思，乃是佛教的术语，意思是观想，每日静坐在那里，心中想象着自己所要修的神的形象。

他是怎样默思的呢？看看他下面写的这几首很有名的诗吧：

默思上师的尊面，
怎么也难以出现；
没想的情人的容颜，
却总在心上浮现。

若能把这片苦心，
全用到佛法上面，
则在今生此世，
成佛倒也不难！

前往德高的喇嘛座前，
求他将我指点；
可心儿无法收回，
已跑到恋人身边。

最后，他实在默思不成了，只想再到于琼卓嘎那里去，但又不能出宫。他想象着，若是于琼卓嘎能够前来就好了。她怎么能来呢？她怎么敢来呢？除非她是一种供品，否则是不能进到宫中来的。啊，那个像锦葵花一样美丽多姿的姑娘，要是变成供品，我就会喜欢到佛殿中去默思了。

他写下了这样一首诗：

生机勃发的锦葵花，
如果去做供品的话，
把我这年轻的玉蜂，
也带进佛殿去吧！

他感到那根有力的绳索已经从他的胸间移到脖子上来了，热烈的想象被冰冷的现实扼死了，反而使他的气闷和烦躁达到了顶点。他毅然抛弃了受罪的默思，拒绝再到佛殿里去。

刚刚继承了汗位的蒙古和硕特部的拉藏汗的两只耳朵，从打探者和告密者口中，听到了仓央嘉措的韵事，竟然同准噶尔部的新首领策妄阿喇布坦发表了一个联合声明，说六世不是真达赖。仓央嘉措知道这一情况之后，只是笑了笑，毫不介意。他已经早有思想准备了。

第巴桑结甲措则有些恐慌了，他的容忍也已经达到了极限。但对于达赖喇嘛又奈何不得，尤其这位六世是他进行政治赌注的最大资本，他绝不能打碎这只顶在自己头上的玛瑙盘子。怎么办？经过一番苦思之后，决定求助于六世达赖的师父五世班禅。

不久，五世班禅发来了信件，正式邀请仓央嘉措到后藏的日喀则去，他要亲自在扎什伦布寺为仓央嘉措主持受格隆戒的仪式，并对不羁的六世达赖进行劝导。

仓央嘉措只好同意起程。也许是因为这件事过于重大，也许是都觉得应当参加这隆重的仪式，也许是基于别的什么原因吧，第巴桑结甲措，蒙古的拉藏汗，三大寺的堪布，全都随同前往。

这是康熙四十一年（公元1702年）的事情。仓央嘉措一路上沉默寡言，怒气冲冲。哲蚌寺、堆龙德庆、羊八井、南木林……这些有名的地方，他都无心前去访问！甚至连雅鲁藏布①和年楚②的流水都不能冲开他的笑容。

他怎么会有笑容呢？他的心抽搐着。他坐在用黄色锦缎蒙起的轿子里，什么也看不见，随着轿身的起伏摇摆，像是被投进了河流的一片落叶，无根无枝，逐波飘荡。此去的目的地是明确的，是班禅驻锡的日喀则，而生活的目的却没有方向。

轿外是喧腾而杂乱的马蹄声，更加惹得他心情烦乱。前呼后拥的王公、大臣、高僧、武官以及侍卫、随从，严格按照各自的地位和身份排列着，不差半个马头地前行着。这个壮观的行列，几乎包括所有宗教界、政界、军界的重要人物。他们有时沉思，有时低语；或扬扬自得，或心事重重。仓央嘉措经常感觉到，他们的衣冠楚楚、肥头大耳的外貌同他们的不那么光明正大的内心很不协调。他们总是想通过主宰他人的命运使自己的命运远胜他人。世上有许多人对他们看得过高，甚至千般敬畏，万般羡慕。仓央嘉措则认为他们甚是可怜，因为他们私心太重，其中没有几个人能为

---

① 雅鲁藏布：江名。江在藏语中叫"藏布"。
② 年楚：后藏的一条河的名字。河在藏语中叫"楚"，有的译作"曲"。

众生做出多少值得称道的事情。他们之间还往往钩心斗角，时明时暗地去抓对方的弱点，将对方的黑暗当作自己的光明。唉，他们活得也真不容易啊！仓央嘉措又觉得，自己不是更为可怜吗？因为他正是被夹行在这些人的中间，而且脱身不得。他们之间为了某种需要倒还可能暂时妥协，在一定的时间里相安无事，而他仓央嘉措却不能在任何时候同他们妥协。论地位，他在他们之上；论思路，他在他们之外；论自由，他在他们之下。这是怎样的矛盾啊！

仓央嘉措不时地掀开帘子向轿外张望。一路上，路面被打扫得干干净净，道路两旁，一处接一处地燃起了敬佛的松枝，香气弥漫着广阔的山野和低矮的村舍。成千上万的农牧民跪倒在路旁，纷纷将家中仅有的银钱、酥油、糌粑，连同洁白的哈达敬献到他的轿前。仓央嘉措觉得他们比自己还要可怜。他不止一次地含着热泪自言自语：你们向我祈求幸福，我的幸福又向谁去祈求呢？

一路上，他想为自己找一条可走的生活之路，却怎么也寻思不出。他想：按照第巴的暗示，不过问政教方面的大事，这种做法我试过了，但是并不能摆脱困境，第巴和拉藏汗像两道不同方向的激流，在我身边撞击着，不停地卷成可怕的漩涡，开始也许只会溅湿我的衣服，日后也许会把我卷入水底吧？潜心宗教，默思修行我试过了，我的心总是不能入定，看来只有俗缘而没有佛缘，除了几首诗，别无收获。忘掉情人，压抑情义，我也试过了，但是做不到；如果她不爱我，或者她不像我爱她一样地爱我就好办一些，可我们却偏偏如此地和谐一致，心心相印！在游园、射箭、弹唱、饮酒中寄托情怀，寻求安慰，我更是试过了，那只能暂时地麻痹一下自己，过后更加痛苦。

他实在没有别的办法，要真正摆脱这种种矛盾，想来想去，唯有走下尊位，脱掉袈裟！如果再不下决心这样做，那就太晚了。而现在，正是机会。

他又一次掀开帘子，扎什伦布寺的金顶在阳光下闪耀，日喀则就在面前，为他授戒的上师五世班禅就在面前。他不能再忍耐下去了，不能再犹豫不决了。时间和地点都合适，或成或败，只得由命运去安排。

当他来到扎什伦布寺中，望见比他大整整二十岁的五世班禅罗桑益西远远地走过来迎接他的时候，他便跑向前去，脱下袈裟，双手捧着，跪倒在师父的面前，孩子似的哭喊着："我不受格隆戒！连以前受的格楚戒也退给您！我要过自由的生活！"

五世班禅惊呆了，这情景完全出乎他意料，以致使他半天说不出话来。

三大寺的堪布、拉藏汗、第巴桑结甲措纷纷赶到跟前，劝他不要退戒。有的人流着泪跪下恳求他；有的人说他一定是得了什么病症，想扶他先去休息……但是，都没有任何效果。

达赖喇嘛他已经当够了！

他本来就不想当。

十九
雪地上的脚印

日喀则这座后藏的名城，坐落在年楚河平原上，比起拉萨所在的拉萨河河谷来，要宽阔平坦得多。但是仓央嘉措的心情却比在布达拉宫时更为郁闷。

他拒绝受格隆戒的态度谁也无法改变，他退格楚戒的行动虽然不能为五世班禅所接受，但他自以为是已经退了。这些事情的内幕，当时是很少有人知道的，只有几个头面人物清楚。他们不但不会宣扬，而且还竭力保守秘密。因为教主退戒关系重大，它伤害着班禅的面子，动摇着第巴的坐椅，降低着黄教的威信。只有拉藏汗沉静地观察着，等待着事态的发展，表现得有些超然，同时继续在操练自己的兵马。

第巴和班禅的出发点虽然不同，但有着共同的想法，即挽留六世达赖在扎什伦布寺多住些日子，希望他还会有回心转意的可能。

仓央嘉措也明白他们的用意，但为了表示自己不愿再受黄教教规的约束，便时常穿着俗装到街上去游逛，并故意当着班禅派给他的侍从的面，向一个背水的姑娘表示好感，好让他们相信自己决心还俗。

这位姑娘名叫江央，有两个诱人的特征：眉毛特别细，皮肤特别白；然而却是一个对人无礼貌、毫不动感情的人。仓央嘉措从河边到街上一直跟着她，不自然地献着殷勤。她却一言不发地低头走着，既无怒气也无笑容，直到家门口才说了一句话：
"少爷，你找错人了。"随后，就关上了大门。

仓央嘉措苦笑了一下，心想：人生真有意思，有些事你会拒绝别人，有些事又会遭到别人的拒绝。他们拒绝和被拒绝的理由是千差万别的。像这背水的姑娘，一定拒绝过不少人吧？她的理由是什么呢？大概是骄傲于自己的美丽，美丽是幸运的，也确实是可爱的，但它并不永恒。回到寺中，他写了这样三首诗：

我心如新云密集，
对你眷恋求爱；
你心如无情狂风，
一再将云朵吹开。

木船虽无心肠，
马头犹能向后顾盼；
无情无义的人，
却不肯回头看我一眼。

你那皎洁的面容，
虽像十五的月亮；
月宫里的玉兔，
寿命却已不长。

因为六世达赖喇嘛在这里颇受注目，他和背水姑娘的事，很快在寺内的一些人中私下传开了。仓央嘉措知道以后，想到那些"向房主借到房子，还想和主妇睡在一起"的达官贵人，又想到许多穿着袈裟的人的风流韵事，深感不平。他写道：

我和红嘴乌鸦，
未聚而议论不暇：
彼与鹞子、鹰隼，
虽聚却无闲话。

他故意把这些诗拿给班禅去看。班禅忧心忡忡地发现，他对约束的反抗，已经开始越过了放荡的界线。班禅对他完全失望了。这也叫人各有志、水各有路吧。责备是没有用的，他于是和第巴商定，请驾回宫。

仓央嘉措回到布达拉宫，整日闷闷不乐，因为第巴仍在暗中千方百计地阻挠他去山下会见情人。

第巴询问过盖丹以后，也十分担心六世的身体。他从盖丹那里看到了六世的一首近作，遂决定立即去看望他。那首诗是这样写的：

请看我消瘦的面容，
是情人害我生病。
已经瘦骨嶙峋了，
纵有百医也无用！

桑结来到达赖的寝宫，见仓央嘉措正在吟哦他的诗稿，消瘦的面颊上垂挂着泪滴，沉浸在诗与情的搅拌中。六世的身体看起来虽然不像诗中讲述的那样羸弱，却显然不像一个健壮的小伙子了。桑结是个颇有文化素养的人，从艺术的角度，他早就暗自赞赏仓央嘉措的诗歌了。现在看到这种情景，就像看到一只在笼子里朝着天空哀鸣的小鸟，不禁动了怜惜之情。

桑结彬彬有礼地问候了六世的饮食起居，然后恭顺地说："您需要什么，只管吩咐好了。"

"我需要什么，你是知道的。"六世不满地回答着，又习惯地走到窗前，仰望着春日的长空，一动不动。

"唉，怎么说呢？"桑结停了半天才叹息道，"俗语说：青春像彩虹一样短暂，生命像花朵一样易谢。请佛爷千万保重圣体，顾及大局，静下心来默思修行。您在其他方面的需要，我都照办不误。"

仓央嘉措突然转过身来，双目直视着桑结，大声地说："权力——给你！自由——给我！给我——自由！"说罢，抱住头，痛苦地坐了下去。

桑结感到，一场不愉快的辩论是不可避免了。政治经验告诉他，一是要冷静，二是要准备做适当的让步。

"黄教教主的自由，您都是有的。"桑结在这句回答中，特意把逻辑重音放在了"黄教"二字上。

"可是连我出宫门都受到很大的限制。"六世争执说。

"我的佛爷呀，那样做……影响不好。如果，您只是去公园散散心，那当然没有什么，可……"

"是的，"六世马上把他的话接过来，"我正是要去公园。我的骨节都快要生锈了，我的马术和箭术都快要荒废了！"

"这倒是我的失职之处。说起来，我也很久没有跑马射箭了。不过，作为第巴，作为您的助手，理应不辞劳苦，尽心公务。您是需要多活动活动圣体的。从明天起，您就常到公园去吧。不过，为了安全尽量不要让外人发现为好。"桑结有了告辞的意思，想这样结束这场谈判。

"我有个想法，"仓央嘉措的诗人的想象力活跃起来，"从宫后面偏下方的石墙上，另外开一个小门，这样，不用来回走那么多路，上下那么多台阶，就可以直接到附近的公园里去了。也不易被人看见。"

他述说得很实在，像一个建筑师那样地计算着。他又是兴奋的，心中充满了某种模糊的向往。

他等待着桑结的明确回答。这位扁头第巴的头，有时也是圆滑的，他既不说行，也不说不行，甚至从面部表情上也难找出一点赞成或者反对的影子。仓央嘉措急切地催问了几次，他依旧一声不吭，像一个哑巴。这种在某种事情上保持沉默的本事，这种任对什么都不表明自己态度的做法，不是任何人都能学得会的，这大概也是善于处世和处事的一种才能吧？你着急也罢，生气也罢，都无济于事。反正权在他手里，他不点头是办不了的。

第巴的不吭不响，不坐不走，不是不非，使仓央嘉措动怒了。他从箭囊中拔出一支箭来，"啪"地折为两截，丢在第巴的面前："如果连这个要求都不答应，那么从今天起，在任何场合我都拒绝再穿袈裟！你把我赶出宫去好了！"

桑结惊慌了，连忙辩解说："请您息怒。我是怕在宫墙上破土，冒犯了神灵。"

"我不就是神王吗？这是你们都承认了的，皇帝也是承认了的，蒙古人也是承认了的！"

"是的，当然是的。我是想，总要选一个吉祥的日子……"

"那就叫我的卦师去卜个卦好了。"

第巴桑结甲措在五世达赖圆寂之后，这才第一次感到了达赖喇嘛的权威；在聆听了皇帝七年前的那个敕谕之后，第一次尝到了被训斥的滋味。他感到这位黄教叛逆者竟抽出了一支利箭，向他的头上射来……

布达拉宫的后墙上，终于挖开了一个旁门。仓央嘉措有了个便于出入的通道。但他无法摆脱侍从的跟随，任他发怒也好，恳求也好，既不能将他们斥退，也不能将他们劝回。他们宁可得罪善良的佛爷，也不敢违抗严厉的第巴。第巴的命令是下得很死的。因为自从发生了六世在日喀则退戒的事件之后，他就忘不了拉藏汗向他射来的冷峻目光。五世达赖死后秘不发丧，仓央嘉措被确认为转世灵童，以及十五岁时突然坐床，都是他一手导演的。他使固始汗的子孙们蒙受了不被放在眼里的耻辱，他们是不会轻易忘记的。六世的放荡一定会为他们提供报复的借口，所以他决心不再让六世单独活动了。但他多少也意识到现在这样做为时已晚。真是顾此失彼呀！原先他担心六世会醉心于亲自抓取政教的实权，使他降为名副其实的助手，因而有意放纵了这位年轻的教主，希望六世把兴趣放在其他方面。这一点，他毫不费力地达到了预期的目的。但是多情而又痴情的仓央嘉措却没有把自己的脚步停留在使第巴满意的标准线上。诗人完全无视第巴对他的自由的限制，执意地追求着自己所向往的生活。第巴知道，仓央嘉措对于他并无敌意，目光中从来没有拉藏汗望他时的那种难测的险情。从根本上讲，他还是个天真的、任性的孩子，而且是个聪明善良、有脾气、能写一手好诗的、世上少有的孩子。要是让这样一个孩子既不进政治的圈子，也不出宗教的格子，那是很困难的。明着来吧，他不敢，又不忍，也无效；只有暗着来，从暗中设法控制他，约束他，必要时从侧面给以警告。事已至此，他只有采取这样的办法了。

仓央嘉措为了摆脱侍从的跟随，曾经想过各种办法，但都不可取。唯一可取的，是由他自己掌管旁门的钥匙。有一次他用命令的口气让看门人把钥匙交给他，看门人却磕着响头拒绝了。这位看门人把钥匙揣在怀里，跪在地上死都不起来，嘴里反复地念着一句经文似的话："求佛开恩，这是小人应尽的职责。"

看门人不是别人，正是曾被于琼卓嘎拒绝过的土登。看守旁门的任务是第巴交给他的。他自感已经取得了第巴的信任，成了第巴的心腹；他的投靠使自己得到了好处，他从一个为达赖摇旗呐喊的小喇嘛，突然成了一个单独掌管达赖的旁门的人。在他看来，这把钥匙比官印还要值得夸耀，因为它是第巴交给的。单凭这一点，他就坚定了对于第巴的信仰。对于第巴，他心中时常涌现着两种感情，一是想用"阿爸"这个词来称呼他，一是想更加效忠出力。有时候，他又感到自己已经是一个很了不起的角色了，他似乎已经分享到了第巴的一部分权力，又似乎是介于第巴和达赖之间的人物了。

六世平时是不在黄昏和黎明以及天气不好的时候去公园游逛的。所以土登常常利用这些时间来贪睡。但是他为了表示更加尽忠守职，又特意找来了一只黄狗看门，这只狗好像一个难得的长者，既慈祥，又聪敏。仓央嘉措十分喜欢它，每次出门都带上一大块用上等酥油和糌粑调和的粑块给它吃。老黄狗对六世好像有了感情，它时常摇着尾巴来亲吻六世的靴子，从来不对六世发出吠声。

仓央嘉措从喇嘛工艺酥油花的制作上得到了启示，有一次他带着一块和得较硬的糌粑来到旁门，故意借口赞美门锁做得别致，从土登的手中拿过了钥匙，接着又趁土登不注意的时候，在糌粑上深深地印下了钥匙的模型。随后，他把模型交给了

十九 雪地上的脚印　169

塔坚乃，由塔坚乃的铁匠朋友照原型复制了一把钥匙。这样，六世达赖终于靠自己的智慧获得了独自出入旁门的自由。

有了这把钥匙，他就可以摆脱掉土登和那些侍从的监视，趁人们不注意的时候，打开那个小小的旁门，去和于琼卓嘎约会了。

一个冬天的夜晚，仓央嘉措轻轻地敲着于琼卓嘎的房门，他一边低声呼唤着于琼卓嘎的名字，一边不时地回顾，这时，没有人影，没有脚步声，只有布达拉宫和附近药王山上的经幡在冬夜的冷风中瑟瑟地摇动，伴随着远处野狗的狂吠和殿角上铁马的叮当声。他屏住呼吸，感到十分惬意。他感到自己正置身于诗境和梦境的交融之中。

于琼卓嘎从梦里惊醒，听出是宕桑汪波的声音，这正是她熟悉的、盼望已久的声音，是世界上最悦耳、动听的声音。她用激动得发颤的手披上衣服，开了房门，扑上去紧紧搂住情人的脖肩。

他们并不需要借助语言，就充分地表达了别离之苦和思念之情。

"我很想给你买件礼物带来，可是不知道买什么合适……"仓央嘉措抱歉地说着，他确实为此难过。为于琼卓嘎买东西，就是花得分文不剩他的心里也是甜丝丝的。

于琼卓嘎立刻制止他说："我不需要你给我买什么东西，你只要爱我就行。"她说的是真心话。仓央嘉措深深地感动了，同时心里也默念起这句话："是的，于琼卓嘎，只要你爱我就行。你多么需要我的爱，我也多么需要你的爱呀！"

隔壁的阿爸多吉没有听见宕桑汪波的到来。在昏睡中，在夜色里，在生命的尽头，在这三重黑暗的覆盖下蜷伏着。后来，他醒来了。盲人的耳朵是特别灵敏的，他很快就听出是女儿和宕桑汪波在谈话。他躺着想了很久，又坐起来想了很久，经过激烈的思想斗争，穿上衣服摸到女儿的门前，轻轻叫着女儿的名字。

他们两人一左一右将老人扶进屋里坐定，等待老人的责备。

"是宕桑汪波吗？"

"阿爸，是我。"

"我要问你几句话。"

"请说吧。"

"你喜欢我的女儿吗？"

"这您知道，很喜欢。"

"永远爱她吗？"

"永远！"

"在我去世以前,不要让她离开我,行吗?"

"当然行!"

"好孩子!我把女儿托付给你了,发誓吧。"

多吉虽然什么也看不见,仓央嘉措还是跪在他的面前双手合十说:"我向大昭寺里文成公主带来的佛像发誓……"

老人满意地笑了。双手摸索着,激动地说:"我虽然不是活佛,让我为你们摸顶,为你们祝福吧。"

两人同时把头低下,向老人的手掌伸去。老人摸着他们的头顶,喃喃地说着祝福的话,究竟说的什么,谁也没有听清。只听见他的声音越来越小,手也越来越抖。突然,声音没有了,干枯的双手从他们的头上无力地滑落下去……

老人死去了,怀着对女儿的爱和对宕桑汪波的信任,放心地死去了。他的死,像干透了的树叶无声地飘落到地面那样自然,像一盏燃尽了酥油的灯在无风处熄灭那样自然。

多吉的去世对于宕桑汪波来说,是一个突然遇到的难题,他必须尽到未婚女婿的责任,安排老人的天葬;他必须考虑于琼卓嘎今后的生活。但他自己又不能出面。作为达赖喇嘛,他无法去做普通人应当做的这些普通事,然而他又在追求着而且已经得到了普通人过的生活。他像天空,可以亮起闪电,却不能发出雷声;他像大地,可以长出花草,却不能显露泥土;他像温泉,可以涌出热流,却不能直奔大海;他像山峰,可以直插云霄,却不能移动一步。难堪、困窘、别扭、遗憾、痛苦、焦急……如同乱箭不停地朝他射着。但他终不避开,也终不后悔。

他安慰泣不成声的于琼卓嘎,告诉她说:"近日我有紧急的公务,实在不能前来。阿爸的后事和你的生活,我将托我的好朋友塔坚乃来安排,请你一定照他的话去办。"说完,向多吉的遗体施礼告别,匆忙地离开了。他抬头望了望星辰,已经是后半夜了,便飞快地赶往塔坚乃的肉店。

塔坚乃对他在深夜里突然到来十分惊异,急忙问:"你怎么出来的?"

"我在宫后开了个旁门。忘了?钥匙不就是你给配的吗?"

"就你一个人?"

"就我一个。"

"天哪,你怎么一个人独自出来?有什么事?"

"有件事得要你秘密地去办。我们进去说。"仓央嘉措说着就要往内室走。

"不行。"塔坚乃挡住了他,"有她在里边,不方便。"

十九 雪地上的脚印　171

仓央嘉措

"谁?"

"我已经结婚了,在你去日喀则的时候。她名叫仓木决,我们俩是……"

"祝贺你!……不过这个以后再说吧。天亮以前我必须赶回宫去。"

"好的,我明白。有什么吩咐就说吧!嘘,小声些。"塔坚乃把耳朵凑了过去。

塔坚乃接受了仓央嘉措的托付以后,执意要将他护送到布达拉宫的旁门。当他们走到旁门门口的时候,农家的公鸡已经发出了第一声报晓的啼叫。

天,更黑了。

塔坚乃遵照仓央嘉措的布置,妥善地为多吉在拉萨北郊的天葬台上举行了天葬。不久,又在央宗酒店的院中盖了一间石砌的小屋,帮于琼卓嘎搬来住。从此,央宗把于琼卓嘎认作干女儿,于琼卓嘎做了央宗酒店的帮手。

当天夜里,仓央嘉措便到央宗酒店里和于琼卓嘎约会。

于琼卓嘎第一次以当垆女的身份请仓央嘉措喝酒。他从来没有这样快意过,即席就留下了诗歌:

> 纯净的水晶山上的雪水,
> 铃荡子[①]上面的露珠,
> 甘露作的美酒,
> 智慧空行母[②]当垆。
> 和着圣洁的誓约饮下,
> 可以不堕恶途[③]。

酒后的于琼卓嘎,恰似染了一层朝霞的花朵,更加美丽动人。仓央嘉措当晚在这里过了夜:

> 白昼看美貌无比,
> 夜晚里肌香诱人;
> 我的终身伴侣啊,

---

① 铃荡子:药用植物川藏沙参的别名。
② 智慧空行母:仙女名。
③ 恶途:佛经用语,指六道轮回中的畜生、饿鬼、地狱三道。

比鲁顶①的花更为艳丽。

次日清晨分手时,他们恋恋不舍地相互道别:

帽子戴到头上,
辫子甩到背后。
说:"请慢走。"
说:"请慢坐②。"
说:"心里又难过啦!"
说:"不久就会聚首。"

当他悄悄回到了布达拉宫旁门的时候,看门的老黄狗摇着尾巴迎接他,他也留下了诗作:

胡须满腮的老狗,
比人还要乖;
别说我夜里出去,
天明时才回来。

又是一个深夜,仓央嘉措在酒店里住宿。上天似乎要给有情人多一些磨难,这一夜,拉萨下了大雪,而仓央嘉措又必须在黎明之前回到宫里。

他回去的时候,鸡叫了,雪也停了。他掩好寝宫的房门,把脱下的俗装丢进衣柜,把靴子扔在靠火盆的地方,开始了疲劳之后的酣睡。

过了一阵,土登起床了。雪后乍晴,天亮得似乎特别早。土登站在自己的门口伸了个懒腰,见太阳还没有露面,正后悔没能再多睡一会儿,突然,发现有一串脚印,深深地印在铺满了新雪的地面上。他急忙近前察看,啊,不好!一定是有外贼进来偷盗宫中的宝物了。他迅速打开旁门,果然,从门外一直延伸到向下的斜坡路上,又一直延伸到视线不及的远方。他感到一阵恐惧,禁不住喊了一声:"来人啊!"但又立刻掩住了自己的嘴巴。心想:这事不可声张,应当趁着路上还没有杂人、清

---

① 鲁顶:吉才鲁顶,哲蚌寺附近的园林。
② 慢坐:西藏人告别时的礼貌语,意思是"留安"。

十九 雪地上的脚印

晰的脚印还在的时候，赶快顺着脚印去查找贼人的来处，这样，如果宫中没有丢失宝物，他就把他的失职掩盖起来，如果宫中丢失了宝物，他就可以提供出可靠的破获线索，至少能够将功折罪。他向四周望了望，不见有任何动静，暗自庆幸刚才的喊声没有被人听到。于是飞快地沿着脚印一路寻去，不一会儿就顺利地找到了央宗酒店的门槛，脚印消失了。再明白不过了，贼人是从酒店出来的。他没有敲酒店的门，不想打草惊蛇，有了这个收获也就足够了，他转身往回跑，跑进旁门后把门锁好，又狠狠地踢了老黄狗一脚。

下一步，该查找脚印的去处了。

土登的脚尖和脚印的脚尖朝一个方向并排着向前移动，越走越害怕，越走越急促。当他来到达赖喇嘛寝宫的门前时，几乎吓昏了：贼人竟然一直进入了达赖的卧室，啊，天哪！别是刺客吧？如果是，根据脚印来看是单程的，刺客一定还没有出去。真该死，为什么刚才没有想到脚印是单程的呢？刺客也罢，贼人也罢，反正还在达赖的寝宫里呢。他惊出了一身冷汗……可转眼又一想，好啊，立功的机会到了！如果能够像猫逮老鼠一样，突然捉住刺客或者贼人的话，就将名扬全藏乃至全国，也定会受到第巴的最高奖赏而飞黄腾达——一个看门的小喇嘛，一下子就变成护教的大英雄！但他想来想去，总感到没有力擒敌手的把握，还是智取为好。于是，他以蜗牛的速度轻轻推着达赖的房门，门慢慢地开了道缝。这时候，早晨的霞光已经从朝东的窗户上射了进来，他看见六世达赖正仰面睡着，嘴里挂着微笑，胸前的被子随着均匀的呼吸一起一伏。他困惑了，如果有刺客的话，决不会到现在还未动手。此刻他不敢惊动达赖，只得从门缝中钻进半个头去向房中巡视，望来看去，没有什么可疑的迹象，后来，他发现了达赖的那双靴子，上面的雪刚刚化掉，由于木炭火盆的炙烤，湿漉漉的雪水还冒着热气；再回头看外面雪地上的脚印，形状、大小和六世的靴底一模一样。他一下明白了，完全明白了！真想不到，竟是佛爷自己刚从酒店归来。而酒店里只住着两个女人：央宗和于琼卓嘎。

他望着安睡在霞光中的六世达赖，望着那张熟悉的、对他一直是冷漠的面孔，偷偷地带上房门，向第巴告密去了。

第巴桑结甲措重赏了土登，并让他在暗中查清两件事：是谁给六世达赖和于琼卓嘎牵的线？又是谁给六世达赖复制了旁门的钥匙？但他没有特意嘱咐土登要对脚印的事严守秘密，因为这是土登的智力所及的。然而世界上有一种怪现象，某些本来应当是长期有效的规定，只要过几天不重申，就有人认为它是自动失效了。于是，人们便可以佯装不知或者遗忘已久，去肆无忌惮地违反它了。

谚语说：夏天管好放牧鞭，冬天管好火盆，平时管好嘴巴。管好嘴巴，对于大多数人来说，并不是容易的事，土登当然也在内。何况土登对于自己独家掌握的特大新闻充满了自豪，对于六世达赖不重视自己心怀着不满，更由于六世和于琼卓嘎的关系复燃了他的嫉恨之火。他也是有三五个友好的，他的每一个友好又会有三五个友好……结果，通过老公式的演算——"我只告诉你一个人"，加上"千万不要对别人讲"，等于"让许多人知道"——这便使六世达赖的秘密传到了民间。奇怪的是人们并不震惊，也没有谴责他的意思，仅只是当作趣闻、轶闻和传闻罢了。而在一些上层人物中间，则掀起了曾经压在心中的轩然大波，因为这会涉及他们的政治利益。

这些传闻也到了仓央嘉措的耳边。他既没有惶恐不安的心情，也不想追查那个追查他脚印的人。他愿意正视并且承认自己的所作所为。他觉得，为了于琼卓嘎，为了自由地去生活，即使被废黜也是值得的、而且是他求之不得的。一个本来就不想当达赖的人，还怕当不成达赖吗？

为此，他写下了几首坦率的、后来得以广为流传的诗篇：

夜里去会情人，
破晓时大雪纷纷；
保密还有何用？
雪地留下了脚印。

人家说我的闲话，
我自认说得不错；
我那轻盈的脚步，
到女店主家去过。

住在布达拉时，
是日增·仓央嘉措；
住在宫下边时，
是浪子宕桑汪波。

休道日增·仓央嘉措，

十九 雪地上的脚印　175

> 约会情人去啦！
> 他所寻求的，
> 不过是普通人的生活。

　　事情就这样几乎公开化了。有人来劝戒他，他反驳说："你们喜欢美好的女子，我也喜欢。你们说我浪荡，难道你们要的我不能要吗？"

　　唯一能对他采取行动的只有第巴，而第巴也真的要对他采取行动了。

二十
第巴的"吃土精神"

转眼又是早春,布达拉宫后的龙王塘园林里,比去年又多了一层新绿。

仓央嘉措的那一把旁门的钥匙,是没有人敢没收的。土登的权力已经是公开的名存实亡了。只有老黄狗一如既往地怀着对于六世达赖的爱,一如既往地卧在那里。

白天,仓央嘉措穿着华丽的俗装,带着他的不必要再去摆脱的随从,在龙王塘搭起华丽的圆帐,和于琼卓嘎、塔坚乃一起跳舞,唱酒歌。有时,明月出山了,兴致仍未尽,就和于琼卓嘎在林卡中过夜。

夜间,他单独去酒店的时候是不声张的,只有塔坚乃一人在必要时迎送他。土登也只好睁一只眼闭一只眼,怀着敌意,也怀着为第巴立新功的迫切心情,等待着第巴的命令。

第巴桑结甲措已经得到了准确的情报,为六世达赖牵线找女人的是塔坚乃,为六世达赖配制房门钥匙的也是塔坚乃。此外,他还得到了仓央嘉措的几首新作。一首是:

那个巧嘴鹦哥,
请你闭住口舌!
柳林的画眉阿姐,
要唱一曲动听的歌。

一首是:

这个月过了,

下个月来了；
在吉祥明月的上旬，
我们将重聚一道。

还有一首是：

柳树爱上了小鸟，
小鸟对柳树钟情；
只要双双同心，
鹞鹰也无隙可乘！

第巴抚着抄来的诗稿，又慨叹了许久。

第巴明白，柳树就是于琼卓嘎，小鸟就是六世达赖。他呢，则不得不承认是在扮演鹞鹰的角色了！

启明星亮了，又一个黑夜将尽。塔坚乃伴送仓央嘉措回宫，见他进了旁门，才放心地转身顺着坡道往回走。布达拉宫后面的坡道不像前面的大路那样，没有巨大条石砌成的台阶，也没有回头线。它有些像通往戍楼的马道；而由于北面是护墙，南面是宫墙，则又像是甬道。只要体力好，上去下来都是很快的。塔坚乃忽然想到妻子仓木决这几天随时有生孩子的可能，为了在关键时刻能尽到做丈夫的义务，也为了能及时享受到做父亲的愉快，他加快了脚步，连蹦带跳地向山下奔去。

突然，从宫墙脚下的排水洞口"嗖"地蹿出一道黑影。塔坚乃一时间看不清是人是鬼，似乎那黑影的面部还戴有一张唱戏用的假面具。待他去抽腰刀时，那黑影已经贴近到他的身边……他感到五脏六腑一下子化成了冰块，脑子里"轰隆"一声，似乎被一场神山的大雪崩深埋了。他隐约地听到自己大喊了一声，紧接着，一切都归于永恒的寂静……

六世达赖刚刚锁好旁门向寝宫走去，突然听到一声尖厉的惨叫从坡道方向传来，他不禁停下脚步侧耳细听，却什么声响也没有了。他敏感到是发生了某种不幸，急忙转身跑回旁门，重又打开了铜锁，借着星光巡视着坡道。

塔坚乃像卧佛般地躺在地上，鲜血顺着坡道向下流淌。仓央嘉措见他十分喜爱的知心朋友竟然成了这个样子，真是悲恸欲绝！他扑倒在塔坚乃的身边，捧起那热乎乎的头。塔坚乃那一双不闭的眼睛闪着强光。十多年来，从门隅到拉萨，从田野到土屋，从肉店到酒店，从林卡到佛宫，它一直这样闪着、闪着……多么热情，多么诚恳，多么爽朗的眼睛啊！它比佛前的酥油灯明亮百倍！它是雨后的阳光，黑夜的星光，十五的月光，是专为照耀他仓央嘉措的生活的天空而出现的。如今，居然要永远地熄灭了，在深深的友谊的大海上沉没了，只剩下一片黑色的波涛……

他的滚烫的泪水滴在滚烫的血水中，一起向宫下流淌。好半天他才颤颤巍巍地站起身来，双手举向天空，高喊着："快来人哪！"

过了一会儿，土登揉着惺忪的睡眼首先走来，仔细看了看尸体，大惊失色地说："这不是塔坚乃先生吗？太不幸了！"然后又合十着双手说，"谢天谢地，佛爷无恙。"

天渐渐亮了，喇嘛们也渐渐赶到了现场。人们低声议论着，但是谁也提供不出凶手的线索。仓央嘉措当即传谕：为超度塔坚乃诵经三日，以达赖的亲属的规格举行葬礼。然后才在众人的护送下，跟跟跄跄地回宫去了。

仓木决在听到丈夫被害的噩耗以后，哭得昏了过去。她一醒过来，就像一头发疯的母狮，抄起肉店的快刀就要自杀。朋友们有的兜肩抱住她，有的抓住她的手腕，好不容易才把刀夺下来。他们百般劝解她，终是无用。后来只好从酒店里请来他们敬佩、信任的女人——央宗。

央宗拍着仓木决的肚子说："为了你这快要出生的孩子也得活下去！让你的孩子代替他阿爸活在世上吧。"

仓木决恍然大悟了，抱住央宗说："对呀，我怎么光想着那个大东西，把这个小东西忘了呢？阿佳央宗，多亏你提醒了我，不然的话，大家笑我没出息、懦弱，死后也升不了天，都在其次，可怜的塔坚乃可就完完全全地没有了。"

"咱们认作干姐妹吧。"央宗提议说，"让我们做一对互相帮助的女店主。"

第二天，仓央嘉措含着眼泪来看望了朋友的遗孀，留给她许多银子，并且告诉她："我一定要求第巴尽快地查出凶手，为塔坚乃报仇！"

仓木决说："往后，就全靠你、阿佳央宗和朋友们了。"她瘫软在坐垫上，那样子很容易使人联想到没有骨刺的鱼，或者一碗溶化了的酥油。可惜她这种既不使人厌烦也不使人恐惧的神态，塔坚乃在生前却一次也没见到过。她对丈夫的爱，是用近似于虐待狂的方式来表现的。

"宕桑汪波，我怎么也想不通，塔坚乃是个忠厚老实的人啊，从没有害人的心肠，对朋友很讲义气，也没听说和什么人吵过嘴，打过架，他得罪了谁呢？妨碍了谁呢？……"仓木决流着泪诉说着，直视着对方请求解答。

"是啊，是啊，我也不知道。"仓央嘉措皱紧了眉头，沉思着。

"我还有个想不通的事，他为什么偏偏死在那个地方？他是个俗人，又不认识一个喇嘛，深更半夜到那里去干什么呢？他和布达拉宫有啥关系哟？"

"我……也不知道。请放心吧，我一定给他报仇就是了！"

仓央嘉措往回走着，怀着对这位嫂子深深的负疚之情——虽然塔坚乃的护送不是他的要求，而且他曾多次拒绝过。还有一件事也使他深怀歉意，即曾经写过一首讥讽仓木决的诗。这首诗写道：

　　无论是虎狗豹狗，
　　喂熟了它就不咬；
　　家中的花斑母虎，
　　熟了却越发凶暴。

仓木决哪里像什么母老虎呢？他悔不该听信了塔坚乃在受到妻子训斥之后的一面之词，太急于为朋友抱不平了。介入人家的家务事，十有八九是费力不讨好的，不是多此一举，就是留下笑柄，或者后悔莫及。

聪敏的仓央嘉措对于人类的丑恶和残暴的一面是迟钝的。

对于塔坚乃的死，他经过了千思百想才怀疑到了第巴桑结甲措的身上。他想，要叫小鸟和柳树——他和于琼卓嘎——分开的，只有他，他就是那只鹞鹰。这只鹞鹰不能直接捕捉小鸟，因为没有仓央嘉措这只"小鸟"，第巴也就不成其为鹞鹰，而只会变成风雨中的公鸡了吧？是的，他只有在"小鸟"的周围或者"柳树"上才好显示他的力量。

作为诗人的仓央嘉措，自知不是作为政治家的桑结甲措的对手。再者，人家因为留心他，抓到了他破坏教规的把柄；他却因为不留心人家，没掌握人家搞什么阴谋的证据。况且他并不想与第巴争权，何苦去和第巴正面冲突呢？如果冲突起来，第巴顾忌到达赖的地位，当然不会把他怎么样，但是会使第巴手下新得的爪牙、旧有的耳目和闲得无聊的人们活跃起来，使那些以损人为本领、以害人为乐趣的无赖又有了喊喊喳喳的内容，有了密谋钻营和邀功请赏的机会。这一点，他是不愿意向他们提供的。他认为，不提供浑水就是对摸鱼者的最大惩罚。

但他毕竟是一位达赖，死者又是他的好友，而且把鲜血流淌在护送他回宫的路上。可怜的嫂子仓木决和未出生的侄子都期待着他去报仇，他是决不能不查凶手的。

他决定请他的卦师帮他寻找凶手。

他的卦师很快就把凶手查了出来。令他吃惊的是，凶手就是夜间从宫墙的排水洞钻出去又钻了回来的土登。第巴桑结命令在逮捕土登的时候，先用那把从背后刺杀塔坚乃的刀割掉他的舌头，因为据悉他曾对佛爷出言不逊。当天，土登就被正法了。这件事，就此了结。

第巴的豪华的客厅里，一位肥胖的稀客、远来的下级正幸蒙召见。他向第巴汇报了工布地区近年来的社会情况、农业收成和财政收支，等等。第巴全都细心地听着，不时地点点头表示满意。最后，热情地对他说："龙夏先生，你很能干。只要有我在，你的一切权力都会得到噶丹颇章政府有力的支持和保护。还有什么私事要办一办吗？办好了再回去吧。"

龙夏为能得到第巴这样的赏识而大感意外，把腰弯成九十度，吐了吐舌头说："雄狮要雪山来保护，猛虎靠森林来隐藏。河小浪大，是仗着高山的雪水；官小势大，是仗着上司的支持。我龙夏一定效忠第巴，在用得上我的时候，我会使出九头牦牛的力气！"

"谢谢。慢走！"第巴欠了欠身子。

龙夏刚退出客厅，一个神秘的人从隔壁的房中走了出来，把龙夏拉在一边，小声地问："龙夏先生，你这次到拉萨来带了几个侍从？"

"三个，一文两武。你问这个干什么？"

"三个，足够了。哎，几年以前你是不是有个奴隶叫于琼卓嘎？"

"是的是的，她逃跑了，到现在也没有下落。"

"她就在此地。"神秘人物说。

"啊，你是说让我把她抓回去？"

"奴隶逃跑是违反法规的，你当然有权抓她回去。"

"对对。说实话，我早就想叫她伺候我了。可她一跑，我就没有办法了，心想这么大个西藏，要去找个小姑娘，岂不是骑在马上找蚂蚁吗？没料到鱼儿蹦得再高也还是落在了网里。请快告诉我她在什么地方？"

"不远，就在山下央宗的酒店里。"

"请问你的尊贵的名字，我要怎样感谢你呢？"

"对我最好的感谢就是不要想知道我的姓名，也永远不要让人知道我对你说过什么话。不然……"神秘人物的两道眉毛拧到了一起。

二十　第巴的"吃土精神"　181

"我懂,我懂,请放心,请放心!"龙夏鞠着躬后退到楼梯口,几乎摔了下去。一个转身,他那驮着二百多斤肥肉的皮靴子响着打夯一样的节奏,下楼去了。

自从塔坚乃被杀以后,仓央嘉措也像是从背后挨了沉重的一击,感到有一种无法治愈的痛楚。像是为了忠于朋友的遗愿似的,他更加频繁地、大胆地、不分昼夜地独自出入旁门,去和于琼卓嘎相会。也许是因为他的朋友死于穿袈裟的人之手吧,他竟然在任何场合都拒不再穿袈裟。他还写了这样两首诗,公然贴在寝宫的墙上:

大河中的金龟,
能将水乳分开;
我和情人的身心,
没有谁能折开!

背后的凶恶龙魔。
没有什么可怕;
前面的香甜苹果,
舍命也要摘它!

他决定不再对于琼卓嘎隐瞒自己的身份了。于琼卓嘎是那样尊重他,信任他,从不怀疑他的来历,也不追问他的身世,单凭这一点,也足够使他感激不尽,感动不已了。

他在于琼卓嘎的房中来回地踱着步子,思想上又产生了顾虑,如果他宣称自己原来是化了名的达赖喇嘛,于琼卓嘎会怎么样呢?也许会因为震惊吓昏过去,也许会因为怕违佛法不敢再和他来往,也许会因为结婚无望而伤心地离去,也许会不相信,说我是在开玩笑……不管怎样,是到了告诉她的时候了,因为爱情的果子已经完全成熟了,两人的名字已经注在命运册上,有什么磨难都应当共同承担了。或是缘分已尽,或做终身伴侣,我再不能像皮鼓一样有两副面容了。既然爱她,为什么不能尊重她知道了真情以后的选择呢?不,她早就选择好了,天塌了也不会再有别的选择……

此刻的仓央嘉措已经不需要什么主见和判断能力了,他只是要说他认为应当说的话罢了。

于琼卓嘎的眼神随着他的身形来回转动着，终于忍不住了："你呀，想说什么或者想问什么，我都可以听从，都可以回答，就像我们第一次见面时那样。来，坐下谈吧。"

仓央嘉措没有就坐，望着窗外问："你……知道我是谁吗？"

"知道。"于琼卓嘎平静地回答。

"知道？"仓央嘉措惊奇地转过身来望着她，"不会的，你怎么能知道呢？"

"外面的传言比你能够听到的要多得多，我的心眼儿也比你估计的聪明得多，不对吗？"

"那你说我究竟是谁？"

"你就是你。我爱的就是你这个人，我才不管你是乞丐还是国王，是叫宕桑汪波还是叫仓——央——嘉——措。"于琼卓嘎故意把他的真名字拉着长音，孩子般地朝他微笑着。

"你知道我是达赖喇嘛？"

"我不是说出了你的真名了吗？"

"那为什么没告诉我？"

"你也没告诉我呀。"

"你不嫌我的地位太尊贵吗？"

"我只怕你不像一个普通的人。"

"不恨我隐瞒了你？"

"你只是隐瞒了身份，可没有隐瞒你的心哪！"

"我是不能结婚的，我对不起你，不能娶你……"

"别这样说。不相爱，娶了有什么用？若相爱，不娶也会幸福！"

"于琼卓嘎！"仓央嘉措喊了一声，扑上去紧紧地抱住她，泪水一滴滴落在她的发辫上，像一颗颗闪光的珍珠；于琼卓嘎的泪水也大颗大颗地落着，打在他的手上，像一串珍珠闪光。

第二天上午，仓央嘉措又向酒店走去。望见布达拉宫前的四方柱形的石碑下围了一群人，他又动了好奇心。想走过去看个究竟。一阵六弦琴声传来，一个苍老的声音随即唱起了歌。他倾耳细听，那歌词正是他早期的诗作。他不禁想起了次旦堆古，莫非是他流浪到了拉萨？他急忙挤进人群一看，唱歌人他从未见过，背也不驼，显然不是次旦堆古。人群中发出了一片嘘唏赞叹之声，有人默默地记诵着歌词。唱

二十 第巴的"吃土精神" 183

歌人抓住时机，停止了弹唱，转着圈向听众要钱。仓央措嘉从怀里掏出一块银子来，等待他走近时送他。这时，一位中年妇女一边给钱一边问他："真感动人！是谁编的歌词？"

"有几首是我写的，有几首是集体创作。"唱歌人谦虚地鞠着躬回答说。

仓央嘉措把银子揣回怀中，扭头走了。

远远地，他就望见了央宗。女店主好像早就站在门前急切等待他的到来。这种情况是很少有的。更使他意外的是，央宗一望见他，竟然躬着腰跑上前来，"扑通"一声跪在他的脚下，哭泣着说："佛爷呀！饶恕我的罪过吧！"

仓央嘉措急忙扶她起来："有话进去说。"

酒店的门是掩着的，今天显然没有营业。一张张木桌、一排排卡垫，都沉静得像深山幽谷中的石头。仓央嘉措预料到一定发生了什么不幸……为什么央宗要乞求宽恕她的罪过呢？他望了一眼央宗，这才发现她那贴着乱发的脸上，从前额到耳根有一道红肿的鞭痕。

仓央嘉措心上一阵痛楚，上前掠开她脸上的乱发："阿妈央宗，快请坐下，慢慢说，是谁欺侮了你？"

央宗却不敢就坐，躬着身连连回答："是，是。昨天晚间，我在于琼卓嘎的房中聊天。她告诉我说，您不是宕桑汪波，您就是达赖喇嘛。我又害怕，又高兴。害怕的是什么地方怠慢了您，犯了对佛爷不敬的大罪；高兴的是您经常赐福我这小小的酒店，您还喜爱着我的干女儿，这是我们用生命也换不来的荣幸啊！我们娘儿俩说呀，说呀，一直说到半夜。忽然，听到有人敲门，我当是您来了，不敢让您在门外久站，急忙奔去开门。咳，都怨我！他们……"

"他们是强盗？"

"他们一共三个人，都用黑布蒙着头，只露着一对眼睛，手里都提着马鞭，有一个还提着牛毛绳子。什么话也没讲，一把推我闯进了于琼卓嘎的卧房，堵上了她的嘴，捆住了她的手和脚就往外抬。我扑上去，扯住女儿的衣服死不松手。他们一顿鞭子把我抽倒在地，就……就把女儿抢走了。我爬起来往外追，只见有一个官府老爷穿戴的人骑在马上，指挥那三个人都上了马。我清清楚楚地看见于琼卓嘎被撂到最前面的一匹马上……"

央宗说到这里，又跪倒在仓央嘉措的脚下哭了起来。接着，她昏过去了。

整个酒店寂静得像倒塌了多年的古庙。仓央嘉措一动不动地站在那里，像是这庙里剩下的唯一的一根柱子。

他听到于琼卓嘎的声音从遥远的马背上传来:"你是至高无上的达赖呀!为什么不能保护你心爱的人啊?"

塔坚乃死别时的眼睛,土登狡诈的眼睛,第巴阴郁的眼睛,拉藏汗斜视的眼睛,多吉失明的眼睛,于琼卓嘎多情的眼睛,释迦牟尼佛像微笑的眼睛,班禅师父无可奈何的眼睛……这一切,都围着他旋转着、旋转着,越转越快……

"剩下的柱子"也倒在了酒店的地上。

被激怒得发狂的六世达赖急着召见第巴,一连等了四五天,第巴桑结才进宫来,气喘吁吁地连连道歉,说是因公到外地去了一趟,刚刚赶回拉萨,饭都没吃就跑来聆听佛爷的旨意了。

"你知不知道于琼卓嘎现在何处?"六世指着第巴的鼻子追问。

"哪个于琼卓嘎?"第巴一副摸不着头脑的样子。

"酒店的于琼卓嘎!"

"哪个酒店?"

"央宗的酒店。"

"那些地方我从来不去,也没有人向我报告那里发生了什么事情呀。"

"你是不是第巴?"

"是的。"

"是不是达官贵人们的首领?"

"是的,佛爷。"

"他们随便抓人,你管不管?"

"当然应该管。不过,如果抓的是盗贼、凶手什么的,或者是逃跑的奴隶、欠债人之类,法规则是允许的。听佛爷的意思,好像是于琼卓嘎被抓走了,但不知是哪家老爷抓走了她,理由又是什么?"

"你真的一点也不知道?"

"唉!俗语说:'只有一张嘴,吃糌粑就不能吹笛子。'我实在太忙了,这类事情应当由地方官员来过问。"

"他们?兔子能拉车,要骏马干什么?告诉你,我和于琼卓嘎关系非同一般,你一定要亲自给我把她找回来!"六世开始怒吼了。

"佛爷,请息怒,请冷静。"第巴桑结像一个干涸了的海子,扔进多重的石头也溅不起浪花来,"现在的形势不大好啊,我们都像是门槛上的豌豆——滚进滚出还不一定。外面的传言很多。牛的犄角易躲,人的舌头难防啊。您虽然是尊贵的达赖,也不能不有所顾忌。您不会不知道这句谚语:'蚂蚁聚在一起,连狮子也会被叮死……'"

"死?"六世冷笑了一声,"人不想到死,虽聪明也是傻子。死并不可怕,可怕的是死得不明白,像塔坚乃那样。"说着,把事先准备好的刀子和绳子从睡铺下面掏出来,往第巴面前一丢,"如果你不去查找于琼卓嘎的下落,我就自杀,上吊!"

桑结甲措吓得跳起来,赶忙把刀子和绳子拾起来揣在怀里,躬身应诺说:"我去查,一定尽力去查!"

正在这时,盖丹进来禀报说有个喇嘛要求见达赖。仓央嘉措还没有回话,第巴桑结就连忙说请。他巴不得此刻能有个什么人来转移一下话题,把他从尴尬的局面中解脱出来。他急忙擦了擦汗,坐回到卡垫上去,装作正和达赖议事的样子。

来访者叫来龙吉仲,是第一次求见达赖。当他见到六世达赖的时候,简直不敢相信这就是他们的教主。因为坐在他面前的仓央嘉措竟然穿着俗人的蓝缎子衣服,留着长发,几个手指上都戴着镶有宝石的戒指。总之,完全不像是僧人。

他呈上了一封信,退立在一边等候询问和谕旨。

仓央嘉措打开信件,只见上面写着:

至尊的达赖佛:

我极想去布达拉朝见您,但由于年老体弱,力不从心。今世怕无缘得识佛面了……

我尊敬您,因为您是五世的转世;我热爱您,因为您是伟大的诗人。正是出于这种感情,我又替您担心,担心您将红教的根芽萌发于黄教的宫中,让平民的歌舞萦绕于教主的座前。

您的诗歌已如无足之风,无翼之云,走遍山川,飞越南北,不分男女贵贱,尽皆传诵。它的情理文采,我只能暗中赞叹,虽想唱和,却不能,也不敢。

外界对您有不少传言。据我看来,众生对您并无不敬,近知有首新歌在拉萨传唱,其歌词原是您的作品,众生略加改动,一变而为对您的赞颂:

在布达拉宫,
他是日增·仓央嘉措;

在拉萨，在"雪"①，
他是快乐的小伙。

谚语说：水面虽然平静，也得留神暗礁。又说：老虎的花纹在皮外，人的花纹在心里。听说，有个蒙古的大官就编了下面的几句来辱骂您：

黄边黑心的乌云，
是霜雹的成因；
非僧非俗的沙弥，
是佛教的敌人。

我想，这首歌表面上是指向您的，但恐怕还有更为复杂的背景。或者设想得更可怕些，它透出的该不是"笛声变成箭声，乳海变成血海"的不吉祥的信息吧？
请您多思，愿您保重！
敬献哈达一条。

您的弟子叩拜

仓央嘉措看完了来信，惨然一笑。沉思良久之后，问来龙吉仲："写信人是谁？"

"他不愿在这张纸上留下名字。"来龙吉仲回答，"但他嘱咐我说，如果佛爷要问，可以口头禀告，他就是敏珠活佛。"

"我知道他。"第巴怀着敬意插话说，"他是位山南的高僧，也是五世当年的诗文密友。今天，我才知道他依然健在……"他很想知道信的内容，但不便索取。

仓央嘉措把来信揣在怀里，取出纸笔，写了下面的回信：

尊敬的活佛阁下：

到处在散布传播，
腻烦的流言蜚语；

---

① 雪：藏语的音译，指布达拉宫下面的一片地方。

仓央嘉措

  我心中爱恋的情人啊，
  眼睁睁地望着她消失。

  心爱的意抄拉姆，
  本是我猎人捕获的：
  却被权高势重的官家，
  诺桑甲鲁抢去[①]！

  核桃，可以砸着吃，
  桃子，可以嚼着吃；
  今年结的酸青苹果，
  实在没有法子吃！

这就是目前我所想的事情。别的我管不了，也不想管。
我衷心感谢你的劝诫。也许一切平安，也许已经晚了。
回敬一条哈达。

仓央嘉措

  仓央嘉措把信交给来龙吉仲，从墙上取下弓箭，丢下第巴和送信人，带领着一群随从到公园去了。
  第巴桑结满怀的苦恼毫不掩饰地堆积在脸上。来龙吉仲真不想再增添第巴的忧愁，但是此次前来的任务才完成了一半，还有重要的话要对第巴说。
  "郎色喇嘛好吗？"桑结想起了那个二十年前常来替敏珠活佛送信的人。
  "我不认识郎色。我只是偶然地见到了敏珠活佛。"
  "活佛对我个人有什么话要说吗？"
  "这正是我要向您转达的，他很关心您的未来，正如关心西藏的安宁。他得到了可靠的消息……"
  "什么消息？"桑结急问。

[①] 这首诗系借用藏戏《诺桑王传》的故事。意抄拉姆（仙女）、猎人、诺桑都是戏中的人物。戏中的猎人得到仙女后，因等级不同不敢接受，把她献给王子，仓央嘉措则写成是王子抢去了猎人手中的仙女，正体现出他的民主精神。

"拉藏汗不止一次地向皇帝奏报，说您和噶尔丹一样是一个野心家，说他父亲达赖汗的死是您下的毒，说六世达赖的放荡行为是您引诱的。说您专横，独揽西藏的政教……"

"啪"的一声，桑结的手拍在桌面上，像护法神似的站了起来，却一句话也没说。

"请第巴冷静。"来龙吉仲显然有充分的精神准备，对于第巴的发怒并不惊慌。他接着说，"敏珠活佛希望您不要贸然采取任何行动，一切听从皇帝的裁决，以免给众生带来不幸。他还说，老虎的凶猛，狐狸的狡黠，孔雀的虚荣，都是当首领的人断不可取的。他说，这可能是他生前最后的几句话了……"来龙吉仲哭泣起来。

"我现在决心学一个历史人物，那就是二十岁时当了乃东的万户长，帕莫竹巴王朝的创立者绛曲坚赞！"桑结甲措冷峻的脸上放出了坚毅的光彩，"当时，萨迦王朝的军队俘虏了他，给他戴上一顶牦牛尾巴做的帽子，让他跟在一辆牛车后面走着，对他进行百般侮辱。"桑结冷笑了一声，撇了撇嘴，又摇了摇扁扁的脑袋，继续说："绛曲坚赞被押解到萨迦附近的镇子上，许多人从门窗里探出头来讥笑他，向他扔土块。他不但不害怕，不躲避，反而仰起头，张开嘴来接土块。他笑着说：'是的，我正在吃萨迦的土，不久我就要吃掉萨迦了！'后来怎么样呢？他终于实现了自己的誓愿，建立了统治西藏二百六十四年的帕竹王朝。他关押了蒙古王公们支持的大臣，改变了蒙古王公们沿用的规矩，而惠宗皇帝妥欢帖睦尔还是封他为大司徒。"

桑结说到这里，突然提高了嗓门儿，几乎是在呼喊地说："你可以告诉敏珠活佛，告诉全藏的人，如果必要，我也能吃拉萨的土！让他们等着看吧！"

仓央嘉措

二十一
大昭寺前的恩仇

一年一度传大召的日子又要到了。所有僧人都像迎接最盛大的节日一样兴奋、忙碌。当然,也有少数人想在法会期间达到其他目的,如访亲友、报私仇、做生意、欺女人之类。

在这个时刻,高踞于布达拉宫里的仓央嘉措,作为六世达赖喇嘛,他倒无动于衷;作为风流诗人,他则极不平静。因为第巴桑结曾经向他报告说,已经打听到了于琼卓嘎的下落——回到了工布地区,但是不清楚在哪个庄园,正在进一步追查。时间又过去一个多月了,仍没有半点消息。

他只有用诗歌来寄托对于琼卓嘎的思念。他挥笔写道:

会说话的鹦鹉,
从工布来到这方,
我那心上的姑娘,
是否平安健康?

在四方的玉妥①柳林里,
有一只画眉"吉吉布尺"。
你可愿和我结伴而飞,
一起去工布地区?

---

① 玉妥:拉萨一家贵族的姓氏。

东方的工布巴拉①,
多高也不在话下;
牵挂着情人的心啊,
就像奔腾的骏马。

江水向下流淌,
流到工布地方。
……

刚刚写到这里,第巴走了进来。

第巴告诉他,传召活动明天就要开始了。他的经师以及教过他经典的格西喇嘛如促陈达杰、格列绛措、格隆嘉木样查巴、德敦日甸林巴、热强巴查巴群佩等,都希望他能去大昭寺公开讲经。但是考虑到目前的形势有些紧张,为了保证他的安全,还是不去为好。

从藏南到拉萨以后,仓央嘉措又自觉地或被迫地学过不少各种教派的经典,其中有《甘珠尔》《菩提道广略教诫》《菩萨随许法》《根本咒》《秘诀》《续说》《生满戒》《供经咒》……从博学多识方面来说,也够得上是一位精通五明的高僧了。但他除了在不得已的情况下,随着三大寺的高僧登座做一点补充性的讲解外,从不热衷于讲经布教。第巴的建议正合他意。他觉得他不能赐福于众生,正像别人也不能赐福于他。

传大召从正月初五开始,到二十六日结束,一共要进行二十一天。每天都有上万人拥挤在大昭寺南侧讲经台前的广场上聆听高僧讲经,真是水泄不通。虽然有铁棒喇嘛指挥着那些被称为"盖拐"的可以随意打人的喇嘛在维持秩序,人们还是不断地向讲经台前拥去。不少人向往能有机会在这里望见达赖。

正月十六,是仓央嘉措满二十周岁的生日。这一天,他一个人坐在宫里,备感无聊,便开了旁门,穿着俗装来到大昭寺前看热闹。

他挤在人群中,有一种小溪里的鱼第一次游进了大海的愉悦。这的确是一个海,万头攒动如滚荡的浪花,人们热烈地交谈和大声地呼唤如波涛在喧嚣,大昭寺则成了一座金色的珊瑚岛。然而上空并不晴朗,灰暗的云低垂着,像一团团撕不开的羊毛,

---

① 巴拉:拉萨和工布之间的大山。

几乎要缠绕住拉萨所有的楼房。一道道经幡在冷风里抖动。那些连着房角和木柱，用来挂经幡的牛毛绳子，似乎随时有绷断的可能。也许是天气的缘故，他发现有些人的脸上也布满阴云。

他漫无目的地走着，挤着，没有人注意他，没有人认识他，没有人理会他。而且时常被什么人粗野地推搡着，两只脚也多次被人踩得生疼，但他毫不在意。他想，如果此刻他以达赖喇嘛的身份出现在讲经台上，谁还会踩他、推他、挤他呢？所有的人都会敬畏地吐出舌头，虔诚地伏在地上；眼前这个喧腾的海也会立刻化为平静的湖面，他就是一座神湖上的仙山，人们会甘心情愿地让他踩在他们的头上……想到这里，他苦笑了。那不是他愿意看到的情景。他不想踩在别人的头上，也不愿别人踩在自己的头上。谁的脚也不是神圣的，人们都应当一样平等地在地面上走路。

他来到几个牧民模样的人的身边，无意中听到了他们的谈话。

一个说："我走了几百里路，为的是能见到达赖佛，哪怕远远地望上一眼也好。可是，直到今天也不见佛爷在大昭寺前升座。唉，我们没有福气呀！"

另一个说："是啊，我们来一趟拉萨好不容易哟！一年才有这么一次机会……"

又一个说："俗话说：既然来背水，就不能空着桶回去。还是再等几天吧。"

一个手摇着经轮的老阿妈挤到了近前，她显然听到了这几个人刚才的谈话，用夸耀的口气插进来说："我可是比你们有福气！啊喷，不过差一点让人把我挤死。"她幸福地回忆着，"那是二十多年前的事了。有一天，在哲蚌寺的门前，五世达赖坐在一把檀香木做的木椅子上，专门给朝拜他的人摸顶。他坐得太高了，人们又是弯着腰像爬一样地从他的脚下走过，怎么能摸得着呢？就是摸得着吧，那么多的人，非把佛爷的手累肿了不可。啊喷！佛有佛的智慧，他拿着一根长长的细木棒，木棒头上拴着长长的布条，就像汉家传说中那个钓鱼的姜太公一样。我们一个个走过去，让布条拂到头上。我不敢抬眼看，也不敢停留，我的头摆偏了一点，那布条刚好擦到我的右耳朵上，当时我只觉得浑身一麻，心尖上像滴了一滴圣水那样清凉。从那以后，我就老觉着右耳朵上有个看不见摸不着的东西，也说不上像是挂着，像是贴着，像是钉上啦。可它比金子的、珍珠的、宝石的耳环都贵重得多！直到如今，我的右耳朵听什么响动都比别人灵。不信，你们随便哪个人用最小最小的声气说句话试试。"老阿妈疾速地摇着经轮，等待着接受挑战的人出现。

人群中发出几声赞叹，一双双羡慕的眼睛无声地闪动着，谁也不敢站出来进行这种试验，因为那将意味着对于达赖活佛的不信任、不尊崇，弄不好还会有被信徒们当场打死的可能。

仓央嘉措的嘴唇微微掀动着，而且发出了声音："唉，你们哪里知道？我就是你们求见不得的达赖哟！"他自言自语地感叹，幸亏没有人听见，包括右耳朵最灵的老阿妈在内。不然，他就会招来大祸，人们肯定会把他当作疯子、骗子或者亵渎神灵的罪人；如果有谁发出声讨，他就会立时被狂怒的人群踩成肉饼。

他继续向前挤去，听到几个人在争吵。

"那你说，达赖佛为什么还不登台讲经？"一个喇嘛红着脸反问着一位官员。

"很简单，为了安全。"官员说。

"难道还有人敢碰达赖？"一个壮汉子驳斥他。

"'大鹏不济，麻雀来欺'。"另一个穿着华贵的人先引用了一句谚语，接着，偷觑了一下四周说，"对于达赖佛，我们不会不敬，可他们不敢不尊吗？"

"他们是谁？"喇嘛怒目圆睁了。

"他们就在拉萨。"官员说，"作为一支军队，他们是太少了；作为一伙强盗，他们是太多了。"

"你是说……"喇嘛忽然将后面的话咽了回去。他听得出官员的话里带有明显的挑衅性。

人群一阵骚动，一队蒙古士兵摆动着蛇一样的队形从躲闪的人群中钻过来。

"这就是'他们'！"穿着华贵的人乘机点破了主题……

争辩者们一下子变哑了，空气冻结了。仓央嘉措心中打了个寒噤。

"唵、嘛、呢、叭、咪、吽！"不知是谁念出了六字真言①。

"唵——嘛——呢——叭——咪——吽——！"海潮一般的应和声响起来了。

仓央嘉措的眼前卷起了一阵狂风，一团撕不开的黑云吞没了大昭寺的金顶。他闭起眼睛，世界更黑暗了。

突然，他感到腰间被什么东西碰了一下。他睁眼一看，盖丹正站在他的身边。他知道在这种场合盖丹是无法称呼他的，看那满头的大汗就能猜想到定有急事找他。他于是默默地走出人群，匆匆赶回布达拉宫。

走在路上，仓央嘉措问跟在身后的盖丹："什么事？"他并不回头，只是边走边望着洁净的天空和安详的宫殿。

"皇帝派人来啦！"盖丹先看了看四周，低声回答。

---

① 六字真言：原系观世音的咒语，首先出现在《大乘庄严法王经》中，后在西藏人民中广泛传播。

仓央嘉措

在第巴桑结的哀求和监督下，仓央嘉措剃去了长发，沐浴了全身，穿上用烧檀香木的浓烟熏过的袈裟，坐在佛殿的正中，会见皇帝的使者。

原来，康熙皇帝在接到拉藏汗的奏折之后，十分认真地考虑了半日。奏折中对仓央嘉措是否确为五世达赖的转世替身表示怀疑，并列举了他的放荡行径作为假达赖的证据。康熙皇帝自然不会在达赖的真假上去费脑筋，他从中窥知了第巴桑结和拉藏汗的不和，担心的是西藏的政治危机和可能发生的军事冲突。对于达赖的真假，他既不能漠不关心，也不能忙做结论。身为一国之主，对这个边远地区的、都拥有一定实力的双方，采取调和的办法才是上策。于是，派来了恰纳喇嘛作为使臣，做个认真调查的姿态；同时又对恰纳面授机宜，不要说出有利于任何一方的话来。

第巴桑结和拉藏汗一起陪同皇帝的使者来到布达拉宫的佛殿。精明的恰纳喇嘛出示了一下圣旨，代表皇帝检验达赖的仪式就在十分紧张的气氛中开始了。达赖的真假，决定着拉藏汗和第巴桑结的政治命运，这是谁都明白的事。大殿里鸦雀无声，缭绕的香烟也散发着疑团。只有仓央嘉措心地坦然，对他来说是真也无罪，假也无辜；真的也罢，假的也罢，都是由不得他自己的。

恰纳请六世脱去衣服，裸体坐在宝座上，仔细地、反复地察看着他的上上下下、前前后后。第巴桑结和拉藏汗的四只眼睛则一直紧盯着恰纳的每一个举动和脸上的任何一点细微的表情，尽力捕捉着每一个有利或不利于自己的征兆。这是一次无声的决战，主宰是皇帝，仓央嘉措只不过是一个不幸被选中的靶子。

恰纳喇嘛不动声色地察看了很久，又不动声色地结束了察看。他静静地站在殿中，依然不动声色。

桑结甲措和拉藏汗谁都不敢发问。恰纳知道他们都在等待结果。

"此喇嘛不知是否是五世达赖的化身……"恰纳说。

拉藏汗的脸上露出了笑容。

"但确有圆满圣体之法相。"恰纳接着说。

桑结的脸上也露出了笑容。

恰纳喇嘛再也没有说第三句话，拜了拜仓央嘉措，告辞回京向皇帝复命去了。

第巴和拉藏汗两人的笑容，使仓央嘉措得到了一些宽慰，他以为两只凶猛的狮子已经回到了各自的雪山。

他又怀着散心的目的向大昭寺前走去。虽然已经剃了光头，因为这些天来满城都是僧人，没有人会注意他，他便索性穿了件普通的袈裟。这一回，他既不是仓央嘉措，也不是宕桑汪波，而只是一个没有名字的年轻喇嘛了。

在一个无人的小巷的角落里，有一个同样年轻的喇嘛在祈祷，声音虽然低微，词句却能听清。仓央嘉措在他的身后停下脚步，他并非有意偷听，而是怕打断那虔诚的祈祷。这个小喇嘛所选择的祈祷地点也使他不无好奇之心。幸好小喇嘛是跪在地上的，蜷曲着身子，低着头，闭着眼睛，双手合十在额前，而且那样专心致志，丝毫没有觉察到背后有人。那祷词十分奇怪，一遍又一遍地重复着这样几句话："万能的佛呀，慈悲的佛呀！让六世达赖出来吧，让我看看是不是他？"

仓央嘉措不再怀疑自己的耳朵了，祈祷者肯定是一个曾经见过他的人。是的，那带着心灵的颤抖的声音里，有一种他所熟悉的东西，但他一时无法辨清这究竟是谁。他毫不犹豫地走到祈祷者的面前，轻轻地咳嗽了一声。

祈祷者蓦地站起身来，睁大了眼睛望着他。啊！五年过去了，衣服变了，身材高了，辫子剪了……那一双眼睛却丝毫未变，少女的羞涩，初恋的真情，依然在目光中闪亮。

"仁增汪姆！"仓央嘉措喊了起来。

"阿旺嘉措！啊，不……仓央嘉措！"仁增汪姆叫了一声。

仓央嘉措和仁增汪姆并肩坐在林果路边的林卡里，互相诉说着离别以后的遭遇。别人望去，像师兄弟俩在温习着师父传授的经典。

冬天的林卡一片枯黄，一片寂静，只有觅食的野狗踏在落叶上的响声。这景色远不像错那山谷的春天，没有桃花，没有鸟鸣，也没有拂面的暖风。身下的绿茵，醉人的田野，成婚的遐想……都遥远得无法追回了，贴近他们的唯有旧情。旧情是以往的花朵结下的种子，丢在石头上就会干瘪，埋在泥土中又会发芽。

仁增汪姆被迫嫁人以后，正像她不爱自己的丈夫一样，也得不到丈夫的爱。后来，她明白了，丈夫对她的唯一要求是替他生一个儿子，只要生了儿子，就算还清了债务，是走是留，债主就没有兴趣再来过问了。天遂人愿，仁增汪姆果然做到了。孩子长到三岁，丈夫对她也冷淡了三倍，她对阿旺嘉措的思念却增长了三倍。后来，她听说阿旺嘉措成了仓央嘉措，到了拉萨，当了六世达赖。她想，只有自己也穿起袈裟，才能与仓央嘉措同走一路，才能有机会在佛海上漂浮到一起。于是毅然进寺院当了尼姑。本来就不想阻拦她的丈夫，更没有阻拦她的理由了。江孜的朗萨姑娘在出嫁以后替扎青巴家生了一个儿子，又出家当了尼姑，不是被编成藏戏了吗？因为皈依佛法是最光明正大、受人尊敬的行为，尤其对于年轻的母亲，更是难能可贵的。

仁增汪姆作为错那地区僧尼中的一员，终于有了到拉萨来参加传召活动的机会。但她对于仓央嘉措就是达赖六世的说法仍是半信半疑。十多天来，她天天自始至终地挤在大昭寺的讲经台前,眼巴巴地期待着达赖出现,却总是失望。她决心坚持到底,等到最后一天。一个人一旦有了某种心愿,产生希望是容易的,产生绝望则是困难的,在爱情上尤其如此。也许是上天不负有心人吧,现在,她终于如愿以偿了。

当初意外地分离,使他们互相痛苦过、怀疑过、误会过、怨恨过,如今全都过去了,谅解了,由爱转成的恨,还是会转成爱的。

仓央嘉措通过大嫂仓木决的帮助,在离大昭寺不远的一个僻静的窄巷里租到一间小房,他和仁增汪姆以外地来的一对喇嘛弟兄的身份住了进去。

他们哪里知道,早就有几个不同年龄的男人对仁增汪姆的美貌垂涎三尺了。虽说仁增汪姆为了自身的安全,在起程来拉萨之前,已经将尼姑打扮改为喇嘛装束,但她毕竟没有受过女扮男装的训练,而且她的女性特征太明显了,可以说是一个最像女人的女人,所以终究没有逃出那些具有特殊眼神的人的搜索。当她和仓央嘉措住进那间小房之后,更加引起了追逐者们的追逐。因为事到如今,几乎可以最后判定了——她是女人。

这些天来,第巴桑结正忙于关系到自己存亡的大事,重托盖丹去照顾早已无法管束的达赖并负责他的安全。仓央嘉措在乱纷纷的地点和乱纷纷的时刻竟然找到了一个暂时的小小的世外桃源。自从于琼卓嘎被抢走以后,他再没有到央宗的酒店去过,也再没有尽兴地喝过酒。现在,他又喝醉了。酒醉,情也醉,他双重地醉了。他为醉倒在仁增汪姆的身边而扬扬得意:

> 一次喝酒没醉,
> 两次喝酒没醉,
> 因为幼年的情人劝酒,
> 一杯便酩酊大醉。

他不愿仁增汪姆称呼他"达赖佛",让她直呼仓央嘉措。他认为仁增汪姆才是自己心中的"佛",而自己只是教徒心中的偶像。两个人虽然都穿着袈裟,但他认为仁增汪姆更值得尊敬,因为她是为了能见到情人才当尼姑的,更具有人的勇气和神圣意味。他对仁增汪姆低声唱道:

> 你是金铜佛身,
> 我是泥塑神像;

虽在一个佛堂，
我俩仍不一样。

他们整日整夜地在一起，说不完的知心话，真正地做到了推心置腹，无话不谈。从佛教到人生，从幼年到青年；对也罢，错也罢，亮点也好，污点也好，完全没有隐瞒，丝毫不必顾及，一切都能理解，全部可以谅解。拉萨的夜，从来没有像现在这样短！他写道：

白色的桑耶① 雄鸡，
请不要过早啼鸣，
我和幼年相好的情人，
心里话还没有谈完。

他们两人虽然都长成了真正的青年，相貌也有了变化，但是从两颗心的贴近来说，好像并没有分别过，或者分别以后什么也没有发生过。用不着费力剪接，一下子就把往昔和现在并在一起。他们在利用今天的机会弥补前天的损失的时候，是可以完全忘却昨天的。因此，仿佛一切又都回到了前天。时光这个东西，可以无情地强制任何人长大，衰老，死亡，却不能征服爱情。

当他俩把拉萨的小房当作错那的山谷重温旧情的时候，偷听他们谈话的已不是鹦鹉和小鸟了，仁增汪姆的追逐者们日夜不舍地想法接近他们的门窗。这些在传召的日子里闲得无聊、企图浑水摸鱼的人，眼见即将到手的猎物落入了一个年轻喇嘛的怀抱，心中便猛烈燃烧起嫉恨之火。他们自然地结成了联盟，经过短暂的商议，做出了轻率的决定：在夜间冲进去，杀掉男的，抢走女的；必要时可以用维护教规的名义。

黑夜。响成一片的狗叫声淹没了密谋者的脚步声。他们握着腰刀，提着绳索，迅速地向仓央嘉措和仁增汪姆居住的小房聚集。他们大约有四五个吧，到了门口，却谁也不肯首先上前破门。其中一个肤色最黄的小伙子挺身向前，举起刀来晃了晃，说："看我的！"他用脚蹬了蹬门扇，门扇被紧顶着，于是轻声发出了号令："大家要像一群牦牛，我说一声'吉、尼、松！'②就一起扛！"其他人兴奋地答应着，

---

① 桑耶：地名，即桑耶寺所在地。
② 吉、尼、松：藏语的一、二、三。

二十一 大昭寺前的恩仇

有的挽着袖子，有的紧着腰带，有的拍一拍腰刀。熟睡在房内的仓央嘉措和仁增汪姆对于门外发生的事情，对于临头的灾难，一点儿也没有想到，半点也没有觉察。

当那个领头者的口令喊到"尼"的时候，突然从窄巷的入口处拥进一队武士，跑在最前面的一个大吼着："滚开！"刹那间，那群企图破门的"牦牛"逃散了。武士们也隐去了。没有冲突，没有流血，没有追击，一切又恢复了平静，只有狗依然在叫个不停。

第二天清早，大昭寺前又沸腾起来，传召活动又进入高潮。大街小巷都灌满了人的江河，人的溪流。盖丹穿着俗装挤进人群来到仓央嘉措的"别宫"，正碰上仓央嘉措要出门。

"你也……想还一还俗吗？"六世认出了盖丹，打趣地说。

"进屋去说。"盖丹转身关门。

"你怎么知道我在这里？"六世微笑着问。

"我们有责任保护佛爷呀。"

"唉，我仓央嘉措保护不了别人已经很惭愧了，还要别人来保护我吗？再说，我也不需要保护。"

盖丹把昨天夜里门外发生的事对他说了一遍。仓央嘉措吃了一惊。他不愿连累仁增汪姆，提出要把她转移到别的住处去，自己也回布达拉宫。

"不行，三天之内您哪里也不要去，就住在这里。"盖丹郑重非常地说，"仁增汪姆也不要出去。你们的饮食自有人按时送来，叫门的暗号是连敲两个五下。"

"为什么？这是怎么回事？"六世迷惑不解地追问着，猜想将有神秘的大事发生。

"路上和宫中都没有这里安全。"盖丹回答说，"外面很乱，您千万不要出去。详细情况我也说不清，请不必多问了。"盖丹说到这里，放慢了说话的速度，加重了语气："这些话，是第巴亲口教我禀告佛爷的。"盖丹说完，带着满脸的愁苦走了。

仓央嘉措无心去猜测关于第巴的事情，因为那往往是他猜测不准的。正如谚语所说：糌粑口袋是缎子做的，里面的糌粑却是豌豆磨的。

使他心有余悸的倒是昨天夜里门外发生的险情。他掏出了随身携带的纸笔，又沉吟着作起诗来。仁增汪姆轻轻地走过来，伏在他的肩头上。这个曾经一字不识的姑娘，自小就喜爱仓央嘉措的诗篇，而仓央嘉措的处女作就是为她写的。自从当了尼姑以后，她有了在寺院里学习藏文的机会，况且，仓央嘉措的诗写得通俗、明白，她此刻竟能一句一句地读下来：

杜鹃鸟来自门隅，
带来春天的地气；
我和情人见了面，
身心都愉快舒适。

心腹话没向爹娘讲述，
全诉于幼年结识的情侣；
情侣的牡鹿太多，
私房话被仇人听去。

　　仓央嘉措握住她的双手，惊喜地说："想不到你也识字了，而且念得这样好！如果让我来念，也不过是这样。可见念诗一不靠声音，二不靠手势，三不靠表情，最主要的是得有感情。我们俩的感情一样，所以念起诗来也会一样。"
　　仁增汪姆歪着头，微笑着，羞涩地瞟了他一眼，指着诗稿问："你写的'牡鹿'这个词儿指的是什么？"
　　"当然指的是那些追逐你的人。"
　　"你把他们看作仇人吗？"
　　"如果是真正的情敌，"仓央嘉措特别强调出那个"情"字，"我倒可以敬他三分。但是他们是一些恶人，他们想抢夺你，杀掉我，不算仇人吗？"
　　仁增汪姆点点头："你应当感谢第巴保护了你，派人赶走了那些牡鹿。"
　　仓央嘉措垂下了双手，冷冷地说："是应当感谢他呀，如果不是他，我们还不会分手呢！哼！保护？他能保护我一辈子吗？他整天想的只是保护他自己吧？好了，不要说他了……"
　　这时，门外突然响起杂乱、沉重、急促的脚步声。紧接着，在整个拉萨的天空里，回荡着人的喊叫、马的嘶鸣、狗的狂吠、刀的叮当……
　　仓央嘉措站在院子里侧耳听着。他从来没有听到过这样令人魂飞魄散的喧嚣，好像世界的末日已经来临，好像远古时候曾经发生过的洪水又在吞没人间。
　　他不能出去，也没有必要出去，他能做些什么呢？外面的一切都不是按照他的意志发生的，他的意志也左右不了外面发生的事情。他只知道拉萨正陷入一场灾难，隐约地感到这场灾难的制造者或者受害者中间少不了第巴桑结甲措和拉藏汗两人。
　　他想叹息，但是有一种像怒火一样的东西堵塞了他的胸膛；他想祈祷，又有一种像悲哀一样的东西卡住了他的喉咙。

事后他才知道：在大昭寺前的法会上，第巴桑结的几个亲信曾经向拉藏汗的家臣挑衅；拉藏汗的家臣勃然大怒，动手杀死了第巴的亲信。于是，桑结甲措立即纠集兵力展开了驱赶蒙古驻军的战斗。措手不及的拉藏汗被迫退出了拉萨。

事后他才知道：在许多被误伤丧命的群众中，就有那位摇着经轮的老阿妈，她直到断气的时候，还用手捂住那只被达赖五世的手中物蹭触过的耳朵。

事后他才知道：第巴桑结和拉藏汗的手下人，都有背叛旧主、投靠新主的政治赌徒出来表演。这些人的心中，没有国家，没有民族，甚至也没有父母，更没有是非之分；但他们都有强烈的爱憎——爱自己、憎别人。因此，他们才永远用两只腿交替地走着背叛与投靠之路。

拉藏汗退出了拉萨，拉萨真正成了桑结甲措的一统天下。大昭寺前的传召活动又继续进行。昨天流在地上的鲜血，今天都已没入了尘埃。好像什么也没有发生过，或者那场厮杀已经是远古的事了。雨过天晴，谁还记得雨伞？白天来了，谁还想到灯光？

盖丹来到小巷，恭请六世回宫，并且转达了第巴的"坚决要求"——让仁增汪姆立刻离开拉萨，不然就难免落入强盗们的黑手。

仓央嘉措心里明白，他们不分手是不行的，于琼卓嘎的下场就是例证。何况这位十分能干的第巴，因为刚刚赶走了拉藏汗，气焰正盛，对于一个违反了教规的普通尼姑，还不敢下毒手吗？他想到这里，决意不再设法留住仁增汪姆。两个人抱头啜泣了半天，怀着永别的悲哀分手了。

仓央嘉措一回到布达拉宫，立即写下了这样三首诗：

> 蜂儿生得太早了，
> 花儿又开得太迟了；
> 缘分薄的情人啊，
> 相逢实在太晚了。
>
> 涉水渡河的忧愁，
> 船夫可以为你除去；

情人逝去的哀思,
有谁能帮你消失?

太阳照耀四大部洲①,
绕着须弥山回转不休:
我心爱的情人,
却一去不再回头!

拉藏汗怀着"没碰在山岩上,反摔在平坝中"的愤懑退到藏北草原,在达木地区重整了蒙古的八旗兵丁,迅速地转回马头向拉萨进攻。桑结甲措没想到他的对手竟然反扑得这样快,这样猛。待他布置好抵御的兵力之后,拉藏汗的军队已经进入了拉萨。突然降临的激烈火并,彻底惊散了大昭寺前的法会。男女老少哭喊着祈求佛爷赐给和平,但是无济于事。政治斗争已经转化为军事斗争,正如谚语中说的,到了"地换一层草,羊换一身毛"的时候了。

一些真正潜心于宗教事业的人,是反对流血的。他们无心于权力的争夺,极端厌恶那种张着猛虎嘴、生着野牛角的乱世者。他们知道,拉藏汗想的是要保持并且复兴祖先们在西藏取得的特权,第巴桑结则想的是要保持并且扩大自己在西藏的绝对统治;前者占有的优势是得到了皇帝的默许,后者占有的优势是手中有一个达赖。他们都是宗教的高级信徒,却在为各自的利益厮杀。

有人出面调停了。调停者是拉萨三大寺的代表,还有一位重要的人物是嘉木样协巴——拉藏汗的经师。

双方达成了停火协议。由于拉藏汗有着军事优势,桑结甲措只得被迫退位,辞去了第巴的职务,由他的儿子阿旺仁钦来接替,和拉藏汗共同掌管西藏的事务。这样,西藏上空的暴风雨暂时停息了。

桑结甲措是不会甘心退出政治舞台的,他来了个人退心不退,他的儿子阿旺仁钦只是他的影子。他的力量还很大,真正的决战还在后头。

仓央嘉措坐在布达拉宫里,置身于事变之外,忙于争权的人们也似乎都忘记了他。但是这种忘记只是暂时的,当他们想起他的时候就会决定他的命运。不幸的是,他是达赖六世,他们怎么能不想起他呢?

---

① 四大部洲:印度神话里把人类居住的世界分为四大部洲,佛教采用此说。

他很希望桑结甲措和拉藏汗能够和平相处。西藏有一个康熙皇帝统管着就足够了，为什么还要争当小土皇帝呢？他对于这两个人越来越厌烦了。他认为桑结甲措干的是"本想烧死虱子，结果烧了衣服"的事情；拉藏汗干的是"用棍子打水，最后会溅湿自己"的事情。他自己呢，不但会被溅湿衣服，而且最终连湿衣服也会被烧得精光。这种预感，他早就有过，现在是更加明显和迫在眉睫了。想脱身是不可能的，他已经进入流星的轨道，疾速地滑落将是唯一的归途。流星在滑落的时候是会闪出美丽的光芒的，他能闪出这种光吗？人们会看到这种光吗？他将消失在何处？是他熟悉的南方，还是陌生的北方？不，也许像一只被射落的鹰吧。他在愤怒中写下了愤怒的诗篇：

　　　　岩石伙同风暴，
　　　　散乱了鹰的羽毛；
　　　　狡诈虚伪的家伙，
　　　　弄得我不堪烦恼！

诗人的烦恼，如果只用诗人的死亡才能排除，那当然是个悲剧。

二十二
桑结之死

布达拉宫的每一扇窗户都在冷风中紧闭着。五世达赖的灵塔前灯火通明，照着一张张严峻的脸面，人们如坐针毡地盘坐在厚厚的羊毛垫上。一个重要的会议已经进行了很长时间。

这是康熙四十四年（公元1705年，藏历木鸡年）年初的一天。因为第巴桑结和拉藏汗之间又发生了军事冲突，各方人士不得不再次出面调停。他们选择五世达赖的灵塔作为谈判地点，是很有意义的，因为五世达赖曾经是一个待人宽厚、维护团结的象征。

参加会议的有桑结甲措、拉藏汗、六世达赖、拉莫护法、达克孜夏仲、班禅的代表、三大寺的堪布……冲突的双方互不相让，为维护各自的权益，争当西藏的主宰，长时间地争执。如果不是头上有一座五世的灵塔，身边有一位六世的活身的话，他们真会拔出刀来见个高低的。

激烈的争吵震颤着幽静的佛殿，梁柱间发出刺耳的回声。仓央嘉措坐在正中的位置上，一言不发。他应当是这里至高无上的仲裁人，但是实际上他和一具泥塑的佛像没有什么区别。他既不会调动军队，也没有政治才能。他能为西藏的安宁做些什么呢？

正如他已经对桑结和拉藏汗都失去了好感一样，那两个争权者也已经对他失去了好感。别的人也只是间或用怀疑、迷惑、怜悯、同情的目光望一望他。他感到自己坐在这里完全是多余的，这里本来就不应当有他的席位。他的身边坐满了这一类大人物，更使他感到异常孤独，甚至有一种愤懑之情。他想：如果坐在这里的是一群牧民、歌手、卖酒女，或者是像塔坚乃、于琼卓嘎、仁增汪姆、敏珠活佛、央宗、次旦堆古、多吉、改桑、那森……那样的人，他将会多么快活啊！如果不是听这样

仓央嘉措

一些人为权力争吵,而是换上另一些人在争论诗歌,那他一定是积极的参与者,一定会热烈地发言,激动地站起来高声朗诵自己的新作,甚至会兴奋得流出热泪。而现在,他却只能哑口无言。

不知什么时候,会议竟做出了决定:冲突的双方脱离接触,把不相容的水火分开——拉藏汗离开拉萨,回到青海去,在那里可以和西藏保持和谐的关系;桑结甲措也离开拉萨,到雅鲁藏布南岸的贡嘎去,在那里可以给他以庄园的补偿。

过了几天,拉藏汗和桑结甲措果然都离开了拉萨。一个向北,一个向南,两支马队荡着烟尘,分别消失在罗布林卡以西的大道上。

人们望着那荡去的尘土,像看到雹云的消散,从善良的愿望出发,以为灾难真的隐去了。其实,暂时的协议是很难得到遵守的。因为拉藏汗和桑结甲措谁也没有得到胜利,谁也不肯认输。他们不是嬉戏的山羊,不是天真的儿童,必然争斗到最后一刻才肯罢休。正如滔滔的江河,一旦泛滥,不淹没大片的土地是不会恢复平静的。

拉藏汗佯装回青海,到了那曲卡①就停止前进。他在那里集结了附近的蒙古军队,重又向拉萨进发。桑结甲措则调动了十三万户的兵力前去迎击。一场大战又到了一触即发的时刻。

三大寺的代表慌了手脚,急忙请上六世达赖,一同奔赴前方去维护协议的执行;同时派人星夜疾驰日喀则,请班禅亲自出面调解。

仓央嘉措很久没有在郊外驰马了。今天骑在马上的心情,是他从来没有经历过的。他觉得他的身下不是一匹有生命的骏马,而是一只奇形怪状的牛皮船,手中的缰绳像一根无力划水的桨板,平静的大道变成了汹涌的河流……他为什么来到这里?要到哪里去?去干什么?是谁让他这样做的?他全都茫然。他的大脑好像处在了麻痹状态,只觉得一阵阵的风、一股股的浪噎在他的喉咙。

他长舒了一口气,用靴子的后跟猛磕了一下坐骑的肚皮。骏马仰了仰头,抖了抖鬃毛,"咴儿咴儿"地叫了一声,这使他稍微清醒了些。

他平日是喜欢射箭的,也有一手娴熟的弓法。但他今天却没有携带弓箭,他甚至厌恶弓箭了,因为他感到拉藏汗和桑结甲措都在用箭头互相瞄准着对方,都想射落对方顶在头上的权力的果子。这样一种游戏,他是决不参加的。他甚至从没想过用箭去射死一只兔子,更不要说去瞄准人的头顶或喉咙了。

---

① 那曲卡:藏北的黑河。

此刻，三十二岁的五世班禅罗桑益西也在催动快马向前线进发。他虽然知道拉藏汗和桑结甲措对于六世达赖的行为有不同看法，也听说过他们之间在修炼问题上存在着分歧，但他明白这不是一场宗教战争。他也明白自己的权力远没有达赖那样大（尽管六世达赖的权力实际上是由桑结甲措代为行使的），但他和达赖同作为两大教主之一，被藏蒙人民称为他们的"两只眼睛"，对于调解教徒之间的纠纷自然有着义不容辞的责任。

班禅在到达苏波拉山口的时候，得到了达赖的通知，说调解已经成功，双方同意停战，按照原来的协议，拉藏汗回到青海，桑结甲措回到山南。于是，班禅向着远方做了祈祷，便又折回扎什伦布寺，继续读他写在贝多罗树叶上的梵文经去了。

达赖一行也踏上了回返布达拉宫的征途。在这次来往的路上，尽管洒满了春天的阳光，美丽的拉萨河谷又穿起了绣花的绿裙，仓央嘉措却没有听到一句歌声，也没有见到游林卡的人。欢乐被战争扼死了。

仓央嘉措回到宫中，刚想坐下来吃一点东西，盖丹就呈上来密封的信件。六世打开一看，只见上面写着这样几行字：

> 至尊的达赖佛慧眼下阅：
> 前面已经有过一个装扮五世达赖的人，我不想装扮我的父亲。我自知生不逢时，长不逢家，也不具备第巴之才。我决心离去，并且决心不向任何人报告我的下落。为此，特意向您谢罪。我十分敬爱您，也喜欢您的诗，只恨无缘为您效劳。山要崩，绳子是捆不住的。但我不挨白塔染不上白粉，不摸锅底沾不上黑灰。望您多多保重。
>
> 弟子阿旺仁钦叩拜

拉萨没有了军队，新的第巴——桑结甲措的儿子阿旺仁钦逃遁了，拉萨没有了行政长官，成了权力的真空。

这真空总会有人来迅速填补的。一切干涸的洼地都会盛满积水。

仓央嘉措用颤抖的手指夹起桑结之子的告别信，缓慢地向酥油灯的火焰上凑过去。一片片的黑灰在屋子里飞扬着，正像是阿旺仁钦的黑色的悲哀……唉，阿旺仁钦扇着悲哀的翅膀飞走了。而他自己，却是飞不走的，他的地位使他无处可飞，除非死掉了才会给他找一个转世的替身——那叫作达赖七世。

他的目光又落在了挂在墙壁的弓箭上，下意识地将身子往后一仰。因为他看到有一支利箭从袋囊中跳了出来，那箭头正对准着他的喉咙……

在夜色的掩护下，一支几百人的蒙古骑兵正从藏北草原向拉萨轻装疾驰。它像一支宁折不弯的箭，掠过了当雄，掠过了旁多，掠过了色拉寺，直插拉萨市区，兵不血刃地占领了圣地，迅速填补了权力的真空。

远在贡嘎继续调集兵马的桑结甲措，得到消息后为时已晚。他狠狠地捶了一下自己的扁头，气恼得久久说不出话来。他感到自己的军事谋划的确比拉藏汗稍逊一筹。

他探知拉藏汗的后续部队还在源源不断地开进拉萨。他反复计算着自己的兵力，总感到不足使用，用武力夺回拉萨的办法，暂时是不可取的。

谚语说：想占有神一样的高位，就要有鬼一样的计谋。桑结甲措此时不由得想起一个人来，这就是拉藏汗的内侍丹增旺杰。

丹增旺杰是一个藏族人，早年曾经跟桑结甲措学过藏医学，后来桑结写完了那部《藏医史》著作，还亲自送了他一本。这本书刻印得相当精美，内容也十分丰富。它不但论述了藏医学的起源和发展，还介绍了历史上藏学家的贡献和重要的医典。丹增旺杰把它看作是第巴对他的友谊的象征，始终怀着受宠若惊的感情。在拉萨时，他几次托人向桑结透露自己的心愿：离开拉藏汗，到桑结主持的噶丹颇章来服务。桑结婉言拒绝了他，那时候的桑结就隐约地感觉到让他留在拉藏汗的身边要比留在自己的身边有用。

桑结甲措选中了一名心腹，把自己手上的一只宝石戒指交给他，让他紧系在蓬乱的头发里，化装成瘸腿乞丐，牢记着秘密的指示，星夜赶赴拉萨去找丹增旺杰。这位"乞丐"在拉藏汗的府第前哀叫了三天才见到了丹增旺杰，密约他到八角街一座楼外的墙边商谈大事。

丹增旺杰按时来到预定的地点，假乞丐已经趴在地上等候着。

"你认得这个吗？"假乞丐从乱发中取出了戒指，警觉地望了望四周。

丹增旺杰已经知道他是被迫卸职的第巴派来的心腹，所以很容易地认出了它是桑结甲措独有的无价之宝，遂郑重地说："我并没有怀疑你，何必带这样贵重的证物？第巴桑结甲措是我们藏族的大英雄，也是我的恩师。现在，灾星正照临在他的头上，他有什么吩咐，你就转述吧。"

假乞丐刚要说话，一队蒙古骑兵列队走了过来。为首的头目叫达木丁苏伦，很得拉藏汗的宠信，他是认得丹增旺杰的。

"尊贵的老爷，可怜可怜我这残废的苦命人吧！求佛赐福给您和您的子孙！"假乞丐用前额贴着地面，声带颤着哭音，两只手并排地向前伸着。

丹增旺杰疾速地背过身去，挡住达木丁苏伦的视线，顺手把那个贵重的戒指像小钱一样地扔在假乞丐的手上，假乞丐顺势紧握在手心里，不停地道谢。

骑兵过去了。达木丁苏伦回过头来，向丹增旺杰微笑了一下，似乎在赞赏他的善行。

马蹄声远了。假乞丐从地面抬起头来，又把戒指送回到丹增旺杰的怀中："这是第巴送给你的。日后还有重谢呢。"

"先生，这个……其实是用不着的。"说着，他把戒指戴在手上。

丹增旺杰的话不是假的，他早就愿意不取报酬地为第巴效点儿劳了。当然，第巴这样地看重他，特别是将自己身上的贵重物品赠给他，他也是求之不得的。因为它不但有很高的经济价值，更是很高的荣誉。越是想当大人物而当不了大人物的人，越是爱好虚荣。丹增旺杰就属于这一类。只要有大人物的吩咐，他什么事都干得出来。

"快说，此地不宜久停。"他催促着。

"好。你是懂医药的，毒死他！"假乞丐从牙缝里挤出最后三个字来。

"谁？"

"第巴的……对手。"

"我……照办！"

在分手的时候，从他们头顶的楼窗里隐去了一个女人的头。这个女人就是贵族小姐白珍。

当担负着市区巡逻任务的达木丁苏伦又出现在八角街上的时候，白珍站在门口向他招手："将军阁下，请过来，我有话说。"

达木丁苏伦见她生得美貌，声音又那么娇柔悦耳，不禁有了几分好感，像孩子一样顺从地下马走了过去："小姐，有什么事情？"

"有钱吗？"白珍低声问。

"有。"达木丁苏伦低声答。

"多吗？"

"我……不知道……你要多少？"达木丁苏伦说着从怀里拎出了鼓鼓的钱袋。

白珍认真地估量了一下，慢声细气地说："不算少，也不算多。"

"现在，我一共就有这么多。不过还可以……你的确……太漂亮了！"达木丁苏伦拍了拍钱袋，慷慨地递了过去。

"你不要误会。"白珍没有接他的钱袋，"我要和你谈的是另外一种买卖，我想把我所看见和听到的重要情况……卖给你，它会使你得到更高的官位，收回更多的钱财。"

达木丁苏伦失望了，不过又立即产生了另一种希望。他懂得：有时候灵魂的交易比肉体的买卖更为有利可图。于是急切地追问："你看见了什么？"

"一个藏族乞丐和一个蒙古官员在神秘地交谈。

"你听见了什么？"

"毒死他。"白珍也从牙齿缝里挤出这三个字。

"毒死谁？"达木丁苏伦惊愕了。

"'第巴的对手'，明白了吗？"

"啊？……"

"值吗？"白珍伸出了手。

"值，太值了！"达木丁苏伦赶忙把钱袋捧过去。

"欢迎你夜晚再来。"白珍提着钱袋转身进了大门，又回过头来，向达木丁苏伦抛出妩媚的一笑。

拉藏汗接过丹增旺杰端上来的牛奶，没有像往常那样趁热就喝，两眼直视着恭立在身边的丹增旺杰。丹增旺杰谦卑地微笑了一下，更加谦卑地低下了头。

拉藏汗拿出了事先准备好的象牙筷子和银勺子，分握在左右手中，伸到牛奶碗里慢腾腾地搅着，锐利的目光依旧直盯着丹增旺杰。

不一会儿，微黄的象牙筷子和白亮的银勺子都变成了黑色。

拉藏汗的身子微微颤动了一下，用低沉而平静的语调说："丹增旺杰，这奶子有些凉了，你来喝吧。"

丹增旺杰知道事情已经败露，一时没了主意，强压住满心的恐惧与慌乱，喃喃地回答说："是，是……我给您去换……换一碗热的来……谢王爷，这一碗……我喝，我喝……"说着直往后退，并不上前端碗。当他退到门边的时候，一个急转身刚要逃跑，一队持刀的蒙古武士已经排列在门外，像一座雪山挡在他的面前。

拉藏汗拍了一下桌子，丹增旺杰"扑通"一声跪倒在地，一边不停地叩头，一边坦白说："我不认识桑结甲措，也没有贪图他的钱财，我只是听信了街上的谣言，说王爷您向大皇帝上告了达赖佛爷，说六世是假的，不是真的。我想不通，我是为了维护达赖的真身才做出这样的蠢事，是魔鬼缠着我让我犯下大罪的啊！我们都是信佛的人,求王爷为我驱鬼吧,求王爷饶恕吧!"说罢,号啕大哭起来。

"我是要驱鬼的。"拉藏汗冷笑了一声,"这鬼就是桑结甲措!他是大鬼,你是小鬼,要除大鬼,先除小鬼!"拉藏汗干脆地挥了一下手,武士们把丹增旺杰拖了出去。

丹增旺杰的腰间被坠上石头,抛进了拉萨河的波涛。他最后看到的是一张露着得意笑容的大脸,这张脸属于达木丁苏伦。

拉藏汗望着那碗下了毒药的牛奶,就像望着一堆烈火,这烈火越烧越旺,把他心头的怒火引燃得比山峰还高。他不由得联想到他的父亲达赖汗的突然死亡,想必也是遭了桑结甲措的毒手。他对于桑结的仇恨达到了顶点,决心将那个扁头第巴及其追随者彻底消灭。他立即又给康熙皇帝上了一份奏折,历数了桑结甲措的种种罪恶和六世达赖不守教规的行为。他密封好奏折,指令各驿站星夜派快马赶送北京。接着就调集军队,亲自训练、整编,准备进攻山南。达木丁苏伦真的被提升当了将军,担负了从侧翼插向敌后,切断桑结退路的重任。

春天的贡嘎像彩色地毯一般绚丽。小朵的野花簇拥着一棵棵垂柳,像一群群盛装的男女在暖风中跳着圆圈舞。北面的江水是深蓝的,南面的山峦是淡绿的,天空的云片是洁白的,地面上飘着带有香草气息的炊烟。

这里的地势稍低于拉萨,雅鲁藏布江面也比拉萨河面稍宽一些。如果不是阻隔着一江一河,不利于向北发展的话,一千多年前雅砻部落的首领松赞干布就不一定把他的人帐迁到现在的拉萨,而有可能在这个如情似梦的地方安营扎寨了。

现在,桑结甲措把它当作了自己的战略要地。因为这里是西去后藏、北去拉萨、南去山南各地的通道,而且有着足够的粮草。

一望无际的草滩上正聚着兵马。土洞里、岩缝中的蛤蚧由于历来无人捕捉,竟改变了夜间出动的习性,随时蹿出来擒获食物。

桑结故意不进房子,他坐在大帐里,并且按照古代武士的模样装束自己,以表示他不是一名卸职的第巴,而是收复失地的统帅。

外面传报:工布地区的首领龙夏率领着一千骑兵赶到了。桑结一听,如获至宝,赶忙迎出帐去,像接待老朋友似的接待了龙夏。

"你真是救火之水啊!"桑结拉着龙夏的手说。

"我这股水可是流来得不易呀!"龙夏擦着汗,露出了邀功请赏的神态。

"是的是的。"桑结感慨地说,"拉藏汗占领了拉萨,堵塞了向东的通道,卡

二十二 桑结之死 209

住了半个西藏的脖子。喀木地区、三十九族地区、波密地区、工布地区……许多路的人马都过不来了。老兄，你是从东面开来的唯一的一路兵马……"

"我不来谁来？"龙夏拍着胸脯说，"你在拉萨把于琼卓嘎交还给我，这恩情我不能不报。论公职，我是你的下属；论私交，你是我的朋友。我可以没有长官，但不能没有朋友。俗话说：脱掉羽毛的箭射不远，失去朋友的人活不长。是不是？"

桑结点了点头，脸上泛起微笑，心中却不大高兴。他觉得这个土皇帝今天说话的口气和在拉萨的时候大不相同了，已经不把他当尊严的第巴看待了，竟然和他攀起朋友来了。但是有什么办法呢？他为夺回失去的权力，正面临着一场决战，兵力又十分缺少，龙夏的一千骑兵是万金难买的杀敌宝刀啊。好在他毕竟来了，来了就好，何必和他计较？狗就是疯了也还是认识主人的。

桑结甲措刚刚让龙夏下去休息，自己也想闭上眼睛养养神（他已经两天两夜没有睡觉了），下人禀报说有一位远路而来的喇嘛求见。他本想拒绝见客，忽又想到也许是从六世达赖身边来的人，说不定会带来什么对他有用的消息，于是强打起精神来说了一个"请"字。

一位头戴红帽的老喇嘛，在武士的跟随下朝大帐走来。地上的绿草把他的袈裟衬托得格外鲜艳，远远看去像一朵大鸡冠花。他迈着平稳小步，整个身子由于过于肥胖而一左一右地晃动着，缠绕在手腕上的念珠在阳光下一明一暗，像是神秘的佛光。

桑结甲措欠起身来相迎，他注视着这位长者，挖掘着内心深处的记忆，一时却怎么也挖不出对方的名字和身份来。

"你是尊贵的桑结甲措？"对方先开口了。

"是的。请问你是谁？从何方而来？"桑结有些狐疑地反问。

"这倒不关紧要。"对方没有直接回答他的问话，自动坐在垫子上，松开腕上的念珠一个子儿一个子儿地快速捻捡着，"只要你能认真听取我的意见就够了。无论出自谁人之口，忠言总是忠言。"

桑结摆动了一下扁头，眉心微微一皱。他不能排斥这样的可能：这位老喇嘛是拉藏汗派来的说客。转念一想。不会，拉藏汗也是信奉黄教的，不会派一个红帽派的喇嘛前来。咳，不去管它，且听对方说些什么吧。他装出一副十分恭敬和虚心的样子，俯下身子说："请讲。"

"恕我直言了。"对方又把念珠缠绕到手腕上，"达赖六世还很年轻，又十分善良、聪明，他的诗才在西藏的历史上实属稀有。因此，僧俗人等对他衷心爱戴，无不敬仰。可是，在拉藏汗的眼中，他是你一手扶植起来的。这一点，回想康熙二十四年发生的事情，便……"

桑结甲措听到这里，浑身震动了一下，嘴角抽搐着想说什么。

"请不必激动。"对方扬起手掌，意在制止他的辩解，接着说，"所以，你越是与拉藏汗交恶，越是对达赖不利。为了保护达赖，我劝你勿动刀兵。"

"我一人做事一人担当，与达赖无关。"桑结挥了挥拳头，"再说，六世的坐床是大皇帝批准了的，也得到了藏、蒙民众的拥护。人们也知道他不大关心政事，谁能把他怎么样呢？"

"拉藏汗是不会这样看的，这，你不可能一无所知。还有，大皇帝因为你暗助噶尔丹，对五世的圆寂秘不发丧，找到转世灵童久不上奏，对你已无好感。谚语说：疾病进入膏肓就得料理后事，上司与你作对，就得设法离开。我劝你还是偃旗息鼓为好，也免得妄杀生灵。"对方眼含热泪，又掐开了念珠。

"可是拉藏汗已经下了决心要置我于死地，我是欲罢不能了。至于大皇帝嘛，只要我夺回拉萨，赶走拉藏汗，手中有了实力……大皇帝是个尊重事实的英主……不会加罪于我的。"

"如果战败了呢？"

"……"桑结甲措是一个从来没有经历过真正的、彻底的失败的人。对他来说，失败都是短暂的、局部的，而且总是能化险为夷，所谓失败只是意味着卷土重来。所以他无法对这个问题立即做出回答。

"我劝你还是以退为妥。你可以隐居山林，也可以受戒为僧，我将尽力保护你的安全。"对方拉长了声音说，"漫长的春天有三寒三暖，漫长的人生有二苦二甜。翻过一山，必有一谷；上上下下，行路之理。望你再思再想。"

桑结甲措用比对方快两倍的速度回答说："我没见过狮子夹尾巴，也没见过牦牛缩犄角。与其厚颜老死，不如英勇战死！"

"看来我的话对你像是往石头上泼水，渗不进去了。求佛保佑你吧。"老喇嘛闭了闭痛苦的眼睛，起身告辞了。

桑结甲措怀着纷乱复杂的心情急忙相送，同时追问道："请问，你到底是哪方的高僧？"

"你忘了？"对方回过身来说，"三十多年以前，在五世达赖的寝宫里，我们曾经见过一面。那时候，你还不到二十岁，也还没有当上第巴。后来，我和伟大的五世还经常有书信往来……"

"您是敏珠活佛？"桑结甲措惊叫起来，"我的确没有认出来，请您宽恕我的怠慢和……无礼……"

敏珠活佛再没有看他一眼，径自走去了。

桑结甲措像一个不肖的儿子跟在不再理他的父亲身后，默默地走了一段诀别的路。路上他隐约地听到敏珠活佛自言自语地重复着两句话："五世培养了他，他却毁灭了六世！"

桑结甲措的人马从曲水渡过了雅鲁藏布，以龙夏的一千骑兵为先导，浩浩荡荡地向东北方向的拉萨进发。

拉藏汗的军队也从拉萨向西南开拔。达木丁苏伦的精锐骑兵则从拉萨西面的堆龙德庆快速插向敌后。

一场大战就要在拉萨的远郊展开了。

龙夏来到前线，转过一个在巨石上刻有佛像的山嘴，蓦地看到一片耀眼的亮光。那是拉藏汗的军队已经在平川上迎面列开了阵势，盔甲和刀枪像繁星一样密密麻麻，闪闪烁烁。龙夏并没有见过战争，更不曾上过战场，只不过是个有权调动和统领一些人马的地方首领。当他面对着这般壮观的景象时，不禁发起怔来。桑结甲措临时拼凑的军队，在仪容上是无法同它相比的。他意识到这就是他要与之厮杀的对手时，立即不寒而栗了。仗，还没有开始打，他就已经彻底地败了。

龙夏正在进退无措的时刻，从拉藏汗的阵中飞出一骑，在距他一箭之地的高坡上射过一封信来，上面写道：

龙夏先生：

我可以证实，桑结甲措送还给你的美女于琼卓嘎，原本是六世达赖的情人。如果你想得到六世和我的宽恕的话，就请不要帮助那个欺骗你伤害佛爷心灵的家伙了。不然，我将用我的刀为你举行葬礼，而且，这很容易办到。记住，我的这些话像山上滚下的石头，是收不回去的。

拉藏汗

龙夏读完信，吓得面如土色，几乎没有片刻犹豫，便举起马鞭向他的一千骑兵大喊一声："撤回老家！"

这当然是很得人心的命令，那些仅仅为了服从老爷而抛妻别子的农奴们，转眼之间就从战场上消失了。

正想一举击败拉藏汗的桑结甲措,像一只从山岩上起飞的大鹰突然折断了一扇翅膀,向着绝望的深谷坠落下去……拉藏汗用靴子狠狠地夹了一下战马,像一只飞箭似的直射过来。蒙古骑兵对这位总是身先士卒的英勇的统帅是引为自豪的,立即紧跟着拉藏汗向前奔驰。桑结的兵马像是被洪水冲垮的堤坝,顷刻被粉碎在滚滚的波涛之中。桑结甲措即使是画着龙纹的金鼓,这时也无法自鸣了。他只好转身南逃,回山南去培植未来的希望。

在路上,他被绕行到他背后的达木丁苏伦俘获了。达木丁苏伦用刀背拍打着他的盔甲,嘲笑说:"垒起的牛粪算不了宝塔,穿着战袍的不一定是英雄。"说罢一阵狂笑。

桑结听着这笑声,就像刀尖在挖他的耳朵。他愤愤地反驳说:"是劣马把英雄摔在了地上,是坏人把我出卖给了你们。"从此,便不再说话了。

他被带到了堆龙德庆的那孜,作为罪犯关押起来。

拉藏汗立即把他的胜利飞报给朝廷。拉藏汗的奏章足足用了一大张藏纸,这种手工制作的纸虽然不太洁白,却又柔又韧,像是丝绢。上面密密麻麻地写满了桑结甲措历史的罪恶、现实的反叛和被俘的经过,以及西藏目前秩序的良好、人心的安定,又说仓央嘉措如何耽迷酒色,不守清规,不理教务,绝对不是真正的达赖,请皇帝下旨废黜。

就在呈送这份奏章的使者向着北京进发的同时,康熙皇帝为了查询西藏的动乱情况,调解拉藏汗和桑结甲措的矛盾,又特意派恰纳喇嘛和阿南卡两位使者由北京向拉萨进发。北去南来的双方在途中错过了面谈的机会。

这是康熙四十四年七月上旬的事情。

桑结甲措坐在那孜的牢房里,整日默思着自己的命运。半生中,他认为世上的事情无非只有两种,一种是要干,一种是要等;在等中干,在干中等。什么也不能干,什么也干不成,只能消极地等待,这种状况,这种心境,在他还是第一次。他等待着什么呢?他能等来什么呢?他反复地推测着。拉藏汗会放过他吗?不会的,新账旧账要和他一起算。皇帝会赦免他吗?不会的,皇帝是不会疼爱一个没有了实力的欺君者的。有谁会来搭救他吗?有谁呢?谁愿意为一个下了台的第巴去和拉藏汗强悍的军队厮杀?六世达赖会替他说情吗?唉,由于仓央嘉措是他确认的灵童,又不守教规,拉藏汗是不会听从这位六世的佛旨的……他想来想去,只能得出一个结论,他等的只有一样东西——死!

他原本觉得六世达赖对不起自己。是他给了这个放牛的孩子如此之高的尊位,亲自教这个聪敏的少年以知识和经典；这个孩子却从不领情，而且闹出许多破坏教规的事，给他惹下很难收拾的麻烦。而现在，他竟第一次感到也有些对不起六世达赖了。是他把仓央嘉措这一条嫩绿的柳枝折断了，插进了佛殿的净瓶。这净瓶中的水不就是自己的权力吗？当水干涸的时候，柳枝也会失去它最后的生机……

他想到这里，忍不住向拉藏汗提出请求说："我使达赖佛担忧受惊了，我要向佛去当面谢罪。"

拉藏汗没有答应他的请求，只是同意将他的意思向达赖转达。第二天，也真的转达了。

又过了一天，拉藏汗派人给他送来了仓央嘉措的一首诗。诗中写道：

热恋的时候，
情话不要说完；
口渴的时候，
池水不要喝干；
一旦事情有变，
那时后悔已晚。

桑结甲措的眼睛盯在"后悔已晚"上，发出了最后的内心独白。

"是啊，晚了！我后悔什么呢？我如果把自己的全部精力都用在著作上，我留下的东西将不止现有的这些，我会成为更大的大学者的。个人的专权是颈上的枷锁，传世著作是头上的花环啊……一颗星管一个时辰。我要陨落了，隐去了……沉香剁百块，其香依然在。我将留下的……是什么气味呢……"

七月十五日，就在那孜，桑结甲措被拉藏汗下令杀害了，终年五十二岁。有人说他是被拉藏汗的一个妃子下令杀害的，对于第巴这样的重要人物，一个妃子敢做出这种决定吗？真是的，什么事都会有各种说法！

二十三 诏执京师

　　皇帝的两位特使恰纳喇嘛和阿南卡到达拉萨的时候，桑结甲措已经不在人世了。事情的发生出乎意外，使他们十分震惊。

　　也许是出于对"杀生"的厌恶，也许是基于对失势的弱者的潜意识的同情，也许是由于事先知道康熙皇帝并未打算除掉桑结，恰纳喇嘛对于拉藏汗杀害桑结的举动明显地表现出不快。他追问拉藏汗为什么擅自对桑结执行死刑，拉藏汗吞吞吐吐，一时不知怎样回答才好。后来，才说是手下人为了报私仇才这样干的，并表示：如果圣上认为不当，甘愿受罚。

　　恰纳和阿南卡也还听到了一些另外的说法。有的说拉藏汗在六月间以三路大军夺取了拉萨，桑结甲措逃往贡嘎，被杀于久垄。有的说桑结甲措在被捕的当天就被处死了，而拉藏汗确实并不知情。有的说是拉藏汗假借达赖的名义让桑结投降之后，却没有保留他的性命；在这之前桑结是住在拉萨的宅第中的，拉藏汗率兵攻打他的住宅，他逃到城外的一个堡寨中固守，当时，是达赖向他下了投降的命令。

　　二位使臣虽然拜望了六世达赖，但也无法弄清事实的真相。桑结甲措确实被杀了，这已是无可挽回的事实。他们也毫不怀疑，双方在多年的争斗中相互使用过暴力和阴谋。于是他们带着疑虑和颓丧，返回了京城。遂将情况写成奏章，上报康熙皇帝。

　　腊月的北京，天气晴朗。整天在乾清宫忙于政务的康熙皇帝，舍不得抽一点时间到外面去晒晒太阳，他的眼睛总是习惯于盯在奏章上。他从八岁即位，十四岁亲政，已经当了四十四年皇帝。他经常外出远行，专心操劳于军政，难得有闲暇之日和游乐之情。

　　他刚刚恩准了言官周清源的请求，命各省建立育婴堂。接着就收到了恰纳和阿

仓央嘉措

南卡关于西藏之行的奏章,立刻便俯下身去披阅起来。

在此之前,他已经看过了拉藏汗的奏章,对于桑结甲措的失败并无惋惜,而且在内心里感到某种满足。他一直在思考西藏的形势,等待恰纳的报告,然后再做出新的决策。现在恰纳的奏章到了,他反复地看了几遍,又把拉藏汗的奏章抽出来,再看了一遍。事情已经是明摆着的了,桑结甲措死了,拉藏汗掌握了西藏的实权,而且,看起来他比桑结更能忠于朝廷。剩下的问题是对于六世达赖究竟应当如何处置了。

康熙皇帝考虑:拉藏汗所奏请的"废第巴所立假达赖"的做法,是不可取的。因为藏族人和蒙古人都衷心信仰达赖喇嘛,仓央嘉措即使是所谓的假达赖,也毕竟有着达赖喇嘛的名号。蒙古各部照样信服他,这无形中对蒙古各部也起着一种维系稳定的作用。如果就此将他废掉,很可能会引起藏族人的不满和蒙古人的混乱。他还考虑到,也不能让六世达赖落到另外的蒙古部落手中,特别是不能落到新疆的准噶尔部落首领策妄阿喇布坦的手中。这位噶尔丹的侄子,因为助剿他的叔父而有功于朝廷,被划地在阿尔泰山以西至伊犁一带游牧。他随着实力的发展,野心也发展了起来。这个自立为汗的人常常露出东侵的指爪,对他是要警惕和防范的。如果不将达赖喇嘛掌握在朝廷的权威之下,而被策妄阿喇布坦迎去,就会成为那个野心家的新招牌,会笼络去其他蒙古部落的人心,助长其吞并他人的气焰,加速其反叛朝廷的进程。对!还是先把达赖弄出西藏为好。

康熙皇帝在考虑成熟之后,下了一道圣旨,任命护军统领席柱和学士舒兰为金字使臣[①]入藏宣谕。

席柱和舒兰经过四个多月的跋涉,由北京到达拉萨。拉藏汗跪接了圣旨。圣旨中说:桑结以为拉藏汗终为其患,密谋毒杀未遂,欲以武力驱逐。拉藏汗遂集合人马讨诛桑结,安定了西藏,可诏封为翊法恭顺拉藏汗。至于其奏请废黜桑结所立之六世达赖,当执献京师。

拉藏汗接过了"翊法恭顺拉藏汗"的金印,面北谢恩。他已经做的事得到了皇帝的承认,他所希求的封王(不是靠世袭得到的那种汗位)也已经成为现实。下面的大事就是送走仓央嘉措了。

"大皇帝还有什么圣意?"恭顺汗恭顺地问。

席柱本来就想紧接着谈这个问题,立刻回答说:"还有,桑结的妻子也要执送

[①] 金字使臣:遇有军政要事,皇帝便让使臣持上特制的有碗口大的铜牌,字表镀金,明示沿途驿站作为紧急通行的凭证。

京师。"

"她已经自杀了。"拉藏汗肯定地说。

席柱"噢"了一声，表示知道了。接着说："关于执送假达赖的事，对外可以说仓央嘉措是钦遵大皇帝的谕旨，亲往京都朝觐。"

拉藏汗却沉默不语了。他和康熙皇帝，还有那个策妄阿喇布坦以及别的有识之士，虽然都知道这位达赖六世是桑结甲措的政治产物，但是达赖毕竟是达赖，头上有着神圣的佛的光环。桑结的死亡，并不简单地等于达赖的消失。他犹豫了半天，终于开口说："如今政局方稳，桑结余党未除，达赖之伪善不为众生所信知。如果他远离西藏而去，万一民心生变，众僧离散，恐怕会给大皇帝添忧啊！"这位新受封的恭顺汗，在这个问题上却不大恭顺了。

"那……待我回奏皇上以后再说吧。"席柱见他不愿立时送走达赖，且言之有理，也就不好再谈下去了。心想：这位汗王既然觉得手里攥着个达赖对他有利，就让他攥着好了。

席柱和舒兰的奏闻到了京城。康熙皇帝正在同诸大臣议事，看过以后随手交给大家传阅。大臣们相视无语，一时不知道究竟应该发表什么意见。皇帝笑了笑说："拉藏今虽不从，日后必然自动执之来献。"

正如康熙所预料的那样，拉藏汗为了把桑结的势力剪除净尽，想来想去，总觉得把六世达赖留在身边对自己弊多利少。不管怎么说，这个仓央嘉措总是桑结权力的一个象征，也是桑结罪恶的一个佐证。拉藏汗终于又决定将六世达赖执献京师了。

他做了几件进一步巩固和加强自己势力的事，以防止在弄掉仓央嘉措的时候发生骚乱。他找来他前年委任的新第巴隆素，布置了严密封锁布达拉宫的任务；他笼络和收买了一批西藏的著名人士（如日后在西藏历史上扮演了重要角色的年轻俗官颇罗鼐等），以增强当地人对他的支持；他大肆搜捕桑结甲措的亲信、部下、余党，只是那个假乞丐没有抓到，他已经逃往新疆的准噶尔蒙古部落，向策妄阿喇布坦搬兵为桑结报仇去了。凡是敌对人士，能逮捕的立即逮捕，有的不便于或不必要逮捕，就派人监视起来。

对于仓央嘉措的处置就要开始了，年轻的诗人终于被推进漩涡的深处，快要沉入水底了。

仓央嘉措听到桑结的死讯，心头顿感悲凉，往日的怨恨，好像都化作了惋惜。作为一位博学多才的人，仓央嘉措本来对他就怀有敬仰之心，只是由于追求不同，才使他们两人未能成为至交，甚至相互做了些伤害对方的事。

基于对死者的宽恕，仓央嘉措默默地走进了桑结的书房，见桌面上摆着厚厚的一叠手稿，便轻轻地拿起来翻阅，原来是这位第巴生前写下的六世达赖仓央嘉措的传记第一部。他怀着好奇、感激、疑虑的复杂心情坐在桌前读起来。

窗外，阴云密布；室内，灯已熄灭。仓央嘉措读完了前面的一部分，觉得有点头昏，便放下手稿，闭目养神。书中对他的描述，使他无法安静下来。桑结写他在幼年的时候就自己声称"我不是小人物"，"我是从拉萨布达拉来的"，"我要到布达拉去"；还说："我珍视自己的小便，不要胡乱倒掉，你们要是喝了，就会得到福力。"写他看见母亲捻线，就说："用不着这样，我会给你吃穿的！"然后将线锤夺去扔掉。还写他吃喝总要求先于别人，否则就不高兴，竟然命令别人说："有什么最好的食品就送来。"仓央嘉措觉得这些记载十分可疑。他记得，他从小就没有把自己视为特殊的贵人。

他转而想到：如果由我来写第巴桑结甲措的传记，我该怎样评价他呢？我当然不会像他神化我那样去神化他。他神化了我，不是也有人在否定我，说我是假达赖、花花公子吗？我即使神化了他，也还是有人否定他的。因为我们毕竟都是曾经活着的人啊。但愿不要因为他做过错事甚至有过罪过就把他视为粪土吧，但愿也不要因为他做过好事甚有过功绩、最后遭到杀害就被视为大英雄吧。

可惜的是，仓央嘉措不但没有机会写他的传记，而且连他写自己的传记都没有看完，就被押出了布达拉宫。

五月初一。

春天来得迟些的拉萨，低洼的草地上刚泛出一层嫩绿，阴沉的天空又撒下了雪霰，满城垂柳的枝条已经很柔软了，却仍在冷风中抖动着，瑟缩着，不敢吐芽。

从布达拉宫到拉藏汗的府第，沿途都戒了严。蒙古军队和新第巴隆素的武装按照细致的分工，把守着各自的地段。虽然没有爆发战争的迹象，但那异常肃穆的气氛却令人窒息。人们的心都像快要绷断的弓，不知道究竟又要发生什么重大的事情。远远地可以望见，各大寺院的活佛和一些蒙古高僧陆续在拉藏汗的门前下马，慌张地走了进去。他们都是被"请"来的。被"叫"来的只有一位，这就是六世达赖喇嘛仓央嘉措。

西藏历史上少有的、专门针对达赖喇嘛进行的宗教审判会开始了。

会议的召集人和主宰者拉藏汗，是与会人士中唯一不穿袈裟的人。当他环视四周，意识到这一点以后，特殊感和孤立感同时向他心头袭来。

仓央嘉措被指定坐在一个普通的位置上，对于达赖来说，这就意味着被告席了。此刻他所能享受到的唯一优待，是背后被允许站着一位贴身的侍从——盖丹。这位年过六十的喇嘛，已经有了近似三朝元老的自我感觉，脸上总是表露出庄重和漠然的神情。

拉藏汗偷觑着仓央嘉措。仓央嘉措正在用目光向到场的活佛们、堪布们、高僧们默默地问候。

人们的眼睛也都不约而同地跟着仓央嘉措的目光转动。他们似乎从来没有见过这样的目光。他们觉得世上的任何诗人和画家都不可能把它描画出来。它比太阳热，又比月亮冷；它像大海那样深沉，又像小溪那样清浅；它充满友爱，又透出疑虑；温顺中含着坚强，平和中藏着愤慨；既有少女的柔弱，又有老人的固执；天真多于成熟，坦率多于隐藏……是在寻求同情吗？不像；煽动反抗吗？不是。人们终于从中找到了最令人揪心的东西——诀别。

拉藏汗坐在卡垫上搓了一下手心里浸出的汗液，用发布军令的语调说："众所周知，仓央嘉措不守佛门清规，屡次破坏戒律，乃是个风流浪子，不是位真正的达赖，理当把他废黜。请诸位发表意见吧。"

人们面面相觑，长时间地沉默不语。坐满了人的议事大厅，竟像一座连风声也没有的空谷，只有窗外传来细微得难以辨听的沙沙声，大概是雪霰还在下着。

"如果没有不同的看法，就一致决定了。"拉藏汗催促着，威胁着。

"请听我讲。"敏珠活佛合十着双手说，"达赖佛行为不检，乃是迷失菩提之故，况且出身于红教世家，不惯黄教清规，也为众生所知，恐不宜说他是假的。"

俗语说：一鸟飞腾，百鸟影从。敏珠活佛又是五世达赖的密友，历来德高望重。经他这样一说，鼓舞了大家为六世达赖辩护的勇气。会场顿时活跃起来。

"是啊，他只是游戏三昧，实际上未破戒体。"一位堪布接着说。

"对于六世，民间流传着这样一首诗歌：'未有女人陪伴，从来未曾睡过；虽有女人陪伴，从来未曾沾染。'这前一句显然是太夸大了，后一句倒确是事实。"热振寺的活佛做了一个十分肯定的手势。

"从一世达赖到现在已经二百八十余年，至于哪一世达赖是真是假的事，我们从来未听说过，连想也不敢想啊！"另一位活佛用请罪的口吻说。

"四世达赖是蒙古人,我们西藏人也没有谁说他是假的。"大厅的一角传来了一个苍老的声音,声音有些低哑,话里却带着刺儿。有人瞅了拉藏汗一眼,暗暗地替那位插话者担心。

插话者竟是伺奉在六世身边的盖丹。

"六世的坐床是皇帝批准了的,听说皇帝至今也没有认定他是假的。此事非同小可,请拉藏王爷三思而行。"哲蚌寺的堪布有些激动了,但是在极力忍着。

大家七嘴八舌地讲着自己的看法,却没有一个人说仓央嘉措不是真达赖,也没有一个人提到第巴桑结甲措。桑结甲措已经死了,仓央嘉措却必须拯救。尽管人们对这个年轻人的遭遇和处境怀着各种各样的复杂心情,有一点却是共同的,那就是心里都装着他的诗歌。

"好了!"拉藏汗站了起来,"诸位的慈悲胸怀是可敬的,但事实不能靠说情来改变。大家好像都忘记了,我发现仓央嘉措不是真达赖已经有五年了。康熙四十年我就曾经和策妄阿喇布坦共同声明过,不承认他是真达赖。他本人并没有提出异议,还亲自到日喀则向班禅退戒,愿意放弃尊位。事到如今,你们又何必为他辩解呢?"拉藏汗压着怒气,却提高了嗓门儿,"现在,我郑重宣布,大皇帝已经下诏,叫我将仓央嘉措送往京师。这就是说,大皇帝已经认为他不配再坐在布达拉宫的尊位上了!"

会场里响起了一片惊叹声。

拉藏汗环视了一下众人,接着说:"我还要告诉诸位一件事,桑结甲措在我的食物中下毒,想毒死我,才招致杀身之祸,未得好报。如果还有谁对我居心叵测,我看也难逃惩罚。糌粑要嚼着吃,言语要想着说。长短要丈量,真假要辨别。这就是我最后的忠告。"

会场上恢复了静默。会议在静默中散了。

人们都回到了各自的寺院。仓央嘉措却没有能够再回布达拉宫,而且从这天起,再也不能回去了。他被带进了设在拉鲁的拉藏汗的兵营,成了不战不降的俘虏。

仓央嘉措在大门外用目光与大家告别时,脸上充满了凄楚的表情。他特意走向敏珠活佛,在这位早已知名、初次见面的长者面前站了一会儿,嘴角抽搐着,热泪无声地流了下来。也许是想起了自己早已去世的父亲……

仓央嘉措被关押到拉藏汗的营房以后,就失去了一切自由。拉藏汗只同意派盖丹回布达拉宫去取他的私人用品,其他任何人不得前来探视。

盖丹在回宫以前，怕六世达赖忍受不了这种孤寂，过于悲痛，劝慰他说："请佛爷宽心，到了京城，皇帝会以礼相迎，给你优厚待遇的。当年五世达赖不就是例子吗？"

"我和五世不能相比啊！"仓央嘉措叹了口气说，"我在皇帝的眼中，恐怕和在拉藏汗的眼中一样，只不过是桑结甲措戴过的一顶旧帽子罢了。"他停顿了一会儿，又凄楚地说，"盖丹，我是把你当朋友看待的，我的一切你也是了解的。过去，我曾经为了得到生活的自由想不当达赖；现在，真的不当达赖的时倒失掉了自由的生活。从囚徒到囚犯，从佛宫到兵营，我的翅膀一直是伤残的，我的天空一直是低矮的，我多么羡慕那林中的小鸟儿啊！"仓央嘉措泣不成声了，盖丹也听得老泪纵横。

天上传来了鹰的叫声，地面传来了战马的嘶鸣，却都那样的陌生，那样的遥远，在他听来，像是来自一个不知名的世界。

仓央嘉措接着对盖丹说："有人说我不是真达赖，这本来就是件连我自己也搞不清楚的事情。是的，我不守清规，我破坏了戒律。我亲近过不少的女人，正如我赞赏过各色的鲜花，崇拜过各样的山峰。我既是六世达赖，又是宕桑汪波，但是我归根结底只是仓央嘉措。日有日食，月有月食；树不能无节疤，人怎能无过错？我轻信过，也轻浮过；我荒唐过，也悔恨过；但我从无害人之心……我反复地思想，多次地比较，在女人当中最理解我的，最谅解我的，为我受折磨担风险最多的，我真爱的，我最爱的，到头来只有一人……"

"于琼卓嘎？"盖丹问。

"对，你猜对了！"仓央嘉措有了欣慰的笑容，"我和她今生是再也不能相见了。请你回宫以后，设法告诉塔坚乃的妻子仓木决或者酒店的央宗，让她们一定替我到工布地区龙夏的庄园去一趟，把我的情形告诉于琼卓嘎，并且把我最后的一首诗交到她手里。"说着，从怀里掏出一张字条。盖丹不知道上面的诗是什么时候写好的，也不知道他在怀里揣了多少个日夜。盖丹双手接过来，匆匆一瞥，只见上面写着这样几行：

在这短暂的一生，
多蒙你如此待承！
不知来生少年时，
能不能再次相逢？

仓央嘉措

盖丹把字条捧在手上，忍不住像孩子似的大哭起来，比达赖五世圆寂时哭得更为伤心。他对五世只怀着崇敬，对六世却充满着爱怜。

六世达赖受审判、被囚禁的消息，立刻在拉萨引起了极大的震动。人们从远处近处高处低处望着金碧辉煌的布达拉宫，感到里面全都空了，只剩下一个石砌的外壳。达赖寝宫的窗外上方，黄色的遮帘垂了下来，像是在掩盖它失去了主人的悲哀。

对于达赖喇嘛的信仰，对于年轻诗人的喜爱，对于无辜受害者的同情，对于本族首领的偏袒……像一颗颗火星聚集到人们的心中，冒烟了，燃烧了，变成了熊熊大火。

商店纷纷关门罢市，人们用停止一切活动来表示抗议。白日的拉萨忽然变得比黑夜还要冷清，只有拉藏汗军人的靴底在街巷里发出"咯咯"的响声。

布达拉宫下的酒店反锁了大门。这是罢市时间最长的一家，女店主央宗到工布去了。她发誓除非于琼卓嘎已经死了，否则决不在完成盖丹转交给她的任务以前活着回来。

半个月后，1706年6月17日（藏历火狗年五月十七日），仓央嘉措在达木丁苏伦将军率领的军队的押送下，在皇帝使臣席柱和舒兰的陪同下，从被关押的地方拉鲁嘎才出发，踏上了前往北京的路程。

六世达赖终于被拉藏汗用武力正式废黜了。

这是一支特殊的、罕见的押送俘虏的队伍，没有绳索，没有刑枷，没有囚车。为了不过分刺伤人们的心，拉藏汗下令不准这类物件出现在这支队伍之中，并且允许仓央嘉措骑在一匹很神气的大马上，依然穿着邦邦之乡结底雪[①]特织的袈裟。

仓央嘉措闭起眼睛，不忍看正在与他远别的一切。这一切，包括一粒石子儿、一个房角儿、一阵风、一朵云……今天他都充满了惜别之情。

忽然，他听到远处有一种又像狂风又像雷鸣的声音，这声音越来越近，使拉萨颤动，使天地交浑……仓央嘉措不由得睁眼观看，只见数不清的人群从四面八方朝他拥来。势不可挡的人潮迅速地吞没了拉萨的土地，喧嚣着、跳荡着向前合流。达木丁苏伦一声口令，士兵们立刻向四周散开，形成了一道圆形的堤岸，阻挡了推进

[①] 结底雪：雅鲁藏布南岸、贡嘎以东的一个村庄。

的人潮。仓央嘉措被围在这个不大的空圈儿中间，一时不知怎样才好，只希望不要再发生不幸的事情。

军官和士兵们厉声呵斥着，命令群众退去。似乎谁也没有听见。席柱用力踩住马镫，从鞍子上挺起身来，使尽全身的力气大声喊着："父老兄弟姐妹们，大清的臣民们！我是皇帝的使臣。你们的达赖佛爷，是奉皇帝的诏请，到北京去朝觐的。请大家放心，不久就会回来！不要惊吓了佛体，快快散开，各安生理去吧！"

稍稍安静了一会儿的人群，一下子爆发出哭声，夹杂着撕心裂肺的叫喊。老人像被夺走自己的孩子，孩子像在死别自己的父母。手无寸铁、痛不欲生的百姓们，胸膛对着士兵的刀尖，越过士兵的头顶，把数不清的哈达、金银、酥油、糌粑、针线、手镯、玉石、干果……不停地向仓央嘉措的马前扔来。这奇异的雪、奇异的雨、奇异的雹子，是从他们郁结在内心的乌云上撒出的。仓央嘉措急忙跳下马来，高高地举起双手。热泪模糊了他的双眼，他什么也看不清了。千千万万的面容成了两个人，一个是他的阿妈，一个是他的阿爸，他们没有死；爱，使他们复活了。

人们"刷刷"地跪倒了，像潮水一层层地低落下去。各种不同的哭喊声同时响了起来：

"求佛为我们祈福吧！"

"祝佛爷一路平安！"

"早些回来呀！"

"不能丢下我们这些可怜的人哪！"

"仁慈的佛就这样走了吗？"

"我们都有待钩的圈圈，求您留下您救世的钩子吧！"

"……"

仓央嘉措用合十着的双手抹了一下腮边的泪水，又一次闭紧了眼睛。

人在爱海的淹没中也是不知所措的。

几个人被士兵打伤之后，人群开始后退了一点，又经过一番推搡，西边的人群闪出了一条窄缝，押送六世的队伍好不容易从窄缝中挤出去，缓慢地向西前进。成千上万的百姓跟在队伍的后面，躬着腰，低着头，抹着泪，像是望不到尽头的送葬行列。各大寺院的房顶上响起了皮鼓和法号，道路两旁燃起了松枝。场面的盛大，气氛的庄严，远远超过了九年前他来布达拉宫坐床时的情景。

队伍行进到拉萨西郊哲蚌寺南面的大道上，送行的人群才慢慢停下了脚步，陆陆续续地散去。

仓央嘉措

　　这条道路是从拉萨经青海去北京所必须通过的。它沿着拉萨西北郊连绵山岭的南侧向前延伸，到羊八井以后转向北去。哲蚌寺是这条路边的最大的寺院，始建于明成祖永乐十四年（公元1416年），是人所共知的拉萨三大寺和全国六大黄教寺院之一，住着几千名喇嘛。它坐落在东西北三面环山的巨大马蹄形的崖坳里，居高临下，气势雄伟，十分险要。当初，宗喀巴的弟子嘉样曲节在选择寺址的时候，是颇有地理眼光和审美水平的。

　　押送仓央嘉措的队伍，刚转过哲蚌寺下东侧的山脚，早就埋伏在那里的上千名武装喇嘛突然冲下山来，以迅雷不及掩耳之势分割阻挡了拉藏汗的士兵，一阵旋风般地把六世达赖"劫"走了。

　　拉藏汗听到仓央嘉措被喇嘛们抢入哲蚌寺的消息后，十分震怒。他命令各路重兵将哲蚌寺团团围住，准备向喇嘛们发起歼灭性的攻击。因为他决不允许仓央嘉措落入他人之手，更不能容忍任何人藐视他的权威。

　　哲蚌寺的教徒们是不会将达赖交还给拉藏汗的。他们誓死也要把佛爷留在拉萨，并且不惜一切代价来改变仓央嘉措面临的厄运。他们不是孤立的，在西藏，确实有不少人愿意为达赖喇嘛流血。热振寺早就决心同拉藏汗的军队打一场大仗，这已经不是秘密了。

　　拉藏汗向哲蚌寺发出了最后通牒，三日之内不交出"假达赖"，他就发动进攻，直到把仓央嘉措抢回为止，死的活的都可以。

　　哲蚌寺向拉藏汗做了回绝。他们声称：乃穹护法神已经明确显示，六世达赖是真的，不是假的。他们既然冒死把他抢上山来，就甘愿冒死保卫他！

　　形势异常险恶。上万名喇嘛和士兵的死亡与伤残是不可避免的了。

　　三天，在紧张相持中缓慢地度过了。双方列开阵势，佛门内外的土地即将洒满无辜的鲜血。除了远在万里之外的皇帝，是没有第二个人能够制止得了的；但康熙皇帝此刻正在批阅奏章，对这里的事情并不知晓。

　　拉藏汗怒视着严阵以待的武装喇嘛，举起了指挥进攻的战刀。他的士兵齐声呐喊着刚迈出前进的脚步，一个年轻的喇嘛从寺门外的小路上跌跌撞撞地跑下来，来到两军阵前，站下喘息了一会儿，望了望准备拼杀的双方，大步向拉藏汗的军中走去……

　　他来到拉藏汗的面前，坦然地说："带我走吧。"然后回身朝着哲蚌寺的一方高喊："不要为我流血！"马蹄形的山谷，发出了不间断的回声。

　　他，就是仓央嘉措。

二十四
离开哲蚌寺

拉萨西郊的哲蚌寺①前,从来没有聚集过这么多的人群,有泪流满面的藏族男女,有捶胸顿足的寺院僧人,有紧握刀枪的蒙古士兵,有噶丹颇章的各级官员。他们各自站在自己的群体里,拥挤着,僵持着,像浩荡的湖水簇拥着矗立在湖心的山峰,共同围拢着一个人,这个人就是第六世达赖喇嘛仓央嘉措。

康熙皇帝派来的护军统领席柱和学士舒兰二位大臣,表情严肃、神情紧张地静等拉藏汗②对于事件的处理。正是他们代表皇帝前来授予了拉藏汗翊法恭顺汗的封号,命他们将仓央嘉措"执献京师"。这说明康熙皇帝实际上肯定了拉藏汗杀死了第巴桑结甲措的既成事实。

仓央嘉措微闭的眼睛里射出的扁扁的视线内,仅有拉藏汗踩着马镫的一只靴子和下方的两只马蹄。

拉藏汗骑在高大的蒙古马上,喘着粗气,用鞭梢指着仓央嘉措,瞪着喷射凶光的大眼,半天没说出话来。三个时辰前,他正在拉萨的王府中和几个心腹谋算组建一支新骑兵的计划,忽然接到紧急禀报说,被押解进京的仓央嘉措,在经过哲蚌寺的时候,有上千名僧人冲下山来,把仓央嘉措抢去了。他气得把手中的茶碗猛摔在地上,碗里的奶茶从地毯一直溅到他的脸上。他立刻命令他的军队疾驰哲蚌寺下,如果寺方不交出仓央嘉措,就用武力夺回。两个时辰过去了,他得到禀报,说仓央嘉措为了避免发生流血冲突、使无辜的众生遭难,在千钧一发之际,自己走出寺院,来到了山下。拉藏汗长吁了一口气,但心中余怒未消。忍不住打马赶来。

---

① 哲蚌寺:拉萨三大寺之一,位于拉萨西北郊。
② 拉藏汗:蒙古和硕特部首领,被康熙敕封为"翊法恭顺汗"。1717年应三大寺请求,蒙古准噶尔部进入拉萨把他杀死。

仓央嘉措

拉藏汗见仓央嘉措没有抬头看他，不想同他搭话，把马鞭转而指向那一片火红的袈裟，训斥哲蚌寺的僧人：

"你们是释迦牟尼的信徒，也是康熙皇帝的臣民。把仓央嘉措押解到北京去，不是我拉藏汗的决定，而是大皇帝下的圣旨。你们胆敢阻挡，犯了抗旨之罪，是要杀头的！"

人群发出来惊恐的嗡嗡声，引起了一片骚动。

"不对！"仓央嘉措忽然高举起双手，朝着拉藏汗大喊，"他们不是阻拦我，不是抗旨，是把我请到寺中和我话别。"

成千上万的人立刻鸦雀无声，哲蚌寺前的大地云天一片寂静，不知哪匹马摇了一下头，发出的铃声显得格外清脆。

一只大鹰在拉萨河的上空盘旋，高叫了两声。

"是啊，我们可没有违抗皇帝的意思啊！我们也不是和汗王您过不去，求您千万不要委屈了大家。"一位年老的喇嘛跟跟跄跄地走到拉藏汗的面前，颤抖着说。一个扎巴立即接上来说："我们是为达赖佛爷送行的呀！"

拉藏汗的声气变得柔和了些："好啦，慈悲为怀吧，今天的事，我不向大皇帝禀报就是了。队伍还要继续上路，你们，散去吧！"

人们纷纷再次向着仓央嘉措弯腰施礼，倒退转身而去，不停地发出唏嘘和悲泣。

仓央嘉措双手捂住脸，久久地不肯放开，他不忍看大家的目光，不敢望他们的背影，任汩汩的泪水从指缝中流出。

拉藏汗指着仓央嘉措，吩咐押送人员："给他戴上刑枷！"

负责押送仓央嘉措的蒙古将军达木丁苏伦立刻命令士兵把刑枷拿到，让仓央嘉措伸出手来。

仓央嘉措大声抗议："这是奇耻大辱！我绝不戴！"

拉藏汗嗓门更大："你是罪犯！"

仓央嘉措仰天抗议："我没有犯罪！"

护军统领席柱听到这里，凑到拉藏汗的身边，低声说："这，不大合适吧？"

"有什么不合适？"拉藏汗对这位皇帝派来的正二品的大臣似乎也不大尊重，肯定地说，"皇上命我把他执献京师，执是什么意思？执就是捉拿，就是逮捕，那他就是犯人，是可以使用刑具的。"

"可他现在的身份还是达赖喇嘛呀。"学士舒兰想缓和一下气氛。

"他是个假达赖。"拉藏汗坚持说。

"那是您的看法。到底是真是假，皇上说到了北京，要由他亲自查验，最后决定。"席柱没有退让的意思。

拉藏汗回头望他的经师，想听听经师的意见。他的经师是来自甘肃夏河的嘉木样活佛①。嘉木样说：

"我虽然在布达拉宫的会议上当面严厉地批评过他不守清规，行为放荡，但此事还要等他到了北京才能定案。还是免戴刑具为好。"

其实，拉藏汗心里也明白，仓央嘉措不过是第巴桑结甲措树立给藏蒙信教群众的偶像，大权一直在第巴桑结甲措的手中。仓央嘉措是一个对权力不感兴趣、喜欢自由的青年。对他拉藏汗虽然有着七分蔑视、三分敌视，但是从来没有对他与桑结甲措的争权构成过真正的威胁。现在他的政敌桑结甲措已经战败，被处死了；大皇帝也准了他的奏折把六世达赖驱离了布达拉宫。他作为由皇帝册封的汗王、驻扎西藏的蒙古军队的统领，已经掌控了西藏的全部大权，他还有什么必要为难仓央嘉措这个落魄的青年呢？

拉藏汗点点头，挥手让把刑具撤去。

押送仓央嘉措的队伍迅速离开哲蚌寺，蜿蜒向西进发。

仓央嘉措回望拉萨，已经望不见布达拉宫高耸的身影。他默默地念叨着：我本来不是达赖，是一些与我不相干的人让我当了达赖，又是另一些与我不相干的人不让我当达赖；想当，不想当，怎样当，不能怎样当，都得由别人决定。这一切，都是如此地不由自主！我不是骡马，为什么要由别人牵着走？我不是牦牛，为什么要由别人赶着走……他想流泪，但是他已经没有泪水了。

拉藏汗和他的随从策马返回拉萨，与仓央嘉措一行正好背道而驰。当他们路经一处林卡的时候，柳林中传出了嘹亮而哀婉的歌声：

若遂了姑娘的心，
今生就无佛份；
若去深山修行，
辜负了姑娘情深。

---

① 嘉木样：此系嘉木样一世阿旺尊追。仓央嘉措曾命他任哲蚌寺堪布。后返故乡，是甘肃拉卜楞寺的奠基人。

和拉藏汗并马而行的嘉木样苦笑着说:"你听,这又是仓央嘉措的诗歌。"

"我听到了。你怎么知道是仓央嘉措写的呢?"拉藏汗问。

"这很容易分辨,它的每一首是四句,每一句是三个顿数的音节,韵也押得好,这正是仓央嘉措喜欢常用的谐体。你再听它的内容,坦率地说出了修行佛法与追求爱情的矛盾,不是他又会是谁呀!"嘉木样叹了口气,无可奈何地摇了摇头。

"现在,他就不用再矛盾了,他的佛缘没有了,情人也没有了。"拉藏汗幸灾乐祸地哼了一声,"这个只知道为女人写诗的呆子什么也没有啦。"

"不过,他的诗歌会长久地留在民间。"嘉木样像是回答对方,又像是自言自语。

"啪!"拉藏汗抽了坐骥一鞭,飞快地跑过了林卡。

这一天是清朝康熙四十五年(公元1706年6月17日)。

二十五
唱歌的牧羊女

押解仓央嘉措的队伍沿着堆龙曲的河岸，与河水的流向相反，朝着西北缓缓行进。

河水不深，水中的大小石头都能清晰地看见；河水很急，到处翻滚着银白的浪花。两岸高耸的石壁发出"哗哗啦啦""轰轰嗡嗡"的回声，有时像万马奔腾，有时像群僧诵经。

这是一条美丽的峡谷，是拉萨西去、北上的重要通道，它蜿蜒一百多里，生长着各色的花草树木，栖息着奇异的飞禽走兽，任何行人走在里面都会忘记疲劳。

仓央嘉措自从启程以来就好像不是原来的他了，他才二十四岁，却忽然成了老人。他神情恍惚，思绪缭乱，许多往事像翻飞的鸟群冲撞他的脑海，眼前的一切又仿佛是在梦境。他抬头看看石壁上空的蓝天白云，有一朵云的形状他好像过去见过，很像是一只飞翔的白鹤，只是缺了一只翅膀。他想起来了，那是他刚刚记事的时候，大概是四五岁吧，在故乡邬坚林的村头，他依偎在阿妈的怀里望着天空上一朵朵变幻的行云，忽然有一朵云旋转着变成了一只飞翔的大鸟，一转眼就折断了一只翅膀，他惊恐地喊了一声："阿妈啦，你看！鸟！鸟！"阿妈顺着他的小手指的方向看去，说："没有什么鸟啊？"他只好说："阿妈啦，它飞走了。"

现在，他觉得自己也正在飞走，飞向遥远的天边，飞向未知的岁月，但他一只翅膀也没有，像是一团伤透了心的云被风吹着，沉重地向前移动，承载不动满怀的哀伤。

他看见两棵从悬崖的石缝里长出的松树，一棵高些，一棵矮些，紧靠在一起生长，像是抱作一团的情侣。它们好像是刻在记忆中的路标，使他想起四年前曾经路过这里。那时他满怀愤怒，打马飞驰，直奔日喀则，去扎什伦布寺找他的师父五世班禅罗桑

仓央嘉措

益西，请他为自己退掉格楚戒①，他决心不再当达赖喇嘛，还俗回到民间，去过自由的生活。他的愿望没有能够实现，在贵族和高僧的强烈反对与温情挽留的夹击下，他还俗的希望彻底破灭了。

仓央嘉措想：现在却又在我并没有要求辞职的情况下，掀翻了我达赖的座椅。成千上万的信徒把我尊为至高无上的活佛，祈求我的祝福，期望我来改变他们悲苦的命运，唉，可怜的众生！你们哪里知道，我连自己的命运也掌握不了啊！我何时才能走出这厄运的峡谷？

自从五月初一在布达拉宫举行了对他的审判会以后，他就万念俱灰了。那个会议是拉藏汗亲自坐镇主持的，拉藏汗本来是想借助刚刚杀掉第巴桑结甲措的余威，一举做出仓央嘉措是个假达赖的结论，作为他向皇帝密告的旁证，也借此压一压第巴余党心中的不服。结果并没有达到目的，这使他十分恼怒，也是他那天在哲蚌寺前要给仓央嘉措戴上刑具的原因。

仓央嘉措非常感激那几个在审判会上替他辩护、为他说情的人，他们在拉藏汗极具威胁的目光注视下，仍然鼓足勇气，不计自己的仕途，甚至不顾个人的安危，违背着主宰会议的人的意图发言，他们在他成为一堵要倒掉的墙的时候，不是掺进来推，而是站出来扶，给他寒透的心注入了不致冻结的温暖。

学士舒兰信马由缰地跟在仓央嘉措的身后，他同席柱一样，也是一个颇有政治经验的人，对一切尚无定论的人和事从不表达明确的看法。他对于仓央嘉措的情事和诗歌了解了不少，但对真假达赖的问题，则绝口不露一字，不置一词。

"阁下不要闷闷不乐嘛，我们的行程是非常漫长的，要走得轻松快乐才能减轻劳累。是不是？"舒兰给了仓央嘉措一次关心的微笑。

"以我现在的身份，我能快乐起来吗？"

"鸟被关在笼子里，还要唱歌呢。"

"那不是唱歌，是控诉，哭喊！"

舒兰被仓央嘉措反驳了一句，但他毫不脸红，更不生气，反而夸奖仓央嘉措说：

"您不愧是诗人，还懂得鸟的感情！"

仓央嘉措心绪烦乱，不想和他再说什么。只有杂乱而清脆的马蹄声，在空旷的峡谷中不停地响着。

这时，从山崖的牧羊女那里，传来了伴随着回声的歌：

---

① 格楚戒：沙弥戒，受戒后便正式成为僧人。

莫说佛爷仓央嘉措，
敢品尝爱情的甜果；
他所追求的不过是，
和普通人一样的生活。

听着歌声，队伍全都停下脚步，向山上望去。唱歌的牧羊女褪下皮袍的右臂，露出粉红衬衫的衣袖，在绿色的草木丛中显得格外鲜艳。只是相隔太远，看不清她的面庞。仓央嘉措一惊，牧羊女的身影，使他想起了情人于琼卓嘎。他的心一阵绞痛，喉咙里好像堵上了什么东西。

"听清她唱的歌了吧？"席柱赶上来说。

"嗯。"

"我知道这首歌。听到它不止一次了，很有意思。它表达了人们对你的行为的谅解，又像是您在为自己辩解。"

"是吗？"

"请问，这首歌是别人为你作的，还是您为自己作的？"

"请你去猜吧。"仓央嘉措苦笑了一下，不想再继续这个话题。

达木丁苏伦将军见队伍停下来听歌，索性下令原地休息。他想，何不让牧羊女前来为大家唱歌，解解旅途的沉闷呢。于是向着山坡高喊："下来！"

牧羊女一见下面队伍的阵势，怎敢不从？她迅速跑下山来，向着长官们弯腰致敬。大家也都围了过来，仓央嘉措挤到了前面。

"嚯！长得很漂亮啊！大家喜欢你的歌声，刚才我没有听清你唱的什么，再唱一次。"达木丁苏伦将军说着，从怀里掏出来一枚藏银，扔给了牧羊女。

牧羊女没有去拾。挺直了腰肢，明亮的目光望着拉萨的方向，深情地唱了起来：

从那东方山顶，
升起皎洁的月亮，
玛吉阿咪[①]的面容，
时刻浮现我心上。

[①] 藏语"玛吉阿咪"很难用一个汉语的词汇翻译出来，它的意思是：情人虽然没有生我，但她对我的恩情像母亲一样。藏族学者、作家降边嘉措说，"玛吉阿咪"一词是个天才的创造，只有仓央嘉措这样杰出的诗人、只有有他那种独特的经历和感受的人才能创造出来。

牧羊女一边唱着,一边舞了起来。那嘹亮婉转的歌声,配合着健壮优美的动作,一下就征服了大家,人群中爆发出赞叹的呼叫。只有仓央嘉措呆呆地立着,一声不吭。

达木丁苏伦问牧羊女:"你叫什么名字?"

"我叫基果戈。"

"什么?基果戈?"

"意思是乖孩子。"仓央嘉措解释说。

达木丁苏伦笑了两声:"好名字,好名字。"

"基果戈,你知道你唱的歌是谁写的吗?"舒兰问。

"我知道,是我们的达赖喇嘛。"

"他的法名是什么?"

"我……"

"没关系,你直接说。"

"佛爷叫普慧·罗布藏·仁青·仓央嘉措[①]。"

"你知道他在哪里吗?"

"在布达拉宫。"

"不,他就在这里!"达木丁苏伦直截了当地暴露了秘密,似乎在炫耀:你们崇拜的仓央嘉措此刻就在我的手中。

基果戈大惊失色,连连摇头,不肯相信。

席柱说:"不会错的,他犯了大事了,皇上叫他去北京。"指着仓央嘉措说,"就是他!"

"就是我。"仓央嘉措双手合十,对姑娘说,"谢谢你唱我的歌。"

基果戈睁大了眼睛,仰望着仓央嘉措痛楚的脸面,愣了一阵,嘴唇颤抖了一下,猛扑到仓央嘉措的脚下,双膝跪了下去。

仓央嘉措扶住她的双肩,连忙说:"起来起来,快起来。"

基果戈站起身来,她大胆地上下打量着仓央嘉措,原来她心目中崇拜的达赖喇嘛,她喜爱的诗人仓央嘉措,竟然是一位如此英俊的青年!她原以为永远难以拜见的高不可攀的尊者,此刻竟然就立在自己的面前,而且是如此的平易近人,和蔼可亲。这简直是世上最美好的梦境。他犯了大事?他会犯什么事呢?

仓央嘉措见她不走,轻轻挥了挥手:"回山上去吧。你的羊等着你呢,在叫你呢。"

---

① 仓央嘉措法名的全称。

"不！"基果戈又一次跪倒在仓央嘉措面前，"我要跟你走，到哪里去都行，你不能没有人伺候，我给你烧茶，磨糌粑，洗衣服……我唱你的歌……我不去放羊了，我只愿跟随你！"

"滚开！"达木丁苏伦踢了基果戈的小腿一脚，接着又一脚踢飞了刚才基果戈不曾捡起的那枚铜钱。

基果戈用祈求的目光望着仓央嘉措，不肯离去。

达木丁苏伦把腰刀抽出半截，又对她怒吼了一声："滚！"

仓央嘉措昂起头，紧闭双眼，咬住嘴唇。听到基果戈跑走的靴子踏着碎石的声音，他喃喃地叫了一声："乖孩子……"

二十六 洗温泉

押解的队伍走出了石头的峡谷,来到了开阔的地方,平缓的坡地上有茂密的水草,从这里能够远望念青唐古拉积雪的山峰了。这个地方叫作羊八井,是西藏交通的三岔路口,向东可到拉萨,向西北可通日喀则,向东北则是藏北与青海。

山脚下有闻名的奇观,那是众多的温泉。远远近近,大大小小,深深浅浅,布满了泉坑,冒着乳白色的蒸汽,像升腾不息的烟雾,像飞舞缠绕的哈达,像仙女幻化的精灵。

队伍在这里住了下来,作为遥远行程的第一个大站,他们想在这里休息几天。好在皇上也好,拉藏汗也好,都没有限定他们到达北京的时日,他们完全可以自行决定行进的速度。

正是万里无云的日子,六月的阳光格外明亮、灼热。他们纷纷去洗温泉澡。天然的温泉都是露天的,每个人可以自由地选择那些形状各异的池子。

仓央嘉措是日夜有蒙古士兵监护、跟随的,他不想去太远的地方,免得让人产生逃跑的怀疑。他看到水深的池子都已经有了人,只好去了一处水浅的池子。他先用手试了一下水温,热而不烫,非常合适。他脱了衣服,坐了进去,一股硫黄味窜进鼻孔,有点刺激,还带点怪异的香气。虽然水太浅,没了身子,因为一丝微风也没有,阳光热辣辣地直晒下来,大地暖烘烘,坐在里面洗澡是很惬意的。

仓央嘉措一面往身上撩拨着泉水,一面低头看着清澈的泉眼,忽然发现有几根又细又短像红色线头儿的东西,在水底漂浮着,游动着。他很奇怪,它们到底是什么?从哪里来的?他仔细地观察着,不禁惊奇地"啊"了一声,不错,是活的,是虫子!这真是造物主的杰作,自然界的奇迹。他知道,所有水里的动物都是在冷水里生活的,如此弱小的动物,竟然能够在这么热的水里生存,不但超出了他的知识范围,也超出了他的想象，如果不是亲眼见到，他是绝对不肯相信的。他在惊奇了一阵之后，陷入了沉思。他先想到的是，生命对于环境应当顽强地去适应，不可退缩，不能屈服，冷也能活，热也能活；譬如他自己吧，平民也罢，达赖也罢，被欢迎也好，被押送也好，都应当接受，都应当适应。随后，他又转念一想：不对！不能这样，万物都不能这样，谁应当在什么环境中生活，应当怎样生活，是不能硬性改变的；譬如这些温泉中的小红虫吧，如果把它们同鱼一起放到雅鲁藏布中去，肯定会冰死的。不能给老虎喂草，不能给牛羊吃肉，不能让雄鹰不长翅膀，不能叫石头飘在天上；不可以把我和父母分开，把我抬进布达拉宫；不可以把我和情人分开，把我押送到北京去！这一切是不是命运我不知道，但我知道都是不应该的，绝对不应该的！

　　他又愤怒起来，拳头把泉水砸起了四溅的浪花。

　　从不远处传来一阵女人的笑声，仓央嘉措向发出笑声的方向望去，那也是一个温泉池子，一个女子从池边抱起一堆衣服就跑，一个男子全裸着从池子里跳出来追他的衣服。那女子越跑越快，笑声越来越远，男子并不出声，只是紧追不舍。转眼间，他们隐没在了一座小丘的背后，大约是灌木丛里吧。笑声消失了。

　　应当有一种别的声音，但是仓央嘉措听不到。

　　仓央嘉措不由得暗暗地祝福他们。他联想起少年时和初恋情人在山野中嬉戏的情景，一股揪心的痛苦涌在胸中。人应当是自由的，人的爱情更应当是能够自由表达的，为什么有身而不能由己呢？为什么偏偏要让我受那么多约束，受那么多磨难，受那么多责备，受那么多惊吓？

　　他缓缓地垂下头，看着自己的胴体，上下打量起来，他看到自己的裸体和刚才那个追衣服的男子没有区别。人为什么要有区别？而且要将种种区别用衣服显示出来，同样的肉体，穿着袈裟是僧人，穿着绸缎是富人，穿着破衣是乞丐，穿着盔甲是武士……同样的肉体，被姑娘抱上是情人，被绳索捆上是犯人……如果大家都一丝不挂地站在一起，能看出贵贱吗？能看出谁幸福谁不幸福吗？

　　他无力地躺了下去，仰起脸来，像在问天。忽然天上飞来一团乌云，卷着一阵狂风，铜钱一样大的雨点夹杂着比麻雀蛋略小的冰雹砸了下来。他急忙紧闭双眼，把脸捂住，但是泉水太浅，冰雹打在他露在水面的肚皮上，麻辣辣地疼，他赶紧翻过身去，后背和臀部总是比正面经打一些。

　　站在不远处看管他的蒙古士兵巴图鲁见他如此狼狈，哈哈大笑起来。笑声停了，风雨冰雹也过去了。火辣辣的阳光又直射下来。

　　巴图鲁走过来说："喂，穿上衣服回去吧。说不定一会儿又来一阵冰雹。"他

二十六　洗温泉　235

一面给仓央嘉措递着衣服鞋袜，一面继续数落着，"俗话说，高原的天气美女的心，说变就变。"

"是啊，"仓央嘉措附和他，"好起来，卿卿我我，如胶似漆，甜言蜜语，海誓山盟；脸一变，冷若冰霜，怨气冲天，形同路人，音信全无。"

"我知道，你是有体会的。"在巴图鲁的心目中，仓央嘉措绝对是个假达赖，而且是和蒙古的敌人第巴桑结甲措一伙的。

仓央嘉措断定这个名叫巴图鲁的蒙古士兵也听到了有关他的某些传说，他不能否认，只是补充了一句："始终不渝的女子虽然少，但是有！""有"这个字他特别加重了肯定的语气。他心中暗指的是于琼卓嘎，她是仓央嘉措最爱的女人，他曾经为了和她幽会，特意在布达拉宫开了一个后门；他曾经在黎明前回宫时把脚印留在了雪地上，暴露了他们的秘密；他曾经为了她同第巴桑结甲措闹翻；他曾经为了她的被绑架而痛不欲生。他觉得今生今世太对不起她。于琼卓嘎是那样爱他，她知道他不是什么宕桑旺波，而是达赖喇嘛，知道和他永远不能结婚，也不能公开来往；她知道这样做冒的是勾引达赖、亵渎佛法的罪孽；她甚至知道会有最可怕的结果，仍然毫不介意，毫无怨悔。她很可能是由于受到他的牵连，才被绑架的，至今无法知道她的下落。仓央嘉措最内疚的、最放心不下的只有她。但他相信，即使把刀子抵在她的喉咙上，她也不会背叛和他刻骨铭心的爱情。

二十七
龙夏向于琼卓嘎谢罪

工布地区的首领龙夏带领着自己的武装去帮助第巴桑结甲措,要把统领蒙古驻军的拉藏汗驱逐出西藏。当他来到前线时,发现拉藏汗的军营旌旗招展,刀枪闪光,战马嘶鸣,杀气冲天,而桑结甲措这边则缺人少马,军威不振。这使他亲眼看到了代表皇家的驻军和地方武装之间的巨大差异。他料定此战必败,后悔使自己陷入了进退两难的境地。正在这时,拉藏汗派人给他送来了一封信件,明确告诉他说,桑结甲措指示他从拉萨掠来的美女于琼卓嘎不是普通的女子,而是六世达赖喇嘛仓央嘉措的情人,并且严厉警告他,如果甘愿继续接受桑结甲措的欺骗,"我将用我的刀为你举行葬礼"。

龙夏看罢此信,大惊失色,愧恨交加,既不给拉藏汗回信,也不向桑结甲措打招呼,立即带领人马撤回了老家。

于琼卓嘎自从那天夜间被三个黑衣人抢上马背驮来龙夏庄园以后,决心不暴露自己的身份,她除了承认自己是卖酒女之外,不说认识任何人,尤其不能透露她和仓央嘉措的关系,以免给身为达赖喇嘛的他带来不好的影响。

龙夏在第一眼看到于琼卓嘎的时候,就神魂颠倒了,他作为贵族老爷,活了五十多岁,占有过多少女子,还从来没有见到过这么令人着迷的女人,她身上似乎集中了所有女性美的特点,同时有一种仙女的气质,使人无形中心生敬畏,不敢轻易有非礼的举动。许多日子以来,把她像贵客一样对待,并且派了两名奴仆日夜轮流伺候着她,也执行着保护和监视的任务。龙夏几乎每天都来看看她,也想试探性地表示一下亲热,但都遭到拒绝。于琼卓嘎好像一座久攻不下的城堡,他只好一次次地退却,等待对方能够自愿接受他的那一天的到来。

龙夏走在撤兵回家的路上,表面看去好像在信马由缰,其实一直心乱如麻,他对于于琼卓嘎是六世达赖的情人的说法充满疑惑,总觉得不太可信,他虽然在私下里也听到过仓央嘉措不守教规的传闻,我们的神主真的会接近女色吗?这样重大的事情,拉藏汗是不敢轻易编造的吧?第巴为什么要让他掠取这个女子?他越想越想不出头绪,不由得一阵惶恐,他觉得最近发生的事竟是如此重大,又如此突然,更如此莫测,他弄不清到底是神在考验他,还是鬼在捉弄他。

他回到庄园,刚进入楼上的卧室,就感到头疼发热,浑身瘫软,倒了下去。管家一面请来藏医为他诊治,一面请来喇嘛为他念经。他一连病了七八天才逐渐转好。

当他刚刚能够坐起来的时候,管家从外面匆匆跑来,满脸惊恐,小声告诉他:"拉萨来人说,第巴桑结甲措被拉藏汗杀死了!"

龙夏感到一阵悲哀,又像是如释重负。他紧闭上眼睛,缓慢而沉重地点了点头。许久,才睁开眼说:"去把于琼卓嘎请到这里来。"

"拉索!"管家答应着,退了出去,他不明白,老爷今天为什么对传唤一个卖酒女竟然用了"请"这个敬语。

不一会儿,管家领着于琼卓嘎走了进来,她显然消瘦了,脚步缓慢而沉重,好像在从容地迈向深渊。

龙夏挥手让管家离去,示意于琼卓嘎坐在对面的卡垫上。双手合十,说:"过去我不知道,现在我知道了,你不是普通的女子,你是达赖佛爷的情人。请你证实自己,以免我犯下大罪。"

于琼卓嘎一惊,是谁暴露了她的身份呢?是第巴告诉他的吗?是央宗阿妈为了救她才这样做的吗?不管怎样,她看得出龙夏确是一个虔诚的佛教徒,既然他已经知道了真相,承认了以后反而能够保护住自己。于是,她用冷静而肯定的语气回答了一个字:"是。"

龙夏从卧垫上挣扎着爬下来,突然跪倒在她的脚下,不停地念叨:"对不起,对不起,我有罪,我有罪,我不该抢佛爷的女人,我不知道,不知道啊!"他直起身来,要打自己的耳光。于琼卓嘎制止了他,请他坐回到卧榻上,继续说:

"龙夏老爷,你不必自责。请你告诉我,是谁让你抢走我的?"

"是第巴桑结甲措。"

"哦,又是他!"于琼卓嘎不禁自语。

"那么说,外界对于佛爷的传言是真的了?"龙夏也在自语。

"是真的。"于琼卓嘎理直气壮地说,"你没听到人们这样唱他吗:'莫说佛爷仓央嘉措，敢品尝爱情的甜果；他所追求的不过是，和普通人一样的生活。'"

"啊，我没有听到过，这是拉萨人编的歌吧。我倒是听到过佛爷自己编的歌。"龙夏说着，小声唱起来，"从那东方的山顶，升起皎洁的月亮，玛吉阿咪的面容，时刻浮现我心上。"他刚唱完第二句，于琼卓嘎也跟着他一起唱起来，那声音十分细微，断断续续地颤抖着。龙夏抬头望去，于琼卓嘎的泪水已经流到了腮边，她拉起邦典擦了一下眼泪，对龙夏哽咽着说：

"你不知道，他在诗里写的玛吉阿咪就是我啊！"说着又猛烈地抽泣起来。

龙夏不知所措，只是赞扬："写得好！真好！他是说你虽然没有生他，但是对他的恩情像母亲一样啊！形容得太妙了！"

于琼卓嘎坦然地问龙夏："现在，你已经知道了佛爷和我的关系，请问你有什么看法？你打算怎么处置我？"

龙夏急忙回答说："佛爷接近女子和我们俗人是完全不一样的，那是游戏三昧，那是一种庄严的修炼的方法。"他站直了身子，诚恳地说，"现在，我就放你回拉萨去。请你和达赖佛爷宽恕我的不知之罪。"说罢又跪了下去。

于琼卓嘎赶忙把他扶了起来，说："你放心，达赖佛爷非常慈善，他一定会宽恕你的。感谢你放我回去。我会告诉他，你是一个好人。你的病刚好，请保重身体。"

龙夏说："我恳求你一件事，你能不能在佛爷方便的时候，让我见他一面。你知道，一个人如果能够亲眼见到达赖喇嘛，死后就不入下三道[①]了。"

"达赖六世待人平等，和气，很爱和普通人接触，我想他是会答应见你的。我一定想办法让你亲眼见到佛爷！"于琼卓嘎的答复十分肯定，因为她了解仓央嘉措。

龙夏对于琼卓嘎连连作拜，好像他面对的不是于琼卓嘎，而是仓央嘉措。然后走到门口，大声喊：

"管家，备三匹好马！"

布达拉宫里，盖丹作为仓央嘉措的贴身侍卫喇嘛，这几天像丢了魂似的，每次进到达赖的卧室，就会感到整个世界都空无一人了。他的佛爷，他的主人，他的朋友，他的小兄弟般的仓央嘉措如果是正常地圆寂而去，像风一样吹走，像云一样飘走，像鹤一样飞走，他倒不见得会如此难过，如今仓央嘉措虽然活着，但他是作为犯人被押走的，而且路途十分遥远，今生今世还能不能见面，还能不能看到他那孩子般

[①] 佛教讲人在"六道轮回"之中，分为三善道和三恶道。三善道也称上三道，为天、人、阿修罗；三恶道也称下三道，为畜生、饿鬼、地狱。

的笑容，伏案写诗的身影？此时，盖丹忽然觉得，仓央嘉措的一切任性的行为都是那么可爱。仓央嘉措走了，凄凄惨惨地走了，使他唯一感到些许安慰的是他还可以为仓央嘉措做最后一件事。仓央嘉措在被迫离开布达拉宫之前，委托他无论如何要到工布的龙夏庄园去一趟，把一首诗交给于琼卓嘎。他一定要去完成这个嘱托。

盖丹决定此事要秘密进行。他脱去了袈裟，换上了俗人的衣服，把仓央嘉措的诗稿揣在胸前，独自一人骑马去寻找龙夏的庄园。

二十八
拉萨的黄房子

拉萨的八廓街和往常一样热闹,做买卖的,转经的,闲逛的,熙熙攘攘,往来不绝。第巴的死,蒙古骑兵的重新进驻,政局的变化,似乎同他们没有什么关系。

从布达拉宫下走过的人们却有着另外一种心情,他们都会情不自禁地停下脚步,仰望着白宫第七层上那扇挂着黄布帘子的窗户,它朝着正南方向,直对着正午的太阳。几天以前,里面还住着给他们无限温暖的第六世达赖喇嘛仓央嘉措,现在却成了空房子。说是被大皇帝叫到北京去了,到底是吉是凶,几时能够回来,谁也说不上。他们只有默默地为他祈祷,或者大声唱他的歌。

于琼卓嘎从央宗的酒店被蒙面人掠走之后,央宗除了向仓央嘉措哭诉过一次,许多天来一直沉默不语,不回答别人的询问,也不对任何人提起此事。她实在没有兴致把生意继续做下去了,干脆把酒店的门关了。她在听说仓央嘉措被押送去北京的那天,头也没顾上梳就跑了出去,她一定要跪送佛爷远行,祝他一路平安。但她去得晚了,仓央嘉措被密不透风地包围在为他送行的人山人海之中,漫天松烟缭绕,一片哭声震天。她根本挤不进去,直到人群散尽,连仓央嘉措的影子也没望见。

央宗的酒店在冷清了多日以后,今天突然又热闹起来,许多行人在经过这里的时候都不禁要会停下来,惊讶地观望一阵,有的好奇地打听着,有的窃窃私语,然后叹息着离去。原因是央宗雇来了两个小工,提着筒子,拿着刷子,架着梯子,在把酒店的外墙刷成黄色。

在通往拉萨的大道上,三匹骏马快步走着,上面坐着于琼卓嘎、龙夏和一名跟班的武士。

龙夏之所以要亲自送于琼卓嘎回去，一来是为了她的安全，二来是表示谢罪，更希望能够借助这位"玛吉阿咪"的面子见到达赖。

路两边大片土地里的青稞已经拔节，绿绿的，浓浓的，把天上的云朵反衬得更白了。

他们径直来到央宗的酒店门前，把马分别拴在拴马石和龙须柳上。不由得不解地望了一阵正在刷黄的墙面，然后走了进去。

央宗听见了脚步声，从刚刚点着的牛粪炉火前抬起头来："天哪！我的孩子回来了！真是你吗？"

于琼卓嘎喊了一声："阿妈央宗！"扑到了央宗的怀里。央宗的泪水滴在了于琼卓嘎的发辫上。许久，央宗才问："你带来的贵客是谁？"

于琼卓嘎这才歉意地请龙夏入座，介绍说："他是龙夏先生。这是阿妈央宗。"

龙夏干咳了一下，不好意思地说："我知道你对琼卓嘎就像亲女儿一样。我做了对不起你们的事，非常抱歉！当初是我派人把她抢走的，现在我要亲自把她送回来。虽然我是奉第巴的指示行事，但我……"

"别再说了。"央宗打断了他的表白，"你是一位善心的老爷！我们不怪你。你能让她回来就好。"一边说着拿来镶银的碗子，提起一把大壶，倒了满满一碗青稞酒，双手捧到龙夏的面前。

龙夏接过碗来，用右手的无名指一连在酒上蘸了三下，弹了三下，然后一口气喝干了。

"您要连喝三碗！"央宗说着，又给龙夏倒酒。

龙夏放低了声音说："央宗，你怎么能这样粉刷你的酒店的外墙呢？你知道吗？只有达赖喇嘛住过的房子才可以刷上黄色啊。"

央宗不假思索地回答："我知道。我的酒店就是达赖佛爷住过的。六世佛爷仓央嘉措和于琼卓嘎第一次见面就是在我这里。"她指着于琼卓嘎说，"您问她，是不是？"

于琼卓嘎微微一笑，点了点头。

龙夏已经知道了于琼卓嘎和仓央嘉措的关系，所以并不感到惊讶，他只是没有想到仓央嘉措会到一个小酒店里来。他近乎好奇地问："达赖佛爷深居在宫中，怎么会一个人走进民间？"

央宗伤感地沉默了一阵，然后回答龙夏说：

"他可是个又聪明又大胆的年轻佛爷。他为了出入方便，在布达拉宫开了个小小的后门,平常是锁着的,他自己带着钥匙。他出来的时候,换掉袈裟,穿上俗装,戴上假发,就不叫仓央嘉措了,就叫宕桑旺波了。"

"阿则啦!"龙夏不禁惊叹了一声,关切地问,"这可是天大的事!你把房子刷成了黄色,不是把佛爷的秘密公开暴露了吗?"

"咳,龙夏老爷,您远在工布,有些事是听不到的。"央宗解释说,"这件事,蒙古拉藏汗王爷到处传播,哪还是什么秘密?再说,佛爷已经……"央宗立刻意识到,不应当在此时此地告诉他们仓央嘉措已经被押走到事情,"佛爷已经在他的诗里写出来了,拉萨人都当歌唱开了。"

龙夏惊奇地问:"有这种事?我还真不知道。"

央宗对于琼卓嘎说:"把达赖佛爷的诗念给他听听。"

于琼卓嘎低着头轻轻背诵起来:

> 住在布达拉宫时,
> 叫持明仓央嘉措;
> 住在山下拉萨时,
> 叫浪子宕桑汪波。

> 夜里去会情人,
> 早晨下了大雪,
> 保不保密都一样,
> 脚印已留在雪窝。

> 人家说我闲话,
> 自认说得不错,
> 少年的轻盈脚步,
> 到女店主家去过。

于琼卓嘎声音有时微微地颤抖,混合着极其复杂的感情,使人无法断定是哀伤,是无奈,是告白,是骄傲。

龙夏听得目瞪口呆,他对仓央嘉措诗中表达的坦诚感到惊讶,同时又十分敬佩。这次他一定要目睹这位伟大诗人的面容。

仓央嘉措

这时，盖丹走进了央宗的酒店。

央宗介绍说："这位是龙夏老爷，是他把于琼卓嘎送回来的。"

"我已经知道了。我去了他的庄园，管家说他们已经到拉萨来了。我估计会在你这里的。"盖丹和龙夏打了招呼，然后对于琼卓嘎说，"请你到里间屋去，我有话对你说。"

于琼卓嘎知道，他带来的一定是仓央嘉措的关怀和口信。她万万没有想到，盖丹带给她的是仓央嘉措已经被押往北京的消息，还有仓央嘉措写给她的一首诗。她悄声念着：

在这短暂的一生，
多蒙你如此待承！
不知来生少年时，
能不能再次相逢？

坐在外间屋的龙夏和央宗，隐约地听到了于琼卓嘎极力控制着的嘤嘤的哭声。

二十九
追赶与求救

既然已经不可能见到仓央嘉措了，龙夏满怀失望和悲愤，安慰了于琼卓嘎，告别了央宗，返回了自己的庄园。

于琼卓嘎预感到，皇帝也好，拉藏汗也罢，都不会让仓央嘉措再回到达赖的位置上来了，她不能就这样与仓央嘉措永别，不能等待来生再求重逢。她决定去追赶仓央嘉措。

央宗虽然觉得于琼卓嘎这样做有很大的冒险性，一个年轻的女子，独自踏上陌生的途程，路途遥远，举目无亲，荒山野岭，雨雪风霜，会遇到多大的困难啊！但她很同情她的愿望，赞叹她的执着，世上难得有这样痴情的女子，仗义的朋友。于是毫不吝啬地为她准备了糌粑、酥油、砖茶，还有风干牛肉，足足装满了一个大牛皮口袋。

就在央宗酒店刷黄完工的当天，于琼卓嘎出发了。在她临行时央宗给了她一些散碎的藏银，抱歉地说："孩子，我本来应当多给你带些钱的，可是刷房子把我的积蓄花光了，真是对不起！"于琼卓嘎含着泪花，喊了一声："阿妈！"再没有说什么，转身向西走去。

央宗久久地望着于琼卓嘎的背影，沉重的口袋，消瘦的双肩，急促的脚步，摆动的发辫，在拉萨明亮的阳光下格外清晰。等她的背影消失以后，央宗并没有回去，她抬起头来，将凄楚的目光投向了高耸的布达拉宫，凝视着那闪着耀眼光芒的金顶，仿佛那就是仓央嘉措模糊的金身。

于琼卓嘎走进了一道狭窄而美丽的山谷，忽然，她望见在前面不远的山坡上，

仓央嘉措

一个姑娘在吃力地搬动一块几乎有她身子一半高的石头，然后使劲往下一推，让石头滚了下来，落在了路边。于琼卓嘎好奇地站在一旁，看那姑娘要干什么。姑娘像一只岩羊一样矫健地跑到石头跟前，把它挪动到她觉得满意的位置，左右打量着，然后从怀里抽出一块氆氇，转着圈，把石头的每一个部位都擦得干干净净，坐在路边忽东忽西地张望。

姑娘的举动使于琼卓嘎觉得奇怪，无法理解。她走到姑娘身边对她笑了笑，表示友好。姑娘也笑了笑，算是礼貌地回应。两个人就这么无语地对视着，谁都没有说话。于琼卓嘎挨在她身边坐下来，忍不住先开口了：

"请问小妹妹，你是在等什么人吗？"

"是的，我是在等喇嘛，因为只有喇嘛会写字。"

"是往这块石头上写字吧？"

"你说对了。不是写，是刻，用我们吃肉的小刀深深地刻上去。"

"是要刻六字大明咒唵嘛呢叭咪吽吗？"

"不是。"

"那刻什么？"

"不告诉你。"

"我猜猜。"

"你一辈子也猜不着！"

"保密吗？"

"保什么密呀？我就是让所有过路的人都知道！"

"既然不保密，能不能先告诉我，你要刻的是什么字？"于琼卓嘎亲切地握住了她的手。

姑娘把手抽出来，在空中用力比画着："我要刻的字是：这里站过仓央嘉措！"

"什么？"于琼卓嘎站了起来，"你是说达赖喇嘛仓央嘉措在这个地方站过吗？"

"是啊。我亲眼看见的。他还听了我唱他作的诗，我还和他说了话呢！好可怜啊，那么年轻的佛爷，那么慈悲的诗人，那么可爱的男子，蒙古军队把他当犯人押送着，去了很远的地方。"姑娘说着哭了起来。

于琼卓嘎听着，一阵心酸，有一种失魂落魄的感觉。她无法想象仓央嘉措现在成了什么样子，她也不能接受一个达赖会成为被押送的犯人这种事实。但是面前的这位姑娘是亲眼见到的，仓央嘉措确实是经过了这里。她极力使自己镇定下来，安慰姑娘说："小妹妹，别哭了。释迦牟尼佛会保佑达赖喇嘛的。请问，你叫什么名字啊？"

"我叫基果戈。天天在这边山坡上放羊。"

"噢，基果戈，我也是达赖喇嘛仓央嘉措的忠实信徒，我正是要去追赶他的。"

"你？追赶他？"基果戈连连摇头，又连连摆手，"不行，不行，他们的人马把守得可严密了，别人是接近不得的，若不是蒙古将军要听我唱歌，我绝对看不到仓央嘉措！很快地，他们就把我赶走了。再说，他们骑马，你步行，怎么能追得上？就是追上了，也不会让你靠近一步！阿佳拉！听我的话吧，回去吧。"

于琼卓嘎见她说得真实恳切，也确实在理，犹豫了一会儿，好像想起了另外的主意，对基果戈说："好妹妹，谢谢你！多亏你指点我，不然，我会白跑很远的路。"

"是啊，回家去吧。"

于琼卓嘎知道牧区的人不缺肉和酥油，她把口袋里的糌粑拿出来，作为见面礼留给了基果戈。转身向拉萨走去。

央宗的酒店自从刷成黄色以后，生意火爆起来，原因不言而喻，大家心知肚明。今天，央宗却坐在门前，对于前来的顾客一律抱歉地解释："对不起，酒卖完了，明天再来。"

酒店的里间屋门窗紧闭。盖丹，龙夏，于琼卓嘎正在里面商量一件大事。

于琼卓嘎一心要救仓央嘉措，想来想去只有依靠龙夏，她找到龙夏，恳求他用武力把仓央嘉措救走。龙夏也觉得有责任去救达赖，但是事关重大，不能贸然行动，他们决定向盖丹请教，也只有这位稳重的、曾经长期在仓央嘉措身边的人能够为他们出谋划策。

于琼卓嘎讲了她去追赶仓央嘉措，遇到基果戈，中途返回的经过。

"你不去追赶他们是对的。"盖丹对于琼卓嘎说，"你追上以后，他们不会让你这样一个来路不明的年轻女子去见达赖，绝对要把你赶走。如果你暴露了真实的身份，那是他们求之不得的，他们会把你当作佛爷不守教规的人证，一同押往北京，交给皇帝处置。那样，岂不是给佛爷帮了倒忙？"

于琼卓嘎听着，含着泪珠不停地点头。

龙夏讲了他决心带领庄园的武装，奔袭藏北，救回仓央嘉措的计划。

"使用武力去解救是绝对不行的。"盖丹转过身来对龙夏说，"这一招哲蚌寺已经试过了，喇嘛们把佛爷劫持到寺里，拉藏汉立刻派兵包围了寺院，双方剑拔弩张，要不是佛爷在危机关头挺身而出，就会酿成大规模的流血惨剧。"

盖丹长叹了一声，接着说："达木丁苏伦他们虽然人马不是很多，但都是精兵强将，你的人马呢？不客气地说是乌合之众，顶多算是缺乏训练的民兵，是没有把握战胜他们的。即便是取得了成功，也不会有好结果，因为蒙古人在当雄驻有一个骑兵团队，他们是不会袖手旁观的！谁都知道，他们押送的不是一般的人物，而是西藏的达赖喇嘛，队伍里还有皇帝的大臣，任何人都是不能冒犯的。"

于琼卓嘎和龙夏听着盖丹的分析，觉得很有道理。同时又十分痛苦和失望，见又不能见，救又不能救，怎么办？难道就眼睁睁地看着仓央嘉措被这样押解到遥远的北京去吗？他们像是被大石头压弯了脖子，久久地把头埋在衣袖里，再也抬不起来。

盖丹站起身来，在房间里来回踱步。忽然停下来说：

"我们来商量别的办法！"

三十
病倒在当雄草原

离开羊八井，仓央嘉措一行就改变了行进的方向，要朝着东北走了。他们将通过当雄、那曲，翻越唐古拉和昆仑，沿着青海湖，到达西宁，然后向北京进发。旅途的漫长，途中的情景，未来的一切，仓央嘉措无法想象。

虽说青藏高原地势很高，气候寒冷，但毕竟已经到了夏天，白天的太阳光里像含着数不清的针尖，把露在外面的皮肤刺得火辣辣的疼。而且一路多是晴天，只偶尔来一阵风雨或冰雹，转眼就又过去了；除了草原、湖泊、丘陵，没有一棵树木。他们中有官员，有将军，更有个真假未定的达赖喇嘛，是不能用和士兵一样的速度赶路的。如果说有谁急于早一天到达北京的话，那只有仓央嘉措一人，因为他相信自己没有犯什么国法，皇上对他的最大处罚也不过是废除他的达赖称号，让他还俗成为普通的百姓。而这正是他求之不得的事情。他本来就期望这样的结局。

在一个晴朗的日子，他们来到一处地势低洼的牧场。秀丽壮阔的景色使仓央嘉措停下了脚步，他久久地站在那里不忍离去。

蓝得像松耳石一样的天空里飘浮着哈达一样的白云，比玛瑙还绿的草原上移动着洁白的羊群；一丛丛黄的、红的野花中卧着乌黑的牦牛，像一幅奇妙的会动的彩画。阳光把大朵小朵的云影投到草原的各个角落，在给大地印花。温暖而又强劲的风一阵阵将草尖抹低，戏弄着牧羊女的发辫，撩拨着她粉红的衣衫。连偷偷跑过的狐狸的尾巴都吹瘦了。远处，每一道山沟都伸出一道闪光的溪流，那是山顶的积雪送来的，在无数的洼地形成无数的湖泊，对谁都转动着秋波。

这样的景色，仓央嘉措作为西藏人也是第一次见到。他深深地爱这个地方，如果能在这里架一顶帐篷，做一个牧民该有多好！但却不能了，连做一棵长在这里的小草的权利也没有了。也许再也不会从这里走过了。

他们继续向北走。仓央嘉措望见前面的雪峰越升越高，太阳越降越低，阳光因积雪的反光而更亮，积雪因阳光的照射而更白，这大自然造就的情人是何等地相亲相爱呀。

他问过了席柱，才知道这就是唐古拉的主峰。

天黑了，他们宿营在山腰的一个小小的驿站。仓央嘉措又一次失眠了，他索性起身，走到没有院子的门外，仰望夜空。他惊奇地发现，这里的星星比别处多一倍，比别处大一倍，比别处亮一倍。夜空像闪光的珍珠帘子一直垂挂到地面上，似乎伸手一撩就能够把它掀开，他就可以走进另外一个世界，那里没有争斗，没有烦恼，没有不幸，当是极乐世界。他真想伸手去撩那帘子。正在这时，卫兵一声呵斥，把他推回到屋内，反锁了屋门。

他们缓缓地向北移动，坡度越来越高，蓝天越来越翠，太阳越来越亮，白云越来越白，雄鹰越来越低。

他们来到了当雄草原的深处。

人马停留在一处高坡的玛尼堆旁。达木丁苏伦站在被大风吹得哗哗作响的经幡下，环顾着无边无际的云天和山川，顿时有了高傲无比的感觉，似乎突然成了青藏的主宰，就连至高无上的达赖喇嘛不也是他的阶下囚吗？他真想在这里立一块厚重的石碑，刻上"蒙古将军达木丁苏伦在此望远"，而且要用蒙、汉、藏三种文字。但他并不敢说出口来，更不敢真的这样做，因为他的身边有皇上派来的大臣，远处还有他的上司恭顺王拉藏汗。但他想把这种美好的感觉多保持一些时间，尽可能在这里多站一会儿。

他发现这里也有温泉，就以洗温泉作为理由，建议住下来。在高原生活惯了的人是不怕在任何地点宿营的。席柱他们从北京过来时，也曾在这里洗过温泉，这里的温泉比羊八井的水深，泡起来更舒服，也就同意了。

在这一行人中，真正是第一次来这里的只有仓央嘉措，也只有他是第一次到达地势这么高的荒原。他的家乡达旺在西藏的南方，那里地势低，不大冷；之后他向北到了拉萨，地势高了一些，但也住得适宜；现在又继续向北，地势越来越高了。向北，向北，从他出生在北屋以来就一直向北，甚至他和于琼卓嘎的第一次幽会也是在北窗之下，难道他的命运中总是离不了"北"吗？

仓央嘉措感觉胸有些闷,气有些短,头有些疼,身上有些冷。只好躺在帐房里休息,没有去洗温泉。

但他又似乎去了温泉,躺在水里了。水很烫,浑身热得受不住。他只好去打开窗户,是他在布达拉宫卧室的南窗,没有一丝凉风吹进来,仍然很热。他想从窗户跳出去,到宫后的龙王塘去乘凉,忽然被一个人紧紧拉住了,回头一看,是第巴桑结甲措,他脸上沾着血,头发从没有这样散乱。

"第巴,你还活着吗?"

"不,我已经死了。"

"那,我也死了吗?"

"你还没有死。"

"你找我做什么?"

"我要知道你对我的看法。"

仓央嘉措坐在落地窗的窗台上,背对着拉萨的天空,指着第巴桑结甲措:

"你,在西藏人民看来是个伟人,因为你辅佐了五世达赖,写了许多学术著作,完成了布达拉宫的修建;你,在皇上的眼里是个贰臣,因为你暗中勾结反叛朝廷的噶尔丹部落,秘不禀报五世达赖圆寂的消息;你,在拉藏汗心中是个敌人,因为你想把他赶出西藏,派人给他下毒,发动了对他的战争;你,对于我仓央嘉措来说是个罪人,因为你把我和父母、家乡强行分开,立我为六世达赖,你还杀害了我的朋友,迫害了我的情人……"

"不!"第巴愤怒地反驳他,"你才是我的罪人!你一个普通的穷孩子,能够坐上达赖喇嘛的宝座,是一般人做一千个梦也梦不到的,你不但不感激我,报答我,支持我,反而我行我素,越来越不听我的劝告,老给我惹麻烦,让拉藏汗抓我的把柄,你对得起我吗?"

仓央嘉措也愤怒了:"我是不想给你惹麻烦的,我不是提出再不当达赖了吗?是你,是你们不允许!拉藏汗杀了你,是你自己惹的祸。"

"拉藏汗没有杀我,我不是他杀死的。我只是被他俘虏了。"

"那是谁杀死了你呢?"

他们两个好像坐在拉萨河边的草地上。

第巴活着的时候,从来没有对他这么推心置腹地讲过这么长的故事:

"我年轻的时候,爱过一个名叫才旺甲茂的姑娘,她也是贵族家的女儿。她也非常爱我。他们家提出要我俩正式成婚的时候,我却没有同意。为什么?这里边有个秘密：那时我在五世达赖身边，他对我非常器重，待我如同儿子，他私下默许我日后升上第巴的位置，但这在当时是不能对外公布的。我想到时候来个双喜临门、锦上添花，岂不更好。于是我回答女方，说等我当上了第巴再结婚。因为有五世达赖的许诺，我是很有自信的，但是女家不会相信，误认为是我看不上他们的女儿，故意找了一个不可能实现的借口。才旺甲茂也认为是我反悔了，抛弃她了，所谓当上第巴只是一个荒唐的推托之词。他们觉得受了很大的污辱，对我恼恨在心。那时候，驻扎在西藏的蒙古和硕特部落首领是达赖汗，他的儿子拉藏是王子。他为王子向才旺甲茂求婚，女方当然求之不得，于是成就了婚姻。达赖汗去世以后，拉藏继承了汗位，才旺甲茂成了他的妃子。多年来在我们三个人的内心里，都有解不开的死结：才旺甲茂确信是我对她背信弃义，她恨我入骨；而我则认定是拉藏汗趁机夺走了我的女人，我恨他也入骨；拉藏汗呢，总觉得他喝的是我和才旺甲茂的剩水，还一直怀疑我和才旺甲茂之间仍有旧情，也恨我入骨。这本来属于男女之事，而且已经是往事了，却像一直横在我们感情深处的刀锋，它在我们的权力斗争中仍然会碰出血来，发酵出无形的仇恨。所以，在我被俘以后，拉藏汗并不杀我，而是把我交给了他的妻子，看她会怎样处置我，以此来试探她和我之间是否还有难以割舍的隐秘。其实，才旺甲茂对我的恨早已超过了对我的爱，她正好借此机会对我进行报复，并显示对丈夫的忠心。她毫不犹豫地给了我一碗毒酒，我一口气喝了下去。"

仓央嘉措抓住他的手："不要喝！不能喝呀！"

一只酒碗在空中旋转，越转越大。第巴站在碗里，飞向远山。仓央嘉措刚要喊他，他又飞了回来，流着泪补充说："这个女人的心真狠啊，她把我的尸体剁成了五块，扔在荒草野坡。我的乡亲们把我捡拾起来，在我的故乡堆龙德庆埋起了五个土堆。我羡慕你呀，你有一个好女人啊！"说完又飞走了。仓央嘉措对着他高喊："快告诉我，我的好女人她现在在哪里？"

他没有得到第巴的回答。

"他发烧了，浑身烧得滚烫！他一直是在藏南和拉萨生活的，不习惯高寒的地方。告诉达木丁苏伦将军，立刻出发，到低洼处去！"席柱统领的声音。

"我马上去配药。"随队藏医的声音。

三十一
默想皇帝接见

仓央嘉措在藏医的调护下，随着地势的渐低，病痛逐渐好了。他对于自己的生命力充满了自信，相信不会死在路上，定能顺利到达北京。

他端坐在篷帐里，闭起眼睛，猜测未来的历程。

士兵巴图鲁挑开门帘子看了他一眼，嗤笑了一句："还修行呢？"见仓央嘉措一动不动，不理会他，他就退出去了。

仓央嘉措在想象：北京，北京是什么样？康熙皇帝是什么样？他的印象中有一幅画，那就是布达拉宫西大殿的壁画，上面画的是顺治皇帝接见第五世达赖喇嘛的情景，皇帝坐在正面，五世坐在下侧，场面隆重而亲切。他看过不止一次，但是从来没有产生过能够去见皇帝的想法。现在竟然就要步五世之后，去见清廷的第二位皇帝康熙陛下了。但他知道，他和五世的身份是不一样的，他不会作为达赖喇嘛受到礼遇，他是一个接受审查的人，等待他的还不知是怎样的结局。

他想，到时候，他不能只是俯首听命于皇帝的裁决和处置，他应当坦率地表达自己的愿望和请求。他在预演着和康熙的谈话：

"朕看你年轻、善良，又有才华，不像拉藏汗奏报中说的那样。"

"谢皇上。我承认，我确实有违反教规的地方。"

"是酒和女人吧？"

"是的。"

"哈哈，朕也是男人，能理解你。"

"陛下英明。"

"不过，朕与你不同，朕是皇上，嫔妃成群是自古的惯例；你是达赖，黄教之首领，是不能靠近女色的。"康熙叹息着，"你本是一个情种，事已如此，也难更改呀。"

"所以，我自愿放弃黄教首领的尊位，我什么都不要，只求陛下恩准我回到西藏去做一个平民。"

康熙不假思索地回绝他："不可！你的名声太大，藏族人会把你重新抬出，拉藏汗会将你视为逃犯。蒙藏两家定会由你而争斗起来，甚至弄得西藏大乱，生灵涂炭。你休生此念！"

"皇上谋划周到，思虑久远。我是太过天真幼稚了。"他惭愧地低下了头，转而又请求说，"就让我住在北京吧，住在专门为五世达赖修的那座黄寺里，或者让我住到五台山去。"

"那样的话，你是作为达赖喇嘛呢还是作为一般僧人？朕以为都不合适。你已经违反了教规，弄得僧俗皆知，朝野非议，朕怎能袒护与你？"

"那就把我革职为民，留住内地，当个普通居民。"

只见皇上沉思了许久，然后一挥手说：

"这样吧，你自己逃走吧，随便你去什么地方，但需隐姓埋名。朕假装不知就是。"

他回了一句："谢主隆恩！"抬头一看，不见了康熙，上面坐的竟然是拉藏汗。只见拉藏汗怒目圆睁，啪地拍了一下惊堂木，大喊了一声：

"把仓央嘉措推出斩了！"

仓央嘉措一惊，睁开双眼，眼前什么人也没有。他才明白，自己是由猜想到假设，由假设到想象，由想象到幻觉，陷入了半睡眠状态。

达木丁苏伦是个性急的人，对于要做的事都恨不得立刻完成。他想快些赶路，早日把仓央嘉措押解到北京。

席柱和舒兰都是办事稳妥的官员。他们知道此行责任的重大，时刻注意着仓央嘉措的身心状况。他们发现仓央嘉措离开拉萨以后，一方面不习惯地势渐高的气候，更由于遭受了突然的巨大精神打击，终日心情郁闷，造成了身体的虚弱。因此，主张要在保证仓央嘉措健康平安地到达目的地的前提下安排行程。达木丁苏伦只好同意皇帝使者的意见，在水草肥美的地方暂时住了下来。

三十二
赛马大会的惊人一幕

风和日丽的日子。

草原上的土拨鼠们在窝边窜来跳去,有时直立起来,小脑袋机灵地转动着,警惕地了望着、寻找着、提防着上方或下方突然出现的天敌。

大帐中,席柱、舒兰、达木丁苏伦坐在一起正讨论仓央嘉措的身体和起程的日期。

士兵进来报告说,有位本地的牧主老爷求见。席柱和他们交换了一下眼色,都觉得没有不见的理由。一挥手:"让他进来吧。"

牧主弯腰走了进来,很是恭敬地向他们一一敬献了哈达,招呼身后的娃子抬来礼物,新鲜牛肉和酥油。

席柱表示了谢意,示意牧主坐下。

牧主说:"我叫扎西顿珠。因为前些天去了一趟那曲,没有能够及时前来拜望大臣和将军,非常抱歉。难得大人们路经敝地,给我们带来吉祥,希望能在此多住些日子。"

舒兰微笑了一下:"贵地风景十分壮美,让人颇为流连。可是,我们有皇命在身,不便久留。"

席柱应声说:"是的,是的。不好叨扰,不好叨扰啊。"

达木丁苏伦直爽地说:"你有什么事,尽管直说好了!"

扎西顿珠谦卑地说:"本波拉[①],我们哪敢有什么事来求老爷们呢?这几天,我们这里要举行赛马大会,正巧你们暂住此地,想恭请老爷们作为天上来的贵客,光临指导我们的赛马。不知道肯不肯赏光?"

---

① 本波:长官。加个"拉"是敬语。

舒兰一行在空旷的草原上，心中也空旷得无聊，难得有这种送上门来的娱乐项目。他们几乎用不着商量就一致同意了这位扎西顿珠的盛情邀请。

赛马大会举行的当天，天空中万里无云，草原上阳光灿烂，在格桑花盛开的地方，支起了华丽的彩色大帐，大帐坐北朝南，前排的卡垫上坐的是席柱、舒兰和达木丁苏伦，第二排坐的是扎西顿珠，再后面是一部分押送人员。大帐的对面站的是本地的牧民观众。中间是赛马的跑道。

仓央嘉措没有被安排出席观看赛马，他在另一处帐篷里被严密地看管着，以防备他在公共场合露面会有意外的事情发生。

赛马在人群的欢呼声中开始了。扎西顿珠精心挑选出来的十名骑手，像超低空飞行的鹰群，从远方疾驰而来。

跑在最前面的一名骑手在接近贵宾大帐的时刻，忽然紧踩马镫，弯斜了身子，正当人们以为他是在做耍花样的表演时，见他直冲大帐，伸出两臂，将达木丁苏伦抱上了马背，横放在马脖子稍后的位置，由后面的九匹马护拥着疾驰而去。

在场的人们一阵惊呼，无数疑惑的目光追逐着马群，马群顷刻之间就从地平线上消失了。

达木丁苏伦被压在马上，一边挣扎，一边不停地喊叫："干什么？大胆！快停下！混蛋！放开我！"

骑手回答说："请您先委屈一会儿吧，老爷，别乱动，你要是掉下去，就是摔不死，也会被后面的马踏死！"

他们跑到了一个黑色的牛毛帐篷跟前，纷纷下马。将达木丁苏伦放下马来，请进帐篷，给他端上一大碗早已准备好的酥油茶。骑手们围着他，说笑着。达木丁苏伦见他们显然没有任何敌意或恶意，心是放宽了，但怒气难消，作为在战马背上长大的蒙古将军，竟然被别人像俘虏一样地抓到马背上，简直是一种做梦也不会想到的耻辱。

大帐里的人们在短暂的目瞪口呆之后，全都"刷"地站了起来，蒙古武士们一个个下意识地握紧了腰刀。

舒兰镇定地向下按了按双手，示意大家坐下。

"这是你的人干的，你要负全部责任！"席柱用严厉的目光直视着扎西顿珠。

扎西顿珠没有丝毫的惊恐和慌乱，好像刚才发生的事情早在他的预料之中，他站起来回答说："是的，请大人宽恕。这件事就包在我的身上好了。我马上就去查明，他们做出这种事来究竟是什么目的。请大人放心，我一定保证达木丁苏伦将军的安全。"说着，迈步要走。

席柱喊道："等等！你要是跑了呢？"

扎西顿珠笑了一下说："大人，整个中国都在皇帝的管辖之中，整个青藏都有拉藏汗王爷的军队驻扎，我能跑到哪里去呀？"

舒兰点了点头。

席柱也点了点头："限你两天时间，把人送回来！"

"不需要两天，明天一早我定来禀报。"扎西顿珠手托着帽子，弓腰施礼，退了出去。

三十三
跪拜仓央嘉措

　　早晨的当雄草原，在初升太阳的照耀下。天上是无限广阔的湛蓝，地上是无限广阔的墨绿，蒸发着浸人心肺的香气。苏醒的蚱蜢和出窝的野兔开始了各自的蹦跳。星星点点的牛毛帐篷上冒起了烧煮早炊的白烟。到处充满了无声的生机。

　　扎西顿珠独自驱马前行，他似乎胸有成竹，脸上露出一丝微笑；又不无难料的担心，时而皱一皱眉头。

　　当他来到仓央嘉措一行驻地的时候，席柱和舒兰已经不安地等候在那里，一听到卫士的禀报，立刻放下手中的茶碗："快请他进来！"

　　扎西顿珠进来以后，又行了大礼，敬献了哈达。

　　席柱和舒兰示意他坐下："说吧，到底是怎么回事？"

　　扎西顿珠像背书一样地一口气说了下去：

　　"我一回去就调查清楚了，牧民们听说达赖佛爷被当作了犯人，要押到北京去，心中非常悲痛，因为奉的是大皇帝的圣旨，又不能阻挡，他们只是怕达赖佛爷一路上会受委屈，想提出一些要求，但是又怕大人们不会答应，于是就出个大胆的主意，让达木丁苏伦将军作为人质，这当然是荒唐的，犯上的，不可饶恕的，可是，他们毫无恶意，也不会伤害任何人，请大人放心，他们把达木丁苏伦将军当贵客一样地对待着，只要答应他们提出的善待达赖的要求，就立刻放他回来。我想，大人会理解这些笃信佛教的人的感情。他们这样做，事先不愿告诉我，我也不认为是对我的不尊重，因为我在他们心目中的地位和达赖喇嘛是根本无法相比，如果说达赖是一座神山，我只是一小块石子儿……"

　　席柱清楚了事件的起因，打断了他的叙述："你说，他们具体的要求都是什么？"

　　"好的。"扎西顿珠回答说，"第一条，不要把达赖当作犯人押送。他们认为仓央嘉措不是假达赖，而是真达赖。至少在大皇帝做出最后的判断以前，要尊重他的身份和地位。"

"这一点，我们已经注意到了。我们对沿途的驿站都不说是押送仓央嘉措去内地，而是说护送达赖喇嘛见皇帝。"席柱说。

舒兰接着问："第二条呢？"

"第二条，达赖要有行动的自由，譬如接受朝拜，公开讲经。"

"不过，要保证他的安全才行。"席柱担心地说。

扎西顿珠捂住胸口说："这个您放心，藏族群众崇拜他都来不及，是绝不会允许有人伤害他的！他走到哪里都是绝对安全的。"

席柱点点头，这一条也算是答应了。

"还有第三条，达赖身边仍然应当有人伺候，尽心照顾他的饮食起居，他有权自己选择身边的人。"

"这个好办。还有吗？"舒兰问。

"没有了。"扎西顿珠说，"我有个个人的请求，请允许我去拜见一次达赖喇嘛，问问他有没有什么旨意和要求，再达成最后的协议。"

席柱沉默了片刻，爽快地说："可以。"转身吩咐卫士，去请问一下佛爷愿不愿接见扎西顿珠。

不一会儿，卫士回来禀报：仓央嘉措愿意会见任何人。

扎西顿珠进了仓央嘉措的帐篷，一头扎在仓央嘉措的脚下，哭着说："罪人拜见佛爷！"

仓央嘉措急忙上前扶住他说："快起来吧，扎西顿珠先生。"

对方并不起来，只是抬起头，泪流满面地更正说：

"佛爷啊，我不叫扎西顿珠。"

"那，你是什么人？"

"我是龙夏！"

"龙夏？是工布地区的那个龙夏？"

"是的。我就是那个龙夏。我有罪，我对不起佛爷。"龙夏不停地磕着头说，"不过，是第巴授意我抢走于琼卓嘎的，我不知情啊！我若是知道她就是您在诗里写的那位玛吉阿咪，把我丢到拉萨河里去我也不敢。幸亏她把真情告诉我了，使我没有犯下冒犯她的罪过。她宽宏大量，饶恕了我。我已经把她送回到拉萨，回到了央宗的酒店。佛爷，您惩罚我吧。"

仓央嘉措听罢，宽慰地长叹了一声，双手握住龙夏的双肩，把他拉到了座位上："不知者不怪罪嘛。于琼卓嘎都已经不怪罪你了，我当然也会宽恕你。我还得感谢你呢，感谢你把她送回了拉萨。"

龙夏从怀里摸出一块氆氇巾，擦干了泪水。

仓央嘉措从地上提起铜壶，要给他倒酥油茶，摇了摇，壶是空的。只好默默地轻轻地放回了原处。

"快说说，于琼卓嘎她们还好吗？"

"都好！她和央宗在酒店里像母女一样地生活着。喇嘛盖丹让我禀告您，您托付他交给于琼卓嘎的诗他已经交到了。于琼卓嘎看到就哭了。她要求我们无论如何要救您。我们请教了喇嘛盖丹，他认为在拉藏汗的势力范围之内是做不到的，也是不能做的，因为谁也不能违抗大皇帝的命令。他出了个主意，让我利用赛马的机会，把达木丁苏伦抢为人质，逼他们答应不让您受委屈。我们只能做到这一点。我们做到了，他们已经同意了我们的条件，一路上要尊重您达赖的地位。"

听龙夏说到这里，仓央嘉措眼含泪水，连声说："谢谢！谢谢你们！太难为大家了！"

龙夏接着说："请问佛爷，您还有什么旨意？什么要求？尽管提出来，现在达木丁苏伦还在我的手里，他们会答应的。"

仓央嘉措摇了摇头："我没有任何要求，只祈求西藏吉祥，人民幸福。"

"我是说，关于您个人的……"

"我希望能够平平安安地到达北京，得到大皇帝的谅解就行了。"

"听说康熙是位非常英明的皇帝，您的坐床当初就是他批准的。您有何罪？他一定会承认您是真达赖的。"

"感谢你的判断，但愿如此。"

"佛爷！我还要交给您一件宝物。"龙夏说罢，看了看帐外，见近处无人，从怀里取出一条穿着天蓝色松耳石的手链，双手捧给仓央嘉措。

"这是……"

"她说您见过，会认得。"

"是，是她戴过的！我认得，认得……"仓央嘉措把于琼卓嘎的松耳石手链捂在胸前，轻声念了一句："我的玛吉阿咪！"泪水"刷"地流泪下来……

龙夏回到大帐。舒兰问:"仓央嘉措……达赖有什么要求?"

"佛爷说他只祈求西藏吉祥,人民幸福,希望平安到达北京。别无他求。"

"那好。是不是可以让达木丁苏伦回来了?"

"大人放心。我就去请。"

龙夏走出大帐,站在高处,向远方高扬手臂,摆动了三下。地平线上立刻涌动出数不清的人马。他们在离大帐不远的地方停留下来,似乎害怕惊动了神山,安静得悄无声息。

达木丁苏伦大摇大摆地回到了大帐。席柱和舒兰见他既没有半点狼狈相,也没有一丝怒气,对扎西顿珠点头表示满意。同时也似乎明白了什么。龙夏当然知道,这位蒙古将军一天来受到了老爷般的款待,而且收入了一块具有相当重量的金砖。

他们经过简短的商议,一致认为此事不过是行路途中一个小小的插曲,是出于牧民对达赖喇嘛仓央嘉措的热爱和对押送人员的不了解。大家决定一不告知拉萨,二不上报京城,以免小题大做,造成误会,招致不应有的麻烦。

席柱站起身来,对龙夏说:"扎西顿珠,你可以走了。"

龙夏指着帐外说:"大人,请您出来看看。"

他们顺着龙夏手指的方向望去,那边竟然聚集了那么多人。

"他们是什么人?要干什么?"舒兰疑惑地问。

龙夏回答说:"他们都是本地的农牧民,听说达赖喇嘛经过这里,都非常高兴,希望得到大人们的准许,让他们见一见达赖佛爷,这可是关系到他们今生平安、来世幸福的大事!大家对达赖无比崇敬,极端虔诚,大人是知道的。刚才也谈妥了,达赖应当有行动的自由。请答应大家的要求吧。不然他们是不肯离去的。"

席柱、舒兰和达木丁苏伦一致当机立断:"原来是这样。当然可以。"向后面一挥手,"快去请达赖。"

龙夏又向人群高扬起手臂摆动了三下,人群潮水般向前涌来。

仓央嘉措出现在大帐前,人群发出欢呼,有的激动地淌着眼泪。走在最前面的几个人企图让仓央嘉措摩顶,被蒙古兵挡了回去。他们面对仓央嘉措跪了下来。后面的人们也都随着纷纷跪倒。

仓央嘉措双手合十,双眼紧闭,面部的肌肉不停地抖动着。此刻,他不知道该不该说话,更不知道该说什么。

是谁忽然高声唱出了一句:

仓央嘉措

> 颜色洁白的野鹤呀,

接着,人们都跟着高唱起来:

> 请你借给我翅膀。
> 不去遥远的北方,
> 只去一回理塘。①

这正是仓央嘉措的诗歌。

歌声真的像野鹤展开了翅膀,在草原上起飞,向长空飞翱翔,在西藏的山川回响,振荡。那优美的旋律包含着哀愁,渗透着忧伤。

仓央嘉措听到,人们把他诗中的日当②又唱成了理塘。这首诗是在他听到他的少年情人仁增汪姆被嫁到了日当以后的伤心思念之作。不知为什么也不知是什么人把两个地名弄错了,也许是故意的吧。其实,他从来没有想到要去那个远在东方的理塘。我飞到理塘去干什么呢?他想,只有人们爱这样唱,就去传唱好了,他不必要也不能去做说明。

沸鼎的人声把他从回忆中惊醒。

"佛爷呀,您不是说'不去遥远的北方'吗?为什么又要向北走呢?"一个人的声音。

"您不是说要去一趟理塘吗?怎么又要去北京啊?"又一个人的声音。

"您还回来吗?您舍得丢开我们吗?"另一个人的声音。

"等您圆寂以后,我们到理塘去寻您吧!"哭泣的声音。

"谁说您是假达赖?谁这样说谁就是恶人,魔鬼!"愤怒的声音。

"佛爷,您惩罚那些恶人吧!"哀求的声音。

"您不能接受这样的侮辱啊!"所有人的声音。

仓央嘉措向前走了几步,向大家弯腰施礼:"快请都站起来。"

人群向像被风吹倒又挺起的青稞麦浪,静静地朝向仓央嘉措,等待他的训导。

---

① 理塘:在今四川西部甘孜藏族自治州辖县。"理"是藏语的铜,"塘"是藏语的平坦的川地。理塘的意思是美丽得像铜镜一样的坝子。

② 日当:在西藏山南隆子宗,"日"是藏语的山,"当"即"塘"的另一种译音,指平川,日当的意思是山下的平地。

仓央嘉措极力控制住感激的心情，用平静而缓慢的声调说：

"我感谢大家的关心，请不必介意我的荣辱。佛说，容忍是宝，能容忍恶人，是一种无上的力量。佛说，愚昧的人如果顽固不化地作恶，就好像拿着火把迎着风向前走，必然会烧到自己的。让我们都学会宽容吧。"

人群刚刚散去以后，又来了几位骑马的僧人，穿的一律是崭新的绛红的袈裟。为首的喇嘛自称是附近乃琼[①]地方嘎洛寺的活佛，要请仓央嘉措前去讲经。

这又给押送他的军政官员出了难题。

---

① 乃琼：在西藏当雄。"乃"是藏语的"地方"，"琼"是藏语的"小"，乃琼的意思是"小地方"。

仓央嘉措

三十四
在嘎洛寺讲经

由于有了和扎西顿珠的协议，席柱他们只好答应了嘎洛活佛的强烈要求，允许仓央嘉措到嘎洛寺去做佛事活动。

达赖喇嘛要来了，在这个小地方的小寺院，是极为特殊的荣誉，破天荒的大事。所有的僧人和农牧民都兴奋得像是喝醉了酒一样。他们家家在准备银钱、酥油、干肉、糌粑，情愿倾其所有奉献给六世达赖喇嘛。

仓央嘉措早已经预料到了这一点，请嘎洛活佛晓谕乃琼的全体僧俗人民：他的衣食一路由大皇帝供养，行路途中，不接受任何布施；在他到来的时候，所有人不要跪拜，一律坐着听讲。如不遵从，他便不来。

这是佛爷的指示，谁会不听呢。不过人们还是觉得新鲜，自古以来，哪座寺院、哪个僧人、哪位喇嘛不收供奉啊！

仓央嘉措的讲经活动定在嘎洛寺的经堂里专在僧人中举行。当他刚刚在经堂的正位上坐下来，还没有开始说话，寺外就已经聚集了众多的人群，当地的农牧民纷纷要求能见到达赖喇嘛，并且听他讲经。嘎洛活佛急忙请示仓央嘉措，仓央嘉措说："我最怕的就是把我和普通百姓隔离起来，没有不答应他们的道理。"

当仓央嘉措率领着寺内的僧人来到寺院大门前的广场时，群众果然按照事前的约定，没有跪迎，也没有奉献供奉，有些人情不自禁地刚要跪倒，立刻意识到自己违背了佛爷的旨意，只得又站了起来，表现出对仓央嘉措的高度遵从和尊重。

仓央嘉措登上为他临时搭建的高座位，开始了讲话。下面是嘎洛活佛的记录稿：

《第六世达赖喇嘛仓央嘉措嘎洛寺讲经要点》

释迦牟尼佛曾经讲经四十九年，说法三千多场，所以佛教的经典浩如烟海，任何人一生都是讲不完的。其中有一部文字不多、但是内容非常重要的经典是《般若波罗蜜多心经》。我听嘎洛活佛说，他已经给你们讲过了，我只想给你们再说一说里面的一段话：即"心无挂碍。无挂碍故无有恐怖，远离颠倒梦想，究竟涅槃。"就是说，我们生活在世上，我们的肉身会产生色、受、想、行、识五蕴方面种种的感受，也就会生出许多的欲望和烦恼，轻则日夜牵挂，重则招来灾难。这部指导我们到达"彼岸"的《心经》，就是为了让我们"照见五蕴皆空，度一切苦厄"。这个"空"不是"无"，不是什么都没有，而是说除了自然的法则是永恒的，其他一切都不是固定的，是变化的，是短暂的，是会消失的。看透了这一点，我们的心就解脱了，就没有挂碍了，没有恐怖了，没有乱七八糟的妄想了，也不会有厄运了。对什么事情都不要放在心上，过去就过去了，这样就能够得以超脱，脱离苦海，到达涅槃境界。

这些话，我是对在座的僧人讲的。你们要修成正果，必须要懂得《心经》所讲的这个佛教的基本道理。我们的佛教是大乘佛教，是要普度众生，让一切人得到解脱的。为什么叫"出家"呢？就是为了这个目标，要为大家，舍小家。不然，就难以除掉对于父母兄弟妻子儿女的挂碍。不出家远离不了纷繁的俗世生活，六根清净不了，就只能在苦海中挣扎。如果人在寺院，心在尘世，口念佛经，心神不宁，那就可以脱掉袈裟，也应当允许他去过世俗的生活。

我们不能要求人们都去做僧人，我更不同意强迫别人做僧人。世上的俗人总是最多的。俗人虽然都在"三界"的"欲界"之中，但是人人心中都有善念，都有悲悯，都有佛性，佛在心中。所以不出家也能学佛。我要对俗人讲的是，你们首先要善待万物，平等待人。一切都是有生命的，要像爱护自己的生命一样尊重一切生命。你们要孝顺父母，是父母给了你们学佛的肉身。不要以为出家人就不孝敬父母。当初，释迦牟尼是国王的儿子，他想出家，父亲不允许，要他娶妻，他顺从了，而且娶了两个；要他生子，他又顺从了。实现了父亲的意愿。父亲同意他出家以后他才离家。《法句经》上说"当知父母恩重"，又说"居家事父母，治家养妻子"。下面我还要说，你们要善待妻子。生活中"欲界"中的人，不可能"无男女之别，无情爱之念"，佛说"爱欲莫甚于色"，那你们就好好享受姻缘之乐吧。佛陀在《玉耶女经》中指出：夫妻之间要"恩爱亲昵，同心异形"，形不同而心同，这就是男女之情的妙处。

我们的佛教，对于女人是看得比较低下的，这一点我感到遗憾。在《阿含经》中，阿难问佛陀：如果女人们来要求受教诲该怎么办？佛说："莫与相见。"阿难又问：

如果相见，该怎么办？佛说："莫与共语。"阿难又问：如果和她们谈话，该怎么办？佛说："当自检心。"就是要检查自己的内心了，要警惕了。我说，我们要尊重一切生命，难道不包括女人吗？在座的女人们，有的是现在的母亲，有的是将来的母亲，她们是孕育生命的功臣。如果不是靠了她们，人类早就灭绝了。释迦牟尼也是人啊。没有人，哪有佛？所以不论是谁，不论任何宗教，任何教派，不尊重女人，我都是不赞成的！

　　世上僧人千百万，修成正果有几人？难啊！非常难！

　　大家不要崇敬我，我是个不成功的喇嘛。禅宗和密宗，世俗和佛法，情爱和入定，一直在我的心中激烈地冲突着，我是个充满矛盾的人。我本不愿去坐达赖喇嘛的高位，是第巴桑结甲措派人找到了我，确定我为五世达赖喇嘛的转世灵童。我住进布达拉宫以后，也曾想过完全忘掉在民间十五年的生活，专心修行。可是无法做到。我总是摆脱不了心上的挂碍。我是个坦诚的人，也是个任性的人，我把我的苦恼都写成了诗歌。这些大家都是知道的。譬如当我听说我少年时期的情人被迫嫁给了别人的时候，我就写：

　　　　热爱我的情人，
　　　　已被人家娶走！
　　　　心中相思成病，
　　　　身上皮枯肉瘦。

　　譬如当我在默思修行的时候，眼前出现的不是上师，而是挥之不去的情人。我就写：

　　　　默思上师尊面，
　　　　怎么也不出现；
　　　　不想情人容貌，
　　　　总是浮现眼前。

　　真是应了佛陀对女人"莫与相见""莫与共语"的话了，我对自己的不能摆脱，写过这样的诗：

> 当初没见最好,
> 免得神魂颠倒;
> 原来不熟也好,
> 免得情思萦绕。

我以往的遭遇,我现在的处境,一半是来自我无能为力的天意,一半是来自我自己个性的执着。我希望你们不要把我看作达赖,还是把我看作一个普通的诗人吧。

说到底,还是"五蕴皆空",短暂人生如流星,希望你们都能在善业中闪光。

仓央嘉措讲的是佛经,同时讲的也是自己,又是大家,作为活佛,这样的讲法极为少有,十分亲切。在他讲经的时候,自始至终所有的人鸦雀无声,似乎连地上的流水,天上的行云,草原的牛羊,山中的鹰雕,也都静止下来。当嘎洛活佛宣布讲经结束时,寺前的人群和天地的万物突然爆发了高呼,一切都沸腾了,谁也听不清那雄浑的声音中包含的是什么语言,只见无数合十的双手举向仓央嘉措的宝座,无数的眼睑上闪着被太阳照亮的泪光。

三十五
面对神山圣湖

仓央嘉措在嘎洛寺讲经以后,提出要借此机会顺便去朝拜念青唐古拉神山和纳木错圣湖。

一小队蒙古骑兵远远地跟随着他。

仓央嘉措站在深蓝的湖水、翠蓝的天空、洁白的雪山中间。除了玛尼堆上飘动的经幡和白云下盘旋的雄鹰,一切都是静止的、无声的。只是在这里,纯净和神圣才能如此完美地结合。

他把忧郁的身影,留在了此时此地,只有与他有缘的人才能看到。

这里的景物,使勤于思考的仓央嘉措想起了一个既老又新的主题。为此,他久久地站在湖边,一动不动,但内心的湖水却翻腾不息。

他想:

人们为什么传说念青唐古拉山峰是父亲,纳木错是母亲,让它们象征始终不渝的爱情?

美丽的纳木错为什么成了密宗本尊胜乐金刚的道场?达隆噶举派的创始人达隆塘巴等高僧,为什么要在湖上修习密宗要法?

在藏族的文化中,为什么传说中藏族的祖先是公猴和仙女生的?他们住过的洞子就在泽当的雅鲁藏布江边。

在内地的文化中,为什么视天为父,视地为母?把乾坤、日月、阴阳、山水、雷电都赋予了雄与雌的属性?

这不是都在说明两性的结合,男女的愉悦是天经地义的事吗?

释迦牟尼也说过,金刚杵入彼清净莲华之中,由此出生一切贤圣,成就一切殊胜事业。

为什么要把佛陀称为"善哉，善哉"之事看作是"肮脏之事"？

唉！到处充满矛盾，许多事物被歪曲了，许多观点不能自圆其说。

我是怎样的人？由谁决定我？这一些人，为了这一种需要，就这样说我；另一些人，为了那一种需要，就那样说我。公道人说的不算，佛陀说的也不算，谁有了权势谁就说了算。第巴掌权说我是真达赖，拉藏汗掌权说我是假达赖。大皇帝掌的是全国最高的权，不知他会怎样说我？

啊，神山啊，你不就是仓央嘉措吗？圣湖啊，你不就是于琼卓嘎吗？难道我们都是有罪的吗？

湖是大地分泌的乳汁，是日月星辰的宝镜，是液体的珍珠之海，是含情脉脉的眼睛。

我仓央嘉措特别爱湖。我和湖是有很深的缘分的。我在去拉萨坐床的途中，看到了羊卓雍；在去北京晋见皇帝的途中，看到了纳木错；我要见到的下一个湖是哪一个呢？依照路程讲，应当是青海湖了。

我一定会喜欢青海湖的，青海湖喜欢我吗？

从念青唐古拉的山外飞来了黑云，一卷一卷地滚动着，像十万条撕不开的牦牛毛毡，转眼就飞到了纳木错的上空，忽然一声炸雷，大雨倾盆而下。仓央嘉措依然一动不动。他的心中反复地响着一句话：我能承受一切！

此刻，在纳木错湖边，在距离仓央嘉措不远的地方，有一个女子正悄悄地望着他的背影。

三十六
"我不是女妖"

仓央嘉措一行已经在当雄的地面上走走停停地过了不少日子了,他们决定明天出发继续北上。

席柱刚给皇上写完奏折,交西宁的商上①转报说仓央嘉措已经在押解途中,将会顺利到达京师。

达木丁苏伦前来请示说:"大人,嘎洛活佛介绍来了一个藏族小男孩儿,充当仓央嘉措的贴身约波②,伺候他的饮食起居,他才十六岁,叫罗布。您看可以吧?"

舒兰轻轻地点了一下头:"一个藏族小孩儿,伺候他们的佛爷,是可以放一百个心的。"

"是的。那我就把罗布交给仓央嘉措了。"

孤独寂寞的仓央嘉措见到来了个可以日夜与他做伴的藏族人非常高兴,因为押送他的这一行人,除了蒙古族人,就是满族人。何况仓央嘉措第一眼看到罗布就很喜欢他,他个子不高,不胖不瘦,眉清目秀,说起话来像个女孩子似的。仓央嘉措心想,这个孩子如果能跟他一直到北京,完成他今生中的这一段极不平凡的行程,也是前行注定的缘分。

罗布帽子戴得低低的,袍子穿得肥肥的,一直寡言少语,做事相当勤快,点牛粪火,打酥油茶,动作的熟练利索,不亚于一般的家庭主妇。猜想他一定是穷苦人家的孩子。

西藏的夜空比任何地方都低矮,比任何地方都透明,满天的星星比任何地方都

---

① 商上:达赖喇嘛办事机构。
② 约波:藏语,男仆。

稠密，而且又大又亮，像是垂在头顶上的珍珠帘子。

仓央嘉措仰面躺着，从帐篷的缝隙里望着晶莹的天空，像是进入了从未经历过的幻境。

"佛爷……"他听到柔和而细微的气声。

"佛爷。"比刚才声音稍大了一点。

"佛爷！"声音更大了一点。

他向着声音发出的地方望去。在一束皎洁的月光下，坐着一位美丽的少女，乌黑的发辫垂落在消瘦的双肩，上身是赤裸的，两个乳房像一对石榴坚挺在胸前。

仓央嘉措披衣坐起。这不是在他身旁的罗布睡的垫子上吗？罗布哪里去了？男孩怎么会变成了少女了呢？

"我不是在做梦吧？"仓央嘉措喃喃地自问。

"您不是做梦，醒着呢。"少女回答他。

"你……是女妖？"仓央嘉措愣了好半天才发出了这样的问话。

"我不是女妖，是女人。"

"请你快穿上衣服。"

"我不。佛爷。我好看吗？"

"好看。不过，小妹妹，你穿上衣服会更好看些。"

"非穿上不可吗？"

"当然，佛爷的话你是要听的。"

少女叹了一口气，勉强地穿上了粉红色的衬衣。

"很好，这样我们就好说话了。"

"佛爷，您不认识我了吗？不久以前，我们见过面的呀。"

"不可能吧？在哪里？"

"在堆龙曲的岸边啊，我还给你们唱了您的歌呢。"

"你是……？"

"我是基果戈呀。想起来啦？"

"噢，你就是那个牧羊女，乖孩子！"

"对呀。"

"你……"

"您不用问，我都告诉您吧。"

基果戈挪动了一下身子，离仓央嘉措更近了一些，说话的声音也更小了一些，因为这毕竟是在夜深人静的旷野，外面不远的地方可能还有游动的哨兵。

"我的阿爸阿妈都是堆龙庄园的奴仆，他们都死得很早。我就接着给主人放羊。我早就喜欢您的诗歌，经常在山上一个人唱。没想到那天真的遇见了您，就想跟了您去，可是那个蒙古人好凶，把我赶走了。后来有一天夜里，我做了一个梦，梦见您站在云彩上向我招手。第二天，我就对主人说，达赖喇嘛叫我呢，我要走了。他们以为我得了疯病，不敢留我啦。我就想了个女扮男装的办法，跟着回青海的朝圣队伍找到了这里。听说您在嘎洛寺讲经，我就去听了。然后，我还悄悄地跟着您到过纳木错。然后，我就成了您的仆人了。就这些。"

仓央嘉措感动地连声说："谢谢你，小妹妹，真难为你了，不容易啊！"

基果戈忽然扑在了仓央嘉措的腿上："佛爷，您要了我吧，让金刚杵进入莲花吧。"

仓央嘉措浑身一震，把她扶起来，冷静地说："不可以，不可以。"

"请您赐给我今生后世的荣耀吧。"

"我不能这样做。"

"为什么？"

"你不是也在嘎洛寺听我讲经了吗？我不能再添一份新的挂碍了。"

…………

月光在基果戈失望的表情上凝结了。

"基果戈，你还不知道吧？我们明天就要出发了，就要继续向北走了。路很远，时间很长，你女扮男装的事，迟早是会被人知道的，他们是不会饶恕你的，那样，对你，对我，都会是很不好的。所以，你明天必须回去。懂吗？"

基果戈沉默了一会儿："我没有家，也没有亲人，你让我回哪里去呀？"

仓央嘉措思量了一会儿："你到拉萨去吧，去找央宗阿妈的酒店，她的房子是黄色的，好找。你告诉她，是我让她收留你的。"

"那位央宗阿妈会相信我吗？"

"会的。明天我写一张字，你带去，她们一定会善待你的。"

月光凝结在基果戈的泪珠上。

"睡吧。"仓央嘉措躺下身去。

"好吧。"基果戈也躺下身去。

他们两人都闭上了眼睛。但是谁也难以入睡。

月光已经移开了帐篷的缝隙。

"佛爷……"

"基果戈……"

"伟大诗人……"

"乖孩子……"

第二天清早，仓央嘉措告诉席柱他们，他觉得罗布年龄还小，身体也不够强壮，要进入内地恐怕也不适应，他不忍心让一个这样的孩子来伺候，决定把他交还嘎洛活佛。

队伍出发之前，仓央嘉措给了基果戈一些藏银，嘱咐她还是要跟随朝圣的人们去拉萨。基果戈答应着。仓央嘉措在一张很厚的藏纸上写了下面的诗句：

> 羚羊一般的矫健
> 格桑花一样的笑脸
> 躺着是我的圣湖
> 站着是我的神山
>
> 我将一去不返
> 断了我俩的情缘
> 酥油灯点燃万盏
> 我心中依然黑暗
>
> 你是湖水一湾
> 我是泪云一片
> 飞在你的上空
> 滴到你的胸前

仓央嘉措把它交给了基果戈，嘱咐说："你一定把它收好，到了央宗阿妈的酒店以后，你要交给一个叫于琼卓嘎的人。"

"您写的什么呀？能不能念给我听听？"

"到了拉萨以后，你请于琼卓嘎给你念吧……噢，如果她不愿意念的话，也不要勉强人家呀。"

仓央嘉措

仓央嘉措一行向北，基果戈向南，各自移动了。
基果戈唱起了歌：

> 从那东方的山顶，
> 升起皎洁的月亮，
> 玛吉阿咪的面容，
> 时刻浮现我心上。

席柱勒了一下马头，对舒兰说："这歌声我好像在哪里听见过？"
达木丁苏伦立即附和："不错，我也听着耳熟。"
舒兰好像在考虑什么事情，没有吭声。
仓央嘉措的眼睛被泪水模糊了。

三十七
纳赤台上三炷香

无语的仓央嘉措越过了无语的唐古拉。

仓央嘉措一路无语是他的悲怆心情造成的，也是他的同行者造成的。大家都不愿和他交谈是由于他现在的身份和特殊的处境，既不能把他看作真达赖，也不能把他看作假达赖，因为皇上还没有做出最后的鉴定。因此，尊重也不是，慢待也不宜，只好把他当陌生人一样。他们之间有说有笑，唯独对仓央嘉措不言不语。

仓央嘉措也懒得和他们有什么情感的交流。他一路上沉默寡言，思绪万千。往事不堪回首，未来无法预料。想的事情越多，产生疑问越多，仿佛古往今来、天地万物、所有的一切都没有了答案。

他们进入了昆仑山口，在山谷中向北前行。

绵延在中国西部的昆仑，厚积着万古的白雪，藏满了远古的神话。东西数千里，千山万壑，看似雄伟博大，却只能允许小草的偷生，不肯容纳大树的生长；宁愿永远保持着无尽的荒凉和高傲的孤独。

一天，他们来到了一个叫作纳赤台的地方，藏语的意思是沼泽中的台地。这里有一眼不冻的矿泉，叫昆仑泉，泉下面是昆仑河，泉上面有平地。在路边的山崖上有个不大也不深的洞子，里面虽然空空荡荡，但却是过路人都会停下来瞻仰的神圣所在。据说文成公主下嫁西藏，从长安带来了一尊释迦牟尼八岁时的等身像，由于太重，走到这里抬不动了，只好把底座留在了洞里。后来，底座不知去向了，但洞子一直存在。它的价值无异于释迦牟尼的飞锡之地。

队伍在这里停留下来，在昆仑泉边饮马，烧水，观赏风景。

仓央嘉措

仓央嘉措走到纳赤台的洞前，点燃了三炷藏香，他将这三炷香恭敬地献给三位不同的人物，口中念念有词：

一炷香，我献给松赞干布。

你统一了西藏，创建了吐蕃王国。但你不像内地的皇帝，一共只有五位王妃：尼泊尔尺尊公主和藏族芒妃墀嘉、象雄妃勒托曼、木雅茹妃嘉姆增，后来又迎娶了唐朝的文成公主。他们分别来自不同的国家和地区。你为什么不在身边选择配偶？你是把你的婚姻当作政治、军事力量来展示吧？你重视尺尊公主，因为她来自南面的邻国；你礼遇文成公主，因为她来自东方的大唐。你和她们之间有普通人那样的爱情吗？你疼爱她们吗？

二炷香，我献给唐太宗。

我欣赏你、感谢你往西南方向送去了两个人，一个是玄奘，被你派去了天竺，一个是李雁儿[①]，被你派去了吐蕃。你还亲自为他们送行。他们代表的是文化，是交流，是和睦与团结，而不是刀枪、密探、挑拨和仇恨。只有伟大的君主才有这样的智慧和远见。文成公主是你的宗族侄女，她当时才十六岁，西藏又是那样的高寒、遥远。你舍得吗？做出这个决定的时候犹豫过吗？你询问过她本人的意愿吗？你送别她的时候是不是也流过眼泪？

三炷香，我献给文成公主。

你本来是不愿意远离父母和汉地的，但是唐太宗说服了你，圣命难违啊！你经历了千辛万苦刚刚到达拉萨，就遭到了尺尊王妃的嫉恨，她对你宣称"我乃先事王，正室大为尊"。在将近一个月的时间里，断绝你的生活供应，阻挠你和松赞干布相见，就连大臣也得听命于她。你无法忍受这样的境遇，甚至曾经收拾行装，准备返回长安。你在嫁给松赞干布九年以后，他就去世了。而在这九年中，他和你只同住了短短三年。也没有生育子女。在你们的夫妻生活中，你幸福过吗？之后，到你去世，你过了长达三十一年的寡居生活，你不孤独吗？

……

在野炊旁啃着大块羊肉的达木丁苏伦，用羊骨头指着纳赤台上的仓央嘉措，撇了撇挂满油腻的嘴，对同行的人们说："又做佛事去了，他以为自己还真是达赖喇嘛呢！"

[①] 李雁儿：文成公主的名字，又名李雪雁。

三十八
康熙的御批

　　五十二岁的康熙皇帝爱新觉罗·玄烨坐在乾清宫里，一边读着《资治通鉴》，一边等待熊赐履的到来。

　　熊赐履曾经是他的讲师，有名的学者，正一品的东阁大学士，担任过吏部尚书。今年已经七十二岁了。康熙批准了他的退休要求，今天特意召见他，显然有话别的意思。

　　熊赐履进来以后，要对康熙行君臣之礼，康熙连忙扶住他："我也不对你行师生之礼了，彼此免了吧。"

　　两人在谈了些关于身体健康等方面的话题之后，又自然地谈起了国事，康熙想听听这位老人对于西藏问题的看法。

　　他们之间，过去曾经讨论过宗教问题，康熙曾经直言不讳地说出他真实的思想。康熙声言他信理学，不信佛学。他还说在他十岁的时候就曾经和一个喇嘛辩论过，反驳得对方无法回答。后来，他也游访过寺庙，读过些佛教的典籍，结交过著名的僧侣，但始终并不履行佛教的思想。他支持佛教和道教，是由于看重他们能够起些教化百姓、劝善惩恶的作用。他兴黄教，也是为了怀柔藏、蒙民族，而不是出于对佛教的信仰。

　　"你对西藏的局势还关心吗？有何见解？"康熙问他。

　　"西藏的事，今年有了很大的变化呀。"熊赐履是了解情况的。

　　"是啊，拉藏汗已经把桑结甲措杀掉了，他们之间的明争暗斗算是了结了，我只能暂时承认他统治了全藏的事实。我封他为恭顺王，是提醒他要对朝廷恭顺，不要学噶尔丹，免得又劳我御驾亲征。"

　　熊赐履分析说："这两个蒙古王爷虽然都太过热衷权力，但是拉藏汗的实力远不及当年的噶尔丹，他只想把持西藏，不会敢于反叛朝廷。"

"我也认为拉藏汗远不像噶尔丹那样狂妄。哼,那个噶尔丹,当年竟敢对我说:'你抓老鼠尾巴还会被咬手呢,何况我有十万大军,岂能怕你!'结果怎么样?"

"结果这个老鼠连皇上的手也没咬上。"

两人笑了一阵。

太监献茶进来。康熙指着茶壶说:"请。真正武夷山的大红袍。"

熊赐履品了一口热茶,喷了声:"香!"接着说,"是啊,不论是谁,如果对于权力欲望不加约束,任其膨胀的话,都不会得到善终。"

康熙接上说:"桑结甲措就是一个明显的例子。这位第巴是个有能力、有才华、有学问的人,写了不少著作,完成了布达拉宫的扩建。但是,为了独揽大权,竟然与反叛朝廷的势力勾结,竟然对五世达赖的圆寂密不发丧,隐瞒我,欺骗全藏百姓十几年!还对拉藏汗下毒,动用武力。我对此人是四分惋惜六分厌恶!"

"自作孽呀!他毁了自己不说,还把个六世达赖仓央嘉措也牵连了进去。"

"仓央嘉措是他寻找的转世灵童,是他确立的达赖喇嘛,是他顶在自己头上的佛灯,他既然倒了,灯也就掉下来了,也就熄灭了。何况仓央嘉措在教规方面也让拉藏汗抓住了把柄,一口咬定说他是假达赖。"

"如今,皇上您看怎么处置为好?"

"我已经命马齐①下令把仓央嘉措送出西藏。"

"来京?"

"来京。是真是假下一步再说。"

熊赐履捻了捻胡须:"皇上,正如俗话所说,这位仓央嘉措可是个烫手的山芋,您不好决断啊。"

"请说,我听听。"显然康熙也已经考虑过这个问题。

"如果说他是假达赖,必然会伤害佛教信众的感情,西藏百姓是不愿接受的;据说他的诗歌在西藏很是流传,人们对他十分敬爱。如果说他是真达赖呢,拉藏汗就由原告变成了被告,输了官司,必然心怀不满,第巴的势力也会乘机反扑,西藏的局面就会又乱起来啦。"

"是啊,我也为此左右为难。"

此时,有西宁商上喇嘛商南多尔济的奏折送来。康熙立即打开,看罢,递给了熊赐履。

---

① 马齐:(1652—1739)富察氏,满洲镶黄旗人。武英殿大学士,兼理藩院尚书。

熊赐履一看，是转来席柱与舒兰的禀报，上面说仓央嘉措奉旨押送京城，已在青海途中。他把奏折双手捧还给康熙，沉默不语。

"如之何则可？"康熙借用了《孟子》里的一句问话。

"弃之可惜，食之无味啊！"熊赐履借用《三国志》的话回答。

"这些人，只知道例行公事，自己没有头脑！"康熙把奏折丢在了案上。

"看来，此事是拖延不得了！"

康熙重又打开奏折，提起毛笔，蘸足了墨，"刷刷刷"在上面写了批示，然后递给熊赐履去看。

熊赐履轻声地读出来："汝等曾否思之：所迎之六世达赖喇嘛将置何处？如何供养？"

"高明！圣明！"熊赐履竖起拇指，"皇上点到为止，下面自能领会。"

康熙长叹了一声："仓央嘉措今年才二十四岁，是个可怜的孩子！"

三十九
月照青海湖

押送着仓央嘉措的队伍来到了青海湖边。他们一方面想等待皇帝的旨意,另方面也已经跋涉了四个多月了,难得来在了这个美丽得醉人的地方,于是驻扎了下来。

仓央嘉措对青海湖一见倾心,它比他见过的西藏羊卓雍湖辽阔得多,蓝天和白云则是一模一样的,这使他有了回归故里的感觉。

商南多尔济陪同皇帝的使臣飞马来到他们的驻地,席柱、舒兰、达木丁苏伦一齐跪地接旨。康熙皇帝在圣旨中指责他们:"汝等曾否思之,所迎之六世达赖喇嘛将置何处?如何供养?"

席柱等人接读上谕之后,从皇帝的措辞中,仿佛看到了正在大怒的"龙颜",听见了皇上呵斥他们办事不力的声音。个个万分惶恐,人人胆战心惊。弄得不好,是要革职充军的。尽管皇帝曾经下过将仓央嘉措"执献京师"的命令,但是显然又改变了主意。看来,皇帝是不允许真的把这位假达赖弄进城的。他们这时才发现,押解仓央嘉措原来是一种蒙起眼睛划船的差事。

席柱意识到自己负有主要责任,急得坐卧不安。仓央嘉措成了他们手中的一团炭火,顶在头上的石磨。既不能再把他交给皇帝,又不能退还给拉藏汗,更不敢送给第三者(比如那个策妄阿喇布坦)。怎么办?他想遍三十六计,最后还是选中了其中的最后一计——"走为上",但不是他走,而是让仓央嘉措走。既然京师和拉萨都容不得这位不真不假的达赖,让他在途中一走不就了事了吗?如今皇帝是不会向他们要这个人的了。

席柱也是个当不上官时想当官、当上了官还想越当越大的人。为此,生怕有过,只想立功。他得出一条基本的经验:要想让皇帝了解自己的忠诚和才干,首先就得体会出皇帝的心思和意图。对于仓央嘉措的处理,如果能不使皇帝为难,就会逢凶化吉，加官晋爵。否则，可就凶多吉少了！

当天，在明月初升的时候，他们召开了紧急的秘密会议。下面是他们的发言。
席柱：还是皇上想得深远，是啊，把仓央嘉措送到北京以后，到底怎么处置为好？
舒兰：因为这不是我辈有权决定的事，所以我也不曾考虑过。想来我辈确有过错，依赖性大，未能勤于思虑国事。
席柱：我们要理解皇上的难处，领会皇上的意图，为皇上分忧解愁啊。
达木丁苏伦：那怎么办？把这个假达赖送到别处去？
席柱：不管怎么说，北京是不能去的了。如果把他放走，由他去了别处，固然比较人道，但是风险太大，他不论走到哪里，一旦被人识破，暴露了身份，我们肯定要担负罪责。
达木丁苏伦：送不得，放不得，只有一种办法了，把他干掉！
舒兰：仓央嘉措不是在唐古拉害过病吗？就让他害病死去吧。
席柱：唉，也只好如此了……

席柱请来了仓央嘉措，叫左右一律退下。
"您受苦了。"席柱非常客气地对仓央嘉措说，"事已至此，无须多言了。我也是个信佛的人……我劝您，我恳求您，逃走吧！只要您逃走之后永不暴露身份，一切后果由我一人承担！"他拍了拍自己的顶戴，等待仓央嘉措的回答。
仓央嘉措一听这些话，感到非常意外。事情发生了什么变化呢？他一时无法回答。他想：是拉藏汗要暗害我，这位好心人要搭救我吗？不是的，拉藏汗已经得了势，我也离开了西藏，他何必再背个杀我的名声？皇帝不是叫我进京吗？席柱怎么敢于违抗圣意呢？逃走？即使是应该逃走，可以逃走，又能逃到哪里去呢？回西藏，人们会认出我来；拉藏汗已经容不得我，还可能引起骚乱和争斗。去民间，又怎样从头去编造自己的历史？去寺院吧，我早已厌倦了那种生活……
想到这里，他主意已定，满腔怨怒地质问席柱："当初你们和拉藏汗到底是如何商议的？为什么现在又要让我逃走？在拉萨的时候，你对着成千上万的人高声宣布：'你们的达赖佛爷，是奉皇帝的诏请，到北京去朝觐的。'如今，我若不抵达文殊皇帝的金殿亲自觐见过皇帝，就绝不再去任何别的地方！"说罢，拂袖而去，一头钻进自己的帐房。
仓央嘉措仰卧在一块又脏又破的毡片上，两汪热泪在眼眶里打转。

仓央嘉措

帐房门口罩上了一道阴影,达木丁苏伦侧身而进。

仓央嘉措没有让座,对方也没有坐的意思,再说此处也没有可供落座的地方。

达木丁苏伦斜眼盯着帐房的一角,脸上毫无表情,告诉仓央嘉措说:"出帐房不远,就是库库诺尔①。今天是十月十日②,月亮已经很亮了,路上并不难走。我们决定,今天晚上你可以单独一个人去湖边赏月。"

"什么意思?"仓央嘉措翻过来问。

达木丁苏伦瞥了他一眼,又盯住那帐房的一角说:"大皇帝来了圣旨,说你进京之后无法供养,明白了吧?自己选择好了,想升天,想入地,都行。"说罢,撩门而去。

青海湖边。一丝风也没有。夜,静静的;岸,静静的;水,静静的,都像在静静地等待着什么。

水中的月亮是虚幻的,却能使青色的湖怀抱着一颗巨大的珍珠,沉睡在幸福的梦中。这明亮的珍珠自古至今人人喜爱,却没有谁能够捞到。

水和天的遥远距离虽然无法改变,它们却能够在人们视线不及的一端紧密地挨在一起。今夜,水和天又在青海湖上偷偷地拥抱了。它们在悄声细语地说着什么。说着什么呢?无人听到,大概是关于谁的命运吧。

湖心山的影子,模糊到了不存在的程度。在茫茫的青海湖中,它是一座孤岛。孤岛有孤岛的骄傲,孤岛也有孤岛的凄凉。孤岛的诗意在于清高。

明媚的月亮已经圆了大半个,凄清的亮光照在青海湖上,凛冽的冷风从远山吹来,千顷银波无声地闪动着,没有一个人影,没有一只飞鸟,没有一只牛羊,天地都屏住了呼吸,似乎在静静地等待着圣物的降临。

仓央嘉措被特地允许到湖边来散心,赏月。

他漫步来到湖边,望着浩渺的湖水,忽然,"泼剌"一声,一条巨大的湟鱼跳出水面,弯卷的鱼身腾起很高,让月光梳洗了一下,望了仓央嘉措一眼,又"啪啦"一声跌进水里。

仓央嘉措不禁向它伸出双手,像是要捧住它,又像是为它送行。

他想,这鱼儿是在启示我,让我像它一样遁去吗?是在为我引路吗?又想,押送我的人也许是要给我机会让我逃走吧?他回顾身后,见有人影隐在不远的石头旁

---

① 库库诺尔:蒙语,青色的湖,即青海湖。
② 此处系依蒙古旧历。

边。他明白了，监视他的人并没有撤去，故意放他逃走的猜想只是天真的愿望。唉，即使他们放我逃走，我孤身一人，天寒地冻，荒原苍茫，人生地不熟，身无分文，肯定会迷路、冻饿而死。我哪里也不能去，我哪里也去不了，这美丽的青海湖就是我的归宿。

　　他感到他的后背被什么沉重东西狠狠地撞击了一下，让他的身子和天上的月亮一起漂在了湖面上。他极力睁眼，想看个明白，但是睁不开。却似乎听到了一个女子在湖边哭诉，极像是于琼卓嘎的声音。

四十
魂归仙女湾

就在此刻,正有一个藏族女子披头散发地向着仓央嘉措跑来。她就是那个被仓央嘉措称为玛吉阿咪的姑娘于琼卓嘎。

基果戈到了拉萨,找见了央宗的酒店,第二次见到了于琼卓嘎,向她讲述了仓央嘉措在途中的情况,转交了仓央嘉措写给她的诗歌。于琼卓嘎不顾一切地追到了青海,追到了青海湖边。

湖面上荡漾着她的声音:

我来了,你却去了,(哭声)你没有来得及看到我的身影,我却赶上了为你送行!

你离开拉萨以前写给我的诗,是盖丹喇嘛在阿妈央宗的酒店交给我的。你在青海写给我的诗,是基果戈带给我的。每一个字都是你的一滴泪,都是我的一滴血。

我始终喜爱诗歌,虽然不会写,但爱听。每听到一首好诗,就觉得有一种火辣辣的东西在激荡着我的胸怀,冲击着我的心灵。

你的诗,是清泉,是甘露。诗中跳跃着一颗像金子、像水晶一样的心。你的有些诗,是为我写的,这只有我们两人知道。(哭声)

好些日子我再没能见到你,但是常听到人们唱你的诗歌。这是我最大的幸福,最甜美的享受。

我知道你在想我,多谢你一直记着在远方还有一个也想念着你的女子。(哭声)我们的相识,是我的荣幸。我们在一起的时间虽然短暂,但在我的心灵深处却留下了无比美好的记忆。想到你,我就觉得我这一生没有白过。

听到你被送往北京的消息以后。我的心上长出来一棵悲哀的大树。那饱含着苦汁的叶子是飘落不尽的。(哭声)没有办法,只得顺从命运的安排。(哭声)

狼可以吃掉人的肉体,却叼不去人的感情。我们的肉体可以被驮到别人的马鞍上,

被锁上刑枷，被扔进泥塘，被强制，被欺骗，但我们的心总是溶合在一起，像奶和水、盐和茶。（哭声）

知道吗？每到正月十六这一天，我都默默地祝贺你的生日，总想采一束野花来供奉你，在隐秘的地方献给你。可惜你的生日太早，是一个没有鲜花的季节。我只有在心上开一朵无形的花，鲜红鲜红的，悄悄地为你吐露着芳香。（哭声）

我常在梦中看见你向我走来，我对你说：好好地看看我吧！我向你伸开了两臂……唉，每到这时候梦就醒了。（哭声）听到你的遭遇，我愤愤不平。我时常想到确有对不住你的地方，心里难过极了。都怪我不好，不该影响你，好在你早已不介意个人的荣辱了。因为你知道，在这个世界上，一个晚上成为英雄，一个早上又成为罪犯的人，已经够多的了……宕桑汪波呀！仓央嘉措！仓央嘉措呀！宕桑汪波！（大哭）

我对着布达拉宫上你卧室的窗户拜了三拜，顺着你的脚印赶来。让湖水洗净人间沾染给我们的一切污垢吧，让这蓝色的湖水来解除我们爱的干渴吧，让我们手拉手走进湖中的月宫吧，让仓央嘉措和于琼卓嘎，像诗歌和民众一样永不分开吧！

声音消失了。

仓央嘉措看见于琼卓嘎和他一起漂在湖面上，他大喊："于琼卓嘎！我的玛吉阿咪！"正要抱住她，湖上突然起了狂风，挟带着电闪雷鸣，女子的身上飘着五颜六色鲜艳无比的彩带，细细的腰上系着彩虹般的围裙。她回答仓央嘉措说："我不是于琼卓嘎了，我已经化作了仙女拉毛，我已经给你准备好了宫殿，我们是来迎接你的。"

天空飞来了一群仙女，耳边响起了美妙的音乐。仓央嘉措被她们簇拥而去。

据说，他们飞去的地方是在青海湖的北岸，名叫刚察，湖边有一处奇石、花草、飞鸟、湟鱼、晴空、彩云、沙滩、倒影聚集的仙境，名叫仙女湾。

四十一
余波在荡漾

青海湖面上激起的余波在向四周荡漾……

达木丁苏伦、席柱、舒兰等人听取了蒙面人的回禀，知道仓央嘉措确已沉入青海湖中。秘密商议之后，他们决定宣布仓央嘉措"行至途中，暴病身亡"。达木丁苏伦最后补充说："如果有人问起是什么病，就说是水肿病吧。"他们就这样上报了。

《清圣祖实录·卷二二七》做了这样的记载："康熙四十五年十二月庚戌，理藩院题：'驻札西宁喇嘛商南多尔济报称：拉藏送来假达赖喇嘛，行至西宁口外病故。假达赖喇嘛行事悖乱，今既在途病故，应行文将其尸骸抛弃。'从之。"

"从之"，就是皇上同意将仓央嘉措毁尸灭迹了。

所以，青藏高原上没有仓央嘉措的坟茔。

这样一来，仓央嘉措是假达赖这桩公案就算定了。

所以，布达拉宫里没有仓央嘉措的灵塔。

但是，仓央嘉措在刚察仙女湾的水下有一座宫殿，他永久地住在了青海湖中。

既然仓央嘉措是假达赖，而且已经"病"死了，连尸骸也奉旨"抛弃"，当然就需要有一个真正的六世达赖。

于是，在第二年，康熙四十六年（公元1707年，藏历火猪年），拉藏汗又从博克达山医学扎仓找来了一个名叫阿旺伊西嘉措的年轻喇嘛，把他立为六世达赖。

有人证明说，这位新六世达赖就是拉藏汗自己的儿子。不过，既然皇帝的儿子要继位当皇帝，既然传说伟大的五世推荐自己的私生儿子当第巴，第巴又可以指定自己的儿子代替他继任第巴，那么拉藏汗为何不可以让自己的儿子当达赖呢？

尽管这位新六世达赖在两年之后得到了康熙皇帝的册封，不论是西藏人还是蒙古人,都普遍地只在表面上承认他;人们对仓央嘉措的思念和同情仍然有增无减。人们在谈到仓央嘉措的时候,仍然称他为"塔木介清巴"①,而对这位新六世伊西嘉措则只称"古学"②。在人们的心目中,所谓假的倒是真的,所谓真的倒是假的。

那时的西藏上层集团为了自身的利益,利用了这种民意。你找一个,我也找一个。经过几年的酝酿和准备,他们通过乃穹护法神的口宣布说:在东方喀木地区的理塘找到了七世达赖——六世达赖仓央嘉措的转世替身。这是个诞生于藏历土鼠年(公元1708年)七月十九日的孩子,名叫格桑嘉措。为此,他们还正式发表了仓央嘉措的一首诗,作为这个孩子确系六世替身的铁证。

这首诗的原文是这样的:

　　白色的野鹤呀,
　　请你借我翅膀;
　　不去遥远北方,
　　只是向往日当。

发表出来的文字,却有了巧妙的改动:

　　白色的野鹤呀,
　　请你借我翅膀;
　　不去遥远北方,
　　只去一回理塘。

改动只在最后一句,日当和理塘又是读音相近的地名,是很容易被人接受的。仓央嘉措既然自己早就预言要飞到理塘去,而且还会回来,那么他的转世替身定是在理塘无疑了。

于是,僧俗民众都心满意足了,欢呼雀跃了。六世达赖仓央嘉措在理塘转世的消息,迅速地传遍蒙藏各地。人们普遍地承认那个诞生在理塘的格桑嘉措为七世达赖,并且称呼他为"杰旺"③。

---

① 塔木介清巴:意为"遍知一切"。
② 古学:意为"阁下"、"先生"。
③ 杰旺:意为"圣王"或"佛王"。

西藏人和另一些蒙古人怕引起拉藏汗对于这个孩子的戕害，在说服了孩子的父亲之后，把孩子从理塘秘密地转移到金沙江东岸的德格。后来，干脆又转移到青海某地。最后，为了接受宗教训练，又把他送进了塔尔寺。

后事之一：

藏历火鸡年（公元1717年），蒙古准噶尔部的大兵，在策妄阿喇布坦的弟弟策凌敦多布的统率下，以替达赖五世、达赖六世和第巴桑结报仇，赶走真正的假六世达赖，把权力交还西藏人民等一大堆名义下，于十月二十九日攻入拉萨。拉藏汗坚守着布达拉宫。十二月三日，拉藏汗冲出布达拉宫夺路突围，在白刃战中，他杀死了十一名敌人，最后，被砍死在宫前。他的妻儿和年迈的班禅同时被俘。

后事之二：

拉藏汗所立的六世达赖伊西嘉措也被废黜了，关押在布达拉宫对面的药王山上。康熙五十九年（公元1720年，藏历铁鼠年），也被"取……归京"了。以后死在内地。

后事之三：

康熙五十九年二月（公元1720年），康熙皇帝承认了居住在青海塔尔寺的格桑嘉措"实系达赖后身"，"诏加封宏法觉众第六世达赖喇嘛"，并送他一颗刻有满、蒙、藏文字的金印，上面刻的是"达赖六世之印"，回避了前两个六世达赖到底谁真谁假的纠缠。至此，西藏先后共有了三个六世达赖。然而西藏人却一直认为格桑嘉措是仓央嘉措的转世，都把他算作七世达赖。

七世达赖（或第三个六世达赖）在康熙所派兵马的护送下，于同年九月十五日到达拉萨，在布达拉宫正式坐床。

这个十二岁的孩子，踏上从塔尔寺去布达拉宫的途程，在经过茫茫的青海湖时，会想到他的"前身"吗？对于仓央嘉措他知道些什么呢？……

旁出的尾声：

在仓央嘉措去世若干年之后，有个名叫阿旺伦珠达吉[①]的喇嘛，写成了一部书——《仓央嘉措秘传》[②]，由西藏代本哲通·久美甲措刊印。书中说，仓央嘉措当时并没

[①] 阿旺伦珠达吉：全名为额尔德尼诺门罕阿旺伦珠达吉，又名拉尊·阿旺多尔济。
[②] 《仓央嘉措密传》：藏文全名为《一切知语自在法称祥妙本生记殊异圣行妙音天界琵琶音》。

有死在青海，而是匿名遁去了，并且游历了中国的甘、青、康、川、卫、藏，尼泊尔、印度、蒙古等地，到处弘扬佛法，大显神通。内容十分荒诞离奇。书中的主人公既无原有的思想、性格，也无一首新的诗作，与仓央嘉措毫无共同之处。这是无足评述的。值得一提的倒是该书作者的教训。

  作者阿旺伦珠达吉出生于阿拉善旗一个蒙古贵族家庭，是阿拉善旗第一大寺广宗寺的第一代喇嘛坦，曾去西藏学习佛经，回到阿拉善旗以后兼任大喇嘛。他梦想着搬用西藏之法在蒙古地区炮制出政教合一的局面，以使自己的头上罩有宗教权威与政治领袖的双重光环。他利用人们对仓央嘉措的尊崇，迎合着人们"好人终应有好报"的正直心理，编制出一套仓央嘉措云游八方的神话。他自称是仓央嘉措的亲授弟子，抛出《秘传》作为实现其政治野心的舆论和资本，结果遭到蒙古王爷的反对。因为王爷们认为《秘传》之类可以存世，而政教合一的制度是不能接受的，于是就把阿旺伦珠达吉杀掉了，并把他的头颅埋在定远营南门的石坎下。自那以后，广宗寺的喇嘛在进出城门时都不敢跨迈石坎，宁可从两边绕行。

参考书目

圣祖实录

东华录

卫藏通志

西藏图考（皇家舆地丛书）

大清一统志

纲鉴易知录续编·清鉴·清纪

清史纪事本末（上海进步书局）

清史稿·藩部八·西藏

清代藏事辑要（张其勤原稿 吴丰培增辑）

清史通俗演义

圣武记

西藏史地大纲（洪涤尘编著）

西藏问题（陈健夫著）

西藏问题（王勤）

仓央嘉措情歌（赵元任记录 于道泉注释译文）

仓央嘉措情歌（王沂暖译）

西藏短诗集（王沂暖译）

仓央嘉措及其情歌研究（黄颢 吴碧云编）

西藏歌谣

西南民歌·康藏之部

藏族情歌（苏郎甲措 周良沛译）

藏族情歌（庄晶 开斗山搜集整理）

民间音乐研究论文集·第一集

门巴族民间文学资料（于乃昌整理）

西藏地方历史资料选辑

藏族简志（中国科学院民族研究所少数民族社会历史调查组编）

达赖喇嘛传（牙含章编著）

西藏见闻（蔡贤盛著）

藏族古典文学（佟锦华著）

藏族文学讲稿（中央民族学院藏语文系教研室）

藏族史要（王辅仁 索文清编著）

西藏佛教史略（王辅仁编著）

第巴·桑结嘉措事迹考（王尧著）

中国历史简表（辽宁人民出版社）

西藏风土志（赤烈曲扎著）

仓央嘉措情歌及秘传（阿旺·伦珠达吉著）

趣闻选·黄金穗传

六世达赖秘传

七世达赖传

青海秘史（松巴堪布著）

松巴堪布年表

松巴堪布全集

列隆吉仲日记

西藏喇嘛事例

嘉木样谢贝多吉年表

噶伦传

隆多喇嘛全集

西藏政教史（夏格巴·汪秋德丹著）

西藏——历史·宗教·人民（土登·晋美诺布 柯林·特尼布尔著）

一个宗教叛逆者的心声——略论六世达赖仓央嘉措及其情歌（葛桑喇）

西藏中世纪史（［意］杜齐著）

西藏志（［英］查理·柏尔著）

藏文文法（［印］达斯著）

闯入世界屋脊的人（［英］彼得·霍普柯克著）

西藏的历代达赖喇嘛（［印］英德·马立克著）

附录一
第五、第六世达赖喇嘛大事年表

1617年（明万历四十五年），第五世达赖喇嘛罗桑嘉措出生于西藏琼结。

1622年（天启二年），在四世班禅主持下，五世达赖由三大寺僧众迎至哲蚌寺供养。

1641年（崇祯十四年），五世达赖与其师四世班禅派人赴青海密招蒙古和硕特部首领固始汗派兵入藏。

1642年（明崇祯十五年，清崇德七年），噶玛王朝覆灭。甘丹颇章政权建立。

1645年（明弘光元年，隆武元年，清顺治二年），五世达赖下令重修布达拉宫。

1648年（清顺治五年），五世达赖迫令其他教派改信黄教。

1652年（顺治九年），三月初七，五世达赖率众三千人起程，十二月十六日到达北京。

1653年（顺治十年），五世达赖二月十七日离京，途中，顺治帝派人送去册封"西天大善自在佛所领天下释教普通瓦赤喇怛喇达赖喇嘛"金印。十月二十四日返抵拉萨。同年，桑结甲措出生。

1655年（顺治十二年），十二月七日，固始汗病故于拉萨，终年七十三岁。其子达延汗留藏主持藏事。

1662年（康熙元年），四世班禅病故，终年九十一岁。

1665年（康熙四年），罗桑意西被确立为四世班禅的转世灵童，是为五世班禅。

1668年（康熙七年），达延汗病故。

1671年（康熙十年），达延汗之子达赖汗继位。

1674年（康熙十三年），吴三桂在云南发动政变，其子吴世璠致信五世达赖请兵援助。该信被康熙帝截获，但未加置问。

1676年（康熙十五年），噶尔丹自立为汗，五世达赖赠徽号。

1677年（康熙十六年），噶尔丹吞并厄鲁特诸部落。

1678年（康熙十七年），噶尔丹吞并南疆四部。

1679年（康熙十八年），五世达赖任命桑结甲措为第巴。

1682年（康熙二十一年），二月二十五日，五世达赖病逝于布达拉宫，终年66岁。第巴桑结甲措（以下简称桑结）密不发丧。

1683年（康熙二十二年），正月十六，仓央嘉措诞生。

1685年（康熙二十四年），桑结确定仓央嘉措为五世达赖的转世灵童。

1695年（康熙三十四年），桑结向康熙声称五世达赖年迈，国事取决于他，乞讨封号。同年，布达拉宫重建完工。

1696年（康熙三十五年），康熙第二次督师征伐噶尔丹，大获全胜。期间，得知五世达赖早已去世。桑结被迫公布五世达赖圆寂。八月，康熙敕谕桑结。

1697年（康熙三十六年），桑结派人抵京报告五世达赖圆寂之事。九月初七，六世达赖仓央嘉措在浪卡子受格楚戒。十月二十五日，六世达赖仓央嘉措在布达拉宫坐床。

同年，康熙第三次督师征讨准噶尔，噶尔丹兵败服毒自杀。

1701年（康熙四十年），达赖汗去世，其子拉藏汗继任和硕特部首领。

1702年（康熙四十一年），六世达赖到扎什伦布寺回格楚戒。

1704年（康熙四十三年），桑结卸职。

1705年（康熙四十四年），桑结被拉藏汗捕杀。

1706年（康熙四十五年），五月初一，拉藏汗面斥六世达赖。五月二十七日，六世达赖动身起程被押解京师。途中去世。享年二十四岁。

1707年（康熙四十六年），七月十七日，拉藏汗与第巴·素隆另立伊西嘉措为六世达赖。

1708年（康熙四十七年），未来的七世达赖格桑嘉措出生于理塘。

1716年（康熙五十五年），应桑结部下之请，盘踞伊犁自立为汗的噶尔丹的侄子策旺阿喇布坦派兵入藏。

1717年（康熙五十六年），准噶尔蒙古军围攻布达拉宫，十一月初一拉藏汗被杀。

囚第二个六世达赖伊西嘉措于药王山。

1720年（康熙五十九年），清军攻陷拉萨。九月十五日，立格桑嘉措为七世达赖。

仓央嘉措

附录二
作者对仓央嘉措的评述

不灭的诗魂
——关于六世达赖仓央嘉措的结局

　　藏族伟大诗人、第六世达赖喇嘛仓央嘉措的逝世，距今已经三百多年了。我们知道，这位天才只活了二十四岁，他是不幸被卷在西藏、蒙古和清廷的政治斗争漩涡中夭折的。

　　仓央嘉措出生在藏南门隅宇松地方的一个信仰密宗佛教的平民家庭。当时西藏的主政者第巴桑结甲措在五世达赖喇嘛逝世后，一面秘不发丧，一面将仓央嘉措选定为五世达赖的转世灵童。十五年后，事情败露，桑结甲措在受到清廷严厉追究时，将他正式立为六世达赖，但又得不到代表清廷在西藏驻军首领拉藏汗的认可。拉藏汗上报皇帝说他是假达赖。康熙皇帝下诏将他送来北京。结果在青海湖"病故"，结束了悲剧的、短暂的，而又不平凡的诗人的一生。

　　多年来，我在研究仓央嘉措的生平和诗歌的过程中不时发现，对于他的结局，一直有着各种不同的说法，总起来说主要是他在康熙四十五年（公元1706年）死与未死的问题。即有些人认为他在奉诏进京的途中英年早逝了，有些人则认为他在途中走脱了。前一种说法可以称为"早逝说"，后一种说法可以称为"遁去说"。下面分别摘引这两种说法的部分例证资料。

　　持"早逝说"的有：

　　1.《清史稿·列传·藩部（八）西藏》：（康熙）"四十四年桑结以拉藏汗终为

己害，谋毒之，未遂，欲以其逐之。拉藏汗集众讨诛桑结。诏封为翊法恭顺拉藏汗。因奏废桑结所立达赖，诏送京师。行至青海道死，依其俗，行事悖乱者抛弃尸骸。卒年二十五。时康熙四十六年"。

2.《清圣祖实录·卷二二七》："康熙四十五年十二月庚戌，理藩院题：'驻札西宁喇嘛商南多尔济报称：拉藏送来假达赖喇嘛，行至西宁口外病故。假达赖喇嘛行事悖乱，今既在途病故，应行文将其尸骸抛弃。'从之。"

3. 释妙舟《蒙藏佛教史》第四篇第三章第七节：（仓央嘉措）"年至二十有五，敕入觐。于康熙四十六年行至青海工噶洛地方圆寂。"

4. 于道泉《第六代达赖喇嘛仓央嘉措情歌》："拉藏汗乃取得皇帝之同意，决以武力废新达赖而置之死地。即以皇帝诏，使仓央嘉措往北京。而以蒙古卫兵及一心腹大臣伴行。路过哲蚌寺前，寺中喇嘛出卫兵之不意，将仓央嘉措劫去。卫兵遂与寺中喇嘛开战，攻破哲蚌寺复将仓央嘉措夺回，带往纳革刍喀。康熙四十五年（1706）仓央嘉措二十五岁，在纳革刍喀被杀。而依照汉文的记载则说他到纳革刍喀与青海之间患水肿病而死。"

5. 洪涤尘《西藏史地大纲》："假达赖行至青海，病死，时年二十五岁，康熙四十六年也。"

6. 王辅仁、索文清《藏族史要》："公元1706年（康熙四十五年），仓央嘉措在解送途中，病死在青海湖畔。"

7. 葛桑喇《一个宗教叛逆者的心声》："行至青海湖畔，被拉藏汗派去的人杀害。"

8. 王尧《第巴·桑结嘉措事迹考》："当第巴桑结嘉措被杀的第二年，仓央嘉措便紧跟着断送在和硕特拉藏汗的手中，死在青海湖畔遂解的途中……被弄死在青海。"

9. 曾文琼在《历史知识》（1981年第2期）上撰文说："六世达赖在戒备森严的蒙古包中，一时一刻也没有忘记他的诗歌朋友们和情人仁增汪姆……感慨地写道：'在东山的高峰，云烟缭绕的山上，是不是仁增旺姆，又为我烧起神香！'1706年6月27日，六世达赖被押送北京。行前他还通过一个藏兵把他写给仁增汪姆的诗交给她。他又写了一首离别的诗：'白色的野鹤呀，请你借给我翅膀，我不去远方久住，只去理塘一趟。'……据说，行至青海湖畔，被拉藏汗谋害。"

10. 杜齐（意大利藏学家）《西藏中世纪史》："在黑河附近，仓央嘉措丧命。"

11. 伯戴煦(L. PITEEH)《SHINAANDTIBETINTHEEARLY 18TH CENTARY》：（仓央嘉措）"于1706年11月14日死于公噶瑙湖附近。虽然按意大利传教士的说法，

传闻他是被谋害的,但汉、藏的官方记载都说他死于疾病,而没有什么充分的理由可以怀疑他的真实性。"

另外,贝尔(C. BELL)、柔克义(W. W. ROOKHILL)等人,也均持此种看法。

由于仓央嘉措的诗歌成就巨大,在西藏流传甚广甚久,又由于他的遭遇直接关系到当时西藏的政教历史,所以也成为许多外国学者的关注和研究的对象,对他的结局也有种种记载。

上述观点,一致认为仓央嘉措是在赴京途中死去的,略有不同的是死亡的具体地点,他们分别记述为"青海道""西宁口外""工噶洛""青海""青海湖""黑河附近""公噶瑙湖"等处,总之未超出西宁以西、那曲以北的地域范围。再一个不同之点就是,仓央嘉措到底是怎样死的,他们分别使用的是"死""病故""圆寂""丧命""被弄死""被谋害"等词句。其实不是病故就是被谋害,只有这两种可能,而没有第三种可能,因为藏族人的观念和习俗是不赞成自杀的,何况仓央嘉措也完全没有自杀的必要和理由。

对于仓央嘉措的享年,有的说二十四岁,有的说二十五岁。他诞生于公元1683年,逝世于1707年,应当是二十四周岁,二十五岁是按虚岁说的。

持"遁去说"的有:

1. 法尊《西藏民族政教史》卷六第六节:"次因藏王佛海与蒙古拉桑王不睦,佛海遇害。康熙命钦使到藏调解办理,拉桑复以种种杂言谤毁,钦便无可如何,乃迎大师进京请旨。行至青海地界时,皇上降旨责钦使办理不善,钦使进退维艰之时,大师乃舍弃名位,决然遁去。周游印度、尼泊尔、康、藏、甘、青、蒙古等处。宏法利生,事业无边。尔时钦差只好呈报圆寂,一场公案,乃告结束。"

2. 《仓央嘉措秘传》(藏文全名是《一切知语自在法称祥妙本生记殊异圣行妙音天界琵琶音》),作者名叫额尔德尼诺门罕阿旺伦珠达吉,又名拉尊·阿旺多尔济,是阿拉善旗的蒙古人。书成于公元1757年,以第一人称记叙仓央嘉措亲口的讲述。说仓央嘉措在去北京途中行至更尕瑙尔,施展法术,于夜间向东南方向遁走。去过打箭炉、峨眉山,又回到西藏的拉萨、山南,还去了尼泊尔、印度,再返回西藏及西宁,最后在今内蒙古的阿拉善旗圆寂。

3. 《仓央嘉措秘传》一书的汉文译者庄晶先生认为,"他在衮噶瑙出走后,最后归宿于阿拉善旗的可能性极大"。他还介绍说,贾敬颜先生曾在阿拉善旗考察,"文革"前广宗寺还保存着六世达赖的肉身塔,五十年代,寺内主持还出示过六世达赖的遗物，其中有女人的青丝等。

我所认识的次旦夏茸活佛也曾认为："仓央嘉措开始不信佛，经过一番波折而相信了，后半生弘扬佛法。"

4. 全国人民代表大会民族委员会编《内蒙古自治区巴彦尔盟阿拉善旗情况》中说：行抵衮噶瑙后，六世达赖于风雪夜中倏然遁去。先往青海，复返西藏，最后来到阿拉善旗班自尔扎布台吉家，时为康熙五十五年（1716年）。六世达赖仓央嘉措三十四岁以后收班自尔扎布台吉的儿子阿旺多尔济为徒，并在当地弘扬佛法。于乾隆十一年（1746年），六十四岁时坐化。阿拉善旗有八大寺庙，据说其中著名的广宗寺（建成于1757年，位于贺兰山中）即阿旺多尔济遵六世达赖的遗愿所建。内有六世达赖的遗体，供于庙中七宝装成的切尔拉（塔式金龛）内。遵仓央嘉措为该寺的第一代格根（即上师），名德顶格根。阿旺多尔济任第一代"喇嘛坦"。另传甘肃中卫的一个汉人，因敬奉六世而得子，便替他修了一座庙，庙名朝克图库勒（藏语名班第扎木吉陵），即八大寺的昭化寺，六世达赖坐化后，遗体也曾浮厝于此庙。

5. 玛·乌尼乌兰在发表于1982年4月24日《阿拉善报》的《再见了，歌的海洋，歌手之乡》一文中说：阿拉善宗教中心广宗寺遗址赛音希日格（在三尾峰与牧仁峰之间），山口有一股清泉，叫拉先泉，是这里的五大泉之一，据说是六世达赖仓央嘉措用手杖捅出的一口清泉，饮了吉祥如意。

6. 有民间传说讲，仓央嘉措带着刑具行至青海扎什其地方，忽然失踪，用大法力从刑具中脱身，即往五台山住了几年，后到阿拉善旗为蒙人牧羊。羊被狼吃，大师受主人责斥，乃把狼领到主人面前说："羊是它吃的，你同它论理吧。"蒙人大奇，始知为仙，终知为达赖。

7. 尹明举在他搜集整理的《达赖六世情歌·小序》中说："据说他还到过云南，这组情歌也就采自云南迪庆藏族自治州的中甸县。"

8. 牙含章《达赖喇嘛传》上编·六："另据藏文十三世达赖传所载：'十三世达赖到山西五台山朝佛时，曾亲去参观六世达赖仓央嘉措闭关坐禅的寺庙。'根据这一记载来看，六世达赖仓央嘉措被送到内地后，清帝即将其软禁在五台山，后来即死在那里，较为确实。"

上述观点，都认为仓央嘉措在青海途中走脱了，而且去了内地和国外许多地方。只是对于圆寂的地点，有阿拉善旗和五台山两种说法。

关于仓央嘉措的结局虽然众说纷纭，但是，其消息来源和文字根据并不复杂。

显然，"早逝说"的根据主要是清史的官方记载，"遁去说"的根据则主要是阿旺多尔济的那本《秘传》，其他多属于辗转抄引或者借题发挥。

我是同意"早逝说"的。理由如下：

第一，清史的官方记载虽非绝对准确，一般说来都是依据正式的文折档案做出，不同于道听途说或稗官野史，是比较可靠的。而《秘传》的许多情节是玄虚的，有些类似神话小说，可靠性的程度显然较差。总之，说仓央嘉措并未死于青海的证据不足，说服力不强。而且，既然说他后来信佛了，到处弘扬佛法，为什么又说在他的遗物中还有女人的青丝？（这一点倒是很符合他这位痴情诗人的人物性格！）矛盾是明显的。

第二，我们考察一下人们的心理便会发现，历史上有个常见的现象，即人们普遍恐惧、仇恨的和普遍爱戴、同情的这两种人死去之后，往往会有"没死"的传说出来。这种传说的产生无疑是感情方面的原因，对于前者是基于怕，实质上是担心他没有真正死掉，是心有余悸的反映。对于后者是基于爱，实质上是希望他依然活着，是痛惜怀念的表现。前者如希特勒，二战后人们对他死与未死的说法就持续了许多年。后者如杨贵妃，有的说她并未死在马嵬坡，而是去了日本，现在日本还有她的坟墓。因此，人们对于所敬爱的诗人、所同情的弱者仓央嘉措，当然极其不愿接受他早逝的事实，产生出"遁去"的传说是非常可能的、合理的。然而，也只是个传说而已。

第三，仓央嘉措作为一个二十四岁的孱弱青年，在强悍的蒙古军队的押送下，在冬季冰天雪地的青藏高原上，在远离家乡举目无亲的荒滩野岭中，能够走得脱吗？即使侥幸逃出，也得冻饿而死。

第四，持"遁走说"者说仓央嘉措于六十四岁圆寂。那么，他作为一个创作欲望旺盛的诗人，在二十四岁以前就写了大量的好诗，而在以后的四十年间，竟然再没有一首诗歌流传下来，不能不是一个很大的疑点。

第五，第巴桑结甲措因对五世达赖之死秘不发丧，勾结向清廷闹分裂的噶尔丹，企图武力驱逐蒙古驻军等问题，久已获罪于康熙皇帝和拉藏汗，仓央嘉措作为第六世达赖喇嘛，正是他主持选定的。在他战败被杀以后，仓央嘉措就成了使各方都感到烫手的人物，实际上，拉藏汗很想除掉这个同桑结是一伙的"假达赖"，而康熙皇帝也没有理由给予保护，所以，仓央嘉措被谋害在进京途中是必然的结局，上报他"病故"并毁弃其遗体也是必然会采取的做法。政治斗争是非常无情的。我很强调我的这一分析。

仓央嘉措英年早逝了，他的肉身也已无处可寻。但是，他的诗歌活着，他的精神活着。他的诗魂不灭，他的诗魂永在，在西藏的雪山冰河上闪亮，在浩瀚的青藏高原上飘荡，在中华民族的诗坛上飞翔，在中外读者的心中歌唱。

谨以此文纪念仓央嘉措诞生三百二十周年。

他诞生在西藏门隅地方，时间是清康熙二十二年（公元1683年，藏历第十一绕迥水猪年）正月十六日。

2003年于兰州

三个六世达赖与两个仓央嘉措

西藏的伟大诗人仓央嘉措,是一位被迫迁居到门巴族聚居区的藏族红教喇嘛的儿子。诞生于公元1683年(清康熙二十二年)。五世达赖喇嘛于公元1682年(康熙二十一年)圆寂之后,第巴·(有人意译为藏王)桑结甲措秘不发丧,对外宣布五世达赖闭关修行,不再见人;对皇帝报告说达赖年迈了大事取决于他,并讨封封号。在这期间(公元1685年)桑结甲措秘密确定仓央嘉措为五世达赖的转世灵童(当时尚无金瓶掣签制度)。1696年(康熙三十五年)康熙知道了五世达赖早已圆寂的真相,降旨痛斥桑结甲措,桑结甲措才于次年派人向康熙皇帝禀告了实情,并接仓央嘉措到布达拉宫坐床,成为六世达赖喇嘛。

公元1705年(康熙四十四年),桑结甲措武力驱逐驻在西藏拉萨的蒙古和硕特部首领拉藏汗失败以后被捕杀。次年,拉藏汗召开了批判仓央嘉措的高层会议,并向康熙皇帝报告说他不守清规,是个假达赖。皇帝将仓央嘉措"诏执京师"。最终,仓央嘉措"病"死在青海途中,年仅二十四岁。

拉藏汗既然宣布六世达赖仓央嘉措是假的,于是在公元1707年(康熙四十六年)另立伊西嘉措为六世达赖(有人证明说,这位伊西嘉措其实就是拉藏汗的儿子),伊西嘉措成了第二个六世达赖。但是在西藏人民的心中,被宣布为"假达赖"的仓央嘉措依然是真的六世达赖,而这个"真达赖"的伊西嘉措倒是假的。他们于1708年(康熙四十七年)在理塘另找了一个叫做格桑嘉措的孩子,认定他是仓央嘉措的转世灵童,称为七世达赖。他们怕灵童遭到拉藏汗的戕害,把他送到了青海的塔尔寺。

公元1717年(康熙五十六年),蒙古准噶尔部的大军以替仓央嘉措和第巴桑结甲措报仇、赶走真正的假达赖,把权力交还西藏人民的名义攻入拉萨,杀死了拉藏汗。废黜了第二个六世达赖伊西嘉措。

公元1720年(康熙五十九年),康熙皇帝承认隐居在塔尔寺的格桑嘉措"实系达赖后身",封他为"第六世达赖喇嘛",从而回避了以前的两个(仓央嘉措和伊西嘉措)究竟谁真谁假的问题。于是西藏就先后出现了三个六世达赖。但西藏人一直认为格桑嘉措是仓央嘉措的转世，把他算作七世达赖。

三百多年过去了。很多人已不再在乎那段历史事件中的是非，也不再追究三个六世达赖的真假，越来越多的人把兴趣转移到仓央嘉措的诗作上了。仓央嘉措的名字远播海内外，他的诗被译成了各种诗体、各种文字。这就是广为流传的《仓央嘉措情歌》。仓央嘉措在人们的心中既是历史上的一位达赖喇嘛，更是藏族的一位追求自由生活的诗人。无数读者把同情和喜爱、敬仰和遗憾纷纷送到他的面前。

但是在不同人们的心目中，出现了两个不同的仓央嘉措。

第一个仓央嘉措就是作为追求自由生活的诗人的仓央嘉措。我想称之为"平民诗人仓央嘉措"。

第二个仓央嘉措是作为谨守教规的达赖活佛的仓央嘉措。我想称之为"标准教主仓央嘉措"。

问题的焦点出自对他的诗作的不同诠释。一种看法是要维护仓央嘉措作为格鲁派（俗称黄教）领袖的、达赖喇嘛的标准的神圣形象。说他根本没有什么情人，没有谈过恋爱。他的诗歌不是情歌，而是宣扬宗教的道歌；或者政治诗。有的藏族朋友甚至对我说：仓央嘉措的情歌根本不是他写的，是蒙古人捏造的。这使我感到惊讶。我说：谁能捏造出来，谁就是大诗人。

没有写过情诗、只写过道歌的仓央嘉措，显然是由理性、愿望和信念树立起来的，并不符合历史的真实，找不到事实的根据。且不说没有写过情诗的人，不一定没有过爱情生活；也不必断言仓央嘉措一首道歌也没写，但就他的大多数诗作来看，"说它的主要内容是'情歌'仍然是正确的"（庄晶语）。

我们至今不知道仓央嘉措有没有存下原始手稿，没能见到由作者自己来说明或证明它是"道歌"的资料；也没有见到前人和今人把他的情歌解释为"道歌"的令人信服的学术著作。但是我们知道藏族的道歌是公元十一世纪由玛尔巴和米拉日巴师徒始创的一种比较自由的多段回旋诗体，以宣传苯教教义、修行途径为内容。而就仓央嘉措的情歌本身来看，说它是道歌是非常勉强的，是与道歌的形式与内容不相符合的。仓央嘉措的诗绝大多数是谐体，每首四句，每句四顿，而不是道歌体。内容也并非教义的宣传。最近有学术文章说，仓央嘉措的每一首诗都可以做道歌解释。我不知道他将怎样操作。我想，如果一定要这样做的话，恐怕得沿着暗示、代指、影射、隐晦、譬喻、谐音、猜测、附会等方式的路子去找方法。那样将有可能成为学术上的笑柄。不信我来做一个试验，搞一次示范。譬如我说李白的《静夜思》不是写思乡的，而是怀念杨贵妃的。"床前明月光"，明月指的是长安，他写过"长安一片月"嘛。"疑是地上霜"，他已经是帝王的上宾，和杨贵妃成双了。"举头望明月"，现在分离得很远，只能抬头远望了。"低头思故乡"，故乡既不是陇右，也不是江油，因为李白并不思念故乡，他到处漫游，就是没有回过乡嘛。故乡者，故想也，想念故人也，这个故人，就是他曾经与之有过暧昧关系的杨贵妃，怪不得唐玄宗把他赶出了长安呢。李白当然不敢透露出杨玉环的名字。从某种意义上讲他是写给自己看的，只有他自己心知肚明。

试问，有几个人能同意像上面这样的解释？

仓央嘉措身为达赖喇嘛，完全有权利和权力、有义务和自由用道歌去直接宣传教义，丝毫没有必要把它写得如此隐晦曲折，没有必要把它写成爱情诗，然后再让人们去猜测、去翻译、去寻找它暗含的宗教内容。

我是承认第一个仓央嘉措的。那是一个真实的、立体的、有血有肉的、有历史记载的仓央嘉措；是夭折在政治斗争的漩涡中的仓央嘉措；是尝尽了矛盾和痛苦的天才诗人仓央嘉措；是平民意识和达赖地位不断冲突的仓央嘉措；是有过爱情、写过情歌的渴望自由的仓央嘉措。我的主要依据如下：

1. 他出身于信奉宁玛派（俗称红教）的家庭，红教的教规与黄教不同，教徒是可以娶妻生子的。

2. 他直到十五岁才进入布达拉宫，在少年时期享受了民间的情爱生活。

3. 他的诗中多次提到女人的名字和对她们的赞美、怀念、谴责与怨恨；形象地记述了他外出幽会的行踪；坦诚地暴露出静心修行与渴望爱情的矛盾。无法用道歌来解释。

4. 第巴桑结甲措有一本著作叫《六世一切知者仁钦仓央嘉措秘密本生传记》（至今尚未公开刊行）中透露，仓央嘉措曾经拿着一把刀，一条绳宣称："不自由毋宁死！"他是一直待在仓央嘉措身边的人，他的记载应当是最可信的。

5. 拉藏汗召集批判仓央嘉措"不守清规"的会议时，是由仓央嘉措本人参加的，在事实面前，许多与会者只能为他辩解是"迷失菩提"，并不否认他"行为不检"。黄教六大寺院之一的甘肃拉卜楞寺创始人嘉木样一世也在那次会上做了批评仓央嘉措的发言，他是仓央嘉措信任的活佛，但他也只能维护教义，尊重事实。

6. 我自进藏初期以来，近六十年中一直注意收集、阅读有关仓央嘉措的生平记述和作品研究，这方面的资料相当不少，海内外学者多有论著。由于篇幅所限，我这里只摘录两个当代藏族僧俗学者的说法：一个是曾经在噶厦（西藏地方政府）任职的夏格巴·汪秋德丹，他在《西藏政治史》（美国耶鲁大学出版）第八章《西藏对立的权力》中写道："达赖（按：指六世达赖仓央嘉措）开始游荡的生活，经常在拉萨和布达拉宫下面的居民点过夜。……他偷偷地约姑娘们到他公园（按：指布达拉宫后面的龙王塘）的帐房过夜。一句话，达赖成为一个市民。他喜欢和妇女们在一起。他写了绝妙的浪漫诗歌，后来成为有名的作品。……在喇嘛来龙吉仲的日记中对达赖六世有一个完整的描写。"另一个是土登·晋美诺布，他是十四世达赖喇嘛的哥哥，担任过青海塔尔寺的主持。他和美国自然历史博物馆馆长柯林·特尼布尔合著了一本书叫《西藏——历史·宗教·人民》，其中写到仓央嘉措时说："尽管他是达赖活佛，他从来未受过佛戒，也不受独身生活的制约，除非格鲁派官员有这种愿望。除了那些最残忍的人之外，我们中间没有一个人没领受过这种男女之间的关系，享受过肉体接触的快乐。但几乎没有人像仓央嘉措那样将这种关系提到如此高的程度。他是一个有许许多多情人的男人。他的诗歌绝妙地阐述了他对女人怀有一种多么不同的情感。诗中也表现了青年时的仓央嘉措与观世音化身的仓央嘉措之间的矛盾，因为宗教戒律慢慢地使他与外部世界的欢乐隔绝。"

我在第4条依据中，提到了桑结甲措在其"本生传记"中记述有仓央嘉措索要自由的举动，因而也有人说它"可能是假托之作"。那么，上面我引的夏格巴·汪秋德丹和土登·晋美诺布的两本书，该不是"假托"的吧。

要改变仓央嘉措的形象，要否定仓央嘉措的情歌，恐怕是很困难的，还有待历史资料的佐证和学术研究的深入。

2010 年 11 月 27 日

《那一世》绝不是六世达赖的情诗

最近在互联网上流传着一首题为《那一世》（有的题为《那一天》《那一夜》）的诗，标明是六世达赖喇嘛仓央嘉措的作品，而且说是他的"被奉为经典"的"传世情诗"。还有人为它谱了曲进行演唱。据我所见到的有各种不同的版本，转录一种于下：

那一瞬，
我飞升成仙，
不为长生，
只为佑你平安喜乐；

那一刻
我升起风马，
不为乞（祈）福，
只为守候你的到来；

那一日，
垒起玛尼堆，
不为修德，
只为投下心湖的石子；

那一夜，
我听了一宿梵唱，
不为参悟，
只为寻你的一丝气息；

那一天，
闭目在经殿香雾中，
蓦然听见，
你颂经中的真言；

那一月，
我摇动所有的经筒，
不为超度，
只为触摸你的指尖（纹）；

那一年，
磕长头匍匐在山路，
不为觐见，
只为贴着你的温暖；

那一世，
转山转水转佛塔，
不为修来世，
只为途中与你相见。

  我不想否定这首诗，总体上说写得是不错的，在章法上也有一定的构思，层层递进地表白感情。它之所以被许多人相信就是仓央嘉措的作品，是因为它使用了许多与藏传佛教活动有关的词汇和意象，也比较符合仓央嘉措追求常人的爱情生活而又深受地位与环境困扰的心境。总之这首诗弄得有些像。但我认为它绝对不是仓央嘉措的作品，而是当代人假托六世达赖之名的伪作。
  我的理由如下：
  第一，形式不对。仓央嘉措的诗作所采用的形式，是藏族群众普遍喜爱的谐体民歌，一般每首是四句，间或有六句或八句的；每一句是六音三顿。在所有已经发现的仓央嘉措的诗作中，六句的只有三首，八句的则只有一首，其余的全都是四句一首。而《那一世》在句式和长度上都远远超过了仓央嘉措的其他所有诗作，其结构与谐体相去甚远。

第二，内容不对。仓央嘉措是在十四岁上被迎往拉萨当了第六世达赖喇嘛的。这首诗显然不像一个十三岁以前的少年的作品。如果是他当了达赖以后写的，可疑之点就更多了。他身为达赖，不可能像普通群众一样地去垒玛尼堆，去扯经幡，去转经，更不会去磕长头。再说，藏传佛教只讲转世、前世、来世，哪里会使用"成仙""长生"之类的词汇？这显然是道教的观念。

也许有人会说这是一种虚构。在文学体裁中，抒情诗可以比喻，可以夸张，可以想象，但从来没有虚构的品格。通观仓央嘉措的诗歌都是直抒胸臆的，写实的，他不必要对自己的情人虚构一些作为达赖喇嘛根本不会有的行为。

第三，出处不对。仓央嘉措诗歌的汉文译本很多，二十世纪三十年代于道泉译的六十二首，刘家驹译的一百首，曾缄译的六十六首，刘希武译的六十首；五十年代王沂暖译的五十七首，苏朗甲措、周良沛译的三十二首；八十年代王沂暖译的七十四首，庄晶译的一百二十四首，其中都没有所谓《那一世》这首诗。

我在西藏工作生活了八年，接触（不敢说研究）仓央嘉措的诗歌与生平事迹五十余载。最近我在互联网上看到有的读者朋友注意到了我的长篇小说《六世达赖喇嘛仓央嘉措》中没有提到这首诗，因为我几十年来不知道仓央嘉措有过这么一首诗。

这样一首被称为传世经典的诗，能够突然从天上掉下来吗？

我希望最先"发现"了它的人，能够把它的出处讲清楚，把藏文原文拿出来，把考证论文写出来，有力地证实它确是仓央嘉措的作品。

2008年11月15日

仓央嘉措的诗歌不全是情歌

多年以来，把各种版本的六世达赖喇嘛仓央嘉措的诗歌都命名为"情歌"，似乎成了惯例。固然，在他的诗作中，情歌所占的比例很大，艺术成就也更高，但是用"情歌"二字并不能概括他的诗作的全部；正如有人把他的诗歌全部说成是"道歌"一样，都是不符合事实的。一般说来，任何一个诗人都不可能一生只写一种题材，只不过有的没有流传开来罢了。

依王沂暖教授所译的七十四首的版本为例来看，其中有的显然不能划归情歌的范畴。如：

> 黄边黑心的云彩，
> 是霜雹的成因；
> 非僧非俗的沙弥，
> 是佛教的敌人。

> 具誓护法金刚，
> 坐在十地法界，
> 你若有神通大力，
> 请把佛教的敌人驱走。

> 中央的须弥山王啊，
> 请你坚定地肃立着！
> 日月绕着你转，
> 方向肯定不会走错。

> 在那阴曹地狱，
> 阎王有面业镜，

人间是非不清，
镜中善恶分明。
胜利吧！

这是不应当归入爱情题材的，或者作者另有所怨，另有所指，但要解释为情歌是不着边儿的。

另外。像下面这一首，也有人把它列入了仓央嘉措情歌：

对于无常和死，
若不常常去想，
纵有盖世聪明，
实际和傻子一样。

《萨迦格言》第七章中有这样一首：

人们都希望长寿，
把衰老视为灾难；
怕衰老又想长寿，
那是愚人的邪念。（王尧译）

它们译法不同，意思有点相近。我怀疑是不是有人把它混编在了仓央嘉措的诗中。

仓央嘉措情歌的汉译

已知最早把仓央嘉措的情歌由藏语文译为汉文的是于道泉先生，他译了六十二首，于1930年首次刊登在国立中央研究院的刊物上。之后又相继在1932年、1939年、1956年、1958年、1980年出版过各种汉文译本。从篇目上看，最少的是六十首，最多的有一百二十四首。这些译作的体裁差异很大。译为白话新诗的，比较接近直译；译为旧体诗的，则显然是意译。让我们只选一首为例，这首诗典型地反映了仓央嘉措内心摆不脱的宗教与爱情的矛盾。

若要随彼女的心意，
今生与佛法的缘分断绝了；
若要往空寂的山岭间去云游，
就把彼女的心愿违背了。（于道泉译）

接受了她一颗赤热的心，
我却牺牲了佛缘；
若毅然地入山修道，
又辜负了她的心了。（刘家驹译）

我若随了她的心意，
今生就要与佛法绝离；
我要去云游空寂的庙宇，
就要违背她的心意。（苏朗甲措周良沛译）

若依了情妹的心意，
今生就断了法缘；
若去那深山修行，
又违了姑娘的心愿。（庄晶译）

若随顺美女的心愿，
今生就和佛法绝缘；
若到深山幽谷修行，
又违背姑娘的心愿。（王沂暖译）

在以上新诗体的译文中，王沂暖教授和庄晶的译法更好，节奏上也尽量注意了原作"谐体"的"四句、六言、三顿"的基本格律。

刘希武先生则把它译成了五言古体：

我欲顺伊心，
佛法难兼顾；
我欲断情丝，
对伊呼负负。

曾缄先生把它译成了七言绝句：

曾虑多情损梵行，
入山又恐别倾城。
世间安得双全法，
不负如来不负卿。

虽然与原作的格律相去甚远，但他再创作的功力与水平令人佩服，特别是后两句，不但丝毫未失原意，而且精准地概括了仓央嘉措的感情形象。其影响可与殷夫用五言所译裴多菲的《生命与爱情》相媲美。

仓央嘉措诗作的藏文木刻版，我首次见到是在二十世纪五十年代的拉萨街头，它是印在横长条黄纸上的，和佛经的外观差不多一样。曾长期在西藏工作的著名作家马丽华说得对，那里边的诗即使杂有个别民间歌谣，总体是可靠的。

我们期待通过专家的努力，能有完整的、准确的、权威的仓央嘉措诗歌汉译本问世。

2011年1月21日

藏族民歌？仓央嘉措诗歌？

西藏第六世达赖喇嘛、诗人仓央嘉措的诗歌，三百年来一直长着音乐的翅膀在西藏民间流传，有些由于没有纸媒的署名，人们并不知道它的作者是谁，歌唱者只管歌唱，收集者也只是把它看作民歌。

最近我在重读《西藏民间歌谣选》（西藏人民出版社1985年第1版）时，就发现其中有这样一首：

    日夜爱恋的情人，
    如能成终身伴侣，
    哪怕是海底珍宝，
    我也把她捞上来。（阿雍小次多译）

其实，这首"民歌"，就是仓央嘉措的情歌，只不过译文和它有所不同：

    和那心爱的姑娘，
    如果能百年偕老，
    真像从大海底下，
    捞上来一件珠宝。（王沂暖译）

沿着这个线索，我发现还有几首也像是仓央嘉措的作品，摘引如下：

    拉萨八角街头，
    行人千千万万；
    我自幼相爱的情人，
    为什么总找不见？

仓央嘉措

美人看了我一眼，
如利剑穿透心间；
虽说是炎热的夏季，
还是打了个寒战。

如果你像圆月，
里外通明透亮；
我能担保天空，
没有乌云阻挡。

会唱歌的画眉鸟，
被人关进了金笼。
虽有矫健的翅膀，
却不能飞上天空。

　　我说它们像是仓央嘉措的作品，是从内容、形式、语言、风格来考虑的。摘录出来供专家考证。

2010 年 2 月 13 日

"仓央嘉措热"出现的原因

六世达赖喇嘛仓央嘉措,是一位伟大的藏族诗人。他的生理年龄很短,只活了二十四岁;他的艺术寿命很长,其诗歌三百年来流传不息,而且流传范围越来越广,已经到了国外。近些年,仓央嘉措及其情歌拥有了空前众多的粉丝,"仓央嘉措热"的出现已是事实。有记者问我,这是什么原因?我想,构成此种现象的因素是多方面的:

一、仓央嘉措的诗歌个性突出,抒情真诚,形象鲜明,感染力强,且通俗优美,语言富有节奏感,便于背诵和演唱。

二、由于几首今人所作含有爱情或佛教内容的诗歌被误传为他的情诗("被仓央嘉措"的有《那一世》《见与不见》《问佛》等),加之网络媒体影视出版的介绍与传播,提升了他的知名度。

三、西部的开发,铁路的修通,旅游的发展,大大拉近了人们对于西藏及藏族文化的向往与关注的距离。

四、仓央嘉措的身世和遭遇,博得了人们对于在政治迫害中夭折的弱者的同情。

五、人们在权力与金钱的夹击下备感真情的可贵,他们在仓央嘉措身上找到了值得尊敬的品格,从他的诗中听到了自己心声的回音。

还可能有别的原因,大家可以寻找、讨论。

毫无疑问的是,在藏族文化史上,在中国文学史上,仓央嘉措和他的诗歌,会放射出永恒的光芒。

2011年2月4日

仓央嘉措名下的误传诗作

近些年，随着对于藏族伟大诗人六世达赖喇嘛仓央嘉措情歌的空前流传和学术研究的兴起，相继出现了一些署名仓央嘉措的新作品，其中传播较广的有《见与不见》《那一世》《十诫诗》和《问佛》。事实上，这些篇章有的是误传，有的是假托，都不是仓央嘉措的作品。

一开始，我就不认为它们是仓央嘉措的诗歌。因为在我数十年中所见到的所有仓央嘉措诗歌版本中，都没有它们的踪影；而且没有一首符合仓央嘉措惯用的形式，即每首四句，每句三顿的谐体；有些内容也与仓央嘉措的身份相悖。对此，我写过文章，也回答过记者的询问，表明过我的看法。

现在，让我们再来澄清一下这些作品被误传的真相：

《见与不见》这首诗出现在电影《非诚勿扰2》中时被错误地署名为仓央嘉措。它原题为《班扎古鲁白玛的沉默》（即莲花生大师的沉默），是扎西拉姆·多多在2007年5月创作的诗。于同年5月15日首发于她的博客。多多本名谈笑靖，1978年出生在广东肇庆。汉族。自由职业人，从事广告策划、剧本创作等工作。由于皈依佛教，取了扎西拉姆·多多的网名和笔名。

《那一世》原是朱哲琴演唱的歌曲《信徒》的歌词（录制在1997年出品的朱哲琴专辑《央金玛》中）。词和曲的作者都是著名音乐人何训田先生。《读者》杂志2007年20期在未经核实的情况下转载此歌词时署名仓央嘉措，以讹传讹，造成了误会。

《十诫诗》原出于青年女作家桐华的网络小说《步步惊心》，其中引用仓央嘉措的诗（"第一最好不相见，如此便可不相恋。第二最好不相知，如此便可不相思。"）时进行了一些加工。《步步惊心》的读者白衣悠蓝，又继续添加了两段，反响强烈之后，又继续进行创作，成了现在的版本。

《问佛》是拼凑的作品，其中有电影《青蛇》插曲的歌词，有抄录的佛经，而且其基本内容是禅宗的思想，完全不符合仓央嘉措所信仰的藏传佛教的教义。

应当承认，上述作品，有的写得很是不错，感情色彩浓烈，内容直达内心，语言通俗明朗，节奏便于诵读。不少人表示：即使是伪作，我们也喜欢，是谁作的，无关紧要。我完全理解，并且支持。在产量空前、流传稀有的当代诗坛，能够有抚慰读者心灵的诗出来，也是好事。它们是不是借助了仓央嘉措的诗名，才得以如此引人注目广泛流传呢？我不敢肯定。大概是吧，不然为什么有些网络和印刷品明明知道是伪作，依然以仓央嘉措之名在做宣传文章？希望不要再延续此种现象，还是要尊重和遵守版权法、恢复原作者的署名为好，不然仓央嘉措的在天之灵是会感到不安的。

2013 年 11 月 26 日

附录三
作者答记者问

就仓央嘉措诗歌话题答陕西电视台问

题记：2011年8月8日，陕西电视台"开坛"栏目刘海旎来电话，邀我去台里参与录制座谈仓央嘉措的节目，并发来了策划文案。我欣然应允，第二天就买了14日赴西安的车票。不料因腿部烫伤需要住院治疗，只好将车票退掉，未能成行。我只知道这个节目后来录制了，但无缘聆听专家们的高见。我觉得，"文案"做得很有水平，所提问题颇有探讨价值。故重新翻出，试答于此。

问：仓央嘉措，六世达赖喇嘛，一个充满传奇的人物。他身份崇高，却有一颗不避世俗的心，向往自由、爱情、人世之乐。他是一个活佛，却写尽了世间人所有的悲欢离合。他的诗歌跨域时间、空间广为流传，乃至三百多年后仍令阅读者们惊艳。人们称他为神王、圣僧、情种、诗人……为何一个个迥然不同的头衔被纷纷安置在了他的身上？仓央嘉措究竟是个什么样的人？他又有着怎样传奇的人生经历？

答：他是个不自觉的僧人。因为他是意外被选为五世达赖的转世灵童的，他是突然被迎到拉萨的布达拉宫去的，他是被当时西藏上层的政治需要推到神王宝座上的。作为一个出身红教家庭的孩子，作为一个在自由环境中成长起来的少年，被尊为黄教教主，他是不情愿的。坚固高大的宫墙反而激发了他对外部世界的向往，理性的宗教教义无法替代他对民间生活的眷恋。被人选择与自身追求之间，构成了无法调和的矛盾。本质上，他是个自觉的诗人，他在少年时期就已经是一个诗人了。在他短短的二十四岁的生命历程中，他的最大痛苦是遭受着爱情和禁欲的猛烈夹击。

他一直在奋力突破禁欲的樊笼。在他的生活中，爱情和情诗占据了重要的位置。以至于被认为是假达赖，被武装押解去北京，被害于青海途中。从平民到达赖，从情人到罪人，就是他的悲剧的全部。

问：从仓央嘉措从小所受到的教育情况来看，他自始至终受的都是正统的经院教育，在每一个学习和成长的阶段身边都有学问高深的名师指导，他的一言一行也都是受到众人瞩目，或是由老师按照传统正规的礼仪规范加以纠正。在这样严格的教育下，他是如何接受到民间文学的熏陶，从而写出这么多带有浓厚民间色彩的诗歌呢？

答：仓央嘉措在十五岁以前并未受戒，不是一个职业僧人，也没有脱离世俗生活。在历史上所有十四位达赖喇嘛中，像仓央嘉措这样在民间一直长到了十五岁才被迎进宫内的，可以说绝无仅有。我认为，优美丰富的民间歌谣，西藏南方的温馨氛围，允许娶妻的红教环境，他的父母的恩爱榜样，是仓央嘉措在诗才和生理两方面早熟的原因。

问：现在很多人将仓央嘉措宁玛派红教的家庭背景作为其写作情诗的一个理由，或者生活放荡的一种解释。对这样的看法，几位老师认同吗？

答：生活环境、家庭背景对于一个人的成长（包括思想、观念、爱好、习惯）当然是有很大影响的，有些甚至是决定性的。而成为一个诗人的条件不止于此，其中少不了个人的天赋。他的泛爱与多情也是重要原因吧。

问：仓央嘉措曾经在诗中说道："住在布达拉宫，我是持明（有很高佛法造诣的僧人，被称为'持明'）仓央嘉措；在拉萨的民居中，我是浪子宕桑旺波。"传说中他常常装扮成平民百姓，走出深宫寺庙，到民间去亲身体验普通人的生活和情感。而这种行为也被看作是他放荡不羁、离经叛道的一种佐证。但在他的另一首诗"黄边黑心的乌云，是产生霜雹的根本。非僧非俗的出家人，是圣教佛法的祸根"，却这又明确地表达了他对这种非僧非俗状态的憎恶，他的言行为何会有如此矛盾？我们又该如何看待这种矛盾呢？

答：仓央嘉措本身就是一个典型的矛盾统一体。一方面是他同西藏与蒙古上层政治需求的矛盾，一方面是同自己思想中的出世与入世两种抉择的矛盾。关于《黄边黑心的乌云》这首诗的出现，我猜想有三个可能，一是坦诚地认账与沉痛地自责。正如他在另外的诗中承认曾经到情人家去过。二是面对"假达赖"的指控，含愤地曲折反驳，正如鲁迅面对说他是堕落文人的攻击，干脆就接过来自取一个"隋洛文"的笔名。三是另有所指。也许指的是和他矛盾日益加剧的蒙古王爷拉藏汗，或者始终在操纵着他的藏王桑结甲措。另据于道泉先生的解释，也可能指的是与佛教相互排斥的苯教。

问：从字面上来看，仓央嘉措的诗的内容大多与"情"有关，也正是由于这些内容大胆、表述直白的诗歌，仓央嘉措给后世留下了"天下第一有情人"的风雅形象。那么，他所创作的诗歌可以看作是纯粹的"情歌"吗？

答：多年以来，各种版本的仓央嘉措的诗歌都命名为"情歌"，这似乎成了惯例。毫无疑问，在他的全部诗作中，情歌所占的比例很大，艺术成就也更高，但是用"情歌"二字并不能概括他的诗作的全部；正如有人把他的诗歌全部说成是"道歌"一样，都是不符合事实的。一般说来，任何一个诗人都不可能一生只写一种题材，只不过有的没有流传开来罢了。

问：近年来，有不少的学者，对于"仓央嘉措情歌"表达了异议。他们认为正是先入为主的"情歌"之见，妨碍了人们对于仓央嘉措诗歌的理解。例如：从东边的山尖上，白亮的月儿出来了。"未生娘"底脸儿，在心中渐渐地显现。这是"仓央嘉措情歌"中流传最广的一首，诗中被翻译为"未生娘"的"玛吉阿咪"一词，直接翻译过来的意思是，"未曾生育我的母亲"。此前的译者都本着情歌的套路，把这个词理解为"情人""娇娘""少女"，等等。但实际上，其藏语中的本意是"未生育的母亲"，后面又用了"脸"的敬语"面容"，这里指的是菩萨的面容，是不能理解为少女、姑娘和佳人的，因而这首诗也就不是思念恋人的情歌，而是观想本尊的道歌。这首词的真正意思是年轻的达赖喇嘛看到东山升起的皎洁月亮，心中升起像明月光辉一样广大无限的慈悲情怀，于是，"母亲般的众生"（如母众生）形象，清晰地浮现在年轻活佛的脑海。

难道"仓央嘉措情歌"实际上其实是弘扬佛法的"道歌"？那些令人惊艳的词句只是由于翻译遗憾，以及人们对于这位三百年前圣人道歌世俗化解读所造成的一个误会吗？

答：在仓央嘉措的诗作中并非绝对没有道歌，而且也有情歌与道歌之外的其他题材，只是数量较少。对他的定性，应当是善作情诗的诗人，而不是专写道歌的达赖。

您所举的《从东边的山尖上》这首流传很广的诗，我看是不宜勉强解释为"观想本尊的道歌"的，所谓"未生娘"就是未曾生育过的女人，也就是少女。不管是否做了母亲，都与本尊、与菩萨无关。菩萨原本是男性，只是在汉族地区为了突出其柔善才在造型上赋予一些女性特征，而在藏传佛教中，依然保留着男性造型，有的还画着胡须。这对于身为达赖喇嘛的仓央嘉措应当是一个极为普通的常识，他不可能把"未生娘"的形象作为菩萨来"观想"。至于使用"面容"这个敬语，只是证明了仓央嘉措对于妇女的尊重，这同他的平民思想、平等观念是一致的。

问：如果仓央嘉措的诗歌所表达的是一位大成就者得证悟境界，那么作为一名得道高僧，他难道不知道这样的诗歌可能会引起误读吗？他为什么要这样做呢？

答：是啊。试想，仓央嘉措作为至高无上的教主，要写宣传教义的道歌，有谁会、有谁敢出来反对呢？他完全可以秉笔直书，使广大信徒明白易懂，绝对没有必要隐晦曲折，使用那么多必然"会引起误读"的形象。这正是把仓央嘉措的诗歌全部认定为道歌的学者要做出令人信服的解释的问题。

问：曾有藏传佛教高僧这样评价仓央嘉措："六世达赖以世间法让俗人看到了出世法中广大的精神世界，他的诗歌和歌曲净化了一代又一代人的心灵，他用最真诚的慈悲让俗人感受到了佛法并不是高不可及，他的特立独行让我们领受到了真正的教益！"对于这样的评价，几位老师怎么看？仓央嘉措究竟是一个离经叛道的情痴，还是一位有着无限大爱的圣僧呢？仓央嘉措的诗歌，仅仅是情诗，还是别有寄托？它的真相到底是什么？

答：把仓央嘉措称为"情痴"或"圣僧"都是不准确的。应当称为"情僧"比较合适。他心中充满大爱，爱众生，爱生活，爱天地；也不舍小爱，爱情人，爱父母，爱朋友。他的情爱既是广义的，也是狭义的。尽管爱得艰难，但他爱得勇敢，爱得智慧，爱得执着，直至献出了短暂的生命。佛性与人性的统一，这就是仓央嘉措的真相，是他的价值所在；也是几百年来无数人同情他、喜欢他的根本原因。

问：二十世纪九十年代一首由朱哲琴演唱的《信徒》让很多人知道了仓央嘉措，而2010年的贺岁片《非诚勿扰2》则让更多的人喜欢上了他。但是令人遗憾的是，这几首诗却并非完全出自仓央嘉措之手。而随着人们在对"仓央嘉措情歌"收集整理的过程中，发现了一个明显的趋势：越往后，收集到的被说成是仓央嘉措所作的"情歌"就越多。那么仓央嘉措的情歌到底有多少？现在这些被人们所喜爱、传唱的"情歌"又到底是不是仓央嘉措的作品呢？

　　答：据我所知，比较可靠的仓央嘉措的诗歌不会超过一百二十首。靠传抄总是会有鱼目混珠的现象和赝品出现。要鉴别它，一是找原始版本，二是研究其内容，三是考证其形式。现在流传的《那一天》《见与不见》《问佛》尽管都写得不错，但都不是仓央嘉措的作品。我们知道，仓央嘉措的诗作所采用的形式，是藏族群众普遍喜爱的谐体民歌，一般每首是四句，间或有六句或八句的；每一句是六音三顿。在所有已经发现的仓央嘉措的诗作中，六句的只有三首，八句的则只有一首，其余的全都是四句一首。而《那一天》等诗在句式和长度上都远远超过了仓央嘉措的其他所有诗作，其结构与谐体相去甚远。当然，我们并没有发现有人故意假托仓央嘉措之名来发表自己的诗作，它们是由猜想或以讹传讹造成的。

　　问：为什么无论是过去，还是现在，人们要把民间创作的情歌，托附在仓央嘉措的名下，成为"仓央嘉措情歌"？

　　答：在当代的文人中，我还没有发现有谁故意"托附在仓央嘉措的名下"，把自己的作品署上仓央嘉措的名字去发表。倒是在西藏民间流传的情歌中混杂了一些仓央嘉措的作品。

　　问：一位三百多年前写诗的西藏僧人，他的诗作为何被享受着高度物质文明的今人突然迷恋？这种迷恋背后又隐藏了现代人怎样的情感诉求？

　　答：人们在权力与金钱的夹击下备感真情的可贵，他们在仓央嘉措身上找到了值得尊敬的品格，从他的诗中听到了自己心声的回音。

　　问：当带有禅意，或者出现西藏文化符号的诗句，都被一股脑称为仓央嘉措的作品，当仓央嘉措的名字被频频放在西藏旅游手册、流行歌曲，以及出版商的畅销书的选题里，甚至出现"只要哪句话安上仓央嘉措的名字，就能流行"的怪论，仓央嘉措似乎成为了一个遥远神秘的意境符号。面对这种托附在仓央嘉措身上的"藏地情歌文化"，我们又该如何去解读？

　　答：我想原因是多方面的，有的是属于深层次的。一种情况是比较明显的，那就是商业炒作，只要能赚钱，谁的名字都可以用，什么标签都可以贴，在这样做的一些人中，对于仓央嘉措并没有多少了解，更谈不上尊重。再者，由于人们对于政治斗争有了厌倦情绪，众多冤假错案的发生使大家心有余怨，所以仓央嘉措的身世和遭遇，格外博得了人们对于在政治迫害中夭折的弱者的同情。还有，西部的开发，铁路的修通，旅游的发展，大大拉近了内地与西藏的距离，增强了人们了解神秘西藏的愿望，产生了对藏族文化的渴求。不管怎样，它的效果是使人们确立了一种认识，即西藏是一个无比美丽的地方，藏族是一个能歌善舞的民族，雪域是一片出真情、出诗人的圣土。

问：仓央嘉措的诗歌假如真的不再被看成男女情怀，还会有这么大的魅力吗？

答：仓央嘉措诗歌的内容与成就作为铁的事实摆在那里，已经经受了三百多年的考验。固然任何个人都有根据自己的理解、愿望甚至偏见去解释它们的自由，但是改变不了作品本身的属性。它可以"被看成"什么，但是不可能"被改成"什么。假定从仓央嘉措的作品中把占主导地位的情歌删除，我可以断定它的读者会大大减少，它的魅力会基本消失。

仓央嘉措可以被解释，但不能被改变。

答《图书馆报》记者问（节录）

问者：《图书馆报》记者李晓
答者：高平
关于《仓央嘉措》

问：请谈谈您的新书《仓央嘉措》，比如写作的过程，写作当中、出版过程中有哪些记忆深刻的事。

答：这本书是在1983年脱稿的。由于我在三十年中积累了不少资料，经过长久深入的思考，又比较熟悉西藏的生活，写得比较顺利。当时就有一家出版社排好了版，并由新华书店征订了十六万册。可惜有的藏族同胞因有不同看法，用连续写威胁匿名信的方式阻挠了它的出版。之后只在《西藏文学》《历史文学》和《通俗文学选刊》分别发表过一共十章。全书的出版一搁浅就是二十年，我已经做了"藏之名山，传之后世"的思想准备。直到2003年才由中国藏学出版社印了第一版，书名是《雪域诗佛》。为此我对藏学出版社充满了感激之情。它的出版过程，本身就足够写一部小说。

问：您曾经说过，"西藏，是我的缪斯（诗神）；是我的第二故乡"，您对西藏这份感情从何而来？您是怎样看自己心中的这份"西藏情"的？

答：提起西藏，我就万感交集。她绝对是我的第二故乡。西藏在我的一生中，在我的心头上，有着大雪山般的重量。西藏永远是矗立在我的记忆中的珠穆朗玛。我第一次知道西藏，是在小学的地理课本上，在我的印象中，她是我国最遥远最神秘的土地。当时怎么也不会想到，我能去那里工作、生活了八年。我是在十九岁（1951年）的那年，作为解放军的一员进入西藏的。那时的西藏没有公路，只有牦牛路。我用双脚跨过了横断山脉，攀越过十五座积雪的大山；金沙江我是坐在牛皮船里冲过去的，怒江我是从溜索上飞过去的。修路部队的战士们在陡壁上悬空打炮眼的英姿，藏族同胞赶着牦牛支援运输的身影，拉萨贵族华丽的骏马荡起的灰尘，失去双眼、双脚的农奴匍匐在路边乞讨的声音……对我来说，从来未曾消失。是西藏使我知道祖国竟然有如此壮丽的山河，是西藏使我看到了世上竟然有如此苦难的奴隶，是西藏使我懂得了善良与淳朴的力量，是西藏使我成长为一个诗人和作家。

问：大部分读者了解的高平先生是一位大诗人，您如何想到要进行《仓央嘉措》这样一本传记类文学作品的创作的呢？

答："大诗人"不敢当，只是个"及格"的诗人。我喜欢诗，写的主要是诗，但是有些想写的题材并不适合用诗的形式表现。我喜欢、同情、赞赏仓央嘉措，从开始进藏就关注他的诗歌和生平，想为他"树碑立传"。但是很显然，要塑造他和他周围那么多的人物，阐述明白那么复杂的历史背景，让擅长抒情的诗来完成是勉为其难的。所以必须写成传记式的小说。我过去写过几个中短篇小说，写长篇虽是第一次，写起来并不困难，在三四个月里一气呵成了。

问：您是如何评价自己的《仓央嘉措》这部作品的？

答：这是一部我付出心血最多的作品，也是我自认为最能代表我的创作水平的作品。它虽然是历史题材的小说，写的是三百多年前发生在西藏的故事，但它所寄托的我的思想却完全是今天的。它通过那段历史、那些人物和事件，折射出我进入晚年以后对于人生、社会、制度等诸多方面的思考，蕴含着我对于人类终极目标的追求，概括地说就是对于以善为核心的人性的追求。

《仓央嘉措》作者高平：为一位伟大诗人立传

【2011年6月27日，著名作家高平先生应邀在德州学院"中南大讲堂"，就"六世达赖喇嘛仓央嘉措和他的情诗"进行了精彩的演讲，数百名学院师生现场聆听。本报记者专访了高平先生，现将部分专访内容摘录整理以飨读者。】

记者：电影《非诚勿扰2》中引用了仓央嘉措的诗《见与不见》：你见，或者不见我，我就在那里，不悲不喜……使得社会上兴起了一股仓央嘉措诗歌热潮，您如何看待仓央嘉措和他的诗歌呢？

高平：在藏族人民的心目中，仓央嘉措绝对是一个很杰出的、第一号的诗人。虽然他活了只有二十四岁，去世已经三百多年，但他的诗歌历经三百多年风风雨雨，还在民间传唱，还同样具有生命力，受到人们广泛的爱戴，他的人生也是值得同情的。

记者：为什么您有"同情"这样的看法？

高平：我对他的同情，是在我了解他的生平遭遇以后出现的。我觉得这个人物和自己有点共同点，在某种程度上来说与我有点共鸣。因为他本来没有任何权益欲望，但由于政治需要，才把他从民间弄到西藏最高权力机构的殿堂。1682年2月25日，五世达赖喇嘛罗桑嘉措在布达拉宫的红宫部分还没有完全建成时与世长辞。五世达赖的亲信弟子桑结甲措，为了继续利用达赖的权威掌管格鲁派（黄教）事务，秘不发丧，欺骗了广大僧侣大众及当时的清帝康熙，时间长达十五年之久。1696年，康熙皇帝在平定准噶尔的叛乱中，偶然得知五世达赖已死多年，十分愤怒，便致书严厉责问桑结甲措。桑结甲措一方面向康熙承认错误，一方面派人寻了十五岁的仓央嘉措作为五世达赖的转世灵童，这就是六世达赖，也是西藏闻名于世的浪漫诗人。当时他已经在民间有了十五年的经历了，有了恋爱的经历，他不适应，他觉得很苦恼。他不愿意过那种生活。而我呢，1951年春天背着卡宾枪进西藏，不料八年后却被打成"右派"，被人用苏式步枪押着走出了西藏。

记者：这么说，你有着很深的西藏情结？

高平：对！藏族人民的纯朴感情深深地烙印在我的心底。记得进藏那年，有一天我们翻山的时候迷路了，雪很厚，找不到下山的路。到了山下以后，天已经黑了，找不到住的地方。后来看到有一点灯光，是一个藏族百姓的家，他们的房子很小。我们三个人就跑到他家里。这户的主人说你们就睡在这儿吧，还有牛粪的余火，比

仓央嘉措

较暖和。那个房子很小，挤不下四个人了，没有地方睡了，我问他在什么地方睡。他只说不用管他，他有地方。我们睡到第二天起来以后一看，周围没有别的房子。主人哪里去了？找不着。最后看到院子里的雪地里，有一个小鼓包——他睡在院子里，夜里下着大雪，他就盖着大皮袄，雪把他整个人埋在里面了，他把房子让给了我们。要知道我们素不相识啊。后来，在修筑川藏公路的过程中，我又路过他家。我专门离开公路，跑到山上去看望他，我就告诉他不久以前我们在这里住过，来感谢他。他却说没有这个事儿。完全忘了，也可能对其他很多人他也都这么做过。做了好事根本不记忆。他的名字我还记得，叫才扎。所以后来我把这事写了一篇散文叫作《暖雪》。西藏人民的朴实深深地打动了我。

记者：您是从什么时候开始有了创作小说《仓央嘉措》的想法？

高平：当时进军西藏以后，经常看到藏族人跳舞，听到他们唱歌。有的时候，我收集民歌，他们的民歌翻译过来的，觉得他们的歌词写得很美，就做了些记录。1954年公路修通了，修到拉萨以后，我在拉萨逛大街，大街上有的喇嘛摆一个小摊，在那里卖黄纸（又窄又长的）藏文的"书"。我开始还以为他们卖的是佛经，后来人家告诉我，卖的是诗，不是经。是什么诗？说是六世达赖喇嘛仓央嘉措的作品。我不懂藏文，就去找汉文翻译的作品去看。后来就发现有很多汉文的译本。最早的译本大概是二十世纪三十年代的吧，于道全（音）的。后来又发现很多很多译本，都不一样。最少的是三十多首，最多的是一百多首，都说是仓央嘉措情诗，结果一读就发现有一些和我听到的民间传唱的一样。可见他的诗作在民间流传甚广。我觉得那些诗非常具有人性，感情非常真挚、非常清新。我觉得这个诗人很值得尊敬，我就开始想知道这个作者是个什么人。我开始在各种历史记载当中寻找这个人的踪迹，凡是有关他的我都抄下来，积累这个材料。对于仓央嘉措这个人，他的生平事迹，还有所有搜集到的他的作品，积累这些东西，积累了有三十年之久。这是一种热爱，一种兴趣，没有想到能写成什么东西。一直到了1983年，距离我第一次接触他的作品已经将近三十年了。这时候我就觉得，我应该把这个人写一下，他作为一个很年轻的诗人，有这么纯真的感情，写出这么美好的诗，是个天才。

记者：这部小说的创作花费时间比较长，出版后引起了什么样的社会反响？

高平：从积累素材算起，前前后后用了将近三十年，写作集中了四个月的时间，有二十五万字。它的出版又拖延了二十年。最初由中国藏学出版社2003年出版，前后印了三版。现在已经是第四次印刷。主要影响是在去年比较大，香港《亚洲周刊》把这本书评为"2010年度全球华人十大小说"之一，同时，中国作协的《作家文摘》

将它评选为"2010年度中国十本最有影响的书"之一。还有就是仓央嘉措的影响大增，他的情诗在社会上出现了许多，当然里面也有托伪之作。目前社会上多数观点都和我的基本一致，都承认仓央嘉措是一个伟大的诗人。

□记者　张富涛　王晓松　特约通讯员　高艳国
（原载于2011年7月5日《德州晚报》）

仓央嘉措

后　记

　　历史上，有些很有成就的诗人只活了二十几岁。人们熟知的如我国唐代的李贺、匈牙利的裴多菲、英国的济慈、俄国的莱蒙托夫……他们的生命虽然像流星般短暂，但其诗歌艺术的光辉，却历久不熄地闪亮在一代又一代读者的心中，我国清代康熙年间的藏族诗人仓央嘉措，也是这个特殊行列中的一员。

　　李白诗才横溢，飘逸不群，被人称为"诗仙"；杜甫诗风严谨，质高量多，被人称为"诗圣"；而具有西藏佛主身份，又头戴藏诗王冠的仓央嘉措，较之王维，更是名副其实的"诗佛"了。

　　我第一次看到仓央嘉措的诗作，是在进藏初期的1951年，是由赵元任记录、于道泉注译、题名为《仓央嘉措情歌》的那一本。到达拉萨以后，经常见有人在街头摆着地摊儿，出售一种黄纸木刻的印刷品。起初以为是佛经，后来才知道是仓央嘉措的诗歌。我在西藏农村和牧区搜集藏族民歌的时候，不少歌词一经翻译，竟都是仓央嘉措的作品。至今在拉萨被叫做"雪"（"下面"的意思，指布达拉宫下面）的地方和市区，还有几处房子特意被刷成黄色。我起初迷惑不解，向藏族人士请教，有的说是仓央嘉措住过的地方，有的则说是住过仓央嘉措喜欢的女人。真实情况虽不可考，但总是纪念着这位诗人，以此来寄托和延续对他的敬仰与同情。

　　半个世纪以来，我对仓央嘉措的诗歌及其生平的兴趣有增无减，一直注意收集和阅读有关他的史料、传说，他的诗歌的各种版本，以及对他的考证研究文章。我对他的诗歌、他的身世、他所处的历史环境的兴趣越来越浓厚了。

　　1985年春，我作为中国作家代表团的一员应邀去匈牙利访问，在布达佩斯惊喜地得到了一本匈牙利文的西藏诗歌集，其中收有署名"仓央嘉措达赖喇嘛"的诗歌六十四首。可见他的诗歌流传之广。我为我国藏族诗人能够走向世界而感到骄傲和欣慰。

在中华民族的文化史上，仓央嘉措的诗歌具有无可争辩的地位，那人文精神的浓厚色彩，那真挚感情的率直吐露，那朴素清新的语言魅力，使之在藏族诗歌的宝库中形同一颗最大最亮的珍珠。是他，第一个抛弃了格律过于严谨甚至近于文字游戏的"年阿"诗体，在藏族书面文学中第一个用民歌体进行创作并有所发展，从而开创了新的诗风。

仓央嘉措的一生充满戏剧性。他出身穷乡僻壤，却突然登上了尊贵显赫的宝座；他无意于政治角逐，却被卷入了权力斗争的旋涡；他居于佛教领袖的地位，却做了许多与教义相悖的事情；他渴望爱情，却有个不能恋爱不准结婚的黄教喇嘛的身份；他热爱生活，却被高墙大寺和怒雹狂风摧折了青春。他不断地遭受打击，像一只终不得自由飞翔的鹰。如他自己所愤怒控诉的，"岩石伙同风暴，散乱了鹰的羽毛"。他是个在权力斗争的夹缝中生存的悲剧人物。

从民间到佛宫，从西藏到青海，仓央嘉措走过的路途不长，但他在曲折历程上的沉重的脚步声，震动了西藏和蒙古的王公贵族，震动了皇帝和朝廷，震动了宗教界和文学界，也震动了千百万藏族和各兄弟民族人民的心灵，使他们不得不发出各自不同的回声。

我很早就想将这位文学人物写成一部文学作品。我原以为自己写诗比写小说擅长，想写成长篇叙事诗（因为我已经出版过《大雪纷飞》《古堡》《冬雷》《帅星初升》等长篇叙事诗集），但是众多的人物、错综的事件、复杂的情节，实在不宜用诗表现。是题材决定了体裁，使我写了我的第一部长篇小说。如果它不大像小说家的小说，比较接近于诗的话，那正说明我未离"本行"。

1983年——仓央嘉措诞生三百周年之际，我集中四个月时间完成了本书初稿。之后又在征求意见中做过修改。有的章节先后在《历史文学》《西藏文学》《通俗文学选刊》发表过。

书中的主要人物和主要事件，我都尽可能地保持了历史的真实。一来，想使它具有传记文学的性质。二来，仓央嘉措的诗歌本身，就提供了他的生活遭遇和心灵历程。我所要着重做的只是努力寻找它们产生的轨迹，合理地进行推测和设想，并把这些感人诗作的诞生恰当地安排到故事情节中去。三来，仓央嘉措这个人，几乎用不着进行多少虚构，就是老黑格尔所说的艺术中的"这一个"。

"这一个"很有价值的人物被毫无价值地牺牲了，"这一个"最有情意的人物被无情地毁灭了，而且毁灭得那样早，那样无声无息，那样无可挽救。仔细想来，倒也是一种历史的必然。好在他的真正价值不但不会毁灭，反而因时间相隔越久，越能看清他的光芒。

在本书再版之际，我想感谢那些在创作和出版这本书的过程中给过我很多帮助的朋友，为免挂一漏万，我不想将名字一一列出，但对他们的感激之情会一直萦绕在我心中。

写作这本书，可以说为我的西藏情结既解了一结，又添了一结。

我对西藏的感情，永无了结。

高　平　于兰州了然斋
2010 年 6 月 10 日

增订本后记

我的长篇小说《仓央嘉措》，承蒙中国藏学出版社于2003年1月首次出版，当时的书名是《雪域诗佛——六世达赖喇嘛传奇》，2007年月改版为《六世达赖喇嘛仓央嘉措》。以后又由国际文化出版公司、台湾大地出版社改版发行。至今已有十二个年头了。期间，一直受到广大读者的青睐，纵然算不上畅销书的话，也可以称为常销书了。

《亚洲周刊》把它评为"2010年全球华文十大小说"；《作家文摘》评为"2010年最具影响力的十本书"。中国文联副主席、中国作协原副主席、中国作协少数民族委员会主任丹增先生对我说："我看过了几十本关于仓央嘉措的书，你这一本写得最好。"这些，我都视为难得的荣誉。

不无遗憾的是，由于历史记载的稀缺，我在小说中对于仓央嘉措被押往北京途中的情事未作描写。以致形成了从拉萨大昭寺出发到圆寂青海湖的大片空白，缺少了对他短暂生命中最后几个月的精神揭示。面对仓央嘉措，我总觉得事有未竟，意犹未尽，常怀愧疚。

2013年的一天，我的老朋友文群先生郑重地给我提出了建议，让我把仓央嘉措在被押解途中的一段岁月再写一部小说。他说："正因为缺乏记载才好写。仓央嘉措在这几个月里一定会发生一些事情，可以由你去虚构。"由于符合了我弥补遗憾的愿望，我采纳了他的建议。我复活了原小说中的人物，合理地延续并发展原来的故事。为了情节的需要，新出现了经师嘉木样、牧羊女基果戈、嘎洛活佛、大学士熊赐履等几个人物。仓央嘉措最后的结局没有改变，即仓央嘉措遭康熙遗弃，被害于青海湖边。

说来也巧，2013年的6月27日至29日，我应邀去了青海湖边的刚察县，聆听了"青海省第二届仓央嘉措情歌音乐会"，为成立在那里的"仓央嘉措书屋"剪了彩，出席了"仓央嘉措诗歌情歌研究会"的成立仪式，并且捐献了我写的及我收藏的有关仓央嘉措的书籍。令我印象极深、极佳的是畅游湖上的仙女湾，那是一处将水、天、云、石、光、影、鱼、鸟合为一体的仙境，传说水下有座宫殿，仓央嘉措圆寂之时，就是被仙女迎接到这里来的。感谢当地的藏族人民，是他们用真诚的热爱和想象的智慧，使诗人仓央嘉措有了一个充满诗意的归宿。我吸收了刚察的民间传说，美化了仓央嘉措的结局。

我把青海途中的仓央嘉措写成了一个中篇，题目叫《仓央嘉措最后的日子》，在《飞天》2014年七月号和《岷州文学》2015年秋季号发表了。

有幸的是，国际文化出版公司同意将它加在原版长篇之后，作为《仓央嘉措》增订本出版。我怀着感激和喜悦的心情将二者进行了"无缝对接"，重新编排，并且增添了附录中的文章以供读者参考。

但愿仓央嘉措在天之灵也能接受这个新的版本。

高　平

2015年9月23日于兰州